Bluttinte

von Hagen Thiele

Copyright © 2019 Hagen Thiele
Alle Rechte vorbehalten.
ISBN:
9781793278296

Impressum

Angaben gemäß § 5 TMG

Hagen Thiele
Humboldtstraße 16
42857 Remscheid

Vertreten durch:
Hagen Thiele

Kontakt:
E-Mail: thurfa10@web.de
www.hagen-thiele.de
www.facebook.com/AutorHagenThiele

Verantwortlich für den Inhalt nach § 55 Abs. 2 RStV:
Hagen Thiele
42857 Remscheid

DANKSAGUNG

Besonders danken möchte ich Margarethe Schmitz für das Lektorat und Paul Klaenfoth für das Cover. Ohne ihre Hilfe wäre dieses Buch so nicht möglich gewesen.
Vielen Dank.

1. Furcht

Furcht.
Was ist Furcht? Wozu ist sie gut?
Diese Frage hat mich von den letzten Monaten des vergangenen Jahres bis zum heutigen Tag beschäftigt. Ist Furcht ein Schutzmechanismus eines jeden Lebewesens, um sich vor Gefahren ganz instinktiv zu schützen oder ist Furcht etwa doch nur ein Makel, der uns wie eine Krankheit befällt und uns kleiner macht? Ein Makel, der uns an wahrhaft großen Taten hindert? Sollten Sie diese Zeilen lesen, bin ich jedenfalls zu der Einsicht gekommen, mein lieber Leser, dass es Ihnen zuträglich sein wird, an ebendieser Furcht teilzuhaben, die mich seit Ende Oktober des vergangenen Jahres beschäftigt.

Ich heiße Markus Krüger, früher auch gerne »Meister des Makabren« genannt und dürfte Ihnen womöglich durch meine Veröffentlichungen oder – was wohl leider wahrscheinlicher ist – durch jenen Zwischenfall bekannt sein, der mich in staatliche Obhut brachte. Für diejenigen, die weder von dem einen noch dem anderen angesprochenen Umstand wissen, sei hier gesagt, dass ich mein Geld einst damit verdiente, meinen Lesern das Gefühl von Furcht zu vermitteln.

Obwohl ich damals in einer grenzenlosen und mir inzwischen derart unverständlichen, gar widerlichen Selbstverliebtheit und Zufriedenheit ob meiner Schriften schwelgte, erkenne ich mein damaliges Werk inzwischen als den dilettantischen Unrat eines allzu zahmen und in seinem Horizont eingeschränkten Geistes an. Ich versuchte Schrecken zu erschaffen, wo keiner war. Ich schuf substanzlose Szenarien und blasse Charaktere und war stolz auf diese kraftlose, fade Brühe. Sicher, mein frühes Werk hat vielen Lesern wohlige Schauer über den Rücken laufen lassen, aber es war leer. Glauben Sie mir, das war es wohl. Von der wahren Furcht zu schreiben vermag nur der, der sie wie einen treuen Gefährten oder ein enges Familienmitglied lieben und hassen gelernt hat.

In meiner Bibliographie befinden sich nichtsdestotrotz 26 Kurzgeschichten, denen ich aufgrund ihres besonderen Reizes durch den plötzlichen Beginn und das jähe Ende seit jeher zugetan bin. Hinzu kommen 13 Romane. Sie sehen, mein Verlag hat jedenfalls gut an mir und meinen Büchern verdient. Wie ich es im Übrigen auch getan habe. Doch dazu werde ich Ihnen im Folgenden noch mehr verraten.

Wichtiger ist wohl eher die blutige Tat, die ich begangen habe. Gerne möchte ich Ihnen die weitreichenden und noblen Absichten hinter meinen Handlungen schildern. Noch immer weiß ich nicht, wie ich es ausdrücken soll, ohne das Gefühl zu haben, gerade einen derben Witz zu reißen. Nur wozu sorge ich mich diesbezüglich? Eigentlich dürfte wohl kaum jemand die Nachricht verpasst haben, dass Markus Krüger dem Verlagschef von *Maar & Schmidt* mit einem Messer bei einem gemeinsamen Abendessen, bei dem es um ein neues Manuskript ging, ein Auge ausgestochen und ihm weitere schwere Verletzungen am Oberkörper zugefügt hat.

Noch heute muss ich lachen, wenn ich daran denke, dass es zu Benedikt Maar, dieser Allegorie des kurzsichtigen Egoismus, hervorragend passt, nur noch ein Auge zu besitzen. Allerdings greife ich voraus. Sie können noch nicht verstehen, warum der eigentliche Täter – also ich – das Opfer in dieser schauerlichen Mär ist. Wenn Sie diesbezüglich neugierig geworden sind, kann ich Ihnen nur wärmstens ans Herz legen, mich auf den nächsten Seiten – und es werden derer viele sein – zu begleiten. Allerdings muss ich Sie auch warnen. Sie werden von Dingen lesen, die diesen »Meister des Makabren« an den Rand seines Verstandes und vielleicht sogar über diesen hinaus in die Dunkelheit und das Chaos geschleudert haben. Folgen Sie mir nun auf dieser Reise in das Untere Reich.

2. Genesis

Ende Oktober 2018

Ich weiß noch, dass der Tag, von dem man sagen kann, er stellt den Anfang dieser Geschichte dar, mit einem sehr leckeren, üppigen Frühstück begann, das ich aber kaum anrührte. Meine Haushälterin Martha hatte sich mit der Auswahl an Leckereien wahrhaftig übertroffen: frisches Brot, von dem ein geradezu betörender Duft ausging, Schinken, Wurst, diverse Käsesorten, Marmeladen, Croissants, hartgekochte Eier, frisch gepresster O-Saft und natürlich Kaffee, jenes schwarze Elixier, das für mich fast schon eine Muse war, wenn man bedenkt, welch stolze Mengen ich beim Schreiben davon zu trinken pflegte.

Doch außer dem Kaffee interessierte mich nichts von all diesen leckeren Dingen. Ich schenkte mir reichlich ein. Meine Hände zitterten und ich konnte froh sein, dass ich alleine war. Was hätten mich die Fragen nach meinem Wohlergehen wieder genervt! Aber das ist der große Vorteil, wenn die einzige Frau, die man in seinem Leben noch zu dulden bereit ist, die eigene Haushälterin ist. Ihr kann man klare Anweisungen geben. »Mach Frühstück und dann geh!« Ja, lieber Leser, halten Sie mich nur für einen arroganten Unmenschen, aber derlei Anweisungen habe ich zur damaligen Zeit durchaus in regelmäßigen Abständen erteilt, obwohl mein Äußeres alles andere als Autorität vermittelte.

In diesen Tagen zeichnete mich noch die unförmige Kugel aus, die ich vor mir hertrug und die wir künftig als Gnadenakt mit »Bierbauch« bezeichnen werden. Besagter Bierbauch war wohl der beste Beweis meines trägen, disziplinlosen Lebens. Mein Gesicht hätte darüber hinaus leider nicht nur das Resultat der zufälligen Vermengung der DNA meiner Eltern sein können, sondern genauso gut auch die Untat, die aus der Hand eines allzu experimentierfreudigen Künstlers entsprungen ist. Eine große, gewölbte Stirn, buschige Augenbrauen, Segelohren und über allem eine Hakennase, die allein wegen ihrer überdimensionierten Proportionen über dem restlichen Hofstaat thronte, sind wohl die wesentlichen Merkmale meines Äußeren. Über dieser Farce, die mein Gesicht darstellt, befanden sich damals bereits lichte Haare.

Inzwischen, so muss ich leider klagen, sind mir nur noch einige wenige geblieben, die sich als Kranz um meinen sonst kahlen Schädel ziehen. Allerdings – und das gereicht mir sicherlich zu einem kleinen optischen Vorteil – habe ich während der vergangenen Monate stark abgenommen. Anstatt eines hässlichen Clowns sehe ich nun einer lebendig gewordenen Vogelscheuche ähnlich. Doch genug davon.

Sogar noch heute weiß ich, dass ich mich verbrühte, als ein großer Schluck des heißen Getränks beim Eingießen fröhlich über den Rand der kleinen und mit geschmacklosen Blumenmustern verzierten Tasse schwappte. Meine Hand verwandelte sich in einen einzigen jäh aufheulenden Schmerz. Ich schleuderte das Porzellan quer durch den Raum, wo es an der gegenüberliegenden Wand in eine wahrhaft absurd anmutende Anzahl an Scherben zerbarst.

Wie passend, dass die Frau, die mir dieses geschmacklose Stück Geschirr ins Haus geschleppt hatte, wohl just in diesem Moment stöhnend, schwitzend und keuchend unter einem fremden Mann lag. Doch mein lieber Nachfolger, auch deine Zeit des Blümchenporzellans naht unweigerlich. In etwa so unweigerlich, wie das schwarze Rinnsal zäh an den weißen Kacheln herabfloss, als handelte es sich dabei um einen Rohrschach-Test.

Ich habe es mir zur Angewohnheit gemacht, immer Schreibutensilien zur Hand zu haben. Eine Marotte, die ich mir wohl in meiner ursprünglichen Tätigkeit als Journalist angeeignet habe und die mir oft die Möglichkeit gab, Ideen direkt niederzuschreiben. Ideen sind ja meist so bösartiger Natur, dass sie sich nur zu wahrhaft ungünstigen Zeiten in unserer Fantasie zu einem konkreten Gedanken verdichten! Auch der Kaffeefluss – inzwischen war aus dem Rinnsal in meiner Imagination ein reißender Strom geworden – diente mir als Quell der Inspiration. Inspiration, wie ich sie auch nötig hatte. Ich schrieb damals gerade an *Die Klinik*, einem letzten Versuch, meinen Verlag *Maar & Schmidt* nicht zu verlieren, da mir bewusst war, auf welch dünnem Eis ich wegen der sinkenden Verkaufszahlen wandelte.

Er hielt das Blatt hoch und hoffte, dass der Kerl gegenüber sein Zittern nicht bemerken würde. »Was sehen Sie, Karl?«, zwang er sich hervorzubringen. Seine Finger verkrampften sich. Das Papier führte in der Luft einen absurden Tanz auf. »Was ich sehe, Doc?«, wiederholte die Gestalt in der Zwangsjacke und beugte sich über den Tisch näher zu dem Arzt. »Ich sehe Sie«, flüsterte Karl. Sein stinkender Atem, der Geruch nach Fäulnis, schien alles im Raum einzunehmen. Dann verzog sich das Gesicht zu einem höhnischen Grinsen. »Ich sehe Sie. Ich sehe, wie ich Ihnen eines der Stuhlbeine so tief in den Rachen gestopft habe, dass es Ihnen das Innere zerfetzt hat und Sie daran elendig krepieren.«

In etwa diese Zeilen muss ich in eiligster Schrift zu Papier gebracht haben. Fade Brühe habe ich meine letzten Schreibergüsse genannt – und das trifft es doch auch, oder? Ich denke, es war ein Versuch, dem andauernden Trend der Entwürdigung traditioneller Wesen der Schauerliteratur entgegenzuwirken. Kennen Sie diese Buchreihe um glitzernde Vampire? Es ist aktuell gar nicht mehr so leicht, sich der Horrorliteratur zu verschreiben und starke Verkaufszahlen zu erzielen. Es ist sogar ein sehr hartes Brot, welches man da nach Hause bringt – und aus diesem Grund wollte ich mit *Die Klinik* zurück zu meinen Wurzeln. Ich wollte einen richtigen *Nasty* schreiben. Eine Geschichte, die einfach ist. Eine Geschichte, die nur durch ihren Blutgehalt zu überzeugen weiß.

Das mag zwar in Ihren Ohren vielleicht so klingen, als hätte ich es mir damit möglichst einfach machen wollen, doch da liegen Sie mit Ihrer Vermutung falsch. Je einfacher die Geschichte ist, umso schwieriger ist es, mit ihr zu fesseln, sie logisch – oder eher scheinbar logisch – zu konstruieren. Sehen Sie es mal von der Seite: Eine komplexe und zu einem wahren Monstrum aufgeblähte Erzählung mag viel leichter zu verbergen, wenn hinter ihr nur heiße Luft steckt. Ich konnte mit meinem *Nasty* allerdings denkbar wenig verbergen. Diese Gewissheit lastete schwer auf mir im Oktober des vergangenen Jahres.

Zur Verschlechterung meines Gemüts trug, so abgedroschen derartige Einflüsse auf Sie auch klingen mögen, das sich rasch verschlechternde Wetter bei. Regen. Graue Wolkenschichten. Eisiger Wind, der vom nahenden Frost Kunde brachte. Ja, der Herbst zeigte sich von seiner vermutlich schlechtesten Seite. Allzu oft musste ich zu meinen Kreativgängen, wie ich meine Waldspaziergänge zu nennen pflegte, vermummt wie ein Antarktisforscher aufbrechen.

Verzeihen Sie bitte meiner übersprudelnden Fantasie hinsichtlich dieses Vergleichs. Ich bin nun einmal Schriftsteller. Derartiger Wortgebrauch hat mich lange genug genährt. Man legt ihn nicht so schnell ab, wie man es vielleicht mit einem Kleidungsstück zu tun vermag. Vielmehr ist er wie die eigene Haut. Auch wenn man sich manchmal wünscht, in fremder Haut zu stecken, so ist es doch schier unmöglich, sich dieses Sehnen zu erfüllen.

Es ist in etwa so unmöglich, wie es dieses trübe Wetter damals war. Auch an besagtem Morgen, als der Kaffee an den Kacheln zu trocknen begann, prasselten dicke Tropfen, vom Wind wild umher gepeitscht, gegen das große Fenster in der Küche, das einen Blick hinaus in den Garten und den daran angrenzenden Wald bot. Mir fröstelte, wenn ich an diese Welt dort draußen dachte. Dort draußen, wo es schon so kalt war, dass man in den nächsten Tagen mit Schnee rechnen musste. Dazu passend waren die Bäume ob der ungnädigen und rauen Behandlung des Windes schon zu weiten Teilen kahl und schwankten bedrohlich wie Betrunkene, als eine besonders starke Böe sie packte. Der Winter kam in diesem Jahr früh und mit viel Gewalt über das Land. Doch damals konnte ich noch nicht einmal ansatzweise ahnen, wie streng er werden sollte.

Ich schnappte mir die Decke, die auf der Eckbank zu meiner Rechten lag und wickelte mich gut in ihr ein. Das Frösteln blieb jedoch, als ich einen Blick hinauswarf und so entschied ich mich, das einzig Vernünftige zu tun. Ich ließ die Rollläden herab. Diese dämliche Apparatur verfing sich jedoch wie schon in den vergangenen Tagen in den toten Ranken der Blumen, deren leblose Hüllen noch immer – von mir jeder Beachtung beraubt – in ihren Kübeln vor den Fenstern verrotteten. So kam es, dass auf der linken Seite ein Spalt unverschlossen blieb. Durch ihn fiel das fahle Licht dieses stürmischen Morgens.

Der Schatten, der das Licht jäh durchschnitt, erschien mir erst vollkommen unwirklich. Wie konnte auch etwas einen Schatten durch dieses Fenster werfen? Schließlich steht mein Haus auf einer leichten Erhebung, die nach hinten stark abfällig verläuft. Terrasse und Garten sind nur durch eine rückwärtige Kellertür zugänglich. Was auch immer diesen Schatten geworfen hatte, musste also Flügel gehabt haben – und eine ordentliche Portion Mut, wenn man den Wind bedenkt. Ich schenkte der Überlegung damals keine weitere Beachtung. Doch auch wenn es im Nachhinein sicherlich ein Fehler war, auf diese Weise zu verfahren, so hätte jedes angestrengte Grübeln über dieses Rätsel an den nachfolgenden Ereignissen ohnehin nichts ändern können.

Eingewickelt in die Decke ging ich im flackernden Licht der Küchenlampe, die langsam ihre Lebensgeister auszuhauchen schien, auf den Flur zu: ein langgestrecktes und dunkles, ja geradezu furchtbares Ding, wenn man über die nötige Fantasie verfügt. Trotz der hellen Lampen, die ich (sehr zum Wohlwollen meiner Blümchenporzellan verschenkenden Freundin) bei meinem Einzug hatte anbringen lassen, versprühte der Gang immer noch den Charme einer Darmspiegelung. Ähnlich wie ich es auch bei einer solchen Behandlung wünschen würde, beeilte ich mich, es hinter mich zu bringen und machte große Schritte durch den Flur, der mich überhaupt dazu gebracht hatte, *Die Klinik* zu schreiben. Zielsicher steuerte ich auf die letzte Tür zu meiner Linken zu, mein Arbeitszimmer.

Als erstes bemerkte ich das Surren und Summen des Computers, den ich gestern Nacht wieder einmal nicht ausgeschaltet hatte. *Ich darf nicht mehr so viel beim Arbeiten trinken,* gab ich kläglich zu und schloss hinter mir die Tür. Erst eine Woche zuvor hatte ich aus einem ähnlichen Leichtsinn heraus hervorragende, spannende Kapitel und mit ihnen etwa 20.000 Wörter verloren – ein Rückschlag mehrerer Tage nur wegen der Dummheit einiger berauschter Stunden. Leider gestaltete sich das Schreiben ohne derartige Stimulanzien als geradezu haarsträubende Herausforderung. Schon oft hatte ich nach dem Frühstück die ersten Gläser zu mir genommen, um gestärkt durch das wohlig-warme Gefühl, das vom Hals aus in meinen gesamten Leib zu fließen schien, einige Seiten zu füllen, die oftmals eher minderer Qualität waren.

Ich schaute mich um und verharrte wie so oft. Mein Arbeitszimmer hatte etwas von einem Kuriositätenkabinett. Alles, was mit meinen Werken zu tun hatte und meine Werke selbst, stand dort hervorragend platziert in unzähligen Bücherregalen, die aus Platzgründen etwas wirr anmutend aufgestellt worden waren. An den Wänden hingen ausgeschnittene Zeitungsartikel mit Überschriften wie etwa *Der Meister des Makabren*. Diese reißerische Formulierung brachte mir dann auch jenen zweifelhaften Titel ein, unter dem ich vielen Lesern, vielleicht ja sogar Ihnen, ein guter Bekannter wurde. An den Wänden hingen aber auch alte Waffen wie Schwerter und Äxte sowie Schusswaffen aus längst vergangenen Zeiten. Das Herzstück, nicht nur eingerahmt, sondern sogar in einer eigenen Vitrine dekorativ aufgebahrt, stellte aber sicherlich die fünfte Ausgabe des Magazins *Grenzwege* aus dem Jahr 1995 dar, in dem meine erste Kurzgeschichte abgedruckt worden war. Sie ist jene Geschichte, die mich zu dem machte, was ich nun bin. Kann man Fiktion verurteilen? Ich würde es jedenfalls gerne.

Die Präsentation besagter Kurzgeschichte in diesem Text, den Sie gerade lesen, dient mitnichten des Eigenlobs. Die Geschichte beinhaltet für den Fortlauf und das weitere Verständnis meines Berichts erforderliche Informationen, die Sie bitte im Hinterkopf behalten. Wenn die Fäden meines Dramas sich zu jenem Netz zusammenweben, in dem ich schließlich endete, dann werden Sie es verstehen.

DER DACHBODEN

Eindringlinge störten die Ruhe im Friedhof der Träume. Von dort, vom Dachboden herab, drangen seltsame Geräusche. Patrick hob langsam den Kopf vom Kissen. Wieder einmal war er auf der Couch eingeschlafen – auf dem Fernseher flimmerte eine Dauerwerbesendung. Er blickte sich langsam um. Regentropfen peitschten gegen die Fensterscheibe. Die Nacht war pechschwarz. Die Scheibe gab kaum den Blick nach draußen preis, sondern zeigte in der Reflexion das Wohnzimmer – und einen sichtlich gerädertn Patrick. Er sah in die andere Richtung und erschrak. Der Zigarettenstummel im Aschenbecher glomm noch. Dann hörte er das Tapsen wieder über seinem Kopf. Es kroch die mit Holz verkleidete Decke entlang, hin zur Wand. Mit ungläubiger Miene setzte Patrick sich auf.

Sein Kopf schmerzte von zu viel Alkohol. Und ein kleiner Teil seiner selbst sagte sich, dass es doch gut sei, wenn es etwas Abwechslung gäbe. Andererseits hätte er auf einen erneuten Mäusebefall auf seinem Speicher gut verzichten können. Immerhin hatten die Biester viel zur Trennung zwischen ihm und seiner Exfreundin beigetragen. Patrick schüttelte langsam den Kopf. Weitere Geräusche, der Klang kleiner Pfoten, die über Holz schaben, erklangen. Sie sausten die Decke entlang, hin zur Dachschräge und schossen dann hinter der Holzverkleidung die Wand hinab. »Was ist da nur los?«, murmelte Patrick und griff zu seiner Krücke.

Ungelenk richtete sich der untersetzte Mann Ende 30 auf und durchschritt das Wohnzimmer, hin zum Flur. Dort wartete die Dachluke – und ein Schwall eisiger Kälte. Unwillkürlich rieb Patrick die Hände aneinander und schob den Kragen seines Morgenmantels weiter nach oben. Über seinem Kopf war das Tapsen nun umso deutlicher zu hören. Es mussten dutzende Mäuse sein. »Das darf doch wohl nicht wahr sein«, sagte Patrick und setzte den ersten Schritt auf die steile Wendeltreppe, die nach oben führt. Es fiel ihm schwer ohne die Krücke, die er dafür zurücklassen musste. Zwar konnte er sein linkes Bein belasten, aber die chronische Knieverletzung behinderte ihn doch deutlich. Die Geräusche auf dem Speicher schwollen derweil an, als Patrick sich unbeholfen Stufe für Stufe nach oben vorkämpfte. Vielleicht hatte sich eine Katze durch eine der Dachluken auf den Speicher geschlichen und einen kleinen Völkermord angerichtet? Dem Radau zufolge war dies gar keine so abwegige Idee. In das chaotische Schaben mischten sich nun gelegentlich dumpfere Laute eines schweren Körpers, der ebenfalls wild über den Speicher huschte. »Na wartet, bis ich euch kriege!«, sprach er wie zu sich selbst und drückte die Dachluke auf.

Augenblicklich verstummten die Geräusche, so als wären sie nie da gewesen. Patrick streckte den Kopf durch die Öffnung und sah sich um. Im Dunkeln konnte er wenig erkennen. Kleine Schränke, Stühle sowie ein Tisch und ein Bett und vereinzeltes Spielzeug machte er als undeutliche Schemen aus. Es versetzte ihm einen Stich ins Herz. Seit sie gegangen war, waren es nur noch schmerzende Erinnerungsstücke an den Jungen, der nicht seiner war, den er aber genau wie sein eigenes Kind geliebt hatte. Die Trennung lag nun Wochen zurück. Nicht einmal hatte er seitdem den Dachboden betreten, den er zuvor zum Kinderzimmer umfunktioniert hatte.

Patrick macht einen unsicheren Schritt und betrat das knarrende Gebälk. Jetzt konnte er den Schalter betätigen, der rechts vom Aufgang an einem Stützbalken angebracht war. Der plötzlich taghelle Dachboden blendete ihn. Als sich seine Augen an die neuen Lichtverhältnisse gewöhnt hatten, taumelte er einen Schritt zurück. Überall lagen tote Mäuse – dann spürte er, wie etwas unter seinem rechten Fuß nachgab und ein schmatzendes Geräusch von sich gab. Voll Ekel hob er die Fußsohle an. Er hatte auf einen der Kadaver getreten.

»Was für ein kranker Scheiß«, flüsterte Patrick und durchschritt den Raum. Chaos umgab ihn. Die Möbel lagen seitlich auf dem Boden, tote Mäuse, teilweise in Fetzen gerissen, säumten den kleinen Kinderschreibtisch. Er schwenkte nach rechts, die Luke lag nun in seinem Rücken. Vor ihm war die Trennwand, die er eingezogen hatte, um Stube und Schlafzimmer voneinander zu trennen. Die selbstgebaute Schiebetür war halb geöffnet. Obwohl der Schalter eigentlich alle Lampen des Dachbodens hätte aktivieren sollen, lag der Nebenraum in völliger Schwärze.

Patrick blieb stehen. Er wagte kaum zu atmen. Die Haare im Nacken hatten sich aufgerichtet. Etwas stimmte hier nicht. Ein kalter Luftstrom wehte aus dem Separee zu ihm heran. Er roch nach Verwesung. Sekunden schienen sich zu Minuten zu dehnen, als der Mann weiter verharrte, gefangen zwischen Ratio und Wahnsinn. Sollte er wirklich an den Schwarzen Mann glauben und davonlaufen? Nein! Gerade als er einen Schritt weitergehen wollte, knarrte vor ihm eine der Dielen. Ein leiser, kehliger Laut folgte. Dann ging alles ganz schnell. Er sah noch, wie lange und bleiche Finger sich um den Rand der Tür krallten, bevor sie aufflog. Aus der Schwärze schoss etwas hervor – und dann blitzte die Glühbirne über ihm grell auf, Funken flogen und schrill zerplatzte der fragile Glaskörper. Heiße Scherben fielen auf Patrick hernieder.

Instinktiv drehte er sich zur Seite und riss die Arme vor sein Gesicht. Das war sein Glück. Etwas streifte ihn – heiß brannte der Schmerz in seiner linken Körperhälfte auf. Dann kam er bäuchlings zum Liegen. Aus der anderen Zimmerecke dröhnte ein lautes Fauchen an seine Ohren. Er zögerte keine Sekunde – vor ihm, kaum zwei Meter entfernt, klaffte die Dachluke offen. Licht strömte von unten aus seiner Wohnung heran. Schnell robbte er vorwärts.

Dann schrie er. Ein kräftiger Griff hatte ihn am linken Knöchel gepackt. Krallen gruben sich in sein Fleisch. Panisch trat er mit seinem gesunden Bein aus. Es traf auf einen massigen Körper. Ein Knurren erklang – es zeugte weniger von Schmerz als vielmehr, so dachte Patrick jedenfalls, von Verwunderung. Doch der Tritt hatte genügt, damit er seine Beine befreien konnte. Er robbte noch ein kleines Stück nach vorne. Jetzt! Er packte mit seinen Händen den Rand der Dachluke und zog sich auf sie zu.

Schon fraßen sich die Klauen wieder in sein Fleisch. Patrick zog fester. Der Griff um seine Beine wurde härter. Plötzlich hob ihn eine gewaltige Kraft spielerisch an. Er wandte sich wie ein Aal hin und her. *Ich darf nicht loslassen. Ich muss weiter zum Licht.* Das schreckliche Tauziehen wurde immer extremer, der Schmerz schwoll an.

Schließlich rissen Sehnen und Muskeln und die Welt geriet in explosive Bewegung. Die Krallen hatten keinen Halt mehr in Patricks Fleisch gefunden, sich aus seinen Beinen gelöst und er schnellte nach vorne. Kopfüber fiel er die Treppe herunter und schlug hart mit Händen und Armen voraus auf. Der Aufprall raubte ihm den Atem. Alles war wie durch einen dichten Nebel. Er schmeckte Blut, als er mit der Zunge über seine verbliebenen Zähne fuhr.

Langsam realisierte er, was geschehen war. Angst schrie in seinem schmerzenden Kopf grell auf. Mühsam, nur angetrieben durch seinen Überlebenswillen, drehte er sich zur Seite und kroch langsam auf das Schlafzimmer zu. Die Tür war nur angelehnt, er schob sie zur Seite, robbte über die Schwelle. Mit einem letzten Aufbäumen drehte er seinen Oberkörper zur Seite und drückte die Tür zu.

Schritte klangen gedämpft durch das Holz zu ihm. Er hob die Hand, wollte nach dem Schlüssel greifen, um die Tür zu versperren. Die Fingerspitzen umspielten das Metall. Sie rutschten ab. Noch ein Versuch. Die Schritte wurden lauter. Patricks Finger hatten nun Halt gefunden. Millimeterweise konnte er den Schlüssel drehen. Dann knackte das Schloss endlich.

Es pochte und schlug gegen die Tür. Dann noch einmal. Patrick rutschte auf dem Gesäß nach hinten, zog sich mit den Armen am Bett hoch, in Richtung Nachttisch. Der Schweiß rann in Strömen. Er schaltete die Nachttischlampe nicht an. Er wollte dieses Ding, das gleich die Tür durchbräche, nicht sehen müssen. Das fahle Licht, was von der weit entfernten Straßenlaterne hineinfiel, zeigte ihm, wie die Tür unter der Wucht der Schläge bereits zu bersten begann. Dann drang etwas Schwarzes durch das Holz und brach es spielerisch auseinander. Patrick umschloss das Kreuz, das er aus dem Nachttisch geholt hatte. »Vater unser …«, begann er zu flüstern. Es war nur ein leises Krächzen. »Hier gibt es keinen Vater«, schallte es lachend aus der Dunkelheit und bleiche, kalte Finger mit langen Nägeln an ihren Enden umschlossen das Kreuz. Ein Schrei, nur ganz kurz war er, aber dafür schrecklich schrill, gellte durch die Nacht.

Vermutlich hätte ein Beobachter mich gut und gerne für einen Zombie aus einer meiner eigenen Erzählungen halten können, hätte er gesehen, wie ich starr auf den Bildschirm des Computers geblickt habe. Die Finger hatte ich eigentlich schon auf die Tastatur gelegt und war bereit zum Schreiben, aber wie schon oft zuvor hatte ich das Gefühl, jede Formulierung, die mir einfiel, wäre abgedroschen oder geradezu lächerlich. Erst das Klingeln des Telefons riss mich aus dieser Trance.

Kennen Sie Stimmen, die wie das Geräusch von quietschender Kreide auf einer Tafel klingen? Dann können Sie sich hervorragend die Stimme von Annette Sander vorstellen. Sander war damals noch Maars alte Sekretärin. Inzwischen hat er sie aber seit etwas mehr als vier Monaten gegen ein neues, jüngeres Modell eingetauscht, das zwar nicht über die Heimtücke und die schreckliche Stimme Sanders verfügt, aber dafür mit grenzenloser Unfähigkeit aufzufallen weiß. Es grenzt an ein Wunder, dass Maar diese Neue auch nur einen Tag geduldet hat. Aber ich schweife wieder einmal ab. An jenem Morgen im Herbst hatte ich es mit Sander, dem mustergültigen Beispiel eines jeden Vorzimmerdrachens, zu tun.

»Herr Krüger, ich hoffe, Ihnen geht es gut?«, drang die höfliche Floskel kalt und kratzend an mein Ohr. Wie immer, wenn ich gezwungen war mit Maars Sekretärin zu sprechen, hielt ich den Hörer in einigen Zentimetern Sicherheitsabstand und drückte ihn nur zum Sprechen ganz dicht an meinen Mund, damit Sander mich verstehen konnte. Der Drache hatte es vermutlich schon vor Jahrzehnten vorgezogen, wegen der eigenen abscheulichen Stimme schwerhörig zu werden. »Ja, es muss«, entgegnete ich und machte mir nicht die Mühe, zu heucheln, dass ihre Gesundheit für mich von Interesse sei. Stattdessen kam ich einfach direkt zum Wesentlichen: »Was wollen Sie, oder vielmehr Herr Maar, schon so früh am Morgen von mir?«

Stille. Dann knackte es einmal lautstark und meine lebhafte Fantasie malte sich aus, wie das Geschöpf am anderen Ende der Leitung langsam den Hals drehte und dabei die lederne Haut diesen ekelhaften, trockenen Knacklaut erzeugte, so als würde sie gleich in Fetzen gerissen. »Früh am Morgen?«, raunte es mir spöttisch aus dem Hörer entgegen. Anscheinend hatte Sander sich tatsächlich zur nächsten Uhr umgedreht. »Es ist bereits nach elf. An einem Werktag, möchte ich betonen! Wie wenig es da verwundert, dass Sie mit Ihrem Geschreibsel nicht weiterkommen, wenn Sie scheinbar zu dieser Tageszeit noch immer schlaftrunken sind.«

Geschreibsel! Oh, wie ich sie verfluchte! Ich überlegte, welch herrliches Gefühl es wohl wäre, das Telefon einfach genauso wie die Tasse durch den Raum zu katapultieren und mit Zufriedenheit zu sehen, wie es beim Aufprall pulverisiert würde. Ich biss mir auf die Unterlippe und schluckte jede bissige Bemerkung – und es waren wirklich einige – hinunter. »Ich bin gerade im Begriff zu arbeiten und wüsste nun gerne ohne weiteres Gerede, was Sie wollen, damit ich weiterschreiben kann.« Ich hatte versucht, ruhig und sachlich, aber auch bestimmt zu klingen. Am Ende war aber leider nur ein heiseres Krächzen herausgekommen. Schweiß stand mir auf der Stirn. Diese Frau, die ich – Gott sei Dank! – nur über Telefonate kannte, war akustisches Zyankali. Ich fragte mich, wie lange es noch dauern würde, bis mich ein derartiger Anruf unter die Erde bringen würde.

Ein Seufzen war zu hören, ehe die Frau hörbar enttäuscht fortfuhr: »Herr Maar möchte, dass Sie ihm noch innerhalb dieser Woche die neuen Kapitel zukommen lassen. Der Veröffentlichungstermin rückt mit großen Schritten näher und er will prüfen, ob wir ihn einhalten können.« Ich war geschockt. Sicherlich hatte ich mit einer derartigen Hiobsbotschaft insgeheim schon seit einer Woche gerechnet, da ich erst bei etwa der

Hälfte der vorab entworfenen Handlung angekommen war und zu allem Bedauern auch noch immer langsamer vorankam. Doch ich hätte nie für möglich gehalten, einmal auf *diese* Unart die Pistole auf die Brust gesetzt zu bekommen.

»Ich werde ihm übermorgen die aktuellen Kapitel zuschicken«, antwortete ich kleinlaut und fragte zaghaft: »Das ist der Freitag, nicht?« Meine Stimme klang brüchig. »Erstens ist übermorgen Donnerstag und zweitens möchte Herr Maar die neuen Teile des Manuskripts nicht zugeschickt haben. Sie sollen sich mit ihm wie üblich im Café treffen. Herr Maar möchte Sie nämlich zusätzlich auch gerne in einem persönlichen Gespräch zu einigen Details des Buches befragen, die den bisherigen Stand betreffen. Zudem will er Sie bezüglich einer neuen Entwicklung in Kenntnis setzen.«

Aha, das klingt ja alles ganz vortrefflich, dachte ich nur und sehnte mich nach einem Schluck Whisky. *Was beim Schreiben hilft und mich diese Frau überstehen lässt, kann doch unmöglich ungesund sein?* Ich musste bei dem Gedanken grinsen. Das scheue Lächeln erstarb augenblicklich, als der Drache mit größter Zufriedenheit sagte: »Ausgezeichnet, Herr Krüger, Sie scheinen ja bezüglich der Terminierung keine Einwände zu haben. Also seien Sie um zwei Uhr im Café Riesch. Lässt sich das einrichten?« Ich bezweifelte, eine Wahl zu haben, aber behielt diese Vermutung lieber für mich. »Ja, gerne«, log ich und hielt den Hörer weg, als ich ein langes Seufzen ausstieß. Als Sander sich daraufhin verabschiedete, konnte ich ihr Grinsen regelrecht vor mir sehen. »Es war schön, ein wahrscheinlich allerletztes Mal mit Ihnen sprechen zu dürfen.«

Das Ungetüm legte auf.

Es war noch in der gleichen Nacht, als ich die Gestalt zum ersten Mal entdeckte. Immer noch regnete und stürmte es. Es schien beinahe so, als hätte das Wetter verlernt, friedlich zu sein. Ich stand in meinem Wohnzimmer, ein Raum, dem ich ein großes Maß an Behaglichkeit habe zukommen lassen: dunkles Parkett, darüber dunkelrote Läufer, eine Eckgarnitur aus schwarzem Leder und an den Wänden hatte ich weitere Waffen platziert. In den Schränken – alle in Anthrazitoptik gehalten – stapelten sich Bücher, Filme und CDs. Das schummrige Licht, das für mich immer erst so richtig Gemütlichkeit bedeutet, wurde von einer Stehlampe geworfen, deren Holzständer reich an Verzierungen war. Ich liebte diese Lampe, die ich vor etwa zwei Jahren bei einem Antiquitätenhändler erbeutet hatte. Umrahmt von zwei Bücherregalen hing an der Wand vor Kopf eine Kopie von Casper David Friedrichs *Die Lebensstufen*. Ein Bild, das mit seiner bedrückenden, aber auch tröstenden Atmosphäre schon immer eine starke Wirkung auf mich ausüben konnte. In dieser einsamen, mit Hundswetter gestraften Oktobernacht, war dieser Trost ungleich intensiver.

Ich erinnere mich noch sehr gut an diesen Abend, an dem die Einsamkeit sicherlich genauso schwer auf mir lastete wie der Inhalt des Telefonats, das zwar schon Stunden her war, aber mir immer noch arg zusetzte. Weil ich derartig aufgewühlt war, hatte ich einen guten Freund gebeten, vorbeizukommen und mir etwas Gesellschaft zu leisten. Wir hatten lange gesprochen, etwas getrunken und überlegt, dass ich es schaffen würde, dem alten Maar und seinem Hausdrachen innerhalb der Frist den »verdammt noch mal unheimlichsten Roman der letzten Jahre« zu schreiben. Mein Freund, ein gewisser Patrick, der im Übrigen für *Der Dachboden* durchaus zu einem kleinen Teil als Vorlage gedient hat, hatte auf meine Frage, wie er sich dessen sicher sein könnte, lediglich gesagt: »Du bist doch der Meister des Makabren.« Wir hatten uns schweigend angesehen, die Gläser gehoben und angestoßen.

Etwa eine Stunde nachdem Patrick gegangen war – es war bereits nach Mitternacht –, kam mir das Haus einsam und trostlos in seiner Leere vor. Das Gefühl war mir aber keinesfalls fremd. Oft fragte ich mich, ob es ein Fehler war, den Wunsch nach einem Kind in meiner ehemaligen Beziehung ignoriert zu haben. Mein Schädel brummte und immer wieder gähnte ich so sehr, dass mein Kiefer protestierend ächzte, aber an Schlaf war nicht zu denken. Schlafen hieß aufwachen und aufwachen hieße, dass ich mich mit meinem Problem bezüglich der Frist hätte auseinandersetzen müssen. Ich zog es vor, in diesem Gefühl der Melancholie zu schwelgen und vor mich hin zu träumen. Im Hintergrund lief leiser Blues von einer Band, auf die ich erst ein paar Tage zuvor gestoßen war. Die Musik passte hervorragend zu meiner trübsinnigen Stimmung. Ich hatte mir einen weiteren Drink zubereitet, mit dem der imaginäre Zähler des Abends sicherlich die zweistellige Marke geknackt hatte.

Ich sehe selten Fernsehen und – es mag überraschen – lese auch nicht allzu gerne. Meine Anregungen hole ich mir aus der Musik oder eben durch einfaches Nachgrübeln wie etwa an diesem Abend, als ich aus dem ins Zwielicht gehüllten Raum hinaus in die Nacht starrte. Der Lichtschein samt meiner Einrichtung und meines hässlichen Anblicks spiegelten sich matt in der Fensterscheibe. Das I-Tüpfelchen waren allerdings die Regentropfen, die das Spiel aus Licht und Reflexionen zu einem abenteuerlichen Spektrum unzähliger Formen brachen, in denen ich immer neue surreale Erscheinungen entdeckte. Ein Astronom kann mit seinen Teleskopen keine größeren Wunder entdecken, als ich es in meinem berauschten Geist an diesem Abend auf einer einfachen Fensterscheibe vermocht habe.

Dann sah ich das Licht. Wie plötzlich es auch erschienen sein mag, so kann ich nicht sagen, dass es mit einem Mal aufblitzte, nein, es war vielmehr so, als wäre es schon die ganze Zeit da gewesen. Ich hatte es nur lediglich nicht sehen können, als wäre es hinter etwas verborgen gewesen. Ich vermute, Sie denken nun, dass es hinter einigen Drinks verborgen gewesen sein könnte. Mögen Sie das vorläufig nur. Sie werden verstehen, dass solche bedrohlichen und unerklärlichen Ereignisse schnell an Faszination verlieren, wenn man erst einmal das gesehen hat, was ich später noch alles erblicken durfte. Langsam waberte dieses Licht zwischen den Bäumen am Waldrand hervor, als wäre es eine dickflüssige Masse. Der Schein wanderte von rechts nach links, ganz langsam über die gesamte Breite meines Sichtfeldes. Dann erlosch er. Mir schossen tausend Gedanken durch den Kopf, als der Schein erneut aufflackerte, jetzt allerdings wesentlich näher. Beunruhigend nahe.

Es mag viele Annehmlichkeiten mit sich bringen, in einem kleinen, aber doch äußerst fein eingerichteten Haus weit abseits des Trubels am Rande des Waldes zu wohnen, aber in diesem Moment verfluchte ich die Abgeschiedenheit meines Hauses. Ich stürzte zum Tisch und packte das Telefon, um welches sich meine Finger augenblicklich festkrallten, als müsste ich fürchten, das Gerät könnte sich davonstehlen. Ich schnitt eine Grimasse, als mir die Idee kam, dass es nur noch fehlen würde, wäre die Leitung tot. Doch das war einfach lächerlich! Oder nicht? Ich wählte als Test eine Nummer und atmete erleichtert auf, als das Freizeichen zu hören war.

Die Schelle läutete schrill. Das Geräusch ließ mich aufstöhnen. Wirr drehte ich mich auf einem Bein um die eigene Achse, ohne mir über ein konkretes Ziel bewusst zu sein und stolperte beinahe über einen Stuhl, als ich mich auf den Weg zum Flur machte. Vermutlich hielt ich das Telefon wie eine Stichwaffe vor mich, mit zitternden Armen. Doch so sehr ich es auch versuche, wirklich erinnern kann ich mich nicht mehr daran, wie ich mich überhaupt dazu zwingen konnte, näher zur Tür zu gehen.

Da war sie. Schlicht und weiß, aus dünnem Holz. Ich stand wie zur Salzsäule erstarrt da und lauschte. Nichts war zu hören.

Nichts, außer dem Regen natürlich, dessen Trommeln deutlich vom Dach der angrenzenden Garage an meine Ohren drang. Ganz langsam ging ich näher heran und blieb unmittelbar vor dieser einfachen Holzbarriere stehen. Wer auch immer dort draußen stand, war keinen Meter von mir entfernt und wurde nur durch eine dünne Holzschicht von ein paar läppischen Zentimetern zurückgehalten. Zögernd, aber ohne jede Wahl, wie es mir schien, starrte ich mit meinem rechten Auge durch den Spion. Ich hatte mit vielen Anblicken gerechnet – oder mir wenigstens einreden wollen, mit ihnen zu rechnen –, aber was ich sah, überstieg jede alptraumhafte Idee, die sich jemals aus meinem verkommenen Geist in die reale Welt gewunden hatte. Das Garagentor war offen.

Jemand musste das billige Schloss geknackt und es nach oben geschoben haben. Sie müssen wissen, bei dieser Garage handelt es sich um eine zweite für mein Sommerauto, die ich extra direkt ans Haus habe anbauen lassen. Leider hatte ich eine steile Einfahrt in Kauf zu nehmen, da die Garage ein Stück weiter von der Straße entfernt stehen musste. Erinnern Sie sich noch an die abschüssige Lage? Das war auch der Grund dafür, dass die Garage direkt durch eine dünne Wohnungstür im Keller zu erreichen war, die allerdings selbst verschlossen kein wirkliches Hindernis für jeden potentiellen Eindringling darstellen konnte. Leider sperrte ich zu allem Überfluss diese Tür immer erst ab, bevor ich zu Bett ging. Je nachdem wie groß meine Dosis Stimulanzien an einem Abend jedoch ausgefallen war, hatte ich selbst dies schon allzu oft vergessen. Wie von Sinnen drehte ich mich wahrscheinlich mehrmals im Kreis. Das Adrenalin pumpte durch meine Adern. Es musste so sein, jemand war im Haus. Jemand, der mich vielleicht schon seit Tagen durch die großen Panoramafenster vom Wald aus beobachtet hatte und wusste, wie ich lebte. Das *Wie* bedeutete in diesem Fall vor allem *allein* und *abgeschieden*.

Schritte! Sie kamen aus dem Keller. Ich hob den Hörer, um zu wählen. Zu den Schritten gesellte sich der dumpfe Klang tiefer Atemzüge. In diesem Moment fasste ich einen Entschluss. Für Hilferufe war es zu spät. Ich schlich näher an die Kellertür heran, die mir gegenüber in die Wand eingelassen war. Dann spannte ich alle Muskeln an, bereit jedem, der durch diese Tür kam, einen Stoß zu verpassen. Mit etwas Glück bräche sich der Angreifer das Genick oder zumindest ein Bein, wenn er nach meiner Attacke rückwärts die Treppe hinabfallen würde. Die Klinke senkte sich. Ich hob die Arme und schnellte gerade nach vorne, als die Tür aufschwang und ich die Gestalt erkannte. Es war Patrick, der einen erstickten Schrei ausstieß. Seine Haut war aschfahl. Der Schweiß stand ihm auf der Stirn. Die Augen waren vor Panik weit aufgerissen. Ich wusste sofort, dass ich nicht der Grund für seine Furcht sein konnte. Er sah buchstäblich so aus, als hätte er einen Geist gesehen.

»Was ist da unten, Patrick? Und scheiße, warum kommst du aus meinem Keller?«

»Ich habe meinen Schlüssel vergessen und wollte noch mal zurück. Ich habe gesehen, dass jemand in der Garage war und gedacht, du wärst es! Und jetzt ruf verdammt noch mal sofort die Polizei«, brachte mein Freund mit einem Keuchen hervor. Seine Stimme überschlug sich und ich bemerkte, wie sehr er zitterte. Ein Scheppern aus dem Keller ließ uns beide jäh aufschrecken.

»Sofort!«, wiederholte Patrick schrill und warf die Tür zu.

3. Spuren

Ich verzichte bewusst darauf, ausführlicher zu schildern, was wir in der Garage vorfanden, als die Polizei schließlich eintraf. Um es kurz zu machen: In roten Buchstaben stand über die gesamte Länge der rechten Wand ein einzelnes Wort geschrieben, das mir einen Schauer über den Rücken jagte. *Schreib.*

Ich denke, dass Sie entgegen meiner heftigen Reaktion wohl nur müde gähnen, wenn Sie sich diese Szene vorstellen. Besonders originell hört es sich nicht an, oder? Ich kann Ihnen aber versichern, dass mir dieser Schriftzug schlaflose Nächte bescheren sollte.

Stellen Sie sich nur einmal vor, ein Eindringling hätte in Ihrem Keller eine derartige Nachricht hinterlassen und wäre danach einfach verschwunden. Selbstverständlich konnte die Polizei keinerlei nützliche Spuren oder Hinweise auf den oder die Täter sicherstellen. Nützlich ist unser Freund und Helfer nur dann, wenn der Fall offenkundig ist. Zum Beispiel, wenn jemand auf die Idee kommt, seinem Verleger in einem gut besuchten Restaurant das Auge mit einem Messer auszustechen. Dann wird der Übeltäter von den Herren in Blau sehr schnell gefunden. Im Fall der roten Buchstaben, die nicht einmal eine Drohung beinhalteten, herrschte leider auch kein besonders großes Interesse an der Aufklärung der Tat.

Ich selbst hatte mir natürlich bereits in dieser langen, schlaflosen Nacht Gedanken gemacht, wer sich hinter der Nachricht verbergen könnte. Maar konnte ich direkt ausschließen. Mir schien es nicht sehr wahrscheinlich, dass diese Kreatur namens Sander des Nachts in mein Haus eingedrungen sein könnte, um mir eine Botschaft ihres Gebieters zu überbringen. Irgendwann schlief ich trotz meiner ganzen Überlegungen im Sitzen ein, während nur noch die verzierte Lampe im Wohnzimmer ihren Lichtkegel warf.

Ich weiß noch, dass ich sehr früh erwachte – gegen neun Uhr in etwa. Obwohl ich nur wenige Stunden Schlaf gefunden hatte, fühlte ich mich allerdings sehr erfrischt. Ja, geradezu großartig. Seit Tagen aß ich das erste Mal wieder aus Hunger und Appetit und nicht nur aus bloßer Gewohnheit. Im Anschluss daran schlenderte ich summend in mein Arbeitszimmer und begann an *Die Klinik* zu schreiben. Liebe Leser, vielleicht schreiben Sie ja auch – ob nun beruflich, zur Freude oder im Idealfall sogar aus beiden Gründen. Welcher dieser Fälle auch auf Sie zutreffen mag, Sie kennen dann als Schreiber sicherlich dieses befriedigende Gefühl, wenn die Finger über die Tasten flitzen, Buchstabe sich an Buchstabe reiht und ehe man sich versieht, die Seiten gefüllt sind.

Doch ich kam nicht nur schnell, sondern auch mit qualitativ guter Arbeit voran. Ich beschloss, das Beste aus meinem Erlebnis in der Nacht zuvor zu machen und das rätselhafte Licht samt der Botschaft in meinen Roman einzuarbeiten. Allerdings verwendete mein Täter natürlich menschliches Blut und hatte auch einen etwas dramatischeren Inhalt zu vermitteln: *Ihr werdet alle für eure Sünden bluten!*

Zwei Todesszenen später stellte ich voller Resignation fest, dass ich mich in eine Sackgasse manövriert hatte. Ohne einen sehr platten Deus ex Machina konnte ich meinen Protagonisten das nächste Kapitel unmöglich überleben lassen. Gerade zu der Zeit, als ich frustriert abspeichern und die Arbeit für den Tag ruhen lassen wollte, kam mir aber – wie wundervoll Eingebungen doch sein können! – die rettende Idee für eine besonders kreative Wendung, die aber in sich logisch absolut konsistent war. Erleichtert wie schon lange nicht mehr, verließ ich das Zimmer für ein kurzes Mittagessen.

Die Küche war ins Zwielicht gehüllt. Von der Sonne war außer einem schwachen rötlichen Schein nicht mehr viel zu sehen. Ich musste Stunden geschrieben haben, ohne es zu merken. Ich glaube mich erinnern zu können, dass ich verdutzt etwas in meinen Bart murmelte (tatsächlich hatte ich zu der Zeit einen wunderbar gedeihenden Dreitagebart) und beschloss, statt Nahrung aufzunehmen, lieber auf den gelungenen Tag anzustoßen. Denn vom folgenden Tag versprach ich mir für mein Treffen mit Maar keinen so guten Ausgang.

Umso überraschter war ich, als ich tags darauf im Café eintraf und der untersetzte Mann, den man eigentlich stets mit erstarrter Miene sieht, mir ein vergnügtes Lächeln schenkte. »Markus, setz dich! Ich hoffe, dir geht es gut. Ich habe von der Sache vorletzte Nacht gehört.« Er machte eine kurze Pause und schaute betrübt drein, wobei er langsam den Kopf schüttelte. »Schrecklich. Wirklich schrecklich.« Ich stimmte nur kurz mit einem Nicken zu und setzte mich. »Da muss ich wohl durch. Ich hoffe, dir geht es soweit auch gut?«

Er schnaubte und griff scheinbar gedankenverloren nach seiner Tasse, um einen großen Schluck zu nehmen. Wie gewöhnlich trank er irgendeine pervertierte Form von Kaffee, der man zu viel Milch und andere Substanzen zugefügt hatte. Am Ende stieß er ein zufriedenes Seufzen aus. Ich wartete fast darauf, dass er mit der Zunge über den Oberlippenbart fahren würde, um auch bloß keinen Tropfen seines Getränkes zu verschwenden. Nach diesem kurzen Ritual, welches scheinbar seine ganze Aufmerksamkeit erfordert hatte, sah er mich ernst an.

»Die Zeiten werden härter. Steigende Papierpreise. Die Spediteure wollen auch mehr Geld. Eigentlich will jeder mehr Geld! Die Käufer allerdings wollen weniger zahlen. Das verträgt sich alles nicht! Vor allem diese verdammten E-Books werden uns noch in den Ruin treiben. Also, wo ich schon so mit der Tür ins Haus fallen musste, lassen wir die Floskeln und kommen wir lieber gleich zum Thema. Du musst dich noch wesentlich mehr mit deinem Buch beeilen. Es muss noch im Dezember fertig sein!« Bei seinen letzten Worten hatte er in Oberlehrermanier den Zeigefinger erhoben und mich wie einen naiven Jüngling gemustert. Ich brauchte einen Moment, um das Gehörte zu verarbeiten. De-zem-ber! Jede der Silben traf mich wie ein wohlplatzierter Schuss. Es war absolut ausgeschlossen, diese Frist einhalten zu können. Maar musste mir am Gesicht meine Einschätzung bezüglich des neuen Datums angesehen haben – sein Blick wurde finster.

»Darf ich wenigstens wissen, wieso ich zwei Monate weniger habe?« Mir kam der Tonfall meiner Stimme wie der eines kleinen Kindes vor, das störrisch gegen das Aufräumen seines Zimmers protestiert.

»Göttich wird wesentlich früher veröffentlichen. An sich ist selbst Dezember schon viel zu spät, damit ihr Buch deinem nicht ins Gehege kommt. Die Alte hat uns damit tatsächlich eine ganze Menge Mist eingebrockt.«

Maar zündete sich eine Zigarette an. Seit dem Nichtraucherschutzgesetz war es natürlich auch in seinem Stammcafé verboten, zu rauchen, aber in aller Regel interessierten ihn solche Banalitäten herzlich wenig – und am allerwenigsten, wenn er sich über etwas aufregte. Mir tat bereits jeder leid, der es wagen sollte, sich bei Maar wegen des Qualms zu beschweren. Das breite Gesicht dieser kleinen, untersetzten Gestalt hatte nicht umsonst eine gewisse Ähnlichkeit mit dem einer Bulldogge.

»Ich weiß auch, wie ungünstig eine recht zeitnahe Veröffentlichung mit Göttich ist, aber es ist doch auch kein Weltuntergang, wenn ich nicht vorher fertig bin, oder? Zur Not gehen wir nach hinten mit dem VT!«, schlug ich vorsichtig vor, um das Gespräch wieder in Gang zu bringen und vielleicht eine Alternative aufzuzeigen. *Die Klinik* begann mir gerade Spaß zu machen und nicht mehr bloß ein weiterer Auftrag zu sein. Ich wollte das Buch keinesfalls aus Zeitdruck verhunzen. Maar schenkte mir ein Haifischgrinsen, bei dem er seine vom Rauchen verfärbten Zähne entblößte.

Dann ließ er die Bombe platzen: »Wir wissen, dass sie einen Roman schreibt, der auch in einer Irrenanstalt angesiedelt sein wird. Wie schon bei den letzten Büchern wird es wieder seichten Horror und viel klebrigen Herzschmerz geben. Markus, ich fürchte, sie wird deine Verkaufszahlen ganz schön nach unten drücken. Solltest du erst nach ihr fertig werden, investiere ich keinen einzigen Cent mehr in den Druck.« Er hatte die Zigarette mit einigen kräftigen Zügen verstümmelt und drückte sie genüsslich auf der Untertasse aus, ganz so, als hätte es ihm Spaß bereitet, mir diese düsteren Aussichten mitzuteilen. Als ob ich etwas dafürgekonnt hätte!

Wir schwiegen lange. Sehr lange. Und ich weiß nicht, wie lange die Stille noch angedauert hätte, wenn die Bedienung mich nicht angesprochen hätte. Nach meiner Bestellung wandte ich mich wieder an meinen Verleger. »Wieso tut sie das? Das kann doch kein Zufall sein!« Ich murmelte einen leisen Fluch und vergrub die Finger wie kleine Folterwerkzeuge in das Fleisch meiner Oberschenkel. Ich hätte diese Frau erwürgen können. Ich verabscheue ihre Bücher, jawohl! Sollten Sie anderer Meinung sein, tun Sie mir einen Gefallen und legen Sie diesen Text nieder. Ich fürchte, Sie werden mir später ohnehin nicht mehr folgen wollen.

Aufgewühlt von diesem unerfreulichen Treffen machte ich mich daheim gleich ans Werk. *Die Klinik* nahm immer schärfere Konturen an. Aus dem anfangs schwachen, leblosen Schauplatz der Handlung wurde allmählich ein realer Alptraum. Ich fügte Detail um Detail hinzu, schuf undurchsichtige Nebencharaktere und hatte immer wieder Ideen für überraschende, ja vielleicht sogar in ihrer Art innovative Wendungen. Das Buch musste ein Erfolg werden, ganz gleich, was Göttich auch schreiben sollte.

In der folgenden Nacht fiel der erste Schnee. Ich sah es durch die Schlafzimmerfenster mit an, während ich entkleidet im Dunkeln stand. In der ländlichen Umgebung meines Hauses bedeutet Nacht auch Dunkelheit, anders als es in urbaneren Wohngegenden mit ihren vielen Straßenlaternen der Fall wäre. Die nächste Laterne befindet sich bei mir an der Zufahrt zur Hauptstraße, etwa hundert Meter von meiner Einfahrt entfernt. Der Schnee schien in dieser Schwärze nur umso intensiver zu strahlen.

Der Morgen brachte Sorgen mit sich. Es hatte die gesamte Nacht hindurch geschneit und das Weiß bedeckte alles mit einer dicken Schicht. Eigentlich fahre ich ungern bei derartigen Witterungsverhältnissen, da der Winterdienst es mit den umliegenden Landstraßen nicht allzu gut meint. Allerdings bestand kein Zweifel daran, dass ich zum Baumarkt fahren würde. Ich hatte mir vorgenommen, ein neues und dieses Mal hochwertigeres Schloss für die Garage zu kaufen und mich zusätzlich über Sicherheitstüren zu informieren. Sie fragen sich vielleicht, weshalb ich nach dem Vorfall in meiner Garage auch nur eine Nacht habe schlafen können, ohne ein neues Schloss zu kaufen. Ich kann es Ihnen mit zwei Worten ganz leicht erklären: *Die Klinik*. Ich dachte zu jener Zeit mehr an die schauerliche Welt meiner Fantasie als an die Wirklichkeit. Leider kann man sehr schnell und unsanft aus seinen Träumen erwachen.

Auf dem Weg zu meinem Winterauto entdeckte ich die Spuren. Auf den ersten Blick schienen die paarweise verlaufenden Abdrücke zu einer großen und vermutlich massigen Gestalt zu gehören. Die Stirn in Falten geworfen beugte ich mich dicht über sie und konnte mir trotz dieser akribischen Untersuchung keinen Reim auf sie machen. Sie waren lang, etwa dreißig Zentimeter, dafür aber sehr schmal und von ovaler Form. So seltsame Spuren hatte in meinen Augen weder ein

Mensch noch irgendein Tier hinterlassen können. In einem chaotisch anmutenden Zickzackkurs verliefen die Abdrücke um das gesamte Haus. Ich folgte ihnen, mein Blick auf sie gerichtet, während ich langsam den Hang herunterstieg. An der Terrasse angekommen, blieb ich stehen und blickte ihrem Verlauf nach. Als ich entdeckte, dass sie vom Wald kamen und auch wieder dorthin zurückführten, stieß ich eine Mischung aus Keuchen und Lachen aus.

Am schlimmsten war allerdings dieser Zwang, dieser Zwang tief, tief in mir. Ich wollte der Spur folgen – ganz gleich, wohin sie auch führen mochte. Ich weiß noch, dass ich lange Zeit wie gebannt zum Waldrand hinübergeblickt hatte, bis mich das Geräusch der Autotür aus meinen Gedanken riss. Martha musste vorgefahren sein. Langsam dämmerte mir, dass Freitagmorgen war und sie sich an die Grundreinigung begeben würde. Ich verharrte still und betete inständig, sie möge weder diese seltsamen Spuren noch meine eigenen entdecken und sich für einen Plausch auf die Suche nach ihrem Arbeitgeber machen. Es hätte mich zu sehr beschämt, wenn sie mich so aufgewühlt vorgefunden hätte. Zwar hatte ich keinen Spiegel zur Hand, aber ich war mir sicher, dass ich einen sehr verstörenden Anblick geboten hätte. Ich wartete, bis ich mir sicher sein konnte, dass Martha ins Haus gegangen war. Dann schlich ich vorsichtig zu meinem Wagen und fuhr zum Baumarkt – wenn ich schon nicht mehr arbeiten konnte, wollte ich wenigstens einer sinnvollen Tätigkeit nachgehen.

Am folgenden Wochenende arbeitete ich so intensiv an *Die Klinik* wie vielleicht zuvor an noch gar keinem meiner Bücher. Während ich immer tiefer in meiner dunklen Traumwelt versank, schneite es immerzu. In den Nachrichten, die ich in Form kurzer, teilweise regelrecht stümperhafter Internetberichte konsumierte, war schon die Rede von *Winterchaos* und *Notstand*. Ich gähnte lediglich ob dieser offenkundigen Übertreibungen und dachte an meinen gut gefüllten Vorratsschrank – ich würde tagelang von ihm zehren können und das Haus nicht verlassen müssen.

Wenig überraschend erhielt ich dann bereits am Samstagmorgen einen Anruf von Martha, in dem sie sich dafür entschuldigte, wegen des Wetters der Arbeit fernbleiben zu müssen. Sie habe schon alles versucht, aber ein Lastwagen stehe quer und es gebe kein Durchkommen. Ich hegte meinen Zweifel an dem Wahrheitsgehalt der Geschichte, da die gute Martha den entscheidenden Fehler gemacht und mich viel zu früh angerufen hatte. So früh wäre sie nie im Leben zu mir aufgebrochen.

Ich war alles andere als echauffiert über ihr Fernbleiben. Seit mir das Schreiben wieder leichter fiel, ja geradezu wie von selbst von der Hand ging, fühlte ich ein permanentes und so lange verloren geglaubtes Gefühl der Unbeschwertheit, dass mir der Gedanke behagte, mich selbst um mein Essen zu kümmern.

So verliefen dann der Samstag und weite Teile des Sonntags. Ich schrieb, solange mein Magen es mir gestattete. Anfangs zog ich es vor, Hunger leidend noch einige Seiten zu schreiben, ehe ich mir etwas zubereitete, aber schließlich musste ich widerwillig einsehen, dass der leere Bauch mich dann doch zu stark ablenkte. Andererseits fand ich jene Stelle sehr gelungen, an der mein Protagonist sich vor dem Klinikpersonal verbergen und dabei den gleichen quälenden Hunger erleiden musste wie ich in diesem Moment. Selten habe ich derartige Einfälle gehabt. Es kam immer noch eins zum andern. Doch selbst mir, der sich mit einer sehr lebhaften Fantasie geehrt oder auch gestraft fühlen darf, entlockte es ein ungläubiges Stöhnen, als ich Maars Stimme am Sonntagabend aus dem Telefonhörer vernahm.

»Markus, ich habe ausgezeichnete Nachrichten«, sagte er

ohne jedes Wort der Begrüßung – die Nachrichten mussten also tatsächlich ausgezeichnet sein. »Hallo Benedikt, ich bin ganz Ohr.« Ich frage mich immer noch, ob man mir meine Verwunderung wohl angehört haben mochte. Maar jedenfalls kostete den Moment aus. Kein Mensch kann solange brauchen, um für den nächsten Gesprächsbeitrag Luft zu holen.

Mit der begeisterten Stimme eines kleinen Kindes fuhr Maar dann nach einer gefühlten Ewigkeit fort: »Wir werden bei dem ursprünglichen VT bleiben, aber dafür kräftig für dein neues Buch werben, um Göttich zu verdrängen. Ich habe zusammen mit dem Vorstand die Idee ausgearbeitet, dich für dein bisheriges Lebenswerk innerhalb einer Gala zu ehren und ein paar deiner Bücher in Sammelbänden neu zu verlegen. Dein Name soll in aller Munde sein!«

Kennen Sie dieses Gefühl, ganz offensichtlich aufs Kreuz gelegt zu werden, aber nicht sagen zu können, wie es passieren wird? Ich war mir sicher, dass sich hinter diesen *ausgezeichneten Nachrichten* eher so etwas wie ein amtlicher Erschießungsbefehl verbarg und keinesfalls eine wahrhaftig gute Entwicklung. Leider blieb mir nicht viel mehr übrig, als bei Maars Spiel mitzumachen.

»Ich weiß nicht, was ich sagen soll«, versuchte ich es mit der Wahrheit und verschwieg lediglich, dass mir eher aus Angst als aus Freude die Worte fehlten. Maar schien es geschluckt zu haben und sprach munter drauf los. Ich vermutete, Alkohol müsste ihm die Zunge gelöst haben. Anders konnte ich mir diese Redseligkeit damals jedenfalls nicht erklären. Inzwischen – und das muss ich dem Mann immerhin zugutehalten – spekuliere ich eher dahingehend, dass Maar aufgeregt war oder unter einem schlechten Gewissen wegen der Intrige litt, die er zu dem Zeitpunkt bereits vollständig gesponnen hatte und in deren Fäden ich mich gerade wie eine hilflos zappelnde Fliege verfing.

»Den genauen Ablauf der Gala werden wir natürlich planen und dich dann weiter informieren«, erzählte Maar mir. »Immerhin musst du jetzt umso schneller weiterschreiben und sollst dabei nicht von irgendwelchen äußeren Einflüssen gestört werden. Ich glaube, es wird sich voll und ganz lohnen. *Die Klinik* dürfte mühelos an deine ersten Romane anknüpfen. Vor allem das letzte Kapitel war fabelhaft.« Es war seltsam, ein Lob von diesem Mann zu bekommen, mit dem meine Karriere angefangen hatte und inzwischen ein Ende gefunden hat.

Nach einem kurzen Zögern beschloss ich, Maar eine Frage zu stellen, die ich mich sonst sicherlich niemals zu äußern getraut hätte: »Kann ich eine Vorauszahlung auf das Buch haben?«

Für gewöhnlich hätte Maar mir so eine Bitte sicherlich mit einem Grunzen ausgeschlagen und auf die Richtlinien des Vertrags hingewiesen. Jetzt schien er eher besorgt zu sein: »Steckst du in Schwierigkeiten?«

Ich benötigte das Geld, weil ich umziehen wollte und entschied, dass er dieses Vorhaben sicherlich nicht als Schwierigkeiten ansehen würde. »Nein, es ist alles in Ordnung«, erwiderte ich auf seine Frage. »Ich habe nur ein paar Pläne.«

»Pläne«, wiederholte er lediglich und ich sah förmlich vor mir, wie er seine rechte Augenbraue auf geradezu groteske Weise hochzog. »Mich gehen deine Pläne zwar nichts an, aber mir gefällt es nicht, dass du mich nach Geld fragst und mir nicht sagen willst, wofür du es brauchst.« Anscheinend bemerkte er, wie unverschämt es eigentlich war, so in meinem Privatleben herumzuschnüffeln und schob eilig hinterher: »Ich muss dir ja den Rücken freihalten, wenn dich irgendetwas belastet. Du sollst dich voll und ganz aufs Schreiben konzentrieren können.«

»Glaub mir, das tue ich«, entgegnete ich Maar. *Ich tue es sogar mehr, als mir lieb sein sollte.*

4. Botschaften

Das Wetter hatte sich inzwischen wieder einmal geändert. Auf den plötzlichen Wintereinbruch folgte etwas mildere Luft mit Temperaturen, die nur knapp über dem Gefrierpunkt blieben. Diese milde Luft brachte allerdings viel Regen mit sich. Ich habe dieses Wetter als weitaus schlimmer in Erinnerung als die Kälte zuvor. Seit ich in meiner Jugend eine Operation am Knie habe erdulden müssen, leide ich unter dieser Art von Witterung – auch wenn der Eingriff mehr als zwanzig Jahre zurückliegt. Noch heute klingen die Worte des Arztes in meinen Ohren nach. »Es wird in ein paar Wochen wie neu sein.« Wie dieser Quacksalber mich damit belogen hat!

Von wirklicher Heilung konnte nie die Rede sein. Auf die Operation folgten im Laufe der Jahre zahlreiche Therapien und auch einige neue Eingriffe, die geradezu »läppische Routine« waren. Allen voran folgten aber Ernüchterungen. Bis zu meinem Sportunfall, der Ursache des Eingriffs gewesen ist, führte ich ein sportliches, ehrgeiziges Leben. Wann immer ich neben meiner Freundin und meinem Beruf – damals war ich als Volontär beim Rundfunk tätig – Zeit fand, trieb ich Sport. Sport war für mich der Schlüssel zu einem ausgeglichenen Leben. Im Alter von sechsundzwanzig Jahren sollte diese Tür von einem Moment zum anderen für immer verschlossen sein.

Nur zwei Jahre nach meinem Unfall folgte ein wesentlich größerer Schicksalsschlag. Ich verlor meinen Stiefvater durch einen Autounfall. Meine Mutter folgte ihm nur sieben Jahre später nach langer Krankheit; dreizehn Tage nach meinem fünfunddreißigsten Geburtstag.

Einmal hat mich ein Journalist danach gefragt, wie man dazu komme, sich so intensiv mit dem Schreiben zu beschäftigen. Ich habe ihm geantwortet, dass es entscheidend sei, wie schlecht man sich selbst gerade fühle. Ich habe ihm gesagt, dass ich ein halber Krüppel bin und ich viele wichtige Menschen in kurzer Zeit verloren habe. (Damals ahnte ich allerdings noch nichts davon, dass ich bald auch wieder als Junggeselle dastehen würde). Er hat mich daraufhin mit einem angedeuteten Kopfschütteln wie ein seltenes Tier gemustert und – ohne eine Notiz gemacht zu haben – die nächste Frage gestellt.

Dabei war es wohl eine der ehrlichsten Antworten, die er jemals bekommen haben dürfte. Wer beginnt denn damit, Traumwelten zu erschaffen? Nur der, der in der wirklichen Welt nichts hat, für das es sich zu leben lohnt. Leider allerdings, so sagte ein angesehener amerikanischer Kollege einst, schrumpfen die großartigen Ideen, die wir in unserem Geist ersinnen, sobald wir sie in Wort und Schrift äußern. Inzwischen halte ich diesen Gedanken für falsch.

Warum ich Ihnen das nur erzähle, werden Sie sich sicherlich fragen. Nun, ich erzähle dies nicht, um – wie Sie womöglich vermuten – mich in einem besseren Licht darzustellen. Herrje, der Arme! Was für ein schweres Leben er doch hatte, also verzeihen wir ihm doch einfach alle seine Fehler! Nein, derartige Beweggründe sind mir fremd. Ich will Ihnen nur mitteilen, was mich dieser Tage im Dezember beschäftigte. Sobald das Bein zu schmerzen begann, war an Schreiben nicht mehr zu denken. Es wäre in etwa so gewesen, als stünde jemand neben mir und schrie wie am Spieß.

Ab und an vermochte ich es allerdings doch noch, trotz meiner zahlreichen Stimulanzien, die auch sehr gut als Schmerzmittel wirkten, etwas Produktives zu Papier zu bringen.

Oft genug wanderte ich in Gedanken durch die schummrigen, krummen Gänge des Klinikgebäudes, roch den beißenden Gestank der Medizin und konnte die Insassen hinter ihren Türen schreien und klagen, wimmern und um den Tod flehen hören. Während dieser mentalen Erkundungsgänge durch meine selbstgeschaffene Welt *entdeckte* ich Details, die so erstaunlich real waren, dass man sie sich nie und nimmer hätte ausdenken können. Ich entdeckte etwa eine Tür mit einer dicken Kerbe.

Aus einem Gespräch zwischen zwei Schließern erfuhr ich anschließend von Bastian Gerull. Gerull hatte sich vor etwa zehn Jahren, nachdem einer der Pfleger seine Medikation falsch dosiert hatte, bei einer routinemäßigen Untersuchung losgerissen und versucht, einen der Pfleger mit einem Nachttopf zu skalpieren. Zwar konnte der wild wütende Patient schließlich gebändigt werden, aber das Ereignis hatte dunkle Schatten auf die Klinik geworfen. Jemand fand schon bald heraus, dass der Pfleger, der die Medikation falsch dosiert hatte, entfernt mit Bastian Gerull verwandt war. Das Schlimmste war allerdings, in welchem Verhältnis besagter Pfleger zum Leiter der Klinik, einem älteren Herrn namens Ulrich Mehnert, stand. Er war sein Schwiegersohn, mit seiner Tochter schon seit zwei Jahren verheiratet.

Auch zu der Zeit, in der meine Geschichte spielen sollte, schlich jener Pfleger noch durch die Gänge. Es war nicht schwer für mich, ihn schließlich aufzuspüren: Ein apathisches Ding, mit glasig-leerem Blick, bei dem es nicht verwundert hätte, hinge ihm ein Sabberfaden aus den Mundwinkeln herab. Ich beschloss dennoch, dieses seltene Exemplar der Spezies Mensch weiter zu beobachten. Angenehmerweise schien ich wie unsichtbar zu sein. Niemand bemerkte meine Anwesenheit, auch wenn mancher lange und intensiv und mit einem Hauch von Unbehagen in meine Richtung starrte, wenn ich – ich werde es nun so plakativ ausdrücken – wie ein Geist an ihnen vorbeihuschte.

Der Pfleger schien mich jedenfalls in keiner Weise zu bemerken, als er sich daran machte, einem Insassen die Medikamente zu verabreichen, die ihn ruhig und friedlich halten sollten. Es war beinahe wie eine schreckliche Metamorphose, als dessen Gesicht dennoch aus dem trüben Nebel zu erwachen begann und ich in ihm klare Gedanken lesen konnte. Böse Gedanken waren es allerdings. Was auch immer der Pfleger ihm verabreicht hatte, es waren scheinbar nicht die richtigen Präparate.

Ich beschloss, am nächsten Tag wieder zurückzukommen, um mir die weitere Entwicklung anzusehen. Mehr und mehr fühlte ich mich eher an einen Geschichtsschreiber oder Berichterstatter erinnert als an einen Schriftsteller, der Herr über seine eigene erfundene Welt ist und diese nach seinem Belieben gestalten kann. *Diese* Welt war jedoch der Herr und ich nur der Diener, der von ihr zu verkünden auserwählt worden war.

Es war Ende November, als ich das Buch beendete. Zehn Tage vor Maars Ultimatum, das er genau so kalkuliert hatte, dass noch genug Zeit für das Lektorat bleiben sollte. Ich beschloss, die verbleibende Zeit zu nutzen und selbst als Lektor tätig zu werden. Sie müssen wissen, nichts hilft bei der Textarbeit mehr, als Distanz aufzubauen, um sich über Stärken und Schwächen des eigenen Buches bewusst zu werden. Ich traf eine Woche lange Freunde, fuhr ziellos umher oder tat einfach nichts. Es war eine gute Zeit. Es tat gut, nach dieser Anstrengung – und dies waren die letzten Wochen dieses Schreibmarathons wahrlich – eine Ruhephase genießen zu können.

An einem Montag, von dem ich glaube, es war der letzte im November, setzte ich mich bereits früh am Morgen, als die Sonne noch nicht einmal aufgegangen war, vor den Rechner und begann mit der Korrektur. Es war eine einfache Arbeit – zumindest nach der zähen ersten Hälfte. Jedoch fielen mir rasch diverse Möglichkeiten ein, um den Beginn der Geschichte aufzuwerten. Aus der eigentlichen Korrektur wurde ein Umschreiben. Außer dem groben Handlungsgerüst blieb nicht viel von diesem Teil des Romans übrig. Allerdings kam ich dennoch gut voran. In nur drei Tagen hatte ich über zweihundert Seiten fast vollständig verändert und von ihren Unzulänglichkeiten befreit.

Was den Teil der Geschichte betraf, der nach dem Vorfall in der Garage entstanden ist, so muss ich gestehen, er kam mir nahezu nicht wie mein eigener Text vor. Viele der Formulierungen konnten nicht aus meiner Feder stammen. Sie waren viel zu präzise und versprühten dennoch eine poetische Leichtigkeit und brodelnde Leidenschaft, dass einem schwindelig werden konnte, ließ man sich nur auf die Untiefen ein, in die einen das Buch zu reißen vermochte. Wie gut der Roman doch nur hätte werden können, hätte mich diese Kreativitätsphase gleich zu Beginn der Arbeit überkommen! Es war ein wehmütiger Gedanke, dem ich keine weitere Beachtung schenken wollte.

Ich möchte Ihnen jedoch auch den Inhalt eines Briefes nicht vorenthalten. Die Argwöhnischen unter Ihnen mögen sicherlich wieder einmal den Hauch eines Zweifels hegen, wie ich nun einen Brief wiedergeben kann, den ich vor Monaten erhalten habe. Ich würde nicht allzu viel darauf verwetten, ihn fehlerfrei rezitieren zu können, aber sicherlich würde ich darauf wetten, den Kern zu treffen. Viele der Formulierungen verfolgen mich indes noch heute. Glauben Sie mir, derartige Briefe prägen sich ein.

Mein lieber Markus,

Mit Freuden möchte ich dir mitteilen, dass der Termin für die Gala steht. Am 21.12. wird es soweit sein. Wir haben uns nicht lumpen lassen – wir werden zu Gast in der Historischen Stadthalle sein. Insgesamt werden etwas mehr als einhundert Pressevertreter, Geschäftspartner und natürlich gute Freunde dabei sein.

Da wir dein Werk bei unserem kleinen Verlag ehren wollen, erschien es uns passend, dich zu bitten, deine erste Kurzgeschichte zu lesen, die bei uns erschienen ist. Ich weiß, welch beachtliche Länge sie für eine Kurzgeschichte besitzt und kann mir deinen skeptischen Blick gut vorstellen, aber glaube mir, es wird sich lohnen. Sie besitzt immer noch eine ganz besondere, ganz intensive Wirkung, mein lieber Markus. Mit dieser Geschichte lässt sich der Bogen zu heute spannen, ja geradezu eine wunderbare Rahmung erzeugen.

Im Anschluss an die Lesung folgt die Vorstellung des neuen Buches. Ich hoffe, dir gefallen diese Ideen genauso, wie sie bei uns auf Begeisterung trafen.

Anbei schicke ich dir erste Entwürfe des Covers sowie nähere Kataloginformationen bezüglich der drei Sammelbände, die wir geplant haben. Auch zu diesen Sammelbänden stehen schon einige Coverentwürfe, die du dir schon einmal zu Gemüte führen mögest.

Melde dich doch bitte und teile uns deine Gedanken mit.

*Herzliche Grüße
Benedikt Maar*

Nach der Lektüre dieses kurzen Schriftstücks warf ich es so hastig beiseite, als hätte ich ein glühendes Stück Holzkohle in den Händen gehalten. Mir behagte diese Entwicklung immer weniger. Maar hatte noch nie derartig freundliche Züge gezeigt. Da ich das Manuskript noch nicht einmal seinem Lektor hatte zukommen lassen, konnte es also auch nicht an seiner großen Zufriedenheit bezüglich meines neuesten Werkes liegen. Es musste etwas anderes sein. Vielleicht war er ja sterbenskrank und wollte in seiner verbleibenden Zeit einem etwas liebevolleren Lebenswandel nachgehen? Alternativ kam nur Wahnsinn als Erklärung in Frage.

Später, nachdem ich wegen dieser frohen Kunde aus meiner Zufriedenheit gerissen worden war und mein Manuskript an den Lektor ausgehändigt hatte, traute ich mich mit einem Drink gewappnet wieder an den Briefumschlag heran. Die letzten Titelbilder waren allesamt von Stümpern entworfen worden. *Im Verborgenen*, ein Titel, der von einem Familienvater handelt, der eine schwere Entscheidung treffen muss und dabei auf eine ihm bis dato unbekannte dunkle Ader seiner selbst stößt, war etwa mit einem Cover verunstaltet worden, auf dem ein seltsamer Kerl mit dämonisch roten Augen zu sehen war. Entstanden war dieses Meisterwerk aus der Zusammenarbeit eines untalentierten Fotografen und dem allmächtigen Adobe Photoshop.

Glaubt man noch an den Käufer, der zum Erwerb von Büchern in einen Laden geht (ich habe Zweifel an der Existenz solcher Konsumenten), so muss man doch in Betracht ziehen, dass dieses Cover, das Aushängeschild eines jeden Buches, absolutes Gift war. Wer sollte so ein Buch kaufen wollen? Wer sollte sich mit dem Inhalt zufrieden zeigen, wenn er das Buch wegen des Covers gekauft hat? Cover und Inhalt waren bei diesem drastischen Beispiel doch zwei vollkommen verschiedene Paar Schuhe.

Ich ließ vermutlich vor Erstaunen sogar den Mund offenstehen, als ich die Zeichnung für *Die Klinik* aus dem Umschlag zog. Gegen einen dunklen Hintergrund, der nur vage angedeutet wurde, zeichneten sich die bedrohlichen Umrisse des Klinikgebäudes ab. Aus dem quadratischen Betonklotz wuchsen Anbauten und Türme wie üble Geschwüre hervor. Das Anwesen war von einem altmodischen Gitterzaun umgeben, aus dessen Stäben bedrohliche Spitzen emporstiegen, die zum Ende hin noch eine wichtige Rolle in der Handlung spielten. Keine roten Augen oder dergleichen – ich war höchst zufrieden mit dieser Arbeit und hob das Stück Papier weiter an, um es etwas genauer betrachten zu können.

Wer auch immer für das Cover verantwortlich war, hatte tatsächlich viele Arbeitsstunden investiert. Sah der Betrachter ganz genau hin, konnte er bei gutem Licht einen Umriss erkennen, der sich aus einem der Fenster des obersten Stockwerks beugte. *Nora, Schätzchen, wir wissen ja leider, wie diese Episode für dich enden musste.* Der Künstler hatte für mich eine der intensivsten Stellen des Buches dargestellt. Ich war begeistert.

Leider hielt sich meine Begeisterung bei den Entwürfen für die Sammelbände in Grenzen. Einer sah vor, die alten, wahrlich hässlichen Titelbilder ganz einfach als Collage zu arrangieren. Ein anderer zeigte mich (ein altes Werbebild, wie ich schnell erkannte), während über mir in einer Art Gedankenblase ein dunkler Wald umherkreiste. Ich warf den Unrat wütend beiseite.

Um mich zu beruhigen und meine Gedanken, die sowohl positiver als auch negativer Natur waren, etwas zu ordnen, beschloss ich, eine meiner Kreativwanderungen zu unternehmen. Überrascht, aber keineswegs ungehalten, stellte ich bei einem Blick hinaus durch die große Glasfront des Wohnzimmers fest, dass es zu schneien begonnen hatte.

Die Flocken waren dick und prächtig und dabei wundervoll anzusehen, wie sie dennoch mit spielerischer Anmut dem Boden entgegen zu tanzen schienen. Vermummt trat ich ins Freie. Die Luft war angenehm kalt, roch frisch und tat mir augenblicklich gut. Der Boden war bereits ein einziges Weiß und knirschte bei jedem meiner Schritte. Eilig umrundete ich das Haus; ich wollte das alles, den Verlag, diese Gala und auch *Die Klinik* vergessen – selbst dann, wenn es nur für ein paar Stunden sein sollte. Einzig der Schmerz in meinem Bein, der an manchen Tagen wie ein ungebetener Gast über mich herfiel, vergällte mir etwas die Vorfreude auf diese Kreativwanderung.

Mein Weg führte im Wald eine Böschung hinab. Dort traf

er dann auf eine der großen Hauptwanderrouten. Diese führte auf verschlungenen Pfaden vorbei an tiefen Tälern, in denen nun die Bäche in Eis erstarrt schlummerten, direkt bis nach Solingen und – sofern das Schild an der Wegkreuzung nicht log – von dort aus sogar bis nach Düsseldorf. Schon oft hatte mich der Gedanke fasziniert, einfach einen dieser Wege zu gehen, ganz gleich, wo er mich auch hinführen mochte. Bald schon war ich in einem dumpfen Trott versunken, nahm die friedliche Welt um mich herum nur noch am Rande wahr und hing meinen Gedanken und Überlegungen nach.

Wie die Zeit doch vergehen kann, wenn man abgelenkt ist! Sie müssen wissen, nach einigen Kilometern gabelt sich der Weg und führt entweder zur Landeshauptstadt oder bergauf in einer großen Schlaufe zurück zu der Landstraße, an der mein Haus steht. Es kam mir vor, als wäre ich gerade eben erst aus der Haustür getreten, doch schon erblickte ich den Scheideweg.

Meine Schritte wurden langsamer, mein Atem ging schneller. Ich blieb stehen und starrte den mir unbekannten Weg entlang, bis er hinter einer Erhebung aus meinem Blickfeld verschwunden war. Indes fielen die Flocken um mich herum immer stärker. Mein linkes Bein war schon leicht zum Gehen angewinkelt, da ich mich entschlossen hatte, meine Kreativwanderung auf die altbewährte Weise zu Ende zu bringen, als ich etwas Seltsames im Schnee erblickte.

Es war weiß wie der Schnee, zappelte jedoch in dem leichten Wind. Zögernd verließ ich die vertraute Route und näherte mich dem rätselhaften Objekt. Ich hatte gerade die halbe Distanz überwunden, als eine Böe aufkam und den Gegenstand packte, anhob und auf mich zu wehte. Es war ein beschriebenes DIN-A4-Blatt. Meine Hand schnellte hervor und fischte es aus der Luft. Es war der Beginn von *Die Klinik* – in der ursprünglichen und wesentlich schlechteren Fassung, wie ich schnell erkannte. Was mich aber noch wesentlich mehr erschreckte, waren die handschriftlichen Anmerkungen und Korrekturen. Es war meine eigene Schrift.

Ich umklammerte das Papier und ließ es nur langsam sinken, während bleiche Atemfetzen vor meinem Gesicht hingen. Erst jetzt sah ich, dass etwas auf der Rückseite geschrieben stand. In geschwungenen roten Buchstaben, ähnlich der Schrift, die wir in meiner Garage vorgefunden hatten, las ich:

Komm und folge dem Weg und nie wieder wird dein Werk so miserabel sein!

Ich glaube, ich bin tatsächlich vor Schreck einige Schritte zurückgetaumelt, nachdem ich die Worte gelesen und verarbeitet hatte. Nach Luft japsend drehte ich mich hierhin und dorthin und fürchtete, eine dunkle Gestalt starr zwischen den kahlen Bäumen stehen zu sehen. Sie würde eine knochige Hand zum Gruß erheben und dann, wenn sie den ersten Schritt täte, um auf mich zuzugehen, würde ich meinen Verstand verlieren und nicht mehr mitbekommen, was mit mir geschehen würde. Doch auch, wenn meine Fantasie sich wieder allzu viel ausmalte, traf es nicht mal im Ansatz, was wirklich passierte.

Der Wind frischte mit einem Mal noch mehr auf, so als hätte er einen stillen Befehl vernommen. Meine Augen tränten ob des kalten Luftstroms. Dann stob plötzlich der Schnee auf dem Stück Weg vor mir davon. Unter ihm kamen unzählige weitere Blätter zum Vorschein, die in absurden Wirbeln gen Himmel aufstiegen. Es mussten sicherlich hunderte Seiten sein, die wie ein Schwarm böser Insekten auf mich zurasten.

Ich machte abrupt kehrt, rutschte dabei beinahe aus und eilte davon. Erst nachdem ich bereits die Hälfte des Rückwegs hinter mir hatte, blieb ich stehen, und das auch nur wegen meines rechten Beines, das so sehr brannte, als stünde es lichterloh in Flammen. Ich konnte es kaum noch krümmen und stakste den restlichen Weg ungeschickt stapfend, aber immer noch mit beachtlicher Geschwindigkeit zurück. Bis heute, mein lieber

Leser, sind Sie der erste, dem ich von diesem Erlebnis berichte. Wer hätte mir diese Geschichte auch geglaubt? Ich kenne die Welt da draußen und weiß auch, was man mir unterstellt hätte: Geltungssucht und den Wunsch, mein nächstes Buch zu bewerben.

5. Die Gala

Dezember.
Die Gala rückte immer näher, während ich in emsiger Korrespondenz mit dem Lektor stand, den Maar ausgesucht hatte. Im Laufe der Zeit bin ich schon auf viele Arten von Lektoren gestoßen, die sich in zwei grobe Kategorien einteilen ließen: jene, die alles bemängeln und jene, die nur nach Tippfehlern suchen. Mit diesem Lektor, einem gewissen Boris Ramsel, war ich auf eine Mutation gestoßen. Ramsel schien tatsächlich an dem Erfolg des Romans interessiert zu sein. Seine kritischen Worte beschränkten sich doch wirklich nur auf konstruktive Vorschläge, die das Buch für den Leser leichter zugänglich machten. Neugierig geworden, wer sich hinter diesem Ramsel verbergen mochte, begann ich Nachforschungen anzustellen und fand heraus, dass er bisher nur als Lektor für Autoren tätig war, die bei anderen Verlagsgesellschaften unter Vertrag standen. Wie war Maar nur an diesen Mann gekommen und vor allem warum?

Je mehr ich darüber nachdachte, umso deutlicher stahl sich die Vision von Maars breitem Gesicht in meine Vorstellung. Ich sah, wie er mich mit seinem Haifischgrinsen musterte und zufrieden an einer Zigarre zog. »Wir haben weder Kosten noch Mühen gescheut!« Ja, ich konnte diese Worte nach den letzten Tagen, die von all den seltsamen Lobeshymnen geprägt waren, schon regelrecht hören. Letztendlich war dieser neue Lektor aber doch nichts anderes als nur ein weiterer Pflasterstein auf meinem seltsamen Weg hinab ins Untere Reich – ein recht unbedeutender Pflasterstein, möchte ich anmerken.

Sie wollen sicher viel lieber von der Gala hören? Ich kann Sie verstehen. Meine kleinen Spukerscheinungen sollten Sie inzwischen langweilen. Deswegen sei dazu nur gesagt, dass im

Dezember kaum ein Tag verging, an dem ich nicht irgendwelche Spuren fand oder seltsame Botschaften. Zuweilen hörte ich auch Stimmen. Von diesen Stimmen sollte ich Ihnen aber wohl besser doch noch mehr erzählen. Sie waren nicht physisch hörbar, wie ein kleines Experiment mit einem Diktiergerät mir schnell gezeigt hatte. Von Worten kann im Zusammenhang mit diesen Stimmen auch nicht die Rede sein. Heiseres, aufgebrachtes Flüstern, welches ich tief, tief in meinem Kopf hörte, wo es im tausendfachen Echo widerhallte und mir des Nachts jede Hoffnung auf Schlaf raubte, das war es, was ich hörte. Aus meinen Stimulanzien war längst eine Medizin geworden, die mir dabei half, den unheilvollen Klang vergessen zu können.

Es war Mitte Dezember an einem Morgen, als ich mich daran machte, eine E-Mail an einen Kundendienst zu schreiben. Vor dieser Arbeit hatte ich mich tagelang gedrückt, aber ich konnte sie nicht länger aufschieben. Während ich schrieb, zischten und wisperten die Stimmen. Erst leise, kaum zu vernehmen, und dann immer lauter schwoll das Klangchaos in meinem Kopf an. Auch wenn es mir schwerfiel, mich zu konzentrieren, waren es ja nur einige Absätze, die ich schnell getippt hatte und lediglich einmal auf Fehler überprüfen wollte, aber dabei entdeckte ich, dass ich etwas gänzlich anderes geschrieben hatte.

Unschwer erkennbar war es der Beginn einer neuen Erzählung – fast zwanzig Seiten umfassend. Ich ließ den Cursor über dem X verharren und wollte diesen Text, der nicht meiner sein konnte, löschen. Als wäre die Maus zum Leben erwacht, sah ich, wie sich der Zeiger langsam auf das Symbol zum Speichern bewegte. Mir stellten sich die Nackenhaare auf. Eilig verließ ich das Arbeitszimmer und stürmte hinaus an die frische Luft.

Nach dem Schneefall der letzten Tage hatte sich das Wetter endlich beruhigt. In dem strahlenden Sonnenschein des jungen

Tages glitzerte der Schnee und aus den benachbarten Häusern kräuselten sich die feinen Rauchschwaden der Schornsteine in einen blauen, makellosen Himmel empor. Da stand ich, mit dem Schock meines Lebens, dem Gefühl irrsinnig zu werden – oder schon längst zu sein – und sah mich langsam um, atmete die kalte Luft ein, die einen erfrischenden, irgendwie süßen Geschmack auf meiner Zunge hinterließ und war plötzlich von einem Gedanken erfüllt, der mir so wahrhaftig schien wie kein Gedanke je zuvor. *Jede Geschichte schreibt sich selbst. Ich bin lediglich der Diener, der den Stift führt.*

Wenig überrascht, schon fast beiläufig, sah ich beim Hineingehen die Abdrücke im Schnee, die sich direkt unter den Fenstern der Hausfront befanden. Die Scheiben selbst machten auch keinen Hehl daraus, dass ich wieder einmal nächtlichen Besuch gehabt haben musste. Im Sonnenlicht sah man die Fingerabdrücke auf der Scheibe in etwa so deutlich, als hätte man sie mit Neonfarbe aufgesprüht. Ich beschloss, Martha damit zu beauftragen, umgehend die Fenster zu putzen ...

Sie hatten sich nicht lumpen lassen, oh nein. Einen derartigen Trubel um meine Person hatte ich bis dahin noch nicht erlebt. Fotografen und Fernsehleute vom WDR waren vor Ort und lauerten vor dem Eingang der Historischen Stadthalle wie ein feindlicher Belagerungstrupp. Ich selbst kam mir wie das goldene Kalb vor, als ich aus der Limousine stieg, welche Maar geschickt hatte, um mich *stilecht* abzuholen. Ich glaube, ich bin noch nie erleichterter gewesen, den untersetzten Mann zu sehen, als in diesem Moment, da die Blitze der Fotografen um mich herum aufleuchteten und mir Frage um Frage zugerufen wurde. Maar, der von vier seiner Mitarbeiter flankiert wurde, nahm mich an die Hand, sprach eine herzliche Begrüßung aus und grinste sein Haifischgrinsen.

Ohne weitere Worte führte er mich an diesen unzähligen Leuten vorbei und durch eine unscheinbare Tür. Wie durch Watte hörte ich die Fragen der Journalisten weiter auf mich einprasseln und die Stimmen irgendwelcher Verlagsmitarbeiter, die die Pressevertreter auf später vertrösteten. Hätte ich ihren Fragen doch nur mehr Beachtung geschenkt, dann wären viele der nachfolgenden Ereignisse – ich bin nun einmal so naiv – vielleicht abwendbar gewesen. So aber gerieten die ersten Zahnräder in dieser komplexen Maschinerie, die meinen Untergang besiegelte, ins Rollen. Als sich die Tür hinter mir mit einem Krachen schloss, schreckte ich auf.

»Nervös, was?« Maar grinste mich noch immer an. Es war der Blick einer abscheulichen Maske – und hinter dieser Maske mochten sich wer weiß was für undurchschaubare Gefühle und Gedanken verbergen. Nachdem ich tief Luft geholt hatte, schien mein Hirn wieder für den Dienst bereit und nahm die ersten Details wahr.

Es nahm beispielsweise das grinsende Etwas vor mir wahr. Dieses grinsende Etwas, das nie und nimmer der Verlagschef von *Maar & Schmidt* sein konnte, denn dieser konnte sich nie freuen. Diese ganze Situation konnte nicht wahrhaftig sein, fühlte sie sich doch sogar irrealer an als alles, was in den letzten Wochen meiner Fantasie entsprungen war. Maar trat etwas näher an mich heran. Der Mann war etwas kleiner als ich und so geschah es, dass er sich mir unangenehm näherte und ich sein schweres Parfum riechen konnte, als er mir aufmunternd auf die Schulter klopfte, wie ein Reiter es vielleicht bei seinem besten Pferd vor einem wichtigen Wettkampf zu tun pflegt.

»Das geht vorbei. Am besten gönnst du dir einen kleinen Schluck. Das beruhigt die Nerven.« Dann wandte er sich ab und kommandierte ein paar seiner Mitarbeiter herum, die aufgeregt auseinanderstoben wie panische Rindviecher.

Ich fragte mich nach dem Buffet durch, von dem Maar mir

vorab am Telefon erzählt hatte, und versuchte etwas zu essen. Jeder Bissen war eine Qual. Ich spürte die einzelnen Fasern von Fleisch und Brot und irgendetwas anderem, was ich probierte, so auf der Zunge als wäre es Pappe. Als ich mir von einem Tablett ein Glas Sekt nahm, das ein eifriger junger Bursche jedem, der vorbeiging, pflichtbewusst unter die Nase hielt, registrierte ich das Zittern meiner Hände. Mein Puls musste rasen. Nach dem ersten großen Schluck wurde mir augenblicklich heiß, Schweiß sammelte sich auf meiner Stirn und ich stellte das Glas einfach auf einem Sims ab. Niemand beachtete mich, den Hauptdarsteller dieser Farce. Ein Blick auf die Uhr verriet mir, woran es wohl gelegen haben mochte. In wenigen Minuten würde Maar die erste Ansprache halten und dann war es an der Zeit, hinauszugehen und meine Lesung zu halten.

Eine einfache Fahrt.

Die Kurzgeschichte hatte mir den Durchbruch beschert und dennoch hatte ich ihr in den Jahren danach weniger Beachtung geschenkt als vielen anderen meiner Texte. Ich fürchte, ich weiß auch heute noch keinen genauen Grund dafür. Die Aussicht, eine Kurzgeschichte vorzulesen, die mir nie richtig ans Herz gewachsen war, hatte mir von Anfang an wenig Behagen bereitet. Jetzt allerdings erschien es mir wie ein lebendiger Albtraum. Ich eilte zur Toilette und erbrach mich. Nachdem ich wieder hinausgetreten war, hoffte ich, keinen zu mitgenommen Eindruck zu erwecken.

Ich hatte entweder Glück oder es interessierte niemanden, wie ich aussah. Ich würde eher auf den zweiten Grund wetten. Plötzlich trat ein Kerl an mich heran und sagte mir, ich müsse gleich heraus und solle ihm folgen. Draußen begann Maar gerade seine Rede. Der Kerl zerrte schon beinahe an mir. Doch anstatt Wut zu empfinden, ging es mir eher noch schlechter. Ich fühlte mich nicht in der Lage, irgendeine Form von Protest zu äußern.

»Es ist wunderbar, Sie heute Abend so zahlreich begrüßen zu dürfen!« Maars Stimme wurde lauter, als mich der Unbekannte – er hatte sich nicht einmal vorgestellt! – einen Gang entlangführte. Im Publikum kam tosender Applaus auf.

»... er hat viel zu dem Erfolg unseres Verlags beigetragen. Wir danken ihm heute Abend!« Danken? Wieso fühlte ich mich dann aber so, als wäre ich auf dem Weg zur Schlachtbank? Wir bogen um eine Ecke ab. Ich verfluchte den alten Bau und diese labyrinthischen Windungen in seinem Inneren. Vor uns führte eine schmale Treppe hinauf. Vermutlich war sie einstmals für Dienstboten, Handwerker und all diejenigen gewesen, die unbemerkt von Gästen und der feinen Gesellschaft kommen und gehen sollten. Jetzt diente sie also dazu, den Menschen, dem Maar so gerne danken wollte, ungesehen auf das Podium zu lotsen.

Mit weichen Knien erklomm ich die Treppe, immer diesem Kerl hinterher, der in einem meiner Bücher sicherlich nach den ersten Kapiteln den Tod gefunden hätte. Oben angekommen spürte ich das Zwicken im rechten Knie, diesen langjährigen Weggefährten, der genau wusste, wann er ungebeten war und es wohl gerade deswegen vorzog, mich genau in solchen Momenten zu plagen. Andere Menschen bekamen bei Stress und Aufregung Sodbrennen oder Magenschmerzen, ich war mit einem schmerzenden Knie gestraft. Es pochte im Inneren und ich verlagerte unwillkürlich mein Gewicht auf die linke Seite.

»Aber wo Licht ist, da ist auch Schatten. Wir bedauern ...« Wovon redete Maar denn nun schon wieder?

Ich wurde in meinen Überlegungen unterbrochen, als der Kerl mir über die Schulter zuraunte: »Wir sind da.« Ich sah lediglich eine weitere Tür. Er musste auch etwas gesehen haben, drehte er sich doch kurze Zeit später wieder zu mir um und begann an meinem Anzug zu zupfen. Ich konnte mir vorstellen, dass es dafür auch allen Grund gab.

Ich verabscheue Anzüge. Sie fühlen sich für mich wie ein ekelhafter Fremdkörper an, der überall zwickt und kneift und mich beengt. Menschen wie der Kerl, schleimige Kreaturen ohne jedes Rückgrat, die sind für den Rückhalt und die Enge von Anzügen geboren. Sie sind dafür geboren, einen Anzug zu tragen und so sollten sie auch sterben – in einem Anzug. Zumindest wünschte ich ihm augenblicklich die Pest oder etwas Derartiges an den Hals, denn jetzt war es endgültig zu viel!

Ich wollte dem Kerl gerade sagen, er solle mich gefälligst loslassen, als er mir mit einer Geste anzeigte, dass ich durch die Tür gehen sollte. Sie war nur angelehnt und so drückte ich sie langsam auf. Es fiel mir in etwa so schwer, als würde ich ein zentnerschweres Gewicht vor mir herschieben.

»... ein letztes Mal für uns lesen!« Maar sagte noch mehr, aber als ich ins Blickfeld der Gäste trat, brandete der Applaus erneut auf. Mein Verleger stahl sich auf der anderen Seite von der Bühne. Die Schultern hingen herab wie bei einem geprügelten Hund. Auf einmal ergab dieser ganze Mummenschanz einen Sinn. Widerwillig trat ich an das Rednerpult, auf dem die Ausgabe von *Flüstergeschichten* lag, in denen mein Text damals erschienen war. Ich suchte das Publikum nach Maar ab. Keine Spur von ihm. Es war ruhig – so ruhig, dass ich das Rascheln der Seiten hörte, als ich nach der richtigen Stelle suchte. Nicht einmal ein Lesezeichen hatten sie mir gegönnt!

Ich fand die Geschichte allerdings trotzdem recht zügig und dann las ich.

6. Eine einfache Fahrt

Zuerst war das Dunkel und dann waren da die Schmerzen. Schmerzen waren es, die hämmerten, brannten, pochten und schlichtweg Dinge taten, für die der Mensch bisher keine Worte gefunden hat. Ein Brummen mischte sich in diesen einzigen Eindruck von Dunkel und Schmerz. Wie kleine Nadelstiche schrien in diesem Brummen Stimmen in einem einzigen großen Chaos auf. Der Schmerz brannte bei jedem dieser Schreie nur umso heißer in seinem Kopf. Ja, er hatte einen Kopf. Doch dieser war momentan nicht mehr als das Epizentrum des Schmerzes. Er erinnerte sich – ganz langsam. Die Bühne. Lichter. Fans. Begeisterung. Party.

Die Welt kippte. Kippte sie wirklich? Nein, er hatte sich zur Seite gedreht. Wie schlau er doch war, dass er dies so schnell erkannt hatte! *Andere lägen jetzt sicher im ...* Er suchte in dem Trümmerhaufen da oben nach dem richtigen Wort und fand recht viele davon, aber es schien nicht das richtige dabei zu sein. Nach einer Weile stieß er dann unter der Kategorie *unangenehme Orte* doch noch auf den passenden Ausdruck. *Sie lägen im Krankenhaus. Ja, das täten sie.*

Eine schreckliche Furcht machte sich in ihm breit. Was wäre, wenn er vielleicht doch in einem Krankenhaus läge und es nur noch nicht bemerkt haben sollte? Er drehte sich weiter um – oder kippte die Welt etwa doch? – und dabei registrierte er nur beiläufig das heiße Stechen in seinem linken Arm und wollte, derweil er diesem gewahr wurde, die Augen öffnen. Als seine Welt drohte mit der Substanz Licht verunreinigt zu werden, durchflutete ihn eine neue Welle der Schmerzen und er gab den Versuch auf, die Lider zu heben.

Ich muss mit dem Trinken aufhören. Und mit dem anderen Zeug. Vor allem damit.

Fasziniert stellte er kurz darauf fest, dass er etwas murmelte ohne allerdings zuvor mit seinem Gehirn den Befehl *murmeln!* erteilt zu haben. Nur was hatte er da eigentlich versucht zu sagen? Es hatte wie *Kira* geklungen. *Kira,* das war in seinen Augen der Name eines Schmelzkäses, oder nicht? Er konzentrierte sich, um in dem Scherbenhaufen seiner Erinnerungen irgendetwas zu diesem Namen zu finden. Dann sah er sie wieder vor sich. Lange, dunkle Haare. Ein enges Top schmiegte sich an ihren Leib. Sie saß an einem Tisch im hinteren Teil der Bar, umgeben von Freundinnen. Sie hatten schon wild gefeiert. Kiras Blick war genauso leer gewesen wie die unzähligen Gläser, die vor ihr und ihren Begleiterinnen gestanden hatten. Dieser gedankenlose, dumpfe Blick in ihrem wunderschönen Gesicht hatte gute Erfolgschancen in Aussicht gestellt.

Dann waren da viel Grau und Schwarz. Sie sind gemeinsam zu seinem Hotelzimmer gefahren und haben weiter gefeiert – also, was man so feiern nennen kann. Das alles wusste er noch, aber es war nicht genug. Was war noch passiert?

»Kira?« Die Frage kam leise und krächzend aus seinem Mund. Es war schrecklich anzuhören, so als quietschte Kreide auf einer Tafel. Sein Mund fühlte sich indes genauso schrecklich an, wie die Worte sich angehört hatten, die aus ihm herausgekommen waren. Der Geschmack auf der Zunge war bitter. Der Hals brannte wie Feuer. Alles war trocken und rau, schien geschwollen zu sein. »Kira?« Wieso antwortete sie nicht? Sein Herz schlug schneller und Schweiß strömte aus den Poren hervor. Wie heiß ihm doch auch war!

Unvermittelt riss er die Augen auf und sah nicht das gleißende Licht, mit dem er gerechnet hatte. Lediglich das matte Leuchten des Fernsehers fiel auf ihn. Durch die verschlossenen Vorhänge drangen zwar ein paar Strahlen herein, aber verloren den Kampf gegen das Zwielicht im Innern. Er blickte zur Bettseite hinüber, neben der der Beistelltisch stand und auf ihm entdeckte er den Radiowecker. Es war bereits früher Nachmittag. Jetzt im Winter hieße das, dass es bald wieder Nacht werden würde.

Mit einem Stöhnen drehte er sich langsam und unbeholfen zurück auf den Rücken und dann weiter auf die andere Seite. Tote Augen, weit aufgerissen, umgeben von feinen Äderchen, deren schwarze Linien wie feines Garn unter der Haut gespannt zu sein schienen, starrten ihn an. Sie starrten ängstlich, nach Hilfe suchend und wissend, ernüchternd und akzeptierend.

Er presste seine Augen vor Schreck zusammen, was eine dumme Idee war, denn dann sah er sie nur umso deutlicher. Sie lächelte und sah zu ihm herüber und setzte die Spritze an. Ein leichtes Fingerkrümmen genügte schon und dann begann der Rausch. Sie lachte und lachte und lachte. Dann erstarb das Lachen. Zweifel und Furcht befielen sie. Die Augen blickten sich panisch um, weiteten sich, als sie sah, dass hier niemand war, der ihr helfen würde. Sie war allein und würde auch allein sterben. Ein Krampf packte sie. Dann verloren ihre Augen, diese grünen Wunderwerke, ihren Glanz und verkamen zu diesen toten Murmeln.

Daniel Lierhaus – ja so hieß er, er erinnerte sich endlich auch daran – riss angewidert die Augen auf. Langsam hob er die Arme an und legte die Hände an seine Schläfen, um sie zu massieren. Die toten Kugeln blickten ihn an. Der Mund war ganz leicht geöffnet. Wie schrecklich blass sie war! Und wie schrecklich dunkel die Adern sich in dieser Blässe abzeichneten. *Als wären sie mit schwarzem Gift durchtränkt,* dachte Daniel und erkannte die bittere Wahrheit, dass sie auf eine gewisse Weise sogar tatsächlich damit versetzt waren.

Eine plötzliche Übelkeit überkam ihn. Er sprang aus dem Bett, verlor die Kontrolle über seine Beine, die ihm wie junge und schwache Weidentriebe vorkamen, und fiel auf die Knie.

Dann entleerte sich sein Magen direkt dort. Als er sich den Mund mit der Hand abwischte, sah er die Spritze. Sie steckte immer noch in seinem Arm – samt Inhalt. Mit einem Ruck riss er sie heraus und hielt sie voller Abscheu vor seine Augen. Das matte Licht des Fernsehers spiegelte sich auf der Oberfläche. Er wollte sie gerade wegwerfen, doch dann verharrte er. *Sie gehört dir. Dir gehört das ganze Zeug. Kira hat es genommen und sie ist dran krepiert.*

Er begann zu weinen. Aus seinem Hals, der immer noch brannte, kamen unmenschliche Laute. Er hätte nicht sagen können, wie lange er dort auf dem Boden vor seinem eigenen Erbrochenen gelegen und geweint hatte, aber irgendwann kamen keine Tränen und keine neuen Klagelaute mehr aus ihm heraus und er richtete sich mühsam auf. Kira blickte ihn noch immer mit diesen glasigen Murmeln an. Daniel legte den Kopf schief. »Scheiße, scheiße, scheiße!«, entfuhr es ihm. Er eilte quer durch den Raum, hinüber zur Tür. An einem der Haken hing ihre Jacke. In ihrer Brieftasche lag ihr Ausweis. Sie war erst sechzehn.

Fingerabdrücke, Fingerabdrücke, Fingerabdrücke! Daniel ließ den Ausweis plötzlich fallen, obwohl es schon längst zu spät war. Krampfhaft schlossen sich seine Hände und öffneten sich dann wieder, um sich erneut zu schließen und zu öffnen. Die Adern traten deutlich unter der Haut hervor. Sein nackter Leib zitterte vor Zorn und Angst. Er schickte einen erstickten Schrei aus und schlug mit der Faust vor den Türrahmen. Die dünne Haut über den Fingerknöcheln platzte augenblicklich auf. Blutspritzer blieben auf dem Holz zurück. *Und wieder eine Spur!* Er lachte. Es klang so abscheulich!

Was wollte er sich denn da auch nur vormachen? Sie würden hunderte Beweise finden. Es war endlich soweit gekommen. Er hatte es vermasselt. Seine Faust schnellte wieder hervor. Es tat gut, den Schmerz tief hinter seiner Stirn gegen den in der Hand eintauschen zu können. Ein gelungener Handel. Das Holz hatte dabei ein weitaus schlechteres Geschäft gemacht. Seine Oberfläche wies die ersten Risse auf. *Sie können mir die Rechnung ja in den Knast schicken.*

Er trat mit dem rechten Fuß vor den Rahmen. Der Schmerz raubte ihm kurz den Atem. Ein Blick nach unten bestätigte den Verdacht: Seine Zehennägel waren entweder gesplittert, umgeknickt oder hatten sich sogar in das Nagelbett gebohrt. Daniel nahm einen tiefen Atemzug. Der Schmerz, das Adrenalin und der Sauerstoff, sie alle trugen dazu bei, dass er langsam wieder klarer denken konnte.

Egal, was du versuchen wirst, es ist aus! Es ist aus! AUS! AUSAUSAUSAUS! Er holte mit der rechten Faust aus und schlug sich vor den linken Unterarm, den er angespannt hatte, damit die Kraft des Schlags nicht verpuffte, indem der Arm unter der Wucht einfach nachgab. Wie ein glühendes Stück Metall, das sich quer durch sein Fleisch und seine Knochen bohrte, loderte der heiße Schmerz auf. *Sie haben dich endgültig! Immer wieder konntest du dich rausreden, ganz egal, was du angestellt hattest. Jetzt geht es nicht mehr. Sie ist an dem Scheißzeug direkt in deinem Bett gestorben. Scheißescheiße!*

Daniel eilte mit großen Schritten durch das Zimmer, hin zu den Fenstern. Mit einem Ruck riss er die Vorhänge beiseite. Draußen versank die Sonne langsam hinter den bewaldeten Hügeln am Horizont und ließ die Bäume gleißend rot in Flammen stehen. Für Lierhaus sah es aus wie Blut, wie ekelhaftes Blut, das pulsierte, atmete und strahlte.

Er sog gierig die kalte Luft ein und augenblicklich schrie sein Schädel vor Pein regelrecht auf. Dennoch beruhigte ihn diese frische Luft langsam trotz all der Schmerzen, die sie ihm gleichsam schenkte. Zaghaft drehte er sich wieder um und durchquerte das Hotelzimmer. Auf dem Boden lag seine Kleidung wild verstreut. Er sammelte sie auf und vermied es dabei,

Kira anzusehen. Jedes Mal, wenn er sich bücken musste, um an eines der Kleidungsstücke zu gelangen, erschien es ihm, als träfe ihn ein Hammerschlag, der präzise auf die Mitte seiner Stirn niedersauste. Schwer atmend und überzogen mit einer Schweißschicht, den eigenen Gestank in der Nase, stand er schließlich da und schritt steif an dem toten Mädchen vorbei. Ein letzter Griff und er hatte seine Lederjacke in den Händen.

Eilig verließ er das Zimmer und warf die Tür zu. Das Geräusch, als sie zufiel, tat ja so gut! Er hatte nicht einmal die Zeit, um stehen zu bleiben, damit er sich die Jacke anziehen konnte. Während er den Flur abschritt, fummelte er hektisch an diesem heimtückischen Reißverschluss herum. Schließlich gab Daniel sich dem Mechanismus knurrend geschlagen, als er den Fahrstuhl erreichte.

Mit einer gewissen Erleichterung stieg er in die leere Fahrgastkabine. Die Türen schlossen sich. Die Kabine fuhr hinab. *Ruhig bleiben,* befahl er sich und dachte daran, dass er nicht einmal wusste, wo er eigentlich hinwollte. Doch spielte es eine Rolle? Er wollte einfach nur weg.

Ein Ruck brachte Lierhaus fast aus dem Gleichgewicht. Er musste sich an einem der Haltegriffe festhalten. Der Fahrstuhl war im Erdgeschoss angekommen. Daniel biss sich auf die Unterlippe, als die Türen langsam zur Seite glitten und den Blick auf die Eingangshalle freigaben. An der Rezeption waren drei Gäste in eine aufgeregte Diskussion mit einem Hotelangestellten vertieft. *Wenigstens habe ich etwas Glück.* Schnell, aber ohne den Anschein einer Flucht zu vermitteln – so hoffte er zumindest – ging Daniel durch die Halle und passierte die Drehtür.

Die kalte Luft hieß ihn wieder willkommen und ohne zu wissen, warum er dies eigentlich tat, drehte er augenblicklich den Kopf nach rechts und sah dort das Taxi stehen. Rote Flammenzungen vom letzten Licht der Abendsonne umrahmten es. Auf den zweiten Blick ließ sich das Alter des Fahrzeugs allerdings kaum mehr leugnen. Kratzer und Beulen, abgeplatzter Lack und eine schiefe Stoßstange sprachen eine deutliche Sprache. Auf der linken Seite hatte der Rost buchstäblich begonnen, die hintere Tür aufzufressen. Rotbraun, wie eine Wunde, klaffte dort schon ein richtiges Loch in der Karosserie.

Der Fahrer ließ die Scheibe herab und schnippte eine Zigarette heraus, die noch nicht einmal ansatzweise aufgeraucht war. Sie vollführte ein halbes Dutzend Drehungen im Flug und schlug dann auf dem Asphalt auf. Der Fremde nahm die graue Schirmmütze ab, unter der sich nur einige zu Wirbeln verdrehte Haarpartien offenbarten, und warf die Kopfbedeckung achtlos auf den Beifahrersitz. Plötzlich heulte der Motor wie ein hungriges Tier auf, als der Kerl den Wagen startete, um langsam auf Daniel zuzufahren. Trotz der aufkommenden Dunkelheit ließ der Fahrer die Scheinwerfer aus. Als es direkt neben ihm stand, hielt das Taxi an und der Motor erstarb.

»Wen haben wir denn da?«, fragte der Kerl, der sich weit aus dem Fenster lehnte. Auf seinem von mehreren Narben verunstalteten Gesicht erschien ein breites Grinsen. »Ich denke, Sie brauchen einen Fahrer, Herr Lierhaus.« Der Mann drehte sich Flüche murmelnd um, sodass sich das Gebilde aus Fransen, das einst wohl ein dunkelblauer Pullunder gewesen sein mochte, über seinem Wanst spannte und dann langte er nach hinten, um dort die linke Tür zu öffnen. »Der Gurt vom Beifahrersitz ist leider defekt, müssen Sie wissen«, redete der Kerl munter weiter. Dann stieß er die Tür auf und setzte wieder das Grinsen auf. Seine Augen, schwarz wie Kohle, musterten Daniel.

»So schweigsam?«

»Ich bin nur ...«

»...immer noch auf einem ziemlichen Trip. Ja, ja! Das sieht ein Blinder mit 'nem gottverdammten Krückstock, wie meine Mutter immer zu sagen pflegte. Aber wie dem auch sei, steigen

Sie lieber ein. Nachher findet da oben noch jemand das tote Mädchen – und dann wäre der letzte Ort auf Erden, an dem Sie sein möchten, sicher der dreckige Bürgersteig vor diesem ebenso schäbigen Hotel, vor dem wir hier stehen. Also kommen Sie, beeilen Sie sich doch lieber etwas!«

Daniel wollte protestieren und fragen, was er da von einem toten Mädchen fasele und vor allem wollte er, dass der Kerl ihn nicht weiter belästigt, doch nicht einer dieser Gedanken kam ihm über die Lippen. Sein Mund war trocken, die Zunge fühlte sich pelzig an, gar nicht wie eine richtige Zunge, und Daniel brachte nur kurze, gestammelte Laute hervor. Der Kerl wurde scheinbar immer ungeduldiger. Seine fleischigen Finger trommelten unentwegt auf dem Lenkrad, als führten sie ein unheimliches Eigenleben und gaben den Takt für irgendeine seltsame Melodie vor. Dann packten sie krampfartig zu und schlossen sich so fest um das Lenkrad, dass Daniel trotz der gut zwei Meter Entfernung sehen konnte, wie deutlich sich das Weiß der Fingerknöchelchen abzeichnete.

»Was, so verlegen und stumm auf einmal? Vor den Fans sind Sie doch ein richtiger Wasserfall!« Beim Reden wippte der Kopf mit jedem Wort hin und her und das Fett der hängenden Wangen folgte dem Takt, wenn auch mit etwas Verzögerung. »Wer mit so einer Gesangsstimme gesegnet wurde, sollte singen, wissen Sie? Sie aber lamentieren und lamentieren und versuchen lustig zu sein. Lustig sind Sie aber nicht. Nur jetzt sind Sie es, wenn ich mir Ihren Gesichtsausdruck so ansehe. Wirklich, ein herrlich absurder Blick, den Sie da gerade aufgesetzt haben!«

Der Fahrer klatschte sich vor Freude auf die Schenkel. Unter dem verblichenen Jeansstoff konnte Daniel das labbrige Fett wackeln sehen. »Was denn?«, fragte der Kerl mit einem Anflug von Zorn. »Nicht jeder kann so einen athletischen Körper haben, den himmlischen Körper eines wahren Bühnenstars. Wobei Sie mir auf der Bühne immer größer und muskulöser vorkamen, irgendwie imposanter!«

Das Narbengesicht stimmte ein heiseres Lachen an. Das Fett der breiten Wangen begann zu zittern. Wie Wellen auf einer unruhigen Wasseroberfläche kräuselte sich das weiche Fleisch. »Doch so gut scheint's mit dem himmlischen Körper auch nicht bestellt zu sein. Kleine Mädchen unter Drogen setzen und dann zu ficken, während man selbst auf 'nem Trip ist, das ist keine so wirklich berauschende Leistung.« Wieder lachte die fette Gestalt auf und prustete sogar. »Berauschende Leistung! Den muss ich mir merken!«

Als wäre der Kerl aus heiterem Himmel vom Blitz getroffen worden, wich dann ohne erkennbaren Grund jede Spur von Frohsinn aus seinem Gesicht. Die Augen verengten sich zu Schlitzen. Das Dunkel im Inneren des Taxis gewann an Intensität und die Falten in der Fettlandschaft des Gesichts schienen tiefer zu werden, bis sie wie ein chaotisches Gitternetz tiefschwarzer Linien von der Stirn bis zum Kinn alles überzogen. Mit einer Stimme, die nach einem defekten Tonband klang, gab die Gestalt einen unmissverständlichen Befehl. »Einsteigen, Daniel Lierhaus. Steig ein! Steig ein, oder geh zurück und stell dich den Konsequenzen deiner Taten. Es ist deine Wahl. Es ist der Scheideweg!«

»Ich steige sicher nicht ein!«, wollte Daniel den seltsamen Kerl anschreien und sich dabei umdrehen, um so schnell wie möglich zurück zum Hotel zu rennen. Dort würde er dann ohne mit der Wimper zu zucken die Polizei rufen. Lieber könnte er ins Gefängnis gehen, als diesen Verrückten weiter ertragen zu müssen!

Doch … er konnte es nicht. Die schwarzen Augen starrten ihn an und Daniel gehorchte ihrem stillen Befehl. Als hätte sich ein Riss in der Wirklichkeit aufgetan und ein Teil seines Lebens wäre einfach verschwunden, stellte Daniel fest – dabei stieß er einen erstickten Schrei aus –, dass er auf der Rückbank saß, angegurtet und eingesperrt in einem davonrasenden Taxi, von dem er nicht wusste, wie und wann er zugestiegen war.

»Wohin fahren wir?« Daniels Stimme klang matt und leblos. Er erschrak bei ihrem Klang. Konnte das wirklich seine eigene sein? Unwirklich wie durch dicken Nebel nahm er auch die vorbeiziehenden Bäume wahr, die sich schwarz gegen den inzwischen in ein tiefdunkles Blau getauchten Himmel abzeichneten. Sie rauschten über eine Landstraße, die sich in sanften Kurven immer weiter hinab in eines der unzähligen Täler dieser gottverlassenen Einöde schlängelte.

»Wir fahren heim. Heim, das ist doch ein schönes Wort, oder? Klingt so gemütlich. Daher kommt sicher auch der Ausdruck *heimelig,* wenn man meint, dass man an einen Ort fährt, der einem behagt. Denken Sie nicht auch?«

»Es interessiert mich nicht. Wohin fahren wir jetzt genau?«

»Ach, das werden Sie schon noch schnell genug erfahren.«

»Ich will es aber verdammt noch mal jetzt wissen!«, schrie Daniel und wollte sich nach vorne beugen. Der Gurt, der schmerzhaft in sein Fleisch schnitt, hielt ihn aber zurück.

»Mit jetzt kann ich nicht dienen. Verzeihen Sie mir das bitte, mein Guter! Ich kann Sie allerdings schneller zu Ihrem Ziel bringen. Eine seltsame Bitte, wenn Sie mich fragen. Sie hätten lieber mal hinausblicken und die Nacht genießen sollen. Dieses friedliche Dunkel. Frieden und Dunkelheit werden uns nur selten gegönnt.« Er holte tief Luft und drehte dann den Kopf nach hinten zu Daniel, der sich fragte, wie diese Bewegung anatomisch ohne größere Schäden zu bewerkstelligen war.

»Sie wollen also schnell fahren? Sie wollen Hektik und das Grelle? Wunderbar, mein Guter, dann sind Sie ja doch der richtige Kandidat für das Haus. Ja, sie gehören da hin!« Leblos und schlaff schienen die Mundwinkel, als sie sich langsam nach oben zogen und dennoch brachte der Kerl ein Lächeln zu

Stande und wandte sich wieder der Straße zu. Dann beschleunigte das Taxi. Daniel, der jetzt erst mit Schrecken feststellte, dass der Fremde immer noch das Licht ausgeschaltet hatte, wurde in den Sitz gepresst. »Sie bringen uns noch um! Schalten Sie sofort das Licht ein!« Daniel musste an Jules Verne denken. Er hatte einmal gehört, dass Menschen in einer seiner Erzählungen in Kanonenkugeln in das Dunkel des Alls geschossen wurden. Er fühlte sich jetzt, als säße er in einer dieser Kugeln und raste hinein in das Nichts.

»Halt an, du Spinner!« Speichel flog Daniel aus dem Mund. Er wollte um sich schlagen. Etwas hatte seine Arme gepackt, ihn zur absoluten Wehrlosigkeit verdammt. Es waren Riemen, die aus der Rückbank ... *hervorgekrochen sein müssen. Oh Scheiße!* Daniels Magen protestierte erneut. Nur dieses Mal war es noch schlimmer. Die muffige Luft im Inneren stank nach Fäulnis und in der Fäulnis hing eine zentnerschwere Note beißenden Schnapsgestanks. Daniels Bauch begann sich rhythmisch zu verkrampfen.

»Wehe, Sie übergeben sich! Dazu gibt es keinen Grund. Ich denke eher weniger, dass ich uns töten werde. Ich habe eine hervorragende Nachtsicht, müssen Sie wissen. Und das Taxi, nun, das hat eine geradezu wunderbare Kurvenlage. Wunderbar, sage ich Ihnen! Sie können sich so sicher wie in Abrahams Schoß fühlen, wenn Sie bei mir im Wagen mitfahren, mein Guter!«

Der Kerl lachte schrill auf und dann schien das Taxi nach vorne zu springen, als es – auf zwei Reifen, stellte Daniel sich vor – durch die nächste Kurve schoss. *Wehe, Sie übergeben sich!* Er zwang sich irgendwie dazu, diesem Befehl nachzukommen und schluckte den widerlichen Geschmack, der sich bereits in seinem Hals ausgebreitet hatte, wie eine bittere Medizin hinunter.

Im Innenspiegel war das Gesicht des Fahrers zu sehen. Ein

Ausdruck lag darin, der zu sagen schien: *Guter Junge, das hast du aber feeeeeein gemacht!*

Auf der anderen Talseite glomm ein schwaches, rötliches Leuchten, bestehend aus zwei Lichtflecken, die eng beieinander lagen. Es sah aus wie ein Augenpaar. Daniel zwang sich, nur zu diesem Licht hinüberzusehen. *Vielleicht überstehe ich diese Fahrt ja ohne wahnsinnig zu werden, wenn ich mich an diesem Punkt festhalte? Wenigstens dürfte es die Übelkeit etwas dämpfen.* Und das tat Daniel dann auch. Imaginäre Arme umschlossen das Licht. Es war alles, was nun noch von Belang war.

Das Taxi erreichte die Talsohle. Mit unverminderter Geschwindigkeit vollführte es einen aberwitzigen Slalom durch einige Kurven. Hier unten im Tal war bereits der Frost eingefahren. *Dabei war es gestern doch noch recht mild mit elf Grad*, wunderte sich Daniel, der das Licht hinter den steilen Hängen aus den Augen verloren hatte. Stattdessen sah er nun die toten Bäume, über die sich eine weiße Frostkruste zog. Das Mondlicht ließ sie hier und da glitzern. *Sollte die Straße irgendwo nass gewesen sein und der Idiot dort genauso rasen, wird er die Kontrolle verlieren. Wir werden ins Schleudern geraten. Vielleicht haben wir dann sogar noch ein oder zwei Sekunden zu leben, bevor der Wagen unweigerlich gegen einen der Bäume kracht und zu unserm Blechsarg wird.*

»Wie gesagt, der Wagen hat eine gute Kurvenlage. Machen Sie sich darum mal keine Sorgen.« Der Kerl grinste Daniel durch den Innenspiegel an. »Außerdem sind wir bald schon da. Seien Sie unbesorgt!« Dann flüsterte er noch etwas, das Daniel von der Rückbank aus nicht verstehen konnte. Er glaubte aber *Sie sollten sich um ganz andere Dinge Sorgen machen* verstanden zu haben.

Der Motor heulte klagend auf, als das Auto mit gleicher Geschwindigkeit die andere Talseite emporschoss. Wieder ging es durch wilde Kurven. Metall klapperte überall um Daniel herum. Das Brummen der Maschine war schrecklich laut und dröhnte wild in seinen Ohren. Doch trotz allem konnte er den Kerl vorne reden hören. Er redete ständig. Es war eine einzige Litanei und in diesem Redefluss fiel immer wieder das Wort *Haus*.

Es ging die letzte Steigung hinauf und am Scheitelpunkt vollführte das Gefährt einen gewaltigen Satz durch die Luft. Es mochten gut und gerne einige Meter gewesen sein, ehe der wuchtige Metallkasten mit lautem Krachen auf den Asphalt aufschlug. Daniel hob während des Sprungs ein Stück vom Sitz ab – gerade so weit, wie der Gurt und die Riemen es erlaubten – und dann, als die kurze Flugphase vergangen war, verlor der Fahrer wohl endgültig den Verstand – falls er jemals einen besessen hatte. Hysterisches Lachen und Kichern hallten durch die enge Fahrerkabine.

Die Wurstfinger packten die Handbremse, zogen sie an und dann riss die andere Hand das Lenkrad herum. Der Wagen schleuderte mit quietschenden Reifen zur Seite, drehte und drehte sich und kam mit einem Ruck zum Stehen. Daniel war zu überrascht, um irgendeinen Halt zu finden, als Gurt und Riemen sich auf einmal gelöst hatten und er aus der Tür fiel, die sich ebenso plötzlich – und ganz von alleine – geöffnet hatte. Er überschlug sich zweimal, aber hatte Glück. Außer ein paar Kratzern war ihm nichts geschehen. Benommen schüttelte der Mann den Kopf und sah zu dem Taxi hinüber.

»Keine Sorge, mein Guter, Sie müssen nichts zahlen!«, sagte der Fahrer, der seinen Kopf wieder aus dem heruntergekurbelten Fenster streckte. »Sie haben mich für eine einfach Fahrt bereits bezahlt.« Er lachte und rauschte dann davon.

Es dauerte einen Moment, bis Daniel das Fahrzeug in der Dunkelheit aus den Augen verlor und es dauerte einen weiteren, bis er den Blick von diesem fernen Punkt, an dem das Fahrzeug scheinbar im Nichts verschwunden war, abwenden konnte. Überall um ihn herum lauerte die Dunkelheit und in ihr zeichneten sich undeutlich die schwarzen Umrisse der kahlen Bäume ab. Zwischen ihnen entdeckte Daniel einen Durchgang. Langsam näherte er sich der Stelle. Daniel erkannte einen Trampelpfad, der sich dort durch den Wald schlängelte. In der Ferne, dort wo der Pfad wahrscheinlich hinführte, glomm ein schwaches, rötliches Licht. *Das Haus.*

Daniel fröstelte. Mit Schrecken, aber auch dem Gefühl, richtig zu handeln, schritt er behutsam den Pfad entlang. Der Himmel war mit Wolken verhangen, durch die nur ab und zu ein einzelner Stern zu sehen war. Es fiel ihm schwer, dem Weg zu folgen. Immer wieder übersah er in der Dunkelheit Wurzeln, die aus dem Boden ragten und nach ihm zu greifen schienen. Je weiter er ging, desto näher traten die Bäume an ihn heran. War der Pfad anfangs etwa anderthalb Meter breit gewesen, musste Daniel sich jetzt teilweise an Ästen vorbeizwängen oder sich ducken, um unter ihnen hindurch zu schlüpfen. An einer anderen Stelle versperrte ein umgefallener Baum den Weg. Der Koloss war so zu Fall gekommen, dass ein besonders dicker Ast nach oben ragte wie ein Arm. Seine Zweige sahen in Daniels Augen nur allzu sehr nach Fingern aus, die nach Halt zu tasten schienen. Er war froh, als er über den Stamm gestiegen und einige Meter zwischen sich und den Baum gebracht hatte.

Schließlich ging es bergauf. Der Pfad wurde breiter. Die Wolkendecke riss auf und der Mond, voll war er noch nicht, aber schon beinahe, erhellte Daniels Weg. Im silbrigen Licht schimmerten die Bäume grau, nur unterbrochen von den Moospolstern, die eher schwarz aussahen und das Holz an vielen Stellen überzogen.

Unvermittelt trat der Mann, der – und das schien bereits eine Ewigkeit her zu sein – mit Singen sein Geld verdient hatte, auf eine Freifläche. Die Lichtung lag auf dem höchsten Punkt dieser Anhöhe, die er eben erklommen hatte. Mitten auf ihr erhob sich ein Haus. Steil stiegen seine Holzwände empor. Aus dem massigen Hauptbau wuchsen kleine Turmzimmer. Die Läden vor den Fenstern hingen schief oder waren bereits herabgefallen. Im Inneren glomm dieses matte Leuchten. Der Pfad, auf dem Daniel hergekommen war, war längst zu einer kleinen mit Kies ausgelegten Straße geworden, die näher an das Anwesen heranführte. Er folgte ihr und passierte das einst sicherlich prächtige Tor, das in den Eisenzaun eingelassen war, der das Haus umschloss.

Links, direkt vor einer Monstrosität von Baum, machte Daniel einen schäbigen Pavillon aus, unter dem ein Schaukelstuhl stand. Die Äste glitten hin und her und kratzten über das alte Holzdach. An hellen Tagen musste es herrlich gewesen sein, dort zu sitzen und hinab ins Tal zu blicken, während man die warme Sonne auf der Haut spürte. Jetzt waren diese Zeiten längst vorbei. Ganz langsam bewegte sich der Stuhl vor und zurück, quietschte dabei. Daniel spürte keinen Wind auf der Haut. Schnell ging er weiter.

Der Kies knirschte mit jedem Schritt. Rechts entdeckte der Mann einen Brunnen, von dem er hätte schwören können, dass er vor einer Minute noch nicht an dieser Stelle gestanden hatte. Marmorne Putten, diese dicklichen und kindlichen Engelsgestalten, thronten auf den steinernen Ornamenten und spien schwarzes Wasser aus. *Schwarzes Wasser? So ein Unsinn!* dachte Daniel. *Es ist dunkel. Mehr nicht.* Trotzdem wagte er es nicht, dem Brunnen weitere Beachtung zu schenken und zog es vor, weiter auf das Haus zuzugehen. Inzwischen erkannte er, in welch miserablem Zustand es sich befand. Die morschen Bretter waren an vielen Stellen lose und hingen müde herab, klapperten, als ein leichter Wind aufkam. *Eigentlich ist es der größte Schuppen, den ich jemals gesehen habe.*

Er betrat die Veranda. Sie nahm die gesamte Länge der Frontseite ein. Nur über sie war das Eingangsportal, dieses uralte Gebilde aus zwei schweren hölzernen Türflügeln, zu erreichen. Im Vorbeigehen wollte Daniel einen Blick durch die Fenster ins Innere werfen. Sie waren allerdings so mit Dreck überzogen, ja vielleicht sogar eher *verkrustet,* dass er außer dem Licht, das irgendwie durch die poröse Schmutzschicht durchscheinen konnte, nicht das Geringste zu sehen vermochte. Er machte die letzten zwei Schritte, dann stand er vor dem Portal, das gut und gerne zweieinhalb Meter hoch sein mochte. Ein schwerer Türklopfer in Gestalt eines Löwen war an der rechten Seite angebracht.

Soll ich den wirklich benutzen? Wenn ich zupacke, um anzuklopfen, wird das Maul lebendig werden und sich schließen und mir die Hand abreißen. Es wird ein trockenes, reißendes Geräusch geben, als risse man einen zähen Stofflappen in zwei Teile. Danach würde eine kurze Stille folgen, weil mein Verstand es zuerst nicht akzeptieren will, doch dann werde ich unweigerlich anfangen schrill zu schreien. Er verzog das Gesicht, als er den Arm langsam anhob. *Es ist Metall. Lebloses Metall. Herrgott! Los!* Gerade als Daniel beherzt nach dem Klopfer greifen wollte, ächzten die Scharniere klagend auf. Die Türflügel bewegten sich.

Angenehmes, rötliches Licht, von Kerzen vielleicht, fiel aus dem Inneren heraus. Warme Luft folgte ihm. Gegen das Licht zeichnete sich eine hochgewachsene, schlanke Gestalt ab. Nachdem sich seine Augen an die neuen Gegebenheiten gewöhnt hatten, erkannte Daniel in der Erscheinung vor sich einen Butler. Er trug einen schwarzen Anzug, ordentlich gebügelt, und stand stramm wie ein Soldat da. Auf seinem kantigen Gesicht zeigte sich die Andeutung eines Lächelns. Mehr als diese leichte Gefühlsregung war sicherlich nicht mit der Auffassung von Würde vereinbar, die der Mann ausstrahlte. Unter der langen, spitzen Nase spross ein Schnurrbart, der genauso gut gepflegt und gekämmt war wie das pechschwarze Kopfhaar. Das Grinsen wurde stärker.

»Einen guten Abend wünsche ich Ihnen!« Der Butler deutete eine Verbeugung an und wandte sich seitlich ab, um den Weg ins Haus freizugeben. Dabei wies er Daniel mit einer Geste an, dass er eintreten möge. Das Lächeln auf dem Gesicht des Bediensteten zeigte sich jetzt deutlicher. *Es wird immer seltsamer,* dachte Daniel und kam der Aufforderung wortlos nach.

»Sie kommen genau richtig. Die meisten Gäste sind schon da.«

»Welche Gäste?«

»Ja, die Gäste, die diesen langen Weg auf sich genommen haben, nur um Sie zu treffen.«

»Wovon reden Sie denn da?«

Der Butler ignorierte Daniels Frage und führte ihn durch eine Eingangshalle. Die Wände wiesen reiche Verzierungen, Schnörkel und Muster auf, die der Pinsel eines fähigen Künstlers hinterlassen haben musste. Auf der rechten Seite brannte ein Kamin. Die Wärme schlug Daniel wie in einem Glutofen entgegen. Vor Kopf verliefen zwei Treppen in der Form von Halbkreisen hinauf zum Obergeschoss. Dort trafen sie wieder zusammen. Zwischen den Aufgängen befand sich eine weitere zweiflüglige Tür. Anders als das Eingangsportal war diese jedoch ebenfalls reich mit Schnitzereien verziert und goldene Türknäufe rundeten den Gesamteindruck kunstvoll ab. Sie durchschritten die Halle, die in helles Licht getaucht war. Daniel wollte wissen, wo die Quelle war und warf einen Blick nach oben. Ein schwerer Kronleuchter hing dort herab.

»Gefällt Ihnen das Haus?«

»Ja«, gab Daniel zur Antwort. Dann schüttelte er die ganzen Eindrücke ab. »Wieso sollten hier Gäste auf mich warten?«

»Herr Lierhaus, Sie sind doch Künstler! Natürlich warten diese Menschen nur auf Sie. Sie sollten sich freuen.«

Der Butler öffnete die Tür. Lautes, fröhliches Lachen drang gedämpft an Daniels Ohren, als er dem Dienstboten durch den

Flur folgte, der sich hinter der Tür fortsetzte. Von diesem Gang zweigten links und rechts unzählige Türen ab und zwischen ihnen hingen prächtige Kerzenhalter. Der rote Teppich dämpfte die Schritte der beiden Männer. Bis auf das Gelächter war es ganz still.

Dann ebbte es ab und fröhliche, treibende Klänge einer Geige traten an ihre Stelle. Trommeln setzten ein und dann hörte Daniel ihre Stimme. Sie war so vollkommen wie keine andere, die er zuvor gehörte hatte. Doch war sie nicht perfekt, nein! Hier und da waren kleine Fehler beim Singen zu hören – ein Zittern bei hohen Tönen etwa –, aber diese Makel verstärkten den Eindruck von Vollkommenheit lediglich. Sie strahlten ein Gefühl von Wärme und Lebendigkeit aus, das ganz anders war als die Kälte, die absolut fehlerfreies Singen für Daniel immer bedeutet hatte. Noch nie zuvor hatte er eine so starke Sehnsucht verspürt.

»Wer singt dort?«

»Sie ist unser ganz besonderer Ehrengast heute Abend, Herr Lierhaus.« Der Butler drehte sich zu Daniel um und grinste. Dabei zog sich der Schnurrbart nach oben und erweckte einen schrecklich vitalen Eindruck. Er wirkte wie ein schwarzer, glitschiger Wurm, der sich in das Gesicht des Mannes gefressen hatte. Daniel wollte sich angewidert abwenden und davonlaufen, aber das bedeutete unweigerlich, er würde vielleicht niemals zu der Frau gelangen, der diese Stimme gehörte.

Der Dienstbote stieß mit einem Ruck die letzte Tür auf, die direkt vor Kopf aufragte, und verneigte sich kurz. Dann kehrte er um und schritt den Gang entlang. Daniel hingegen betrat zögerlich den Raum, der hinter dieser letzten Tür verborgen war. Es war ein großer Ballsaal, in dem etwa zwei Dutzend Feiernde wild zu der Musik tanzten. Sie wirbelten umher. Sie klatschten. Sie lachten. Sie bemerkten den Neuankömmling nicht einmal.

Daniel schritt an der Seite entlang. Auch hier hing ein Kronleuchter von der Decke herab und hüllte den Raum in ein angenehm warmes Licht. Dieses Exemplar war jedoch noch größer als jenes aus der ersten Eingangshalle. Jetzt erst bemerkte Daniel, dass die Tanzenden Masken wie beim Karneval in Venedig trugen. Als Daniel an der linken Seite des Saals angekommen war, verstummte ganz plötzlich die Musik. Alle Gäste wandten sich abrupt zu ihm um. Aus ihrer Mitte trat eine Frau hervor. Sie war in ein langes, prächtiges Kleid gehüllt, dessen grüne Farbe zu strahlen schien. Ihre schwarzen Haare, die ihr über den gesamten Rücken fielen, schimmerten im Licht. Sie kam näher. Dann nahm sie die Maske ab.

»Kira«, stammelte Daniel. Sie lächelte. Er öffnete die Lippen. Noch ehe er etwas sagen konnte, legte sie den Finger auf seinen Mund und schüttelte den Kopf. Ihre Haut war eiskalt und mit einer ekelhaften, schmierigen Substanz überzogen. Ein Krachen und Beben durchfuhr den Saal. Dann platzte die Fassade auf und nackter, kalter, grauer Stein kam unter ihr zum Vorschein. Die Wände ächzten und stöhnten, als sie sich langsam auf Daniel und die anderen Gäste zuschoben. »Was zum ...« Weiter kam er nicht. Schreie ließen ihn verstummen. Es waren Kira und die anderen Gäste, die im Chor riefen: «Sing, sing für uns! Sing, sing für uns!«

Jetzt nahmen alle ihre Masken ab und Daniel erkannte sie alle und er wusste, dass sie ihn allesamt hassen mussten, so wie er sie behandelt hatte. Dann brach Kira, während die anderen noch immer im Chor brüllten, in ein hysterisches Gelächter aus und beugte sich zu Daniel vor, um ihn zu küssen. Ihr Gesicht war zerfallen. Die Augen waren leeren Höhlen gewichen, aus denen Wundwasser tropfte. Das Fleisch war grau und nässte an hunderten von Stellen. Maden krochen auf ihr umher. Das einstige pechschwarze Haar, das ihr Gesicht umrahmt hatte, war nun zu einem bleichen Knochenhaar zerfallen.

Daniel wich angewidert zurück und stieß gegen einen Mann. Es war sein erster Gitarrist, von dem er gar nicht mehr wusste, warum er ihn damals aus der Gruppe geworfen hatte. Sein ganzes Gesicht war mit Insekten überzogen. Nur die Nase, von der außer einigen alten, halbverwesten Fleischstücken lediglich der Knochen übrig war, ragte aus diesem wabernden Teppich hervor.

Daniel machte einen Satz in eine andere Richtung. Die Wände waren noch nähergekommen. Eine berührte schon den Kronleuchter. Auf ihr stand: *Daniel Lierhaus 1978 - ?* Er wandte sich panisch um. Die Tür war verschwunden. Die Wände – *des Sarges,* schoss es Daniel durch den Kopf – zitterten mit jedem Zentimeter, den sie sich weiter heranwalzten. Es gab keinen Ausweg.

Die Gäste hatten Daniel eingekreist. Kira lächelte und presste dann die Zähne aufeinander, die zu unnatürlich langen Hauern herangewachsen waren. Die Verwesung hatte ihr Zahnfleisch bereits völlig zerfressen. Sie presste stärker, ließ den Kiefer knacken und dann fielen unter einem Knirschen alle Zähne nacheinander aus. Wie Tänzer wirbelten sie in wilden Pirouetten gen Boden. *Klick, klick,* hallte es vom Steinboden zurück. Fast erschien es Daniel wie eine Gnade, als eine der Wände schließlich den Kronleuchter wie ein Spielzeug zerquetschte und er in der plötzlichen Dunkelheit keinen weiteren Blick auf Kiras entstellte Totenmaske werfen musste.

Sie waren aber noch immer da. Natürlich waren sie es. Er hörte sie überall um sich herum. Sie zischten und flüsterten. Er hörte, wie sie den Kreis um ihn herum immer enger zogen. Dann lachten sie auf und riefen: »Sing, sing für uns!« Und Daniel, als sie ihn packten, sang schrill und hoch für sie. Er sang bis in alle Ewigkeit.

7. Die Flucht

Schweißgebadet endete ich mit der Geschichte. Der Scheinwerfer, der die ganze Zeit auf mich gerichtet war, hatte mich regelrecht gargekocht. Ein stechendes Schweißaroma hing in meiner Nase. Ist es nicht seltsam, wie sehr der Mensch sich an Gerüche erinnern kann? Wir verbinden so oft Erlebnisse jeder Art mit einem bestimmten Geruch. Steigt er uns dann zufällig im späteren Leben wieder in die Nase, befallen uns die gleichen Emotionen wie zu jener Stunde, als wir diesen prägnanten Duft das erste Mal wahrgenommen haben. Ich kann Ihnen versichern, dass mir dieser Moment da vorne im Rampenlicht gewaltig stank. Auch der plötzlich einsetzende Applaus konnte nichts mehr daran ändern. Es stank zum Himmel.

Während ich gelesen hatte, hatte ich genügend Zeit zum Nachdenken, denn Sie müssen wissen, ich habe *Eine einfache Fahrt* so genau im Gedächtnis, dass ich nebenbei ein Dreigangmenü zubereiten könnte und mich nicht einmal beim Vorlesen verhaspeln würde. So kam es also, dass ich schon längst einen Entschluss gefasst hatte, den ich auch gleich in die Tat umsetzte. Ich ergriff die Flucht.

Fast schon hatte ich damit gerechnet, dass das Rampenlicht sich in einen Suchscheinwerfer verwandeln würde, um meinen eiligen Abgang in einen grellen Lichtkegel zu hüllen. Aber wer auch immer den Scheinwerfer bediente, schien nicht sehr aufmerksam zu sein. Ich ging nach einer kurzen – wirklich sehr kurzen! – angedeuteten Verbeugung auf der gleichen Seite von der Bühne, die auch Maar zum Verschwinden genutzt hatte. Eine schmale Treppe führte mich etwa zwanzig Stufen hinab zu einer schäbigen Holztür. Ich verfluchte diesen uralten Bau und öffnete sie. Dahinter befand sich ein langer Flur aus nackten Betonwänden, von dem weitere Türen abzweigten. Auf gut Glück versuchte ich eine Tür zu meiner Linken und kam in einen neuen Flur. Dort wählte ich die letzte Tür rechts. Inzwischen kam ich mir wie ein gehetztes Tier vor.

Das mag auch der Grund gewesen sein, wieso ich mir fast die Hosen einnässte, als ich plötzlich einen massigen Kerl, sicherlich drei Zentner schwer, vor mir stehen sah. Er hielt ein langes Messer in der Hand. Fleischstücke hingen an der Klinge. »Was wollen Sie hier?«, donnerte mir der Berg entgegen, den ich inzwischen – zum Glück für mein Nervenkostüm! – als Koch identifiziert hatte. Das restliche Küchenpersonal schien mich gar nicht bemerkt zu haben und eilte im Hintergrund zwischen brutzelnden Pfannen und dampfenden Töpfen emsig umher.

Ich stammelte eine Entschuldigung und etwas davon, dass ich mich verirrt habe. Der ratlose Ausdruck in der Mimik des Kochs brachte mich dazu, noch schnell zu beteuern, dass es mir nicht gut ginge und ich nur nach draußen wolle, um etwas frische Luft zu schnappen. Diese Absicht kam der Wahrheit doch tatsächlich sehr nah. *Nach draußen?* Die gewaltige Erscheinung schien wohl so derartig in ihre Arbeit vertieft gewesen zu sein, dass sie schon vergessen hatte, wo sich die Außenwelt befand. Zumindest dauerte es lange, bis der Mann sich nach intensivem Nachdenken erinnerte und ich könnte schwören, ein Quietschen wie bei einer Maschine gehört zu haben, die lange nicht mehr benutzt worden war. Mit Händen und Füßen wies er mir einen Pfad durch die Irrwege der Türen und Gänge, der sich als kleines Gedächtnistraining entpuppte.

Wie eine Ratte bahnte ich mir den Weg durch die nackten Betongänge und fand schließlich hinter einer grünen Tür, über der ein Fluchtwegschild hing, hinaus. Vor mir breitete sich, nur schwach von einer weit entfernten Laterne erleuchtet, ein freier Platz aus. Mein Blick fiel auf die nächtliche Stadt, die sich weit den Hang hinunter im gesamten Tal wie eine gigantische Lichterkette ausbreitete. Vielleicht gerade einmal fünfzig Meter entfernt schimmerte die Schwimmoper wie eine gigantische Perle. Nach der Enge, durch die ich zuvor mit einem unterschwelligen Gefühl der Panik geirrt war, traf mich dieses Panorama mit erstaunlicher Wucht. Konnte ein Meter – mehr Distanz hatte das Durchschreiten dieser Tür mir doch nicht abverlangt – wirklich dazu befähigen, von einer Welt in eine gänzlich andere zu treten?

Ob es an diesem überwältigenden Ausblick – mir schien es, als könne ich die gesamte Innenstand mit einer Hand greifen und zu mir hochheben – oder an der nächtlichen Eiseskälte lag, vermag ich nicht zu sagen, aber jedenfalls stellten sich alle meine Härchen wie auf Kommando auf. Inzwischen glaube ich, dass die Gänsehaut allerdings wohl eher eine Vorahnung dessen war, was wenige Minuten später geschehen sollte. In diesem Moment ahnte ich davon allerdings nichts und trat einige Schritte nach vorne. Ich ging behutsam vorwärts, vielleicht aus Angst, ich könnte mit einer hektischen Bewegung den Zauber dieses Moments wie eine Seifenblase zerplatzen lassen.

»Was machst du denn hier?« Die Stimme ertönte hinter meinem Rücken. Ich zuckte jäh zusammen und wirbelte herum. Maar stand in der Dunkelheit an eine der dicken Mauern gelehnt. Dann flammte kurz ein Licht auf, als er sich eine Zigarette ansteckte. Das schwache Glimmen hüllte sein Gesicht in ein gespenstisches Licht. »Das könnte ich dich auch fragen.« Ich bemühte mich ruhiger zu klingen, als mir zumute war. Vermutlich misslang es mir kläglich. »Ich könnte dich allerdings auch noch ganz andere Sachen fragen.«

Die massige Gestalt machte mit erstaunlichem Geschick einen Satz weg von der Mauer. Ihre Gesichtszüge, jetzt näher, nahmen deutlichere Konturen an. Ein lauernder Wolf hätte keinen schlimmeren Anblick bieten können, als Maar es in diesem Moment getan hat. Dann bleckte er die Zähne. Dieses Grinsen, dieses ganz spezielle Maar-Grinsen wird mich sicherlich bis zu meinem Lebensende im Traum heimsuchen. Jedenfalls sagte er – immer noch höhnisch grinsend – etwas, das mir die Sprache verschlug. »Du bist undankbar, Markus!« Seine Hand hob sich. Er nahm einen langen Zug seiner Zigarette. Der rote Punkt flammte wie ein Signalfeuer in der Dunkelheit auf.

Undankbar – wie konnte er es wagen, so etwas von mir zu behaupten? Das erste Mal an diesem grotesken Abend fühlte ich Zorn in mir auflodern. »Wie kann ich dankbar dafür sein, dass ihr mich loswerden wollt und alle davon Bescheid wissen – alle, nur ich nicht?« Ich ballte die Fäuste. Maar musste es gesehen haben. Sein Grinsen schien ins Unendliche anzuwachsen; das Gesicht war ein einziges widerliches Grinsen der Genugtuung.

»Markus, mal wieder siehst du nicht das große Ganze.« Er nahm einen Zug. Dann ließ er den unbrauchbaren Stummel fallen und zertrat die Reste mit seiner Schuhsohle. »Wir haben dir den besten Abgang beschert, den sich jemand in deiner Situation nur …«

Weiter kam er nicht. Ich fiel ihm ins Wort und dabei überschlug sich meine Stimme vor Fassungslosigkeit und Wut. »Wovon redest du, verdammt! Jemand in meiner Situation? Mein neues Buch hätte …«

Dieses Mal schnitt Maar mir das Wort ab. »… auch nichts mehr daran geändert. Du bist – und das beruht auf simpler Buchhaltung – seit zwei Jahren ein reines Verlustgeschäft. Aber nicht nur das, wir verlieren unseren Ruf, wenn wir weiterhin die Läden mit deinen Büchern zumüllen.« Er zog eine neue Zigarette hervor. Nachdem er sie angezündet hatte, sah ich, wie seine Augen mich voll kalter Abscheu fixierten.

Maar trat ganz dicht an mich heran. Der Geruch von Schnaps und Qualm stieg in meine Nase und ließ meine Augen tränen. Er legte den Kopf schief und spie Rauchfäden wie ein alter Drache aus. »Wir haben wirklich versucht, dir einen großartigen Abgang zu bescheren. Er war spektakulär und wird sicher seinen Teil dazu beitragen, dass du an dem neuen Roman und auch an den Sammelbänden noch viel verdienen wirst. Mach dir was mit den Einnahmen.« Er klopfte mir auf die Schulter. Kaum eine Berührung ist mir je unangenehmer gewesen als diese. Meine Haare sträubten sich und ich machte einen Buckel.

Maar prustete los. »Schreckhaft, oder was?«, fragte er und lachte schallend weiter.

»Nicht direkt«, sagte ich leise, nachdem er sich endlich beruhigt hatte.

»So, so … nicht direkt.« Er schnippte den Stummel achtlos zu Boden, zertrat das Gebilde aus Tabak und Papier abermals und reckte mir dann die rechte Hand entgegen. »Vergessen wir es, oder? Wir sollten nicht in so einem gegenseitigen Groll auseinandergehen.«

Wir sollten unsere Zusammenarbeit überhaupt nicht beenden, weil ich wichtig für deinen beschissenen Laden bin, schoss es mir durch den Kopf, aber dennoch hob ich, wenn auch zögernd, die Hand, um einzuschlagen.

»Na, geht doch! Es ist doch gar nicht so …« Maar blieb das Wort im Halse stecken, als ich seine Handfläche mit einem Streich beiseite wischte. Es klatschte laut.

»Was ist nur in dich gefahren, du Spinner?«, keifte Maar mich urplötzlich an. Selbst im Dämmerlicht sah ich die hervorquellenden Augen. Sein ganzer Leib zitterte vor Wut wie ein Wackelpudding.

»Ich hatte Recht, ich hatte Recht!«, schrie er in blanker Hysterie. Sein schlechter Atem schlug mir gleich einer giftigen Wolke entgegen. Ich wich zurück.

»Ich hatte Recht, du bist ein elender, arroganter und undankbarer Mistkerl! Ich habe es jedem gesagt, aber immer wollte man dir eine neue Chance geben. Denk bloß nicht, dass der Abend heute meine Idee war! Wäre es nach mir gegangen, dann hätte es über dein Ende bei unserem Verlag nicht einmal einen Dreizeiler in der Zeitung gegeben!«

Ich runzelte die Stirn. »Dann hast du also nichts damit zu tun, dass ich erst jetzt von der ganzen Geschichte erfahren habe?«

Er schüttelte ungläubig den Kopf und lachte leise. Es klang äußerst selbstgefällig.

»Wie kann man nur jahrelang Bücher voller Intrigen, wirrer Wendungen und sonstiger Spinnereien fabrizieren, aber nicht einmal in unserem konkreten Fall ins Schwarze treffen?«

Er machte eine Kunstpause, in der er – wie hätte es auch anders sein können! – wieder einmal eine neue Zigarette anzündete.

»Natürlich habe ich dafür gesorgt, dass du nichts davon wusstest. Ich habe ja schon geahnt, dass du es nicht wie ein erwachsener Mann akzeptieren würdest. Deswegen hielt ich es für besser dir – entgegen unserer Abstimmung im Aufsichtsrat – nichts von unseren Plänen zu sagen. Wie wir jetzt sehen, hatte ich mit meiner Vermutung ja auch absolut Recht!«

»Du hast es nur gemacht, weil ich es womöglich nicht einfach hingenommen hätte, rausgeschmissen zu werden?«

Ich konnte es nicht fassen. Nur ganz langsam merkte ich, dass mein Mund vor Ungläubigkeit wie ein Scheunentor aufklaffte.

»Nicht nur deswegen, Markus.« Eine neue Rauchschwade malträtierte meine Nase.

»Weswegen noch?«

»Weil ich dein Gesicht sehen wollte, wenn du es vor all diesen Leuten erfährst.«

Sein Grinsen, ich kann Ihnen gar nicht sagen, wie sehr es mich in diesem Moment aufgeregt hat. Ich vermute, ein rotes

Tuch kann auf einen Stier keine stärkere Wirkung haben, als dieses Grinsen auf mich gehabt hat. Ich konnte es einfach nicht mehr ertragen. Ohne in irgendeiner Form darüber nachgedacht zu haben oder gar zu dem Entschluss gekommen zu sein, es tun zu wollen, schnellte meine zur Faust geballte Rechte nach vorne und traf ihn mitten ins Gesicht. Ein ekelhaft trockenes und erschreckend lautes Knacken war zu hören. Dann schrie Maar wie am Spieß. Ein roter Strom sprudelte aus seiner Nase hervor und färbte das weiße Hemd seines Anzuges.

Anfangs, als es noch nicht so vollgesogen war, schien es beinahe rosafarben zu sein, doch dann wurde es schlagartig immer dunkler, bis es schließlich fast schon schwarz war. Maar starrte ungläubig auf seine mit Blut getränkten Hände, die er zuvor wie aus einem Reflex heraus gegen seine Nase gepresst hatte. Sein Blick wanderte an sich herab. Der Mund stand offen, doch Maar blieb stumm. Die Lippen zitterten, doch Maar blieb stumm. Er blickte zu mir auf – immer noch ohne irgendeinen Ton zu sagen. Das schreckliche Grinsen war aus seinem Gesicht gewichen, als hätte ich ihn mit meinem Schlag zurück in die Realität gerissen oder ihm einen besonders verschlagenen Dämon ausgetrieben. Stattdessen zeigten seine Züge rein gar nichts. Das Gesicht war starr und ausdruckslos. Er blickte mir direkt in die Augen, als er sein Handy aus der Jackentasche zog und zu tippen begann. Das war der Moment, in dem ich zurück in die Wirklichkeit kehrte und verstand, was ich da eben angerichtet hatte.

Glauben Sie an Schicksal? Befürworter dieser Lebenseinstellung oder Weltanschauung – oder wie immer Sie es nennen mögen – argumentieren, dass viele unserer an sich willkürlichen Bewegungen eigentlich gar keine sind. Diese Bewegungen stehen, vom Schicksal bestimmt, schon vor ihrer Ausführung fest und unterliegen somit auch nicht unserem freien Willen.

Sie haben so etwas sicher schon einmal erlebt – etwa am Morgen, wenn Sie sich aus dem Bett quälen müssen, um irgendeiner Plackerei nachzugehen und eigentlich viel lieber in der Behaglichkeit liegen bleiben wollen. Wer denkt sich dann nicht etwas wie *Noch fünf Minuten* oder auch *Nur noch kurz, dann stehe ich auf* und wenn diese Gnadenfrist dann fast schon abgelaufen ist, stehen wir auf – einfach so! Kein bestimmter Gedanke ist dafür nötig, dass wir es tun. Wir stehen auf, ehe wir uns in unserem Geiste dafür entschieden haben, ganz so, als hätte jemand anderes über unser Tun bestimmt.

Können wir demnach tatsächlich frei über unser Handeln bestimmen? Spätestens seit dieser Nacht im Dezember glaube ich nicht mehr, dass wir dazu in der Lage sind.

Ich wog ab, ob ich stehenbleiben oder davonlaufen sollte, während Maar wohl noch darauf wartete, dass die Verbindung hergestellt wurde. Er schnaubte inzwischen schlimmer als jeder nur erdenkliche Dampfkessel. Es war nur eine Frage der Zeit, bis es zur Explosion kommen würde. Ohne zu einem Ergebnis bezüglich meiner Überlegungen gekommen zu sein, nahmen meine Füße mir dann schließlich die Entscheidung ab und so schnell sie es mit meinem krüppeligen Bein konnten, trugen sie mich fort von Maar, hinein in die Dunkelheit.

Er schrie mir etwas nach. Vieles davon verstand ich nicht, bei einigen Wortfetzen war ich mir nicht sicher und bei anderen – zumeist wüsten Drohungen – wünschte ich mir inständig, ich möge mich doch einfach verhört haben. Ich rannte natürlich unbeirrt weiter. Erst die Böschung der angrenzenden Parkanlage, in die ich hineingelaufen war, bremste mich etwas in meiner Eile. Vorsichtig, aber immer noch mit zügigem Tempo, bahnte ich mir halb rennend, halb schlitternd den Weg hinab. Dort traf ich auf die nächste Straße, die in einem kurvenreichen Verlauf, vorbei an unzähligen Villen, weiter runter ins Tal führte.

Laternen warfen Lichtinseln auf den dunklen Asphalt. Umgeben von einer dieser Inseln entdeckte ich das Taxi. Durch den Lichtschein, der mir in der Finsternis so grell wie das Flutlicht eins Fußballstadions erschien, war ich derartig geblendet, dass es mir nicht möglich war, den Fahrer zu erkennen. Der Motor startete und das Gefährt setzte sich langsam in Bewegung. Als schliche ein Raubtier um seine Beute herum, vollführte es eine weitläufige Kurve und fuhr dann auf mich zu. In etwa drei Metern Entfernung hielt das Taxi an. Die Scheiben glitten quietschend herab. Als ich das Gesicht des Fahrers sah, stockte mir der Atem. Es war eine feiste Fratze, übersät mit Narben. Ferner trug die Gestalt lediglich Fetzen am Leib, die mich auf erschreckende Weise an etwas erinnerten, das wohl einmal ein blauer Pullunder gewesen sein mochte.

Bin ich jetzt verrückt geworden? war mein erster Gedanke. Er schien dem dicken Kerl im Inneren des Wagens zu gefallen. Ich fragte mich nicht eine Sekunde, wieso ich die Idee hatte, er könnte wissen, worüber ich nachdachte. Es erschien mir einfach von unmissverständlicher Klarheit, dass er es wissen musste. »Sie sehen so aus, als bräuchten Sie 'nen Fahrer, Herr Krüger!« Er spuckte einen dicken gelben Pfropfen aus, der mit einem ekelhaften Geräusch, als platzte etwas, auf dem Asphalt aufschlug.

»Hören Sie, wenn das alles noch ein Scherz sein soll, dann sagen Sie Maar, ich hätte mir gewaltig in die Hosen gemacht und damit ist es gut!« Ich drehte mich um, ergriff die Flucht und sandte ein Stoßgebet an eine höhere Macht – welche genau, das war mir in diesem Moment herzlich egal –, dass mir das Taxi bitte nicht folgen sollte. Es dauerte nur gerade solange, bis in mir zarte Hoffnung keimte, als das Geräusch des aufheulenden Motors diese gnadenlos zunichtemachte.

Das Taxi fuhr aufreizend langsam an mir vorbei. Aus seinem Inneren starrten mich die kleinen Stecknadelkopfaugen des Fahrers an. Ob es Zorn, Verwunderung, Mitleid oder eine Art widerliche Vorfreude war, die aus ihnen sprach, vermochte ich weder damals zu beurteilen, noch vermag ich es heute. Dieser Blick brannte sich jedoch so stark in mein Gedächtnis ein, dass ich ihn gleich einer Narbe noch immer sehen kann. Ich muss nur die Augen schließen und schon sehe ich diese dunklen, toten Punkte, die mich lauernd anstarren.

Nachdem das Taxi mich um zwei Wagenlängen überholt hatte, fuhr der Kerl es quer zur Straße und versperrte mir den Weg. Dabei zogen sich seine Mundwinkel zu einem abscheulichen Schmunzeln hoch. »Sie sollten wirklich mit mir fahren, Herr Krüger!« Der Fleischberg drehte sich so gut es ging auf seinem Sitz herum und kämpfte mit der hinteren Tür auf der Fahrerseite. Mit einem Schnappen öffnete sie sich. »Die Beifahrertür geht leider nicht, mein Guter. Nehmen Sie es mir aber nicht allzu krumm. Die Fahrt kostet Sie dafür auch nichts. Ist versprochen! Ich wurde bereits bezahlt.« Aus dem Schmunzeln wurde ein ausgewachsenes Lächeln. »Für eine einfache Fahrt, um genau zu sein!«

Es ist schwer, wenn nicht sogar unmöglich, von dem Wahnsinn zu berichten, der mich befallen haben musste, als ich mich anschickte einzusteigen. Ein unheimlich starkes Gefühl war es, ein Gefühl, das in mir war und dem ich mich nicht widersetzen konnte. Es war ein stiller, mächtiger Befehl. Ich stieg ohne jedes weitere Wort ein, schloss die Tür und legte den Gurt an. Erst als dann die Knöpfe der Türverriegelung herabsanken und mich einschlossen, fiel diese Art Trance von mir ab.

»Wohin wollen Sie mich bringen?«

Der Kerl reagierte nicht, sondern startete einfach den Motor und rauschte mit durchdrehenden Reifen die Straße hinab. Ich protestierte und schrie. Der Fleischberg vor mir lachte nur laut auf und schien noch einmal etwas mehr zu beschleunigen. »Quiek nur, kleines Schweinchen, quiek nur!«, johlte er dann und trat das Gaspedal ganz durch. Ich tat ihm den Gefallen und er prustete wieder vor Lachen los.

Damals wurde mir bewusst, wie schwach meine Schilderung der Höllenfahrt des Daniel Lierhaus doch gewesen ist. Ich kann zu meiner Verteidigung allerdings anfügen, dass es mir auch nicht möglich ist, meine persönliche Höllenfahrt auf irgendeine Weise in passende Worte zu kleiden. Rasen, sausen, durch das Dunkel schießen … es sind nicht mehr als hohle Phrasen, die nicht einmal annähernd das erfassen können, was dieses verdammte Taxi mit mir im Inneren angestellt hat. Ich würde sogar so weit gehen und behaupten, dass es mehrmals alle Regeln der Physik gebrochen hat, dass es völlig widernatürliche Beschleunigungen absolviert hat, nur um im nächsten Moment durch eine Kurve zu rauschen, die es nie und nimmer so schnell hätte durchfahren können. Meine Eingeweide – obwohl, was sage ich da! – alles in meinem Körper schien in den Kurven von der einen zur anderen Seite zu schwappen – und dann wieder zurück!

Trat das Monster da vorne am Steuer einmal mehr auf das Gaspedal – und das tat es meistens, wenn ich einen Protest erheben wollte –, dann drückte mir die Beschleunigung die Luft aus den Lungen, sodass aus meinem Mund nur ein erstickter Klagelaut drang.

»Gut festhalten!«, spie mir der Fleischberg mit schallendem Lachen entgegen und jagte den Wagen über eine Bodenwelle. Das mehrere hundert Kilo schwere Stahlkonstrukt hob mit mir und dem Irren ab, als hätte es beschlossen, sich als Flugzeug zu versuchen. Sekunden verstrichen, in denen wir völlig losgelöst von jeder Schwerkraft zu fliegen schienen. Dann krachte der Wagen jäh zurück auf die Straße. Ein schrecklich lautes Scheppern und Kratzen donnerte durch die Nacht. Ich drehte mich ruckartig um und sah einen Funkenregen. Ich kam mir immer mehr wie in einer Rakete vor.

Völlig unerwartet ging die Gestalt vom Gas. »Zeit etwas zu plaudern. Es kommt nicht oft vor, dass mich jemand für so einen Auftrag anheuert.« Der kreisrunde, fleischige Kopf drehte sich nach hinten zu mir um. »Du musst ein besonderer Mensch sein. Eigentlich befördere ich euch nicht in diesem ...« Er leckte sich die Lippen, die aussahen wie fette Schnecken oder irgendein feistes Gewürm, als er nach dem richtigen Wort suchte. »Outfit, so würdet ihr es wohl nennen!« Er nickte zufrieden.

»Ich habe keine Ahnung, wovon Sie da reden. Ich will aussteigen. Es war ein Fehler einzusteigen. Egal, was man Ihnen gezahlt hat, ich zahle mehr! Lassen Sie mich einfach raus!«

Das Fleischmassiv begann zu beben, als es in ein herzhaftes Gelächter verfiel.

»Markus, mein lieber Markus, hier geht es doch nicht um Geld. Mich bezahlt man doch auf ganz andere Weise, auf eine Weise, in der du wohl nicht als kreditwürdig durchgehen könntest – zumindest noch nicht. Wie dem auch sei, ich habe den Auftrag, dich zu ihnen zu bringen und das werde ich tun, ganz gleich in welcher Maskerade.«

»Warum reden wir dann?« Ich bemühte mich, selbstsicher oder wenigstens trotzig zu klingen. Sie können sich wohl nur allzu gut vorstellen, wie sinnlos meine Bemühungen waren.

»Weil ich glaube, dass dieser Auftrag hier für mich sehr lohnend sein wird. Ich könnt´ mir nur zu gut vorstellen, dass er der Auslöser für etwas sein könnte, was mir viele Kunden bringen wird. Selten haben Aufträge wie dieser hier nämlich einen sanftmütigen Charakter.«

»Ich verstehe rein gar nichts! Lassen Sie mich einfach raus!«

»Nein!« Er lachte. Dann hustete er und ich hatte schon Angst, dass es während der Fahrt mit ihm zu Ende gehen könnte, bevor er sich schließlich wieder im Griff hatte. »Ein Jammer, dass ich dich unversehrt abliefern muss.«

Anscheinend war die Gestalt keine Widerworte gewöhnt. Wie ein bockiges Kind richtete sie den Blick von nun an starr nach vorne und beschleunigte wieder das Tempo. Ich schaute ebenfalls hinaus, aber konnte in der Dunkelheit nichts erkennen. *Wieso sind hier keine anderen Autos unterwegs? Wieso sind in der Ferne keine Lichter von Häusern zu sehen?* Mit einem bangen Gefühl, das mir die Kehle zuzuschnüren schien, blickte ich weiter hinaus und bemerkte meine Reflexion in der Scheibe. Sie sah zerzaust und schrecklich elendig aus. Jetzt erst wurde mir so recht bewusst, wie – verzeihen Sie mir den Ausdruck – beschissen es mir doch ging! Obwohl die Lüftung einen eisigen Hauch durch den Innenraum zirkulieren ließ, stand mir der Schweiß auf der Stirn. Mein Puls raste und meine Blase fühlte sich so an, als wäre sie bis zum Bersten gefüllt.

»Aussteigen!«, befahl der Kerl just in dem Moment, in dem er das Taxi jäh zum Stehen brachte. Das Gefährt ächzte wegen der unsanften Behandlung laut auf. Ich ließ es mir nicht zweimal sagen und riss am Türgriff, um die Tür zu öffnen. Mit einem Satz sprang ich hinaus. Als das Auto davonraste, fiel mir zum ersten Mal das Nummernschild auf. Mir war nach Lachen, aber auch nach Weinen zugleich zumute.

W - Charon 666.

Ich entschied mich erst für hysterisches Gelächter und danach für dicke, heiße Tränen, die in langen Bahnen an meinem Gesicht hinunterliefen. Die kalte Nachtluft ließ die nassen Bahnen schon bald darauf erstarren. Ich wischte und kratze mir die Tränenreste aus dem Gesicht.

8. Melpomenus

Mein Blick wanderte umher. Schwarz, Dunkelheit, Finsternis. Viel zu sehen gab es nicht.

Ich stand mit nicht mehr als einem Anzug bekleidet, der dem kalten Wind keinerlei Widerstand leisten konnte, in einem nächtlichen Wald und hatte keine Ahnung, wo ich war. Ich hätte es nicht einmal auf einen Radius von mehreren Kilometern eingrenzen können. Einen kurzen Moment hatte ich die Idee, um Hilfe zu rufen. Den Gedanken verwarf ich aber sofort wieder. Es fühlte sich alles auf eine gewisse Weise falsch an. Die Luft roch eigenartig. Der Wind spielte in meinen Haaren. Ein unterschwelliges Gefühl von Gefahr hatte mich längst ergriffen, als ich, da ich nicht wusste, was ich sonst hätte tun sollen, in die erstbeste Richtung ging. Meine Schritte waren voller Vorsicht. Eine unbedachte Bewegung hätte mich stürzen und eine Verletzung zuziehen lassen können. Eine Vorstellung, die mir in dieser nächtlichen Einöde vergleichbar mit einem Todesurteil zu sein schien.

Nach bangen Minuten, die in Wahrheit wohl nur einige Sekunden waren, sah ich den schwachen Schimmer, der durch die Bäume fiel. Er glich einem roten Licht, das dort irgendwo in der Ferne seinen Ursprung haben musste. Die Entscheidung, zur Quelle dieses roten Scheins vorzudringen, war gänzlich falsch. Die Kälte, die immer tiefer in mein Inneres kroch, ließ mich aber entgegen jeder Vorsicht auf den Lichtschimmer hinzueilen.

Nach einigen Metern begann das Leuchten zu flackern. Es musste sich um ein offenes Feuer handeln. Das Knistern dicker Holzscheite, die in der Gluthitze zerbarsten, bestätigte mir meine Vermutung. Irgendwo dort hinten loderten heiße Flammen auf. Als ich mich zwischen den engen Baumstämmen hindurch so nahe an die Lichtquelle herangekämpft hatte, dass ich drei Schatten um das sanft flackernde Feuer hatte ausmachen können, blieb ich leicht hinter einem dicken Baumstumpf zusammengekauert stehen. Ich wollte nicht gesehen werden – noch nicht.

Rasch ging ich meine verschiedenen Optionen durch, die von Umkehr über Heranschleichen bis hin zu anderen Überlegungen reichten, die mir inzwischen längst entfallen sind. Während ich noch angestrengt über das Für und Wider meiner Möglichkeiten nachdachte, packte mich urplötzlich eine riesige Hand im Nacken. *Pranke* war allerdings das Wort, das mir zuerst einfiel, als mich der Angreifer wie einen jungen und ungehorsamen Welpen zu Boden drückte. Eine kratzige Stimme raunte mir etwas zu. Ich verstand von den eilig gesprochenen Worten allerdings nicht das Geringste. Ich war mir nicht einmal sicher, aus welcher Sprache sie stammten.

Ich blieb mit dem Gesicht auf den gefrorenen Boden gepresst liegen. Nach dem anfänglichen Schock war ich beinahe zu dem Schluss gekommen, einen Fluchtversuch zu wagen. Bevor ich allerdings auch nur einen Muskel dazu hätte anspannen können, packte mich die zweite Pranke dieses Riesen und drückte mir beide Arme so leichtfertig auf den Rücken, als wäre ich eine Stoffpuppe. Dann drehte sich mit einem Mal alles. Oben wurde unten und unten wurde oben. In diesem Herumwirbeln erkannte ich – erhellt durch den Feuerschein – eine in Zwielicht gehüllte Fratze, die nur aus Geschwüren zu bestehen schien. Übelkeit machte sich in meinem Magen wie ein brodelnder Strom breit. Es lag allerdings nicht an der unsanften Art meines Transports. Jeder Orientierung beraubt wurde ich plötzlich durch die Luft geschleudert und kam hart auf dem eisigen Boden zu liegen. Rechts neben mir knisterte es laut und angenehme Wärme überzog meine dem Feuer zugewandte Gesichtshälfte.

»Meine Begleiter sind leider etwas grobschlächtige Kerle«,

sagte eine tiefe, melodische Stimme, die aus der Richtung der Flammen zu mir sprach. Augenblicklich fiel das Unbehagen von mir ab. Wer auch immer da das Wort an mich gerichtet hatte, musste einfach Anstand und ... *Ehre und Größe haben*, ergänzte eine Stimme in meinem Kopf, deren Klang mich an jene selbst erinnerte, die zuvor akustisch hörbar mit mir gesprochen hatte. Einzig ihr Akzent gab mir ein Rätsel auf, schien er mir doch so sonderbar wie eine Gleichung mit drei Unbekannten.

»Meine Begleiter sind allerdings hervorragende Wachen und damit für mich unersetzlich, wenn ich dieses Land bereise. Von daher, verzeihen Sie mir bitte, dass sie mit ihrem etwas rohen Verhalten einen Schatten auf unser erstes Treffen geworfen haben. Bitte, Herr Krüger, setzten Sie sich auf! Es gibt viel zu bereden und die Nacht wird nicht ewig andauern.«

Trotz all der Verwirrung, der Übelkeit und der Schmerzen in meinem Bein, welches nach so einem Sturz für gewöhnlich tagelang wie Feuer brennen würde, ließ mich die Erwähnung meines Namens aufschrecken. Noch im Liegen drehte ich mich um. Gegen den hellen Schein konnte ich nur undeutlich den Schemen einer schlanken, hochgewachsenen Gestalt erkennen, die mit leicht gespreizten Beinen und vor der Brust verschränkten Armen dastand und auf mich herabzublicken schien. Sie legte den Kopf schief. »Ich vermute allerdings, dass ihre Dienste nunmehr ad absurdum geführt wurden.«

Zweimal schlug der Fremde die Hände zusammen. Es klatschte nur leise. Trotzdem war es in der nächtlichen Stille ein geradezu schneidendes Geräusch, das sich jederzeit mit dem Knallen einer Peitsche hätte messen können. Abseits des Lichtkegels wurde ich Bewegungen in der Dunkelheit gewahr. Es raschelte und scharrte, ein Knurren und Schnauben – letzteres klang eindeutig verdrießlich – folgten. »Ah, sehr gut, Herr Krüger«, sagte die Gestalt dann und trat ein paar Schritte zur

Seite, heraus aus dem blendenden Gegenlicht.

Ich stützte mich mit den Händen ab und stand auf. Die Lichtverhältnisse hatten sich so geändert, dass ich mein Gegenüber nun endlich genauer erkennen konnte. Doch schon folgte die Ernüchterung. Es hatte eine Kapuze aufgesetzt, die ihm bis weit über das Gesicht ragte. Sie gehörte zu einem langen schwarzen Mantel. Nach einem genaueren Blick kam ich zu dem Schluss, dass es Leder sein musste. Er reichte dem Fremden bis zu den Knöcheln. Unter dem Mantel, der nicht zugeknöpft war, kam ein scharlachrotes Hemd, gespickt mit Rüschen und goldenen Knöpfen, zum Vorschein. Durch den roten Stoff zogen sich schwarze Linien, die ein wirres Muster bildeten. Der Fremde legte plötzlich den Kopf in den Nacken und begann herzhaft zu lachen.

»Sie machen wahrlich keinen Hehl aus der Verwunderung bezüglich meiner Kleidungsweise, Herr Krüger.« Der Fremde machte eine kunstvolle Pause und fügte mit tiefer Stimme hinzu: »Das gefällt mir. Das Auge eines wahren Literaten muss Nahrung für den Geist beschaffen, finden Sie nicht auch?« Ich hielt inne und ließ mich mitten im Aufstehprozess wieder auf den Boden sinken. In mir kämpften Angst, Erstaunen, Verwunderung und – auch wenn deutlich unterlegen – ein unterschwelliger Zorn gegeneinander an.

Sie können sicherlich verstehen, welche innere Zerrissenheit mich befallen hatte. Dort lag ich nun rücklings auf kaltem Boden, war von einem Fremden, der eindeutig irre gewesen sein musste, in einem Taxi hergebracht worden und sprach – nachdem man mich gepackt und durch die Luft gewirbelt hatte – mit einem weiteren Fremden über das literarische Handwerk. Na, wie wunderbar! Meine erste Reaktion auf die simple Frage meines Gegenübers, die wohl eigentlich nur auf eine Zustimmung meinerseits abgezielt haben dürfte, bestand aus einer einfachen Geste mit den flachen Händen. *Langsam, Freundchen,* dachte ich und hoffte, meine Gedanken deutlich genug ausgedrückt zu haben. Nach Sprechen war mir nicht zumute. Meine Kehle war wie zugeschnürt.

Dem Fremden entfuhr ein leises Kichern und dann nickte er kurz, als er einen Schritt, wie um mir etwas mehr Platz zu gewähren, nach hinten trat. Ich war ihm äußerst dankbar dafür. Dann erkannte ich, dass er sich niederkniete, um in einer Kiste, die neben einem Baumstamm stand und mir bisher nicht aufgefallen war, nach etwas zu suchen. Er förderte ein kleines Fläschchen zutage, das man mit einer Hand ganz umschließen konnte. »Fangen Sie!«, rief er plötzlich und warf mir das Behältnis zu. Die Flugbahn beschrieb eine perfekte Parabel und obwohl ich immer noch auf dem Boden saß, fiel es mir leicht, das Fläschchen zu fangen. Das Kunststück hätte wohl bei diesem Wurf vielmehr darin bestanden, es fallen zu lassen.

Ich hielt den kleinen Glasbehälter in der Linken, während ich mich mit der anderen Hand abstützte, um mich endgültig aufzurichten. Im Feuerschein erkannte ich eine klare Flüssigkeit im Inneren. Es war auf keinen Fall eine Flasche, die man in einem gewöhnlichen Supermarkt hätte kaufen können. Es fehlte jedes Etikett und statt eines Verschlusses steckte ein dicker Korken in der Öffnung des Halses. Ich schwenkte die Flasche hin und her und beobachtete, wie die Flüssigkeit von der einen zur anderen Seite schwappte.

»Das Getränk, das Sie dort in den Händen halten, ist mit Ihren Stimulanzien vergleichbar, Herr Krüger. Ich nahm bereits sorgenvoll an, Ihnen könnte diese Zusammenkunft anfänglich das ein oder andere Problem bereiten, obwohl Sie doch über so viel Fantasie verfügen, dass es Ihnen vielmehr ein Leichtes sein müsste, auch nichtalltäglichen Situationen gewachsen zu sein. Nehmen Sie nur einen Schluck, es wird Ihnen helfen!«

»Wenn Sie mich und meine Vorstellungskraft so gut zu kennen glauben, dann müssten Sie sich ausrechnen können, dass ich dem Inhalt dieser Flasche nicht traue«, erwiderte ich und ließ die Hand, mit der ich das Fläschchen hielt, sinken. Die Gestalt legte abermals den Kopf schief. In meiner Vorstellungskraft erschien auf ihrem Gesicht ein nachdenklicher Ausdruck, in den sich eine Spur von Bedauern mischte.

»Herr Krüger, das ist wirklich schade. Es ist in jenem Land, aus dem ich stamme, nicht leicht, ein derartiges Getränk zu erhalten und ich habe große Mühen auf mich genommen, um in seinen Besitz zu gelangen. Mühen, die ich nur wegen Ihres Wohlbefindens auf mich genommen habe. Ich weiß sehr wohl, wie sehr Sie Ihre Stimulanzien doch brauchen, um klar denken zu können.«

Ich zog an dem Korken. Es gab ein schmatzendes Geräusch, als er sich löste. Augenblicklich nahm ich das Aroma wahr. Ich bezweifle jemals eine Wette mit diesem Talent gewinnen zu können, aber dennoch war ich mir sicher, einen Hauch von Whisky in der Nase zu haben. Ein Hauch von gutem Whisky, um genau zu sein. Die Note, die in der Luft hing, war erdig und dennoch fruchtig. Ich fragte mich, wie er wohl schmecken würde ... »Nur nicht so zögerlich! Hätte ich Ihren Tod gewünscht, können Sie sich wohl an fünf Fingern abzählen, dass es einfacher gewesen wäre, einem meiner Diener diese Aufgabe anzuvertrauen.«

Dieses Argument hatte etwas für sich. Ich nahm einen kleinen Schluck. *Geschmacksexplosion* ist wohl der beste Ausdruck, um zu beschreiben, was sich dann auf meiner Zunge abspielte. Es war unmöglich alle Aromen, die in dieser Flüssigkeit steckten, mit dem ersten Schluck in sich aufzunehmen. Nachdem ich sie einen Moment im Mund hatte hin und her wandern lassen, schluckte ich sie schließlich. Das Brennen im Hals war angenehmer Art. Nicht zu stark, aber auch keineswegs zu schwach. Von meiner Magengegend aus bahnte sich die Wärme rasch einen Weg in weiter entfernte Körperregionen und mir schien es, als erfüllte mich das Getränk mit einer neuen Lebendigkeit und starkem Tatendrang. Ich gab ein zufriedenes Seufzen von mir.

»Es freut mich zu sehen, wie sehr er Ihnen schmeckt!«

»Auch Gift kann schmecken«, entgegnete ich trocken und nahm im gleichen Moment einen weiteren Schluck. »Aber es gibt sicherlich schlimmere Arten, den Tod zu finden.«

»Wohl wahr«, sagte der Fremde und kam auf mich zu, um mich an der Schulter zu packen und mit sanftem Druck hinweg vom Feuer zu führen. Erst jetzt fiel mir auf, dass *hochgewachsen* eine reichliche Untertreibung für die Statur dieses Mannes war. Er musste nahezu zwei Meter messen. Sein Gesicht, auch wenn es mir aus optischen Gründen unmöglich erschien, blieb immer noch im Schatten der Kapuze verborgen, obwohl er jetzt genau im Lichtschein des Feuers stand. »Gehen wir ein Stück. Gehend fällt es leichter, über derlei Dinge zu reden.«

Ich widersetzte mich nicht, als er mich in die Dunkelheit drängte. Nachdem ich hastig einen dritten Schluck zu mir genommen und die Kälte damit ein Stück weiter aus meiner Welt verbannt hatte, fragte ich lediglich: »Derlei Dinge?«

»Nun, es geht um ein Geschäft. Ein Geschäft, das – um genau zu sein – mit Abschied, Aufbruch, aber auch mit Neuanfang zu tun hat. Bedauerlicherweise wurde Ihr Genius schon längere Zeit nicht mehr von diesen blinden Narren erkannt, für die Sie tagtäglich schrieben. Ich kann Ihnen allerdings helfen ein Werk zu erschaffen, das auf ewig im Gedächtnis der Menschen über jedem anderen Buch thronen wird.«

Einen kurzen Moment fragte ich mich, ob das alles etwa doch nur ein grausamer Scherz sein könnte oder ob dieser Kerl, der da so selbstherrlich in Superlativen sprach, einfach nur im Drogenrausch sein könnte. Tief in meinem Inneren wusste ich, jedem Wahnsinn zum Trotz, dass er jedes Wort ernst meinte. Und noch tiefer im Inneren, da wagte ich sogar daran zu glauben, er könnte dieses Versprechen erfüllen.

»Hat Sie diese Vorstellung etwa erschreckt? Was sagen Sie zu dieser wunderbaren Fantasie?« Seine Worte, mit der Neugier eines Kindes gespickt, das die eigenen Eltern bezüglich der Weihnachtsgeschenke ausfragt, rissen mich aus meinen Überlegungen. Sie rissen mich so jäh aus ihnen heraus, dass ich ehrlich antwortete: »Das klingt fabelhaft!« Ich setzte die Flasche an den Mund, als wollte ich auf diese herrlichen Aussichten mein Glas heben. Nachdem weitere Tropfen dieses kostbaren Wunderelixiers meinen Hals hinuntergelaufen waren, bot ich meinem spendablen Freund einen Schluck an. Er schüttelte nur den Kopf und hob dann den langen Zeigefinger seiner Linken. Er schien aschfahl in der Düsternis um uns herum, wie ein Stück bröckelige Kreide. Der Mann krümmte ihn kurz darauf, um auf einen Punkt in der Dunkelheit zu deuten. »Dort können wir alles Weitere besprechen und derweil einen etwas komfortableren Rahmen genießen.« Er machte eine kurze Pause. »Und wenn das Geschäft in trockenen Tüchern ist, dann werde ich auch mit Ihnen anstoßen, Herr Krüger.«

Ich konnte nur Schwärze und Dunkelheit und einen Hauch von Finsternis erkennen, auf die mich der Fremde zuführte. Plötzlich blieb er stehen. Wie schon zuvor klatschte er zweimal in die Hände. Um uns herum, aber vor allem *hinter* mir, raschelte es wieder in der pechschwarzen Nacht. Dünne Zweige brachen unter schweren Schritten mit einem trockenen Knacken und dann blendete es mich mit einem Mal, als grell wie eine Explosion zwei Fackeln aufleuchteten.

Nachdem meine Augen sich an das Licht gewöhnt hatten, rieb ich sie vor Ungläubigkeit. Ich war zu einem vorbereiteten Lagerplatz geführt worden. Zwischen den zwei Lichtern standen sich zwei Holzstühle gegenüber. Die Rücken- und Armlehnen waren reich mit Schnitzereien verziert. Damit die Beine nicht dem Dreck des Waldbodens ausgesetzt waren, standen sie auf roten Teppichen, die zwar einen weniger teuren Eindruck machten, aber immer noch weitaus zu schade waren, um dort einfach im Schmutz zu liegen. Der Fremde ging an mir vorbei und ließ sich würdevoll auf einem der Stühle nieder. Dann nahm er die Kapuze ab.

Seine Züge waren eben und gleichmäßig, so vollkommen wie das Werk eines meisterhaften Steinmetzes. Das Haar, es musste mit dem Feuerschein zusammenhängen, schimmerte silbern und war lang. Er trug es zu einem strengen Pferdeschwanz zusammengebunden. Mir war es unmöglich, sein Alter abzuschätzen. Konzentrierte ich mich auf diese feinen Linien und die ebene Haut, in der die Zeit keine Spuren hinterlassen zu haben schien, so hätte mir ganz dem Anschein nach auch ein Knabe gegenübersitzen können. Doch warf ich einen genaueren Blick auf die Partie um die Augen herum oder gar auf die Augen selbst, so kam *ich* mir wie der Knabe vor.

Dieser Mann musste bereits viel gesehen haben. Seine dunklen Augen, die im Lichtschein wie zwei schwarze Perlen schimmerten, übten einen regelrechten Sog aus, dem ich nicht widerstehen konnte. Ich vermochte den Blick nicht abzuwenden und je länger ich zu diesen schwarzen, tiefen Augen sah, in sie blicke, umso mehr verstand ich, dass sie mich hingegen nicht nur eingehend musterten, sondern *in* mich blickten, dass sie alles an mir erforschten und ihnen nichts entgehen würde. Keine Angst, keine Hoffnung, kein einziger Gedanke.

Mir wurde kalt in diesem Strudel, in dem ich immer weiter in die kalte Leere glitt. Ich verlor jeden Halt. Wirklichkeit – ein kurzes, schwaches Wort. Wirklichkeit – sie kann so schnell zur Absurdität verkommen!

Ein Lächeln erschien auf seinem schönen Gesicht. Selbstsicher, vielleicht auch selbstzufrieden war es. Und dann schloss der Fremde seine Augen. Als hätte man mich gepackt und durch das Sein geschleudert, taumelte ich jedem Halt beraubt rückwärts. Der zweite Stuhl stand dort. Ich fiel ungeschickt nach hinten und sank in das himmlisch weiche Kissen, das auf der Sitzfläche lag. Doch nicht nur die Daunen waren von unvergleichlicher Bequemlichkeit, sondern das gesamte Holzkonstrukt. Ich habe selten besser gesessen als in dieser kalten Nacht unter freiem Himmel.

»So Herr Krüger, dann werden wir nun die wesentlichen Eckpunkte des Kontraktes besprechen.«

Beseelt durch das feurige Glühen des Elixiers, das meinen ganzen Körper wie pure Energie durchströmte, erhob ich einen ersten Einwand gegen die Wünsche des Fremden und erwiderte: »Sagen Sie mir zuerst Ihren Namen.«

»Gerne doch.« Die Worte glitten zwischen den schwungvollen Lippen wie eine zarte Melodie hervor. »In eurer Zunge nennt man mich Melpomenus.«

Melpomenus? Etwas an diesem sonderbaren Namen kam mir doch tatsächlich auf Anhieb bekannt vor. Doch bevor ich genauer darüber nachdenken konnte, ergriff Melpomenus wieder das Wort und sagte lachend: »Ein seltsamer Name. Zumindest für Sie, Herr Krüger. Um Ihnen den langen und ungewöhnlichen Klang zu ersparen, möchte ich Ihnen vorschlagen, dass Sie mich der Einfachheit halber doch bitte Herr M. nennen mögen. Das klingt auch irgendwie …« Melpomenus schien das gesuchte Wort entfallen zu sein. Zumindest dachte ich dies, bis er schließlich hervorbrachte: »Es ist – wie Ihre Leute in diesen Zeiten so oft zu sagen pflegen – cool.«

Ich musste augenblicklich herzhaft lachen und wedelte mit der Flasche umher, ganz so, als hielt ich einen Palmwedel in den Händen. »Cool? Dieses Wort passt nun rein gar nicht zu Ihrem Wortschatz, werter Herr M.«

Auf seinem Gesicht erschien ein kurzes Bild von Verdrießlichkeit. »Ja, das mag wohl sein, aber ich versuche mich der rasanten Entwicklung Ihrer Sprache anzupassen.«

»Ihrer Sprache? Manchmal scheint es mir fast so, als wollten Sie sagen, dass ...«

»... ich kein Mensch bin?« Ein Lächeln erschien auf Melpomenus harmonischen Zügen, ein Lächeln, das lange, spitze Zähne entblößte. »Was denken Sie denn, was ich bin, Herr Krüger?«

»Ich ... weiß ...« Mehr als Gestammel kam mir nicht über die Lippen.

»Na, na! Sie müssen sich nicht fürchten. Wie ich schon bereits sagte, sollte ich Interesse daran haben, Ihnen zu schaden, hätte ich das schon längst in die Tat umsetzen können. Ich sage Ihnen, was ich bin. Ich bin Ihr Freund, Ihr Freund und Geschäftspartner in spe. Sie werden sehen.«

»Dann sagen Sie mir, mein Freund, um welches Geschäft es sich handelt?« Ich rutschte unbehaglich mit dem Hosenboden umher. Daran hätte nicht einmal das beste Kissen auf Erden etwas ändern können – und vermutlich saß ich sowieso schon darauf.

»Ich biete Ihnen eine Bildungsreise sowie Rat und Tat für einen neuen Roman an, Herr Krüger.«

Ich machte den Mund auf, um tausende von Fragen zu stellen und auch einige Widersprüche zu erheben, aber der in die Höhe gereckte Zeigerfinger von Melpomenus ließ mich so plötzlich verstummen, als hätte er einen geheimen Schalter umgelegt.

»Dieses Angebot gilt nur unter zeitlich sehr engen Rahmenbedingungen.«

»Wie eng?«

»Ah, ich sehe, Herr Krüger, Sie sind immer mehr interessiert?«

»Wie soll man bei all diesen vagen Andeutungen nicht neugierig werden?«

Melpomenus seufzte. »Verzeihen Sie mir, aber ihr Menschen seid häufig mit der Intuition und dem Einfühlungsvermögen eines Steins gestraft, wenn es um mein Volk geht. Ihr traut uns nicht. Ihr jagt uns. Ihr tötet uns. Und all das, weil wir euch fremd sind und der Mensch das Fremde nun einmal von jeher fürchtet.« Zum ersten Mal stahlen sich schwache Falten auf das sonst makellose Gesicht. »Herr Krüger, Sie müssen verstehen, dass dieses Buch auch für mich und meinesgleichen von überaus wichtiger Bedeutung ist.«

»Ja, ja … das mag sein, aber sagen Sie mir endlich, wer Sie sind!« Langsam wurde ich ungeduldig. Um mich etwas zu beruhigen – ich war kurz davor mich im Ton zu vergreifen –, nahm ich etwas von dem köstlichen Getränk. »Am besten beschreiben Sie mir einfach den ganzen Inhalt Ihres Geschäfts und wer Sie eigentlich sind. Und am allerbesten machen Sie das in kurzen, einfachen, aber aussagekräftigen Sätzen!«

Melpomenus fuhr sich mit der Zunge über die Lippen. Dann sprach er: »Ich bin Botschafter des Unteren Reichs. Ein Reich, das sich im Schatten eurer Welt befindet. Dort leben wir, das Volk des Schattens. Bevor Sie fragen, Herr Krüger, Sie kennen uns genauso, wie es jeder andere Mensch tut. Wir sind jene Wesen, die in euren Schauergeschichten leben, die euch den Schlaf rauben, die euch ängstigen. Doch ihr seid für uns nichts anderes, als das, was wir für euch sind. Seit Jahrhunderten herrscht ein fragiler Waffenfrieden zwischen unseren Völkern.«

Inzwischen war ein Punkt erreicht, an dem ich diesen Herrn M. am liebsten unterbrochen hätte, um ihm zu sagen, er solle seinen Schwachsinn für sich behalten, um dann selbst einfach nur noch davonzulaufen, hinein in die Nacht. Es war mir allerdings nicht möglich. Während er sprach, malte sich mein Geist einen dunklen, aber prächtigen und majestätischen Ort aus, der hinter unserer Wirklichkeit verborgen lag. Mit jedem Wort von Melpomenus wurde dieses Bild in meinem

Kopf realer. Ich sah, wie aus dem Nichts unterirdische Berge, Seen, Flüsse und ganze Städte von alles überragender Größe und Macht hervorwuchsen. Es war unmöglich, dieser Trance zu entkommen.

»Wir nähern uns eurer Welt nicht. Ihr nähert euch unserer Welt nicht. Doch der Mensch lernte und forschte und erschuf. Er machte sich die Elemente zum Untertanen. Längst seid ihr uns überlegen, aber dennoch gibt es in meinem Volk Stimmen, die einen großen, letzten Angriff auf die Menschheit fordern, um die Bedrohung durch euch zu eliminieren. Bisher war dies nicht nötig, weil ihr euch gefürchtet habt. Ihr habt eure Geschichten über mein Volk weitererzählt, Generation für Generation. Doch nun wirkt diese Tradition wie abgeschnitten. Ihr erzählt euch keine Schauermärchen mehr, keine Gruselgeschichten, nichts vor dem ihr euch wirklich fürchtet. Eure Brut hat vergessen, warum man des Nachts nicht durch den Wald schleicht oder sich in halbverfallenen Ruinen herumtreibt. Immer wieder kommt es zu blutigen Zwischenfällen, wenn unsere Völker aufeinandertreffen. Wenn Sie mir nicht dabei helfen, den Menschen wieder Furcht zu lehren, dann wird es Krieg geben.«

Ich kann mich, um ehrlich zu sein, kaum noch daran erinnern, was mir nach Melpomenus Worten alles durch den Kopf ging. Gerede von Krieg und von dunklen Kreaturen! Doch am allermeisten traf mich die Vorstellung, dass eines meiner Bücher, das nun zusammen mit diesem seltsamen Fremden entstehen sollte, die Kraft besitzen könnte, um diesen drohenden Konflikt abzuwenden. Das war doch Wahnsinn! Doch Wahnsinn oder nicht, Melpomenus erschien mir ein Teil der Wirklichkeit zu sein, den man schwer leugnen konnte, wenn man ihm direkt gegenübersaß.

»Ich sehe Ihrem Gesicht die Zweifel an, Herr Krüger!«
»Wie sollte man denn auch nicht ins Zweifeln kommen, wenn

man so abenteuerliche, fantastische Geschichten aufgetischt bekommt?«

»Nun, Sie sehen mich vor sich und Sie sehen auch, dass mein Äußeres zwar menschlichen Zügen ähnelt, aber dennoch in einer feinen Art ganz unterschiedlich ist. Wie können Sie Zweifel an dem hegen, was Sie mit Ihren eigenen Augen sehen? Es gibt mehr Dinge zwischen Himmel und Erde, als eure Schulweisheit sich träumt.«

Er hatte die Worte langsam und mit einem verschmitzten Grinsen im Gesicht gesagt, ganz wie es ein Vater tun mag, der dem Sohn etwas von erstaunlicher Schlichtheit erklärt, das aber für das Kind ein kleines Wunder darstellt. Mich wunderte das Zitat Shakespeares nach all dem, was bereits gesagt worden war, nur noch wenig. Melpomenus stützte das Kinn mit der Rechten ab und beugte sich vor. Dann sprach er in verschwörerischem Tonfall: »Und sagen Sie jetzt bitte nicht, Sie glauben, es könnte alles nur ein Traum sein? Wie könnte dies nur ein Traum sein? Könnten Sie in einem Traum die Frische in der Nachtluft riechen? Könnten Sie in einem Traum das weiche Gewebe des Kissens unter sich spüren? Könnte ein Traum derartig real sein? Die Antwort kennen Sie wohl selbst!« Er lehnte sich zurück und starrte mich mit diesen dunklen Augen an.

»Mal angenommen, dies alles ist wirklich, wie kann ein einfaches Buch etwas an diesem Krieg ändern, der uns bevorsteht?«

»Es wird kein einfaches Buch werden. Sie alle werden sehen, dass ihre abgründigsten Fantasien, alles was sie je gefürchtet haben, existent ist. Sie, mein guter Herr Krüger, werden eigens für diesen Zweck zur Quelle der Inspiration geführt. Sie werden etwas schreiben, das die Menschen lehren wird, was Furcht ist.«

Ich stieß ein unterdrücktes Lachen aus. Wie ein vorbeihuschender Schatten stahl sich Zorn auf Melpomenus Gesicht, aber war auch genauso schnell wieder daraus verschwunden, wie er aufgekommen war.

»Ich meine nur, dass all dieses Gerede mir doch zu fantastisch erscheint.«

»Sie meinen nur, was man Sie lehrte. Lassen Sie mich Ihnen zeigen, welchem Irrglauben Sie verfallen sind. Es wäre nicht der erste Irrglaube, unter dem Ihr Volk gelitten hat, nicht wahr? Lassen Sie mich Ihnen und allen anderen Menschen zeigen, warum ihr die Dunkelheit fürchten sollt!« Sein Körper war so gespannt wie eine Bogensehne. Ganz starr hielt er die Luft an und wartete auf meine Antwort.

»Was würden Sie tun, wenn ich Ihnen nicht helfen wollte? Zeigen Sie mir dann auch, warum ich die Dunkelheit fürchten sollte?« Ich war erschrocken über meine Worte und warf der Flasche in meiner Hand einen vorwurfsvollen Blick zu. Dieses Teufelszeug hatte mich schon ganz benebelt!

»Mitnichten, dazu achte ich Ihre frühen Werke viel zu sehr. Bereits von Ihrem allerersten an, jenes mit dem schlichten Titel *Der Dachboden*.«

Er machte eine Pause und beendete sie, indem er abfällig den Kopf schüttelte. »Es steht außerdem gar nicht zur Diskussion, dass Sie ablehnen. Ich sehe die Gier in Ihren Augen. Sie wollen diese fremde Welt sehen, von der ich berichtet habe und Sie wollen dieses Buch schreiben. Sie wollen es all jenen zeigen, die Sie verraten haben.« Er lächelte. Mein Magen schien zu einem Eisklumpen zusammenzuschrumpfen, als er dann mit der größten Verachtung, die ich jemals in einer Stimme gehört habe, nur zwei Wörter sagte: »Benedikt Maar.«

In mir tobte ein Wirbelsturm der Gefühle. Zorn, Neugier und Angst rangen um die Herrschaft. Es siegte jene Eigenschaft, die den Menschen wohl letztlich zu dem macht, was er ist: Neugier.

»Sie jagen mir eine Gänsehaut nach der anderen über den Rücken, aber ich willige ein.« Ich seufzte. »Dennoch bleibt für mich die Sorge, dass ich vielleicht schon morgen mit aufgeschnittener Kehle in irgendeinem Fluss treibe.«

Melpomenus lachte herzhaft. »Glauben Sie mir doch, wollte ich Sie tot sehen, dann hätte ich Sie schon längst umgebracht. Wir wollen nur ein Geschäft abschließen. Was Ihre Gänsehaut betrifft, merken Sie sich am besten, was an mir diese Regung bei Ihnen auslöst. Vielleicht können Sie es für eine Stelle Ihres neuen Buches gebrauchen. Auf unserer gemeinsamen Reise werden Sie allerdings weitaus prägnantere und mehr inspirierende Dinge zu Gesicht bekommen. Sie und Ihre Kunst werden aufblühen! Ich verspreche es Ihnen!«

Er klatschte in die Hände. Ein lautes Scharren erklang in der Dunkelheit, gefolgt von einem tiefen Keuchen. Die Geräusche in der Finsternis taten meinem ohnehin bis zum Zerreißen gespannten Nervenkostüm nicht gerade gut. Um mich abzulenken, beschloss ich Melpomenus, der scheinbar auf etwas wartete, einige Fragen zu stellen.

»Wann soll diese Reise beginnen? Und wohin soll sie führen?«

»Oh, Herr Krüger, diese Reise soll schon heute Nacht beginnen.« Jenseits des Lichtes waren dumpfe Schritte auf dem gefrorenen Boden zu hören. Sie kamen näher. »Die Frage nach dem Wohin werden wir am besten beantworten, indem wir unser Ziel für sich sprechen lassen. Haben Sie nur Geduld.«

»Soll das ein Witz sein?«

»Für Schabernack ist mir meine Zeit in Anbetracht des nahenden Krieges viel zu kostbar.«

Seine Stimme klang rau und schroff wie ein Kliff, das steil an einer Küste aufragt. Eine Gänsehaut breitete sich rapide von meinem Nacken über meinen gesamten Körper aus. Das alte Leiden in meinem rechten Knie meldete sich mit flammender

Zunge zurück. Ich verlagerte mein Gewicht, um dem Schmerz etwas entgegenzuwirken und ordnete derweil meine Gedanken. Dieser Melpomenus musste doch verstehen, dass es schlicht ein Ding der Unmöglichkeit war, so spontan zu einer längeren Reise aufzubrechen – einmal davon abgesehen, dass er ohnehin immer noch ein Fremder war.

»Ich habe keinerlei Gepäck bei mir und müsste mich auch noch um einigen Papierkram kümmern, ehe wir diese Reise beginnen könnten.« Ich senkte meine Stimme, bis sie fast nur noch ein heiseres Flüstern war.« Außerdem kenne ich Sie doch nicht einmal. Wir sprechen hier mitten in der Nacht in einem Wald, nachdem mich irgendein Geisteskranker in Ihrem Auftrag ...«

Mir stockte der Atem, als ich sah, was dort aus der Dunkelheit in den Lichtkreis trat. Es schien beinahe so, als hätte sich ein Riss in der Wirklichkeit aufgetan und einen wandelnden Koloss ausgespien. Obwohl er in einen langen schwarzen Mantel gehüllt war, dessen Kapuze den Kopf und das Gesicht verhüllte, konnte ich deutlich die bullige Gestalt erkennen, die niemals zu einem Menschen gehören konnte. Was es auch war, das dort entgegen aller Vernunft real existent umherwandelte, es musste über unbeschreibliche Kräfte verfügen. Das an die drei Meter messende Monstrum hievte mit baumstammdicken Armen eine riesige Truhe heran, die mir so groß wie ein Kleinwagen erschien. Mit einem Rumsen ließ das Ding sie herab und trat grunzend einen Schritt zurück.

Melpomenus gab einige kurze Laute von sich, die zu keiner menschlichen Sprache passen wollten. Daraufhin verneigte sich der Koloss, wobei ein knirschendes Geräusch zu hören war, das mich an das Mahlen von Stein auf Stein erinnerte. Dann verschwand das Geschöpf langsam und schwerfällig in der Dunkelheit.

Melpomenus zeigte auf die gigantische Truhe. »Darin sind

all Ihre Kleider, Schreibzeug und alles andere, was von Belang sein könnte, um es einmal in aller Kürze zu sagen. Was Ihren Papierkram angeht, darum müssen Sie sich nicht sorgen. Ich werde Ihnen schon bald erklären, warum es keinen Grund gibt, diesbezüglich die Stirn in Falten zu legen.«

Ich schüttelte ungläubig den Kopf. Wie konnte das nur alles sein!

»Sie sehen, Herr Krüger, hier hält Sie nichts mehr. Hier wartet nur der Misserfolg auf Sie. Ihr Leben wurde lange genug von Gram gepeinigt. Lassen Sie einfach los!«

Melpomenus sprang auf und stand plötzlich wie ein geölter Blitz direkt vor mir. Kerzengerade ragte er in die Höhe. Seine Hand, mit diesen langen und kräftigen Fingern, hielt er mir entgegengestreckt. Seine Augen funkelten mich an. Dunkel und lauernd. Was auch immer er mir an körperlicher Unversehrtheit versprach, sollte ich ein falsches Wort sagen, war es damit vorbei.

»Sind wir uns einig?« Seine Rechte kam einige Zentimeter näher und … ich schlug ein. Sein Fleisch war eisig. Doch viel schlimmer noch war das schmierige Gefühl unter meinen Fingern. Mir kam es vor, als hielte ich einen toten Fisch in Händen. Nach scheinbar endlosen Sekunden löste sich sein fester Griff endlich und er nickte zufrieden, während ich mit dem Impuls kämpfte, meine Hand an der Hose abzuwischen.

»Sie wollen also ein wahrhaftig grausames Buch schreiben und ich soll Sie lehren, wie dies zu geschehen hat?«

Noch immer benommen von seiner Berührung, seinem Blick und seiner Stimme nickte ich. Ein zartes Lächeln umspielte seine Lippen. »Sodann, Herr Krüger, es wird Zeit für den Kontrakt.«

9. Der Vertrag

Aus einer seiner tiefen Manteltaschen kam ein zusammengerolltes Schriftstück zum Vorschein. Das Material war grau und braun und voller Flecken. Ich fragte mich, ob es vielleicht eine feine Tierhaut sein könnte, aber verfolgte die Überlegung nicht weiter, als ich einen Blick auf den Inhalt warf.

Hiermit verpflichtet sich Herr Markus Krüger dazu, mit Melpomenus, dem Sohn des Marakash, eine dreimal dreiunddreißig Tage dauernde Pilgerfahrt auf dem roten Strom zu begehen. Während der Dauer dieser Reise hat der Unterzeichner sich an die Weisungen Melpomenus zu halten. Im Gegenzug darf der Unterzeichner über alle Einzelheiten dieser Reise berichten, die es ihm Wert zu sein scheinen.

Ich sah von dem Schriftstück auf und warf Melpomenus einen fragenden Blick zu.

»Glauben Sie mir, mehr muss in diesem Dokument nicht vermerkt werden. Die Unterschrift spielt für mein Volk eine wesentlich größere Rolle, als es bei euch der Fall ist. Keine Winkelzüge, kein Kleingedrucktes. Nur eine simple, aber bindende Übereinkunft.«

Er reichte mir einen antik anmutenden Federhalter. Dann legte er genau zu meinen Füßen ein kleines weißes Stoffbündel nieder und forderte mich mit einem aufmunternden Nicken auf, es zu öffnen. Während mir noch die Worte *simpel* und *bindend* im Kopf herumspukten, nestelte ich an dem rauen Stofftuch herum, welches am oberen Ende mit grobem Garn verschnürt war. Ich zog die Hand ruckartig zurück. Im Inneren hatte sich etwas bewegt!

»Herr Krüger, Sie haben doch nicht jetzt schon Angst?«

Ich stammelte irgendeine Antwort, die Melpomenus auflachen ließ. »Machen Sie nur weiter, es geht keine Gefahr von diesem kleinen Bündel aus. Zu orakeln, was Sie zu seinem Inhalt sagen werden, vermag ich allerdings nicht.«

Mit dickem Kloß im Hals und zittrigen Händen fuhrwerkte ich weiter an dem Garn herum, bis ich endlich den Knoten gelöst hatte und der Stoff langsam zur Seite glitt. Dort, eingehüllt in das raue Tuch, lag etwas, das für mich im ersten Moment wie ein fetter Käfer aussah. Zögernd beugte ich mich näher zu dem Insekt hinunter.

Der aufgedunsene, rötlich schimmernde Leib des kugelrunden Tieres, das in etwa von der Größe eines Pfirsichs beschaffen war, machte es bewegungsunfähig. Die schwachen Beinchen zappelten hilflos in der Luft. Dort, wo ich Klauen, Scheren oder sonstige Beißwerkzeuge erwartet hätte, starrte mich ein winziges Köpfchen an. Es hatte ein Gesicht. Ein menschliches Gesicht, dessen Augen genauso weit aufgerissen waren wie der zum Schrei geöffnete Mund. Erst jetzt, nachdem der anfängliche Schock langsam von mir abfiel, konnte ich das grelle Quieken und Wehklagen hören, das die Kreatur, die da zu meinen Füßen lag, ausstieß.

»Wir nutzen diese feisten Geschöpfe als Tintenfässchen. Nehmen Sie den Federhalter, stechen Sie in den weichen Bauch und unterzeichnen Sie, Herr Krüger. Sie haben mir die Hand draufgegeben. Vor nicht einmal fünf Minuten haben Sie es getan, wenn ich mich recht entsinne!«

Ein stiller Schrei entwich meiner Kehle, als ich den Mund vor Abscheu weit aufriss. Beinahe hätte ich das Schreibutensil, das nun zum Folterwerkzeug zu werden schien, fallen gelassen, doch Melpomenus, der sich vollkommen geräuschlos an mich herangeschlichen haben musste, hatte mein Handgelenk gepackt. Sein Griff war hart wie der eines Schraubstocks, als er meine Hand näher an das arme Ding heranführte, das immer noch hilflos zappelnd auf dem Boden lag.

»Sie müssen von unten her, dort wo der Bauch am weichsten ist, den Federkiel eintauchen. Am besten eignet sich ein stumpfer Winkel, um mit einem leichten Stoß die Hülle aus

Chitin zu durchbrechen.«

Ich ließ ihn gewähren und hoffte nur, dadurch schneller seinen kalten Fischarm nicht mehr spüren zu müssen. Die Spitze des Federkiels ruhte nun auf dem Panzer. Melpomenus bewegte meine Hand. Die Spitze kratzte über das Chitin. »Ein kleiner Stoß. Mehr ist nicht zu erledigen! Verlassen Sie den biederen Pfad, der Sie so beengt hat! Tun Sie es und sehen Sie genau hin, was passiert! Es wird nur die erste und recht unspektakuläre Erfahrung von vielen weiteren sein, die noch folgen werden und die Sie bei Ihrem neuen Werk als Quelle der Inspiration nutzen können. Inspiration muss nicht immer schön und gut sein, das Leben ist es doch auch nicht – und da verrate ich Ihnen sicherlich keine großartige Neuigkeit.«

Melpomenus ließ meine Hand los. Dort wo er mich berührt hatte, juckte es furchtbar. Dann beugte er sich ganz nah an mich heran und sein Mund, dieser Mund mit diesen glitschigen, kalten Lippen, lag direkt an meinem Ohr an und Melpomenus flüsterte mit seiner tiefen Stimme, deren Bass meinen Kiefer vibrieren ließ: »Tun Sie's!«

Ich gehorchte und mit einem kurzen Ruck versenkte ich den Federkiel etwa zwei Zentimeter tief in dem Gewebe. Nach einem Widerstand, als ich auf den Panzer traf, der aber rasch mit einem markerschütternden Krachen zerbarst, glitt die Spitze spielerisch in das weiche Fleisch, das sich in so üppiger Weise darunter befand. Das schrille Wehklagen schwoll zu einer einzigen Kakophonie an. Immer wieder schoss mir der Gedanke durch den Kopf, den Federkiel einfach loszulassen und davonzurennen. Aber ein Teil, der sich ganz tief in mir verborgen hatte, dort wo sicherlich nur unsere Urinstinkte und Triebe lauern, schien den Vorgang auch mit einem zufriedenen und stolzen Lächeln zu betrachten.

Dieser Teil drängte sich in meinem Bewusstsein nach oben und befahl mir, den Federkiel ein wenig zu drehen. Das Ding schrie vor Schmerz grell auf. Die Beine vollführten in der Luft einen absurden Tanz. Dann zog ich die Spitze mit einem schmatzenden Geräusch heraus. Dampfendes Blut und Fleischbröckchen fielen zu Boden.

»Unterzeichnen Sie!«

Meine Hand wanderte hinüber zu dem Dokument, das Melpomenus ausgerollt in Händen hielt. Ein kurzer Streich mit der rechten Hand und es war geschehen. *Markus Krüger.* Die Schrift schien in der Dunkelheit fast schwarz. Nur ganz leicht konnte ich das Rot des Blutfilms erahnen. Unter dem K hatte ich gekleckst.

»Ausgezeichnet, mein Freund!«, entfuhr es der Erscheinung, die ich erst seit ungefähr einer Stunde kannte. Dann klopfte sie mir anerkennend auf die Schulter.

»Das war ein guter Anfang. Aber wir müssen noch etwas beenden. Auch wenn dieses Geschöpf keinem höheren Zweck dienlich ist, als gezüchtet zu werden, um einmal den Abschluss eines Handels zu ermöglichen, sollten wir es nicht unnötig leiden lassen, nicht wahr?«

Er wies mit einem Zeigefinger auf die Käferkreatur, deren feister Leib wie Wackelpudding zitterte. Aus der Wunde blubberte unaufhörlich neues Blut, von dem eine kleine Dampfwolke in die kalte Nachtluft aufstieg. Mein Magen verkrampfte sich. Ich holte tief Luft.

»Na los, erlösen Sie es!«

»Wie?« Meine brüchige Stimme klang wie die eines Fremden. Was geschah da nur mit mir?

Melpomenus kalte Augen glitten über meinen Körper und verharrten bei meinen Füßen. »Ein Tritt, ein kurzes Drehen des Absatzes und Sie haben das arme Ding erlöst. Nur zu!"

Ich blieb wie angewurzelt stehen. In meinen Ohren hallte noch immer das Knacken nach, als der Federkiel die klaffende Wunde in den Panzer gerissen hatte. Ich wollte – oder konnte –

mir nicht ausmalen, wie schrecklich es erst klingen würde, sollte ich das Geschöpf tatsächlich zertreten.

»Sie trauen sich nicht? In Ihren Büchern gehen Sie mit vielen Geschöpfen weniger zimperlich um – und dabei hätte dieses hier ein wenig Gnade verdient. Sehen Sie hin!«

Sein Arm packte mich und schob mich näher an das zappelnde Ding heran. Eine Strohpuppe hätte womöglich mehr Widerstand geleistet, als ich es in diesem Moment getan habe. Der Mund des Geschöpfs klappte auf und schloss sich wieder, ein steter Wechsel im Akkord. Das Gesicht war vom Schmerz zu einer einzigen grausigen Maske entstellt.

»Sehen Sie noch genauer hin!« Kaum hatte Melpomenus die Worte ausgesprochen, erkannte ich die Gesichtszüge besser. Vor meinen Augen verwandelte sich der Kopf dieses Dings in den Benedikt Maars. Tränen rannen seine Wangen herab. Ein eisiger Strom schoss durch meinen Körper und die Galle stieg mir hoch. Ich stieß einen Fluch aus und dann trat ich zu. Es gab ein trockenes Knacken, laut und schrecklich anzuhören. Doch viel schlimmer noch war das Schmatzen, das mich daran erinnerte, dass ich dort unter mir Fleisch und Eingeweide zerquetscht hatte, als ich den Absatz drehte und meinen Fuß wieder anhob. Ich bemerkte angewidert, dass die Sohle am Boden festgeklebt war, in etwa so, als wäre man in Kaugummi getreten. *Plopp!* Ich zog die Sohle mit einer Bewegung nach oben und dann taumelte ich völlig benommen rückwärts und fiel auf die Knie. Augenblick entleerte sich mein Magen, während sich meine Augen mit heißen Tränen füllten.

Ein Umriss war durch den Tränenvorhang zu erkennen. Ich wischte mir die Tränen fort und sah, dass Melpomenus mir ein Stofftaschentuch gab. Grob entriss ich es seinen Händen und richtete mich etwas her. Seine Lippen verengten sich zu einer dünnen Linie.

»Ich sehe Zorn in Ihren Augen. Heißen, lodernden Zorn.«

»Was sollte ich auch sonst empfinden. Das war grausam!«

»Im Leben gibt es so viele Grausamkeiten, da kann diese eine wohl – zumal sie einem höheren Ziel dienlich sein soll – auch geschehen! Sie werden für diese Erfahrung sicherlich noch genügend Verwendung finden. Jetzt sehen Sie mich nicht so fassungslos an! Ich bin mir sicher, Sie werden sich noch an alles gewöhnen. Von einem Menschen kann wohl doch nicht allzu schnell allzu viel erwartet werden. Eure Erziehung, eure Moral setzen die Grenzen scheinbar doch viel enger, als ich bisher befürchtet habe.«

Er stieß ein Seufzen aus. Dann deutete er – und verdrehte dabei die Augen – auf seinen Mundwinkel. Ich verstand, was er mir sagen wollte, und wischte mir den dünnen Speichelfilm fort. Anschließend erhob ich mich so schwerfällig, wie ein Hundertjähriger es vermutlich getan hätte. Ich kam mir schlagartig um Jahrzehnte gealtert vor.

»Kommen Sie, wir müssen uns nun eilen. Der Tag naht!«

Melpomenus wandte mir den Rücken zu und bewegte sich mit geschickten, stolzen Schritten auf die Dunkelheit zu. Zweimal klatschte er in die Hände. Ich folgte ihm. Eine Wahl schien ich nicht mehr zu haben. Er hätte mich sicherlich in der Dunkelheit zurückgelassen. Doch das wäre noch nicht einmal das Schlimmste gewesen. Er hätte mich mit seinen Dienern, diesen riesigen Kolossen zurückgelassen.

Ich versuchte sein Tempo beizubehalten. Es fiel mir schwer. Melpomenus machte die Dunkelheit wohl keinesfalls zu schaffen. Während ich mir an feinen Zweigen und Dornen Kratzer zuzog und über Wurzeln und Steine stolperte, flanierte er mit grenzenloser Selbstsicherheit vor mir her.

Es verwunderte mich nicht. Doch auch, wenn mir schon längst das Wort *Vampir* durch den Kopf gegangen war, glaubte ich nicht daran, dass Melpomenus das war, was sich unsere Schauermärchen unter diesen Untoten vorstellten. Manches an seinem Wesen mochte vielleicht zu dem klassischen Bild eines Vampirs passen, aber andere Dinge mochten es wiederum nicht. Ich konnte mir jedenfalls nur schwer vorstellen, dass eine Knoblauchzehe oder ein hölzernes Kruzifix ihm gefährlich werden könnten. Schritte, die hinter mir durch die Nacht hallten, rissen mich aus meinen Überlegungen und trieben mich weiter an. Auch wenn Melpomenus direkt aus einem Alptraum in die wache Welt geschlichen zu sein schien, so jagten mir seine Diener – wahrscheinlich der menschlichen Sprache unfähig, aber dafür mit dem Geschmack von Menschenfleisch wohlvertraut – weitaus größere Angst ein.

»Da«, zischte Melpomenus in der Dunkelheit. Ich erkannte nichts. Dann war da ein Licht. Obwohl wir vorher in fast vollkommener Finsternis gewandert waren, blendete der plötzliche Schimmer mich nicht. Es dauerte trotzdem einen Moment, bis ich begriff, woher er kam. Melpomenus hielt einen Stein in Händen, einen leuchtenden, pulsierenden Stein. Er sah zu mir. Ein Lächeln zeichnete sich auf seinem Gesicht ab. Dann drehte er mir wieder den Rücken zu und schwenkte seinen Arm hin und her, als hielte er eine Fackel in Händen.

Die Luft vor ihm, bis eben noch so schwarz wie das Gefieder einer Krähe, erhellte sich etwas und flackerte. Direkt vor meinen Augen *fraßen* sich die Umrisse eines steinernen Torhauses in unsere Wirklichkeit. Mir klaffte der Mund weit auf. Melpomenus hingegen handhabte dieses Wunder mit der gleichen Begeisterung, der ich zum Beispiel einer eingeschalteten Glühbirne entgegenbringen würde.

Wie selbstverständlich trat er auf das gerade aus dem Nichts erschienene etwa drei mal drei Meter in der Grundfläche messende Gebäude zu und rammte den Stein in eine Fassung, die sich rechts neben dem mit Gitterstäben verschlossenen Durchgang befand. Die Stäbe glitten beiseite und ein schwaches Licht erhellte das Innere. Ich erkannte einen schmalen Treppenabgang.

»Unsere Reise beginnt hier, Herr Krüger«, sagte Melpomenus mit einem fröhlichen Klang in der Stimme. Eleganten Schrittes machte er sich an den Abstieg. Er hegte wohl keinen Zweifel daran, dass ich ihm folgen würde. Er sollte Recht behalten. Augenblicklich eilte ich ihm nach. Die Stufen waren unregelmäßig, schmal und steil in den Stein gehauen. Glitschige Moosschichten machten jeden Schritt zu einem neuen Wagnis. Melpomenus schien keine Angst vor einem Sturz zu haben. Er strebte weiterhin mit erschreckender Geschwindigkeit abwärts. Es war, als zöge ihn eine starke, unbekannte Macht an. In unregelmäßigen Abständen waren in den rauen Steinmauern weitere dieser leuchtenden Steine platziert. Mal schienen sie rot, dann wieder eher gelblich und einige sogar in einem satten Grün. Doch welche Farbe auch immer von ihnen ausging, ihr Licht schien zu pulsieren, als schlüge ein Herz den Takt und diese Steine wären weit mehr als leblose Materie.

Obwohl ich mich beeilte so gut es mir möglich war, hatte ich schon bald Melpomenus aus den Augen verloren. Nur sein Schatten war noch deutlich zu erkennen – mal stärker und mal schwächer, je nachdem, wie stark die leuchtenden Steine ihr Licht in die Welt hinauspressten. Ich versuchte schneller zu laufen und ignorierte es, als mein Bierbauch immer wieder absurd über dem Gürtel auf und ab hüpfte. Meine Schritte wurden länger und damit riskanter auf diesem abschüssigen Untergrund. Ein stechender Schmerz in meinem rechten Bein verhöhnte mich ob meiner lächerlichen Bemühungen. Der Schweiß benetzte längst meinen ganzen Körper. Die Kleidung schlug wie ein schwerer, kalter und nasser Lappen gegen die Haut. In meiner Verwirrung war es mir zuerst gar nicht aufgefallen, aber jetzt ließ es sich nicht mehr leugnen: Die Luft wurde wärmer. Sie wurde wärmer und stank. Nach Schimmel und Fäulnis. Doch unter diesem Gestank lag noch eine andere, sogar recht angenehme Note.

Schließlich weitete sich der schmale Korridor zu einem breiten Tunnel. Die Stufen wichen nacktem Felsboden. In einiger Entfernung entdeckte ich Melpomenus. Er stand kerzengerade und winkte mich zu sich heran. »Sie hinken«, bemerkte er trocken. Ich schnitt zur Antwort lediglich eine meiner besten Grimassen. Wichtiger war jetzt etwas ganz anderes, denn mein Herz schien mir zum Halse herauszuspringen. Kleine Punkte, grell und wild, tanzten vor mir in der Schwärze. Naiv wie ich war, hoffte ich, sie gingen weg, schlösse ich die Augen. Tatsächlich sah ich nach dieser törichten Handlung einen einzigen Malstrom aus Farben, ein wirbelndes Etwas und mir war es, als versinke ich darin. Immer tiefer, hinab in das schwarze Auge in seiner Mitte. Erschreckt riss ich die Augen auf. Melpomenus schien mir etwas Zeit zum Verschnaufen zu gönnen. Er hatte sich abgewandt.

Im Stillen dankte ich ihm dafür und konzentrierte mich darauf, meinen Atem unter Kontrolle zu bekommen und den Schmerz in meinem Knie irgendwo an den Rand meines Bewusstseins zu verdrängen. Vor allem das zweite Vorhaben schien unmöglich zu sein. Jeder Gedankengang kehrte nach einigen erfreulichen Irrwegen doch wieder zu dieser einen bitteren Erkenntnis zurück: schreckliche Schmerzen im Knie. Ich verlagerte das Gewicht auf mein gesundes Bein und ließ dabei den Blick schweifen. Der Tunnel führte in ein riesiges, abschüssiges Gewölbe, dessen genaue Ausmaße ich in dem Dämmerlicht nicht abschätzen konnte. Tropfsteine hingen zu hunderten von der Decke herab, die mal hoch oben über unseren Köpfen verlief und sich an anderer Stelle dem Boden entgegen drängte, bis beide sich trafen und zu einer steinernen Säule verschmolzen. Überall in diesem Gestein funkelten Lichter wie garstige Augen. Ein milder, aber ekelhaft stinkender Lufthauch wehte wie ein fauliger Odem durch die Höhle.

»Sie hinken«, wiederholte Melpomenus.

»Folgen einer alten Verletzung«, sagte ich nur und betrachtete weiter die Umgebung. In der Ferne war das Rauschen von Wasser zu hören. Es dröhnte von tief unter uns an meine Ohren heran. Vor meinem geistigen Auge sah ich einen dunklen, alles verschlingenden Strom. Die Härchen meines Nackens stellten sich auf.

»Ich werde mir dieses alte Leiden bei Zeiten ansehen. Wir mögen nicht über eure Arznei verfügen, aber wir haben unsere eigenen Wege, um zu heilen. Mit etwas Glück kann ich Ihr Leiden mindern oder Ihnen gar zur vollständigen Genesung verhelfen.«

Ich bezweifelte stark, dass Melpomenus dazu in der Lage sein könnte, aber behielt diesen Gedanken lieber für mich. Stattdessen nickte ich. »Das wäre hervorragend!«

Melpomenus klatschte zum erneuten Aufbruch in seine Hände. Dann setzten wir den Weg fort. Jetzt allerdings deutlich langsamer. Herr M. – so dürfte ich Ihn ebenfalls nennen, wie er noch einmal betonte – erklärte mir, es bestünde nun kein Grund mehr zur Eile, da wir fast wieder in seiner Heimat angelangt wären. Ich konnte mir nur schwer vorstellen, dass er tatsächlich so eine Angst vor dem Tagesanbruch gehabt hat. Fürchtete er tatsächlich, zu Staub zu zerfallen oder ein anderes Unheil, sollte er dem Sonnenlicht ausgesetzt sein?

Ich wollte gar nicht eingehender darüber nachdenken. Auch wenn Herr M. sich freundlich und galant gab, so hegte ich an vielen seiner Worte nicht nur leichte Zweifel. Einer davon war seine angebliche Aversion gegen das Sonnenlicht. Sicherlich war es eine gängige Vorstellung, dass ein Wesen wie Melpomenus bei Tageslicht zu Staub zerfallen müsste, aber dennoch argwöhnte ich, dass seine Angst nur eine Lüge war, um mich schneller in dieses Höhlensystem zu locken. *Ehe ich es mir anders überlege,* schoss mir der Gedanke durch den Kopf.

In diesem Moment warf mir Melpomenus einen Blick über seine Schulter zu. Diese plötzliche Verlangsamung seiner Bewegung geschah derartig plötzlich, dass ich beinahe in ihn hineingestolpert wäre. Hölzern blieb ich stehen. Sein Blick, einem Schwertstreich gleich, traf mich. Gnadenlos. Wissend und nicht erfreut. Er konnte nicht wissen, worüber ich nachgedacht hatte! Der Anflug eines Lächelns stahl sich auf sein so makelloses, weißes Gesicht, als sich seine geschwungenen Lippen nach oben zogen. Er deutete ein Nicken an und wandte sich dann wieder nach vorne. Sein Blick hatte von mir abgelassen und dennoch fühlte ich mich immer noch regelrecht durchbohrt, als ich ihm weiter durch die Finsternis folgte. Schon bald hatte ich jede Orientierung verloren.

Der Weg gabelte sich oft. Mal nahmen wir die linke, dann wieder die rechte Abzweigung. Einmal machte sogar Melpomenus mit einem verärgerten Gesichtsausdruck kehrt, als er uns in die Irre geführt zu haben schien. Zischend spie er einige Flüche. Zwar konnte ich bei diesen Lauten nicht einmal sagen, wann ein Wort begann und wann es endete, aber der Betonung nach konnten es nur Verwünschungen sein. »Wir müssen einen etwas anderen Weg nehmen. Fragen Sie nicht warum, es tut nichts zur Sache!« Eine derartige Antwort reicht mir eigentlich nie aus. Aber hier, wer weiß wie tief unter der Erde, geführt von diesem Fremden, vergaß ich freiwillig meine Prinzipien und schluckte den Ärger hinunter. Ich musste es mir eingestehen: Ich war auf Melpomenus guten Willen angewiesen.

Der neue Weg schien sich kaum von dem davor zu unterscheiden: nackter Fels in der Dunkelheit. Mal war der Gang niedrig und man musste sich ducken, dann wieder hoch, so hoch, dass sich die Decke meinem Blickfeld entzog. Gespenstisch hallten unsere Schritte in der engen Röhre nach. Gingen wir nach Westen oder Osten? Nach Süden oder Norden? Gingen wir im Kreis? Ja, selbst das war möglich. Ich wusste es einfach nicht mehr. Ich konnte mit Gewissheit nur erkennen, dass wir stetig bergab gingen. Das Rauschen im Hintergrund schien mit jedem Schritt bedrohlich anzuschwellen. *Was ist das nur?* Als ich die Antwort zu Gesicht bekam, hätte ich gut und gerne darauf verzichten können.

Als wir die nächste Biegung hinter uns gelassen hatten, mündete der Weg einfach ins Nichts. Der Felsboden wirkte wie abgeschnitten. Wie tief hinab es in dieser Schwärze ging, vermag ich beim besten Willen nicht einmal zu schätzen. Aus dem Abgrund drang das wilde Rauschen nun ungezügelt an meine Ohren. Ein widerlicher Gestank verschlug mir den Atem. »Was ist das?«, fragte ich Herrn M., der sich, wie ich aus den Augenwinkeln sehen konnte, ein Tuch vor die Nase hielt. Wortlos schüttelte er den Kopf und reichte mir auch eins. Der dünne Stoff vermochte den bestialischen Gestank aber in keiner Weise zu bändigen. Ich nestelte in meiner Hosentasche herum und holte ungeschickt das Fläschchen heraus. Schon ein Schluck genügte, um mich von der verpesteten Luft abzulenken und neuen Wagemut in mir zu wecken.

»Ich will Antworten. Es kann nicht sein, dass ich Ihnen blind folge, aber Sie, Herr M., bestimmen, was ich wissen darf und was nicht. Wenn wir Partner sind, dann behandeln Sie mich auch so!« Welch Tollkühnheit hatte da meine Zunge befallen? *Sein Trank ist stark,* stellte ich bedauernd fest, denn kaum hatte ich die Worte ausgesprochen, bereute ich sie auch schon. Wer sollte mich auch nur jemals finden, wenn ich hier unten ums Leben käme? Ein neuerlicher Schauer kroch über meinen Rücken, mein Kopf brummte schrecklich.

Melpomenus sog langsam die Luft ein. Dann war es einen Moment still. »Wie gut, dass Ihre Scheu langsam von Ihnen fällt, mein lieber Herr Krüger.« Er klang tatsächlich zufrieden, vielleicht sogar glücklich. »Allerdings rate ich Ihnen, nicht auf eine Antwort zu beharren. Sie werden von mir zu gegebener

Zeit noch erfahren, was wir hier vor uns haben. Jetzt gilt es eher, die Überfahrt zu tätigen.«

»Welche Überfahrt? Hier ist doch nichts!«

»Tatsächlich?« Melpomenus hielt den Leuchtstein einmal mehr wie eine Lampe vor sich und murmelte einige Worte. Augenblick schwoll das matte Leuchten an, bis es zu einem hellen Strahl wurde. Ich erkannte zwei Ketten, die über unseren Köpfen gespannt waren. Sie kamen aus dem Nichts, das vor uns lag, und führten hinter uns zu einem Führungsrad, das sich plötzlich mit einem Ächzen zu drehen begann. Staub rieselte wie feiner Schnee von ihm herab und aus der Schwärze vor uns schwebte eine Gondel heran, die begleitet wurde vom Geräusch klickender Zahnräder, die sich irgendwo tief in den Eingeweiden des Berges befinden mussten. Der Widerhall raunte und dröhnte schrecklich.

»Eine Seilbahn? Ich muss gestehen, damit hätte ich nie gerechnet.«

»Dieses Konstrukt ist eine Leistung, auf die mein Volk sehr stolz ist. Die Altvorderen haben es erbaut.« Einen Moment lang nahm Melpomenus Gesicht einen seltsamen Ausdruck an. Mir schien es fast so, als wäre es Trauer, die ich in ihm lesen konnte. Wieso ihn dieser Gedanke derartig bewegte, vermochte ich weder damals zu sagen noch vermag ich heute darüber zu spekulieren. Als verbanne er diesen äußerst plastischen Tagtraum selbst in das Reich der Fantasie, schüttelte der drahtige Mann mit einem Ruck seinen Kopf. Der silberne Zopf beschrieb einen ausladenden Bogen. Gedämpft sprach er: »Nichtsdestotrotz werden Sie noch Dinge sehen, die weitaus beeindruckender sind.«

Die viereckige Kabine, kaum größer als ein Auto, verlor jetzt, da sie uns fast erreicht hatte, an Geschwindigkeit. Dennoch schlug der metallene Kasten harsch gegen die Felskante. Kleine Bröckchen fielen in das unendliche Schwarz vor uns.

Bei dem Gedanken daran, wie tief sie wohl fallen mochten, packte mich ein Schwindel. Kennen Sie es auch, dieses Gefühl im Angesicht purer Größe nur ein Staubkörnchen zu sein? Kennen Sie dieses unsägliche Gefühl? Eine starke Hand packte mich fest am Oberarm. »Nur keine Furcht.« Melpomenus Stimme war immer noch ein wahrer Wohlklang für jedes Ohr und als ich ihn diese Worte sagen hörte, glaubte ich ihm. *Nur keine Furcht* – er hätte gerechterweise ein »noch nicht« hinzufügen sollen.

Melpomenus trat auf die Kabine zu und schob den schweren Riegel zur Seite. Dann zog er die Tür auf. Das Geräusch, das er dabei verursachte, erinnerte mich an das Telefonat mit der alten Sander, bei dem ich mitanhören musste, wie sich ihre schreckliche Lederhaut gespannt hatte. Die Räder des Führungsarms hüpften in der Schiene. Die Tür bekam Schräglage und Melpomenus musste mit der anderen Hand gegen sie drücken, damit sie nicht ganz aus dem Rahmen fallen konnte. Kurzum: Viel Vertrauen hatte ich nicht in diese Konstruktion. Der rötliche Schimmer des Rostes trug seinen Teil dazu bei.

Nur keine Furcht. Mir schien es, als könnte ich die Worte tatsächlich *hören*, aber gleichzeitig wusste ich, dass sie in mir waren, dass sie in meinem Kopf waren wie ein unheilvoller Samen, der dort langsam Früchte trug. Noch ehe ich mich versah, da folgte ich Melpomenus auch schon auf die schwankende Konstruktion. Ein Adrenalinschub bahnte sich seinen Weg durch meine Adern. Trotz der angenehmen Kühle (hier über dem Abgrund war die unnatürlich warme Luft verschwunden und ein kalter Hauch strich sanft über meine Haut) drang der Schweiß aus meinen Poren.

Herr M. beachtete mich gar nicht, als er die Kabinentür mit dem gleichen Aufwand wieder verschlossen hatte und ruhigen Schrittes zum anderen Ende des kleinen Gefährtes ging, um einen Hebel hinunter zu drücken. Das Ding gab ein garstiges

Knattern von sich und irgendwie stahl sich der Gedanke in meinen Kopf, dass es keine Fremden leiden konnte. Unsinn! Oder nicht? Was heute schon alles passiert war an Unsinn. Überhaupt stellte sich mir schon damals die Frage, was ich zukünftig noch als logisch und was als unlogisch betrachten sollte? Ich hatte ja nicht die geringste Ahnung, wie sehr dieses simple Muster noch strapaziert werden sollte, in das wir Menschen die Welt einzuordnen versuchen.

Ein kurzer Ruck und dann glitten wir durch die Schwärze. Der Fahrtwind strich mir durchs Haar und … trieb einen Duft an meine Nase, den ich zuerst nicht einzuordnen vermochte, doch dann war die Note mir so vertraut wie schon seit jeher. Es war der Duft eines Waldes. Moos. Nasser Boden. Gras. Doch etwas stimmte an diesem Geruch nicht. So roch kein Winterwald.

Während unserer Fahrt schwiegen wir. Ich erinnere mich noch daran, dass es eine halbe Ewigkeit zu dauern schien. Wir waren verloren im Nichts. Dann verlangsamte die Kabine ihre Fahrt. Ich machte schon den Mund auf, um einige verärgerte Fragen zu stellen, denn immerhin befanden wir uns noch im scheinbar endlosen Raum. *Hier hat er mich hingeschleppt! In eine riesige unterirdische Höhle, in der wir sinnlos mit einer alten Todesfalle umherfahren! Was soll mir das bringen?*

Doch ehe ich auch nur einen dieser Gedanken aussprechen konnte, riss ich panisch die Augen auf. Wir hielten auf eine Felswand zu, die sich langsam in der Dunkelheit abzeichnete. Mit jedem Meter, dem wir näher an sie herankamen, sah ich mehr Details, die mir allerdings nicht sonderlich gefielen: scharfkantige Felsvorsprünge, Vertiefungen und Tropfsteine. Ich sah meinen leblosen Körper schon aufgespießt an einem dieser steinernen Speere verwesen.

Nur keine Furcht.

Melpomenus Stimme in meinem Kopf vertrieb jeden anderen Gedanken. Trotz seines jugendlichen Anscheins hatte er augenblicklich einen wesentlich älteren, ja uralten Eindruck auf mich gemacht. Ich hatte es ursprünglich nur auf das Funkeln in seinen Augen geschoben, aber nun realisierte ich langsam, dass es auch an seiner Stimme lag: Sie besaß einen fast schon väterlichen, tröstenden Klang, der – so unglaublich es auch klingen mag – mir auch dieses Mal jede Furcht nahm.

Zu Recht, wie sich zeigte. Ich kniff die Augen zusammen. Dort vor uns war ein Durchgang in den Felsen geschlagen worden. Kreisrund war er, etwas größer als die Kabine und zu meiner Erleichterung führte uns die Führungskette genau in dieses dunkle Loch hinein. Die Schwärze, hier noch intensiver als draußen im hohen Gewölbe, verschluckte uns gierig. Der Krach in dem engen Tunnel war beinahe unerträglich.

Dann blieben wir plötzlich stehen. Ich hatte meine liebe Mühe damit, mich auf den Beinen zu halten. »Was nun?«, raunte ich in die Dunkelheit vor mir. Lachte Melpomenus? Ich weiß es nicht, aber mir war zumindest so, als müsste er grinsen, als ich eine amüsiert klingende Antwort erhielt: »Wir warten. Ein Held werden Sie wohl so schnell nicht mehr, mein lieber Herr Krüger.«

Stolz, du garstiges Ding! Trotz all der Gefahr und dem Fantastischen dieses Tages verwünschte ich Herrn M. für seine Worte. Doch dann sackte der Boden auf einmal ab. Wir schienen zu fallen und mir entwich ein leises Winseln, das wegen des immensen Geräuschpegels um uns herum kaum zu hören gewesen sein dürfte, aber ich war mir sicher, dass er es gehört hatte. Oh ja, er sah und hörte mich trotz Dunkelheit und Lärm. Eine Seilbahn und ein Aufzug in einem! Oh, wie albern ich mir wegen meiner vorherigen Angst vorgekommen bin. Andererseits, sollte ich mich nicht ängstigen? War es nicht der Sinn dieser ganzen Unternehmung?

Die Gedanken brachen ab, als wir unvermittelt anhielten.

Ich hoffte, es würde die endgültig letzte Station sein, die wir in der Dunkelheit zurücklegen mussten.

»Folgen Sie mir!«, drang der Befehl an meine Ohren. Eine Weigerung war unmöglich. Wiederum packten mich seine starken Finger, gruben sich in das weiche Fleisch meines schlaffen Oberarms und zerrten mich wie einen nutzlosen Ballast hinter sich her. Ohne Frage, er hatte es eilig. *Es gibt kein Zurück mehr. Er wird mich nur gehen lassen, wenn er diesen Handel als abgeschlossen betrachtet.*

Die Erkenntnis brachte meine Muskeln dazu, sich unwillkürlich anzuspannen und ich stemmte mich gegen Herrn M., aber es war ein ungleicher Kampf. Genau genommen war es nicht einmal ein kleines Geplänkel: Er riss mich einfach mit sich in die Dunkelheit und über unebenen Boden.

Ich stolperte hinter ihm her. Plötzlich bemerkte ich den kupfernen Geschmack meines Blutes auf der Zunge. Ich musste mir bei meinem unsanften Spaziergang unbemerkt auf sie gebissen haben. Angewidert spie ich es aus. Doch auch das verlangsamte Melpomenus nicht. Er mochte zwar in der Dunkelheit sehen, aber dennoch schien er blind voranzustreben. Vor uns war jetzt ein winziger Lichtpunkt zu sehen wie ein einzelner Stern in der Unendlichkeit. Wir rasten durch Zeit und Raum auf diese fremde Welt zu. Für ihn war es seine Heimat, für mich nur ein weiteres Abenteuer.

Schließlich schwoll der Punkt immer weiter an, sein Leuchten wurde intensiver und nach all der Finsternis war es schon fast unerträglich grell. Ich verengte die Augen zu Schlitzen, als wir mit einem Mal – und da sieht man wieder einmal, wie flexibel Zeit und Raum doch sind – in das Licht dieser fremden Welt hineinschossen wie zwei Kanonenkugeln. Erst sah ich alles nur verschwommen. Aber dann gewann die Welt um mich herum an Konturen, an Farben, schlichtweg an Substanz und staunend blickte ich mich um.

10. Das Untere Reich

Nach einem Moment erkannte ich, dass es keineswegs ein grelles Licht war, das mich in dieser anderen Welt willkommen hieß. Nein, es war allenfalls fahl und kämpfte sich mühsam durch einen dichten Nebel an meine Augen heran. Und noch etwas bemerkte ich nur langsam: Hier herrschte kein Winter. Die Luft war beinahe mild.

»Eine Schande, dieses Land in diesem dichten Nebel kennenzulernen«, sagte Melpomenus und nickte mir nichtsdestotrotz aufmunternd zu. Der Fußmarsch schien also noch nicht vorüber zu sein. Zögernd folgte ich ihm auf steinigem Boden durch das dichte Weiß um uns herum. Der Weg verlief in langen Kurven einen sanft abfallenden Hang hinab. Auf beiden Seiten ragten spitzgezackte Felsen wie drohend erhobene Zeigefinger aus dem Nebel hervor.

Dann sah ich das erste Lebewesen dieser neuen Welt. Auf einem etwas weniger unwegsamen Felsvorsprung hatte ein gewaltiger Laubbaum sich mit ehernen Wurzeln festgekrallt und wuchs aller Widrigkeiten zum Trotz hoch in den Himmel hinein. Mit offenem Mund schaute ich an dem Koloss empor. Er ließ jeden Mammutbaum zu einem Bonsai verkommen. Seine Krone blieb indes in einem dichten Nebelfetzen verborgen.

Dennoch konnte ich an einigen weiter unten herausragenden Ästen die bunten Blätter erkennen. Blutrot und in satten Gelbtönen strahlten sie durch das Weiß hervor. Es waren allerdings nicht nur ihre kräftigen Farben im Kontrast zum Nebel, die den Eindruck von Strahlen erweckte, nein sie sandten ein eigenes Licht aus wie die bunten Lampen einer Festtagsbeleuchtung.

Melpomenus Mund entwich ein langes Seufzen. Sein Blick war starr auf den Baum gerichtet. Ich war mir sicher, er bemerkte mich nicht mehr und ich nutzte diesen Moment, um ihn eingehend zu mustern. Sein so glattes, ja perfektes Gesicht war nun von Sorgen gezeichnet. Tatsächlich zogen sich zwei hauchfeine Linien quer über die Stirn. Es waren verräterische Linien, die mir zeigten, dass auch er nicht vollkommen war. Erst zauderte ich, aber dann gewannen doch Leichtsinn und Neugierde die Oberhand. Es lag sicherlich nicht zuletzt an Melpomenus Trunk, der meine Gedanken in einem einzigen Rausch dahinrasen ließ. »Was bedrückt Sie?«, fragte ich ihn abrupt, um diesen Moment der Schwäche nicht ungenutzt verstreichen zu lassen.

Langsam drehte er sein Gesicht zu mir. Die feinen Linien waren verschwunden. Ich sah wieder diese Makellosigkeit, die mich an die Maske einer Puppe erinnerte. Kalt und abschätzend war der Blick. Dann entwich seinen Lippen ein Zischen und er sprach zögernd: »Meine Welt stirbt. Wir kennen Jahreszeiten, wie ihr es tut, aber bei uns bedeutet der Winter unweigerlich den Tod und Frühling und Sommer bringen das Leben. Dass der Herbst während meiner kurzen Abwesenheit derart fortschreiten konnte …« Er stoppte und schüttelte den Kopf. »Lassen Sie uns sehen, was wir tun können. Kommen Sie, ein Grund mehr sich zu eilen!«

Wieder einmal holte er zu langen Schritten aus und schien regelrecht in Windeseile davonzufliegen. Ich rief ihm in protestierendem Ton hinterher: »Ich will erst wissen, was Sie mir damit sagen wollten, Herr M.! Diese Anspielungen sind langsam nicht mehr witzig.« Er blieb wie vom Blitz getroffen stehen und noch während sein Körper verharrte, wirbelte er auch schon herum. Ich konnte die Bewegung kaum mit dem Auge nachvollziehen. Er sah mich an. Seine Augen waren zwei Stücke glühende Kohlen, die im fahlen Licht wie Leuchtfeuer schimmerten: »Sie sind hier in meinem Reich – und Sie sind anmaßend! Ich werde Ihnen alle Fragen beantworten, Herr

Krüger. Aber alles zu seiner Zeit. Hier oben im Gebirge ist kein Ort, um Gespräche mit derartiger Tragweite zu beginnen. Lassen Sie uns weiter hinabsteigen. Unten wartet ein Zeltlager mit einigen meiner Diener auf uns. Von dort aus führt uns unsere Reise weiter nach Narusch.«

Narusch? Das Wort lag auf meiner Zunge und wollte hinaus. Ich wollte wissen, was dieses *Narusch* denn nun schon wieder sein sollte, aber die glühenden Kohlenaugen und der jähe Zorn, der aus ihnen sprach, verschlossen meine Lippen wie mit dicken Ketten. Stattdessen nickte ich und folgte Melpomenus stumm den Hang hinab.

Mit jedem Meter, den wir zurücklegten, wurde die Vegetation üppiger. Die scharfkantigen Felsen um uns herum waren nun mit Gras überzogen. Wie grünes Fell hüllte es sie ein. Büsche sprossen aus gutem Mutterboden hervor. Moose überzogen die Mulden, in denen sich die Feuchtigkeit des Kondenswassers sammelte. Von all diesen Pflanzen ging ein matter Schimmer aus. Es waren hunderte kleiner Lichtquellen. In einem Dickicht rechts von mir raschelte es. Ich machte eilig einige Schritte, um mich von der Geräuschquelle zu entfernen.

Mir kam diese Welt keinesfalls so vor, als läge sie im Sterben. Ich hütete mich allerdings, diesen Gedanken laut auszusprechen und trottete meinem Führer lieber gehorsam hinterher. Doch kein guter Vorsatz hätte eine Lautäußerung verhindern können, als sich die Wolkendecke über uns langsam verzog.

Noch heute fällt es mir schwer, dieses Wunder in Worte zu fassen, das ich dann zum ersten Mal erblickte. Denke ich an diesen erhabenen Moment zurück, so erscheint sich meine karge Zelle, in der ich mich gerade befinde, zu drehen, jede Dimension zu verlieren und nur zu einem erbärmlichen Scherz innerhalb einer jeden Existenz zu werden. Es war die Decke eines riesigen Gewölbes, die ich sah. Es war so hoch, dass die

Decke kein nackter Fels mehr war, sondern der Himmel selbst. Ein braungrauer Himmel, aus dem lange Ranken wuchsen und von diesen Ranken drang buntes, pulsierendes Leuchten als einzige Lichtquelle dieser seltsamen Welt hervor.

Soweit mein Auge reichte, sah ich nur Gestein, eingehüllt in dieses Leuchten. Doch dann konzentrierte ich mich auf einzelne Stellen und langsam erkannte ich weitere Details wie etwa gewaltige Wasserströme, die durch die Felsendecke drangen und im Fallen zu einer feinen Gischt wurden. Aus der Gischt wiederum wurden Wolken, die wie selbstverständlich in dieser gewaltigen Höhle umherzogen. Mir entfuhr ein Fluch.

Ein leises Lachen drang an mein Ohr. Melpomenus schien sich zu amüsieren. »Das Untere Reich musste natürlich auf Sie befremdlich wirken, aber ein derart erstauntes Gesicht hätte ich dennoch niemals von Ihnen erwartet. Deswegen will ich Ihnen – entgegen der Tatsache, dass wir in Eile sind – etwas zu dem sagen, was Sie dort über uns sehen.«

»Danke«, entfuhr es mir. Ein gestammeltes Wort, mehr war es nicht.

»Sie sehen dort oben die Decke einer gewaltigen Höhle. Wobei es fragwürdig ist, ob man es als Decke bezeichnen kann.«

Mein Blick schien Frage genug zu sein und so fuhr Melpomenus eilig fort mit seinen Erklärungen. »Wenn Sie ein Fernglas hätten, könnten Sie erkennen, dass dort oben tatsächlich alles auf dem Kopf steht. Sie müssen wissen, wir befinden uns im Inneren eines kugelförmigen Gebildes, das sich wiederum im Inneren dessen befindet, was Ihr eure Welt nennt. Ihr lebt auf einer riesigen blauen Kugel und wir leben als euer Negativbild in ihrem Inneren.«

Er hielt inne, als wollte er mir Zeit geben, das Gehörte zu verdauen. Das war auch bitter notwendig! Ich sah angestrengt nach oben – oder war es unten!? – und hatte das Gefühl, mir langsam die Augen aus ihren Höhlen zu pressen. Da war nichts. Oder konnten diese winzigen Gebilde, die ich für Ranken gehalten hatte, etwa weitere dieser Riesenbäume sein, auf die ich mittig sah wie bei einer Luftaufnahme? Nun gut, bei einer Luftaufnahme befindet man sich streng genommen über einem Objekt und ich befand mich doch unter ihnen. Unten und oben drohten in diesem Moment nur noch zu Lautfolgen zu verkommen, denen der Mensch einmal in stiller Übereinkunft Bedeutungen hatte zukommen lassen. In mir schwirrte alles bei dem bloßen Gedanken daran.

In letzter Konsequenz hieße dies, dass das, was die Welt in ihrem Innersten zusammenhält, nun irgendwo im Zentrum dieser Höhle liegen sollte? Aber wie denn? Freischwebend in der Luft? Einen Moment hatte ich das Gefühl, den Halt – ja eigentlich *jeden* Halt – zu verlieren und wie ein Stück Treibgut in der Schwerelosigkeit davon zu schweben.

»Das kann nicht sein«, gab ich erschüttert zu Protokoll und wusste, dass es doch sehr wohl sein konnte, aber mit Melpomenus Reaktion hatte ich nicht gerechnet. Er fragte mich mit einem leichten Lächeln, aus dem die Milde eines Vaters sprach, der sich über die naive Frage des eigenen Sohnes amüsierte: »Weil es nicht logisch ist?«

»Ja, weil es nicht logisch ist!«

»Eure Logik! Pah!«, er spie die Worte aus, als hätte er etwas Vergiftetes in den Mund genommen und es gerade noch rechtzeitig vor dem Herunterschlucken bemerkt. »Logik ist nur ein Wort. Es wurde von Menschen erdacht und ist genauso fehlbar, wie sie selbst es sind. Hier geht es nicht um Logik. Hier geht es um mehr, hier geht es um …« Er brach ab, vollführte eine Geste mit den Armen, ganz so, als wollte er nach der Umgebung selbst greifen, sie an sich ziehen und zu einem Tanz auffordern. Ich seufzte und ließ den Blick noch einmal zum *Himmel* schweifen. Beständig entstanden neue Wolken aus der

Gischt, die sich da Kilometer über mir kontinuierlich aus dem nachströmenden Wasser bildete. Ich sah es mit eigenen Augen – konnte es etwas Logischeres geben?

»Kommen Sie, ich zeige Ihnen etwas!« Er führte mich zu einer Mulde, in der sich besonders viel Moos breitgemacht hatte, und beugte sich nach vorne, um es herauszureißen. Dann klappte mir der Mund weit auf. Aus dem Boden drangen feine Wasserperlen hervor. Sie krochen langsam aus der Erdschicht, verließen den festen Grund und nachdem sie alle Naturgesetze gebrochen hatten und sahen, dass es sehr wohl möglich war, beschleunigten sie und strebten weiter nach – nun nicht nach oben, sondern einfach weiter weg vom hässlichen Boden, hinein in den freien Flug. Mich packte etwas, das vielleicht Wahnsinn oder Furcht oder vielleicht einfach nur fantastische Freude war und es brachte mich zum Lachen. Wie ein kleines Kind, das Seifenblasen staunend hinterherblickt bei ihrem Flug ins Ungewisse, schaute ich den Tropfen nach, bis ich sie aus den Augen verlor.

»Sie werden sich zu einer Wolke verdichten und irgendwo weiter im Zentrum der Höhle, da wo alles hinströmt und wo alles sein wahres Gewicht hat, da werden sie abregnen und den Pflanzen das Wachsen ermöglichen.« Melpomenus erinnerte mich mit seinen Worten schon beinahe an einen Propheten. Dann nickte er zufrieden. »Glauben Sie es mir jetzt? Wir gehen auf der Innenseite einer ausgehöhlten Kugel.«

Ich glaubte ihm, oder wollte ihm zumindest glauben, aber dann fiel mir ein, wieso wir eigentlich hier waren und obwohl ich Angst hatte, mit der Frage erneut seinen Zorn heraufzubeschwören, sprach ich meine Einwände laut aus: »Wie aber sollen wir dann auf einem Fluss eine Pilgerfahrt unternehmen? Soll das Schiff etwa auch fliegen?«

»Blut ist dicker als Wasser«, sagte er nur getreu seiner alten Geheimniskrämerei und hatte dabei ein Lächeln auf den Lippen liegen, das von diebischer Vorfreude kündete. So sehr ich ihn auch für seine ganzen Andeutungen hassen wollte, es gelang in diesem Moment nicht und stattdessen entwickelte sich auch bei mir ein Gefühl von Vorfreude. Ich konnte nicht umher und musste Melpomenus Lächeln erwidern. Wie auf ein geheimes Zeichen hin nickten wir uns gegenseitig zu und setzten den Weg fort.

Ich warf einen Blick zurück. Wie eine unüberwindbare Festung ragte dort der steinerne Hang steil empor. Meine Augen tasteten sich langsam höher, vorbei an der Stelle, an der ich in diese Welt getreten war. Der Durchgang war nun nicht mehr als ein dunkler Punkt im sonstigen Grau des Felsen.

Dann wanderte mein Blick noch weiter nach oben, immer höher und höher, kühn hinauf, bis sich das Gestein nach vorne zu drängen schien. Aber das war allemal ein alberner Eindruck. Tatsächlich erspähte ich da in der Höhe eine Wölbung, die so gewaltige Ausmaße besaß, dass sie aus der Nähe wie eine ebene Fläche erscheinen musste. Ich folgte dem Felsen weiter und irgendwann, als das Gestein längst über uns gewölbt war, verlor es sich in den Wolken.

»Herr M.«, sprach ich meinen Führer an. Ich war mir sicher, er würde mir jetzt Fragen gestatten. Seine kleine Darbietung mit dem Wasser hatte mich derartig überwältigt, dass er sicher immer noch stolz auf seinen Zaubertrick war. Und siehe da, meine Vermutung erwies sich als wahr. Er nickte gönnerhaft und grinste vergnügt. »Ich frage mich, wie hoch dieses Gewölbe ist? Die höheren Abschnitte verlieren sich in den Wolken. Außerdem will ich wissen, wie weit es sich erstreckt. Wo ist die andere Seite?«

»Nun, mein guter Herr Krüger, selbst wenn sich einmal alle Wolken verziehen sollten – und das ist dieser Tage leider wahrlich unwahrscheinlich – vermochten Sie doch niemals auch nur bis zum Zentrum dieser Kugel zu sehen. Geschweige denn zu ihrem gegenüberliegenden Ende. Sie müssen wissen, auch dieser Weg, auf dem wir uns befinden, fällt noch viele, viele Kilometer weiter ab. Aber keine Sorge, in diese Untiefen wagen wir uns nicht. Wir wollen von Narusch aus über den roten Strom zum Mittelpunkt segeln, und dafür müssen wir uns nun einmal an die Hochebenen halten. Sie müssen wissen, es mag zwar eine Kugel sein, doch genau wie in eurer Welt haben gigantische Kräfte Gebirge und Täler geschaffen – diese Kugel ist mitnichten von perfekter Gestalt. Sie ist vernarbt, bucklig und doch, trotz all ihrer Makel, ist sie so voller Wunder.«

»Mir würde es reichen zu sehen, was sich wirklich im Zentrum, im aller Allerinnersten verbirgt und auch, was die …«

»Welt in ihrem Innersten zusammenhält?« Er schenkte mir ein Lächeln mit gebleckten Zähnen. Weiß, mit einem blauen Flimmern überzogen, als bestünden sie aus Eis, ja so waren diese Zähne. Mich überkam ein Frösteln. »Wir kennen die Werke Ihrer großen Wortschmiede sehr gut. Sie müssen sich darüber nicht wundern. Leider kann ich Ihnen auf Ihre Frage, die Sie mit diesen Worten zweifellos auf indirekte Weise an mich gerichtet haben, nicht antworten. Worte und Logik versagen an dieser Stelle. Sehen Sie lieber selbst, wenn die Zeit gekommen ist.«

Ich nickte nur. »Wie weit ist es noch bis nach Narusch?«

»Nicht mehr weit, wenn man meinen Schritt als Maßstab heranzieht. Mit Ihrem Schrittmaß mag es noch zwei Stunden oder mehr kosten, bis wir am Zeltlager angelangt sind und damit letztlich zu einem komfortableren Reiseabschnitt übergehen werden. Aber nur keine Bange, Ihr Körper wird Ihnen den Aufenthalt im Unteren Reich danken. Er wird das weiche Fleisch gegen Muskeln und drahtige Sehnen tauschen.«

Bei diesen Worten konnte ich nicht anders, als zu der Flasche zu starren, der Flasche, mit der Melpomenus mich wohl sicherlich zu einem großen Teil geködert hatte. Sie war nun leer, obwohl ich hätte schwören können, dass ich nicht einmal die Hälfte getrunken hatte. Doch noch bevor ich diesem Rätsel weiter nachgehen konnte, eilte Melpomenus wieder mit seinen langen Schritten davon. Ich mühte mich, ihn nicht zu verlieren. *Wie gut, dass er so hochgewachsen ist. Fast wie ein Leuchtturm.*

Ich vermag keine Schätzung abzugeben, wie lange wir hier durch die steilen Gebirgszüge wanderten, die sich labyrinthisch kreuzten, in Sackgassen und Kreisen verliefen und jeden Fremden ohne Führung sicherlich in den Wahnsinn treiben konnten. Doch Melpomenus schien diesen Weg wie seine Westentasche zu kennen. Stetig führte er mich tiefer hinab.

Ab und zu blieb er stehen und sprach mehr zu sich selbst als zu mir. Leise Worte murmelte er dann und zeigte mit seinen schmalen Fingern auf einen weit entfernten Punkt in den Untiefen abseits des Pfades und dieser Punkt hatte mir für gewöhnlich nicht mehr zu bieten als Leere. Hier war abgesehen von den Pflanzen, die wie Fremdkörper in der Einöde wirkten, nicht viel zu sehen. Diese Pflanzen waren zweifellos wundersam wie etwa die monströsen Bäume mit ihren leuchtenden Blättern, die jetzt immer häufiger das Felsmassiv säumten, aber dennoch war das Land leer und kahl.

»Bald können wir einen Blick auf den großen Wald genießen. Ein wahres Panorama, das kann ich Ihnen versprechen, mein Guter!« Melpomenus schien zu frohlocken. Ich selbst übte mich in Skepsis, die sich erhärten sollte, als Herr M. mir mit einer Geste seiner Hand befahl, stehen zu bleiben und dann nach links, hinab in einen tiefen Talkessel deutete. Nebelverhangen war er.

»Machen wir hier eine Rast. Ihr Bein bereitet Ihnen sicherlich inzwischen arge Probleme«, sagte Melpomenus und ließ sich mit dem Rücken an einen Felsbrocken gelehnt nieder. Ich folgte seinem Beispiel stumm. Mein Knie hatte ich ganz vergessen. Zu seltsam war das, was ich hier zu sehen bekommen hatte. Doch nun, da die Sprache wieder auf dieses elende, verkrüppelte Körperteil gekommen war, da schien mir der Schmerz regelrecht entgegenzubrüllen wie eine gierige Bestie, die nur geduldig im Verborgenen gelauert hatte.

Melpomenus hatte von einer Heilung gesprochen – ich bezweifelte jedoch weiterhin, dass ich jemals wieder normal würde gehen können und war umso dankbarer für diese willkommene Rast.

Aus den Augenwinkeln beobachtete ich Melpomenus. Sein Blick schien starr auf dem Tal unter uns zu verharren. Ein Wind ließ einige Strähnen, die sich aus dem Griff des Haarbandes gelöst hatten, einen zaghaften Tanz aufführen. Die Gesichtszüge waren entspannt. Er musste sehr zufrieden sein.

»Dieser Weg hier oben ist von besonderer Bedeutung für unser Volk«, begann er dann eine Erzählung. »Nur nach der Kriegerweihe darf man diese alten Pfade hinaufsteigen. Leider hält sich das Gesindel nicht mehr an diese alten Dogmen. Viel zu oft stolpert es dann, mehr zufällig als wissend, in eure Welt und es kommt zu immer neuem Blutvergießen. Es muss aufhören.«

Er brach ab und holte aus einer Tasche einen weißgrauen Papierzylinder hervor. Es sah aus wie eine Zigarette. Er schaute mich fragend an und ich schüttelte den Kopf. Ich brauchte Ruhe und keine fremden Rauschmittel. Melpomenus hingegen holte wieder seinen Leuchtstein und eine Pfeife hervor. Er stopfte das Papier in die Pfeife, bis nur noch ein Zipfel, der als Lunte diente, hinaushing und entzündete dann mit dem Stein das Papier, das jäh aufflammte. Eine dicke Rauchschwade zog augenblicklich nach oben. Dann sog Herr M. tief die Luft ein. Ich hatte nie zuvor jemanden einen derartigen Zug nehmen zu sehen. Endlose Sekunden später seufzte Melpomenus zufrieden und pustete dichte Wolken aus, auf die jeder Drache hätte stolz sein können.

»Das Besondere an den Hochebenen ist, dass man von

Ihnen diese wunderbare Sicht genießen kann. Nun ja, zumindest an klaren Tagen. Wir befinden uns hier etwa fünfzehn Meilen über dem tiefsten Punkt, der gewölbten Hülle, auf der sich unsere Welt befindet und die eurer Welt als Negativ gegenüberliegt. Von hier aus führen viele Gebirgszüge und Hochebenen sowohl zu eurer Welt als auch zum Innersten.« Er deutete mit dem Stiel seiner Pfeife in das Tal zu unseren Füßen. »Mitten im Wald liegt Narusch, am Ufer des roten Stromes. Dort wollen wir hin.«

Dann schwenkte er den Stiel diagonal nach rechts und hielt ihn etwas höher. Er zeigte geradewegs auf weitere Wolkenfelder, die unwirklich in der Luft hingen. »Erkennen Sie dort einen grünen Schimmer?« Ich konnte nichts entdecken. Er schien es mir anzusehen und Enttäuschung stahl sich auf sein Gesicht. Er legte mir die Hand auf die Schulter. Erst sträubte ich mich gegen die Berührung, aber dann … nun es war ein tröstliches Gefühl, so wie etwa der heiße Kaffee an einem Wintermorgen ein tröstliches Gefühl von Wärme zu vermitteln mag. Ja, die Verwirrung war noch da, aber ich war mir jetzt sicher, ihr widerstehen zu können. Herr M. kannte den Weg und wusste, was zu tun war.

Dennoch geisterten mir tausende von Fragen und Einwänden im Kopf umher. Sie schrien wild durcheinander, aber eine Stimme überlagerte sie alle: *Nur keine Furcht.* »Sie werden den Schimmer noch sehen. Es ist das Sumpfgebiet nahe dem Innersten. Auf einer hohen Ebene gelegen, umgeben von schützenden Hängen, hat sich dort ein dichter Dschungel ausgebreitet. Grün, saftiges Grün, wohin das Auge reicht, sage ich Ihnen! Nun ja, sofern das Sterben dort nicht auch begonnen hat.« Er zog an seiner Pfeife und ließ den Qualm im Mund wie süßen Wein hin und her wandern. »Sehen Sie!« Der Nebel im Tal lichtete sich allmählich und gab den Blick auf eine einzige bunte Fläche frei. Kilometerlange Waldflächen lagen dort unter uns. Die Blätter waren in Rot und Gold gehüllt. Ein herbstliches Schauspiel bot sich uns dar, das mich schwer berührte. Von den Bäumen stoben Wasserflüsse auf, strömten in der Höhe zusammen und rasten weiter empor, bis sie sich hoch oben mit den Wolken vereinigten. Es war wunderschön.

Melpomenus seufzte. »Eigentlich müsste es ein grün funkelnder Smaragd sein und nicht dieser bunte Flickenteppich.« Bunter Flickenteppich? Mit einem Mal hatte er dem bunten Farbenreigen alle Schönheit und Majestät genommen. Mit grimmigem Gesicht erhob er sich und gebot mir mit einer Handbewegung, so als wäre ich sein Diener, ihm zu folgen. Ich klopfte mir den Staub vom Hosenboden und tat, wie er mir geheißen hatte.

11. Eine alte Geschichte

Etwa eine Stunde später, so schätzte ich zumindest, führte uns der Weg auf eine lang gestreckte Ebene, die nur ganz sachte an ihren Seiten abfiel. *Die Tiefen* nannte Melpomenus diese Regionen und beschrieb sie als wildes Sumpfgebiet, in dem nichts außer Insekten und Reptilien leben konnte. Da gefiel mir diese Ebene, über die wir immer noch umherwanderten, hingegen deutlich besser. Der kahle Boden war inzwischen üppigen Wiesen gewichen. Zu unserer Rechten erstreckte sich ein gigantischer Wald, für den Melpomenus jedoch keinen Blick übrighatte. »Ein junger Hain, mehr nicht«, spielte er das Dickicht mit seinen abfälligen Worten gelangweilt herunter. Mich jedoch faszinierte das Waldstück augenblicklich. In dem fahlen Licht um mich herum sahen die bunt leuchtenden Bäume, auch wenn ihr Schimmer matt und schwach war, sehr einladend aus.

Bald schon kehrten wir ihnen jedoch den Rücken zu und ein schmaler Pfad führte uns links in etlichen Serpentinen in die Richtung, in der *Die Tiefen* lagen. Dort, etwas oberhalb um genau zu sein, lag Narusch. Ich muss gestehen, dieser Anblick wirkte wahrlich noch imposanter: Ein Lichtermeer erstreckte sich dort unten. Es erschien mir fast wie der Blick auf eine nächtliche Großstadt.

Während wir wanderten, sah ich etwas zutiefst Skurriles, ja vielleicht sogar Verstörendes. Aus dem feuchten, modrigen Boden, der inzwischen die Felsschichten verdrängt hatte, sprossen Pilze in die Höhe. Die größten von ihnen erreichten die Ausmaße von Müllcontainern. Bunt gepunktet, giftgrün und beseelt von einem gefährlichen Glanz, erschienen mir diese Gewächse geradezu ekelhaft. Die Feuchtigkeit hing schwer in der Luft und in ihr wiederum hing der widerliche Gestank von Moder und Fäulnis. Dann entdeckte ich einen gewaltigen blaugrauen Pilz, auf dessen gesprenkeltem Hut sich

Schimmel gebildet hatte. Dort, auf der Schimmelschicht, wuchsen schon feine weiße Härchen. Angewidert wandte ich den Blick ab. Ich glaubte Melpomenus nun doch. Seine Welt lag im Sterben – einige Stellen verwesen schon.

Endlich sahen wir die schwarzen Spitzen der Zelte. Wir hatten das Lager erreicht. Es war auf einem Plateau errichtet worden, in dessen Hintergrund sich einige Bäume zu einem undurchsichtigen Dickicht zusammendrängten. Rot und gelb waren die dominierenden Farben. Ihr Licht sah fast feierlich aus. Die letzten Meter hinkte ich hinter Herrn M. her, der sich kaum noch bremsen konnte. Er schnellte den Berg herunter und schrie und seine Stimme war dabei voller Euphorie. Die Laute waren mir absolut unverständlich.

Inzwischen hatte ich zwar ein Gespür dafür entwickelt, diese fremde Sprache zumindest in einzelne Segmente, in Worte und Silben, aufzutrennen. Jetzt war mein Führer aber so entzückt, dass er einen einzigen Wortschwall in die Welt hinausposaunte – ohne Anfang, ohne Ende. Dann traten ganz plötzlich etwa zwanzig Gestalten aus den fünf Zelten, die im Kreis um ein Feuer errichtet worden waren. Sie trugen schwarzblaue Kleidung, die mich an ledernes Rüstzeug erinnerte, aber ich vermochte es nicht ohne Zweifel festzustellen.

Die Entfernung war zu groß. Was ich jedoch ohne jeden Zweifel erkannte, waren die Waffen, die sie trugen. Schwerter, Speere und Äxte. Ich hielt es für sinnvoll, Abstand zu halten und blieb in einigen Metern Entfernung auf erhöhter Position stehen.

Die Gestalten schienen mich nicht zu bemerken, als ich sie einer gründlicheren Musterung unterzog. Sie wirkten wie die ungeschickten Zeichenübungen eines Kindes. Die Gliedmaßen waren alle unterschiedlich lang. Lediglich eines schien gesetzmäßig zu gelten: Ihre Arme waren um ein Vielfaches länger, als es bei einem – nun, sagen wir es einfach mal so – normalen

Menschen der Fall gewesen wäre. Einige von ihnen gingen unter der Qual eines Buckels gebeugt und staksten ungeschickt dahin. Ihre Arme waren von grotesken Muskeln regelrecht ausgebeult. Die Haut war dunkel, fast graubraun. Schwarzes, langes Haar hing strähnig von den langgestreckten Schädeln herab. Aus ihren Gesichtern, die ich nicht genauer erkennen konnte, ragten lange Bärte hervor, die zusammengeflochten waren. In ihnen hingen zur Zierde bunte Bänder.

Sie begrüßten Melpomenus überschwänglich. Einige deuteten eine Verbeugung an und gingen dann zurück in die Zelte, andere unterhielten sich kurz mit ihm in dieser seltsamen Sprache und einer, der besonders groß war und einen prächtigen Helm mit Kopfschmuck trug, klopfte Herrn M. wie einem alten Freund auf den Rücken. Dann lachten beide herzhaft und drehten sich zu mir um.

Mir wurde mit einem Mal kalt, als mich der Blick des Fremden traf. Seine Augen waren zwei pechschwarze Punkte, die tief in den Höhlen seines dunklen Gesichtes lagen. Selbst auf diese Distanz erkannte ich die roten Narben, die das grobe Gesicht noch weiter entstellten. Eine verlief quer über beinahe die gesamte Stirn. Eine andere hatte die Unterlippe entzwei geteilt. Ein Stück des rechten Ohres fehlte. Ein Grinsen war auf dem Gesicht zu sehen, als die Gestalt zu sprechen begann.

»Ich grüße Sie!«, rief sie mir zu und winkte mir zum Gruße. Hatte Melpomenus Aussprache mich schon verwirrt, so setzte die des Fremden dem noch die Krone auf. Die Konsonanten klangen kratzig und böse, die Vokale gingen dabei fast in der Kakophonie unter. *Zum Glück sind wenigstens die anderen wieder in den Zelten verschwunden,* dachte ich, als ich mich Herrn M. und der unbekannten Gestalt an seiner Seite näherte. Beiläufig registrierte ich, dass Melpomenus Gesprächspartner tatsächlich eine graue Haut hatte, die übersät war mit braunen Schuppen und kleinen Geschwüren, die wie Unkraut auf einem brachliegenden Feld ineinander wuchsen. Ich verzog das Gesicht kurz zu einer Grimasse, aber zwang meine Gesichtsmuskeln augenblicklich, sich wieder zu entspannen.

»Herr Krüger, ich möchte Ihnen jemanden vorstellen«, begann Melpomenus, als ich bis auf wenige Schritte herangekommen war. »Das ist mein Hauptmann. Sein Name ist Karek.« Als der Fremde seinen Namen hörte, nickte er gefällig und deutete eine Verbeugung an, nachdem er seinen Helm abgenommen und ihn sich ordnungsgemäß unter den Arm geklemmt hatte. Der Schädel darunter war kahl und mir leuchtete diese Entscheidung sofort ein. Die Schuppen sprossen dort oben nur so empor. Während ich ihn noch fassungslos betrachtete, verbeugte sich Karek noch immer.

Mir – einem körperlichen Wrack mit Bierbauch, schlaffen Armen und dem Knie eines Krüppels – kam es absonderlich vor, dass sich diese bullige Erscheinung in seiner Lederrüstung vor mir verbeugte, als wäre ich ihr Lehnsherr. Ich nickte Karek stumm zu und hoffte inständig, man möge mir meine Unsicherheit nicht allzu sehr ansehen. *Ist das ein Mensch?* Bei Herrn M. war ich mir schon sicher, dass er zwar menschliche Züge hatte, aber dennoch Teil eines anderen Volkes sein musste. Dieses verunstaltete Geschöpf, das drohend wie ein Berg vor mir aufragte, hatte in etwa so viel Menschliches an sich wie ein Hai. Langsam dämmerte mir, woran es mich erinnerte. *Woran Tolkien auch immer bei seinen Orks gedacht haben mag, diese Kreatur muss Pate gestanden haben.*

»Herr Krüger, auch wenn Karek Sie eben in Ihrer Sprache begrüßt hat, muss ich gestehen, dass er sie nicht beherrscht. Ich hielt es aber als Zeichen unserer Wertschätzung für angemessen, ihn im Vorfeld die richtigen Worte zu lehren. Mein guter Hauptmann möchte dennoch gerne mit Ihnen einige Worte wechseln. Eine Bitte, die ich diesem treuen Mann nicht abschlagen kann. Ich werde als Übersetzer dienen.«

Die dunklen Augen Kareks starrten mich mit sichtlicher Faszination an. Sie funkelten, während seine wulstigen Lippen, über denen ich dicke schwarze Haarborsten entdeckte, einen stetigen Strom aus abgehackt klingenden Silben hervorpressten. Ich konnte mir kaum vorstellen, was dieser Hüne mir außer diversen Beleidigungen sagen mochte. Endlich endete der Wortschwall und ein Grinsen erschien auf dem grobschlächtigen Gesicht, wobei sich die schuppige Haut beängstigend spannte.

Herr M. übersetzte frei: »Nun, zuerst hat er mir gesagt, ich müsse verrückt sein, mit Ihnen so eine lange Reise tätigen zu wollen.« Melpomenus schien meinem Blick zu entnehmen, dass mich seine Offenherzigkeit überraschte. »Sollte ich Sie belügen, Herr Krüger? Das wäre sehr ungerecht. Sie sollen ruhig wissen, worüber wir hier reden. Ich werde dem guten Hauptmann gleich auch noch etwas zu Ihrem Wert sagen, Herr Krüger. Machen Sie sich nur keine Sorgen. Wir sind Partner. Wir haben einen Vertrag.«

Melpomenus wandte sich an seinen Hauptmann. Seine Stimme war so schneidend wie ein frisch gewetztes Messer. Kareks Gesicht drückte seinen Unmut über die Belehrung nur allzu deutlich aus. Beiläufig warf er mir einen abschätzigen Blick zu. *Erbärmlicher Wicht.* Seine Augen sprachen eine Sprache, die ich auch nur allzu deutlich verstand. Dann sprach Melpomenus wieder mit mir:

»Er will Ihnen mitteilen, dass wir auf der Reise großen Gefahren zu trotzen haben.« *Stand etwas von diesen großen Gefahren im Vertrag?* Ich hegte allerdings Zweifel, dass ich Melpomenus mit diesem Argument zur Auflösung des Kontraktes bewegen konnte. Nein, die Gefahren hatte ich als exklusiven Bonus dazu erworben. Außerdem schien es auch genau darauf hinauszulaufen: Ich sollte mir nicht länger nur den Abgrund vorstellen und versuchen, meinen Lesern mit einer reinen Fantasieschöpfung

Angst zu machen, nein ich sollte sie an meiner Angst teilhaben lassen, an der Angst, die ich zuvor selbst habe durchleben müssen.

»Er sagt, er möchte mit Ihnen während der Reise einige Übungen in der Waffenkunst abhalten. Sicherlich dürfte es ein großer Spaß werden!« Melpomenus lachte herzhaft und auch Karek stimmte mit ein. Mir war nicht nach Lachen zumute. Vielleicht lag es auch daran, dass mir das so losgelöste Lachen meiner Gesprächspartner falsch vorkam. Lachten sie über mich? Ich vermutete, dass sie es taten, auch wenn Herr M. es so darstellen wollte, als handelte es sich lediglich um den Spaß zwischen alten Freunden. Er verstummte und sah mich an.

»Nur keine Sorge, mein lieber Herr Krüger, wir werden erst verschnaufen. Sie brauchen Ruhe und ich habe noch etwas mit Karek zu bereden. Es geht um allerlei Kleinigkeiten unserer Reise, Dinge die ich mir einfach nicht länger merken möchte.«

Melpomenus rief etwas und klatschte zweimal in die Hände. Augenblicklich kam ein anderes dieser humanoiden Geschöpfe aus einem Zelt hervor. Sein Haar war schwarz, mit weißen Strähnen durchzogen, und fiel ihm zottelig in die breite Stirn, die den Eindruck eines Tieres nur noch mehr unterstrich. Er – oder es – trottete auf uns zu. Die langen Arme pendelten grotesk im Takt seiner Schritte umher – genauso wie seine langen Haare. Es stand in einem heftigen Kontrast zu seiner Kleidung, der schwarzblauen Lederrüstung, die von der Farbgebung und den Mustern an eine Uniform erinnerte. Falls diese Geschöpfe – und davon ging ich inzwischen aus – tatsächlich Soldaten waren, dann herrschte hier ein sehr legerer Drill.

Sollten sie nicht nur das Aussehen, sondern auch das Verhalten mit ihrer literarischen Prominenz teilen, dann hoffe ich, dass Herr M. sie gut unter Kontrolle hat. Mir fielen die vielen Passagen ein, bei denen die Orks aus Mittelerde sich gegenseitig zerfleischt hatten. Was wäre, wenn diese Geschöpfe schließlich beschlössen, Schweinebauch vom Schriftsteller kosten zu wollen, dazu noch etwas Leber und vielleicht noch ein paar Filetstücke? Mein Magen schien sich plötzlich mehrfach um die eigene Achse zu drehen. Ich schnappte nach Luft.

Nur keine Furcht.

Diese drei Worte geisterten mir immer noch im Kopf herum und wie die Formel einer alten Beschwörung, übten sie eine ganz eigene Magie auf mich aus. Rasch nahm das aufkommende Entsetzen ab. Doch es war noch da. Es lauerte in den dunklen Ecken meines Verstandes.

Das herbeigerufene Geschöpf deutete eine rasche Verbeugung an und hörte konzentriert auf Melpomenus hypnotische Stimme. Dann sah es mich an, nickte mir zu und deutete mit einer Handbewegung an, dass ich ihm folgen soll. »Er ist einer meiner Leibdiener und wird Sie in mein Zelt führen, wo Sie sich mit Speisen und Getränken versorgen können.« Melpomenus machte ein leidiges Gesicht. »Leider habe ich aber keinen Tropfen mehr, der Ihnen munden wird. Es ist nicht leicht, in meiner Welt an Stimulanzien wie die Ihren zu gelangen. Deswegen lautet mein gutgemeinter Rat: Lassen Sie die Flaschen liegen und stillen Sie Ihren Durst mit dem Wasserschlauch. Ich werde mich mit den Angelegenheiten beeilen, Herr Krüger.« Ich hatte da so meine Zweifel, ob er sich wirklich beeilen würde, aber folgte wortlos diesem Leibdiener, nachdem ich Melpomenus und Karek zum Abschied zugenickt hatte.

Nachdem er (ich zwang mich dazu, von ihm als Maskulinum und nicht als Neutrum zu sprechen) mich still und ohne mich eines Blickes zu würdigen in das Zelt geführt hatte, verschwand der Leibdiener gleich wieder und ließ mich alleine. An sich war sein Dazutun zwecklos gewesen. Ich hätte Melpomenus Lagerstätte auch alleine erkannt. Das Zelt war riesig. Trennwände unterteilten den Innenraum in vier separate Segmente. Da das Zelt aus dickem, schwerem Material bestand, drang von draußen kein Licht herein. Jeweils in der Mitte der Kammern ruhten auf Holztischen zwei dieser Leuchtsteine. Um die Tische standen je nach ihrer Größe verschiedene rustikale Stühle, die mit dicken Kissen aus rotem Samtstoff abgepolstert waren.

Gemütlich sah es dennoch nicht aus. Auf den Tischen lagen zusammengerollte Karten herum. Auf einem stand ein Sextant. Es war deutlich zu erkennen, dass hier Beratungen stattfanden. An dem größten Tisch fanden acht Männer mit Leichtigkeit ausreichend Platz. In der Kammer mit dem kleinsten Tisch stand ein Bett. Braune, weiße und schwarze Felle quollen aus ihm in wilden Bahnen hervor. Es sah nicht einladend aus, aber dennoch übermannte mich das Verlangen, meinem Bein endlich etwas Ruhe zu gönnen und so legte ich mich auf die kratzigen Felle. Erst dann fiel mein Blick auf den kleinen Beistelltisch, der durch den größeren Tisch in der Mitte der Kammer zuerst vor meinem Blick verborgen geblieben war. Gebratene Fleischstücke und Obst lagen dort auf Zinntellern. Daneben sah ich einen großen Laib Brot. Stücke waren aus ihm herausgerissen worden. Es erinnerte mich etwas an einen entstellten Leichnam.

Nach reiflicher Überlegung entschied ich mich für das Obst. Äpfel, Birnen und Weintrauben – vielleicht war es nicht die Wunschspeisekarte, aber inzwischen lief mir beim bloßen Gedanken an Essen das Wasser im Mund zusammen. Obwohl, was sage ich da! Essen! Bei diesem herrlichen Gedanken lief mir der Speichel in langen Bahnen aus dem Mund!

Ich musste Stunden mit Melpomenus gewandert sein. Aber was spielte Zeit hier für eine Rolle? Wurde es je Nacht oder Tag oder war es ein Land des ewigen Zwielichts, ohne Sonne, in dem keine Tageszeiten mehr den richtigen Augenblick für das Essen vorgaben, sondern der Magen sich zum Herrn aufschwang und einfach lautstark forderte, was er brauchte? Ich akzeptierte die zweite Möglichkeit.

Zittrig erhob ich mich, um den Obstteller sowie einen Wasserschlauch zu holen. Mir entfuhr ein wohliges Seufzen, als ich mich wieder auf das Lager niederließ. Hunger kann selbst im Moment des größten Irrsinns alles noch schlimmer machen. Nachdem ich das Obst hastig gegessen hatte, fühlte ich mich etwas besser und ehe ich mich versah, versank ich in einen dämmerartigen Zustand. Ich weiß nicht, vielleicht war es sogar ein leichter, traumloser Schlaf.

Als Melpomenus schließlich das Zelt betrat, fuhr ich hoch. Schweißperlen standen mir auf der Stirn. Ich fühlte auf den Fellen herum. Auch sie waren nass. Mir war elend zumute, als stünde ich in Flammen. Mein Knie schrie vor Schmerzen. Trocken und rau war mein Mund. Ich versuchte zu schlucken und bereute es sofort. Ein brennender Schmerz durchfuhr meine Kehle wie ein Schnitt. Wie konnte es mir auf einmal nur so schrecklich gehen?

»Oh Herr Krüger, Sie sind schwach. Das muss ich Ihnen leider so ins Gesicht sagen. Es war nur ein kleiner Marsch – kaum 20 Meilen über gutes Terrain – und Sie liegen hier bis an Ihre Leistungsgrenze erschöpft.« Er machte ein tadelndes Geräusch und schüttelte den Kopf. Seine Miene verriet Sorge. Aber war sie wegen meines Zustandes sorgenvoll oder weil Melpomenus seinen Plan gefährdet sah? Ich denke inzwischen, dass es der zweite Grund war, der seine Gedanken bestimmte.

»Wir werden hier bis morgen ruhen und Sie versorgen. Es gibt Mittel, wie man Sie am Laufen halten kann. Sie sind aber leider alles andere als sanft. Um es Ihnen etwas leichter zu machen, werde ich einen Teil meines Trupps vorausschicken. Sie sollen Reittiere besorgen und diese dann zu uns bringen.«

Reittiere? Mir gefiel es ganz und gar nicht, dass er von *Reittieren* und nicht von *Pferden* sprach. Was für eine neue Kreatur sollte mich da denn schon wieder erwarten? *Ich* und *reiten* waren Ausdrücke, die sich von vornherein ausschlossen. Herr M. schien mir meine Gedanken angesehen zu haben. Mit seltsam schiefem Grinsen sagte er: »Nun gut. Sie können auch eine Kutsche holen.«

Er durchschritt das Zimmer und öffnete eine Truhe. Aus dieser holte er eine Flasche, in der eine rote Flüssigkeit umherschwappte. Dann ging er neben mir auf die Knie: »Trinken Sie das«, sagte er leise und dennoch lag so viel *Glamour* in seinen Worten, dass ich nicht das Gefühl hatte, seinen Befehl verweigern zu können. *Glamour* – ja das war es, was ihn umgab. Eine magische Aura, die ihn zu mehr machte, als er war. Ich hatte diesen Gedanken nur kurz, dann verschwand er wieder oder vielmehr, er wurde von Melpomenus davon gedrängt.

Widerwillig öffnete ich die Lippen, spürte das kalte Glas an ihnen und dann ergoss sich Schluck um Schluck dieses bitteren, brennenden Zeugs in meinen Hals. Es war augenblicklich so, als durchströmte mich pure Energie. Der Schweiß rann in Strömen. Meine Sinne wurden schärfer. Ich … versank mit einem Mal in einen dunklen Schleier und durch das Dunkel hörte ich Melpomenus Stimme. »Wir müssen nun auf Ihre Genesung warten«, sagte er. »Derweil wäre aber eine Geschichte gut. Wir erzählen unsere Geschichten, mein lieber Herr Krüger, und schreiben sie nicht nieder. Das Handwerk des Romanciers ist für uns etwas vollkommen Fremdes. Erlauben Sie mir also, Ihnen etwas von unserer Kultur zu vermitteln.«

Eine Wahl hatte ich nicht. So begann er dann zu erzählen.

Es war ein kalter Tag im Herbst. Der Wind peitschte die Zweige der Weide, die vor dem Haus stand. Schon längst hatte sie alle Blätter eingebüßt. Dann setzte der Regen ein, während schon die Nacht hereinbrach. Dicke Tropfen klatschten mit einem dumpfen Laut gegen das trübe Glas der schäbigen, alten Fenster, durch die ein beständiger Wind hinein pfiff. Die Verschläge hingen schief und unnütz herab. Sie würden keinen Wind mehr draußen halten.

Die Mutter dachte, *wenn der Herbst dieses Jahr doch nicht so früh gekommen wäre.* Dann schob sie den Gedanken beiseite. Was sollte ihr Selbstmitleid denn ändern? Sie durchschritt die kahle Stube, in der außer zwei Stühlen samt Tisch, einem Schrank sowie allerlei Truhen und einem Bett nur noch die Krippe stand. Ihr Mann hatte sie im Sommer aus Kiefernholz gemacht. Bei dem Gedanken an diesen einen besonderen Sommer erstrahlte ihr Gesicht ganz kurz. Dann verfinsterte es sich wieder. Ach, was war das inzwischen lange her! Es schien eine Million Jahre zuvor oder gar in einem anderen Leben geschehen zu sein. Jetzt war sie hier mit dem Kinde allein, während die Nächte länger und kälter wurden und der Wind von dem nahenden Winter kündete.

Sie schob den schweren Riegel mit zittrigen Händen zur Seite und stieß die schwere Holztür auf. Kalter Wind, voller Regen, schlug ihr entgegen und ließ sie die Kapuze ihres Mantels noch weiter hochziehen, bis ihr Gesicht fast zur Gänze von dem groben Stoff eingehüllt war. Die Welt war zu einer grauen, nassen Einöde verkommen. Die Mutter ging zaghaft um das Haus herum, nachdem sie die Tür angelehnt hatte. Die Axt baumelte dabei schlaff an ihrer Seite herunter. Dennoch brannte alleine davon schon ihre rechte Schulter wie Feuer. *Wieso musste es nur jetzt geschehen?* Sie schalt sich selbst im Stillen eine alte Närrin, dass sie sich immer wieder mit derlei unwichtigen Gedanken malträtierte. Es war nun einmal so geschehen, wie es geschehen war und nun musste sie damit leben.

Sie erreichte das geschichtete Holz und zog zwei große Scheite heraus. Behänd platzierte sie den ersten auf dem Hackblock und hob die Axt empor, die jeden Tag schwerer zu werden schien. Dann sauste das Beil hernieder und trennte ein Stück des Scheites ab. Der Hieb hatte mittig niederfahren sollen, doch war fehl gegangen. Sie seufzte. Aber was machte das schon? Ob gerade oder krumm, es brannte so oder so. Dann machte sie sich daran, den zweiten Block zu zerteilen. Dieses Mal gelang es ihr unwesentlich besser. Eilig sammelte sie die Stücke ein und kehrte ins Haus zurück.

Erst nachdem sie den schweren Riegel vorgeschoben hatte, beruhigte sie sich allmählich. Das würde sich ändern, sobald das letzte Tageslicht erst einmal verschwunden war. Sie ging an der Krippe vorbei, lauschte auf das gleichmäßige Atmen des schlafenden Kindes und trat dann vor den Kamin, um ein Feuer zu entzünden. Sie rechnete heute Nacht damit, dass es den ersten Schnee geben würde und betete, dass sie sich irren und es nicht so kommen möge. Nach ein paar einstudierten Handgriffen mit den Steinen und etwas Zunder hatte sie das Feuer entfacht. Daraufhin zog sie einen Stuhl zu sich, der Krippe und dem Kamin heran und ließ sich darauf nieder. Die Flammenzungen leckten derweil gierig über das feuchte Holz. Es dauerte etwas, bis es sich so recht entzündet hatte, aber das machte nichts. Bisher hatte sie oft genug den Kamin angeheizt, um das Haus vor dem Auskühlen zu bewahren. Auch jetzt war es im Inneren noch recht angenehm, wenn man gute, dichte Kleidung trug.

Sie kuschelte sich etwas in die Decke, die sie über sich ausgebreitet hatte und stierte weiter in die Glut. *Tack, Tack!* Das konnte nicht sein! Sie fuhr hoch und drehte sich um die eigene Achse. Von wo war das Geräusch hergedrungen? *Tack!* Es war rechts ... *Tack!* Dann war es hinter ihr. Panisch warf sie den

Kopf von der einen zur anderen Seite, drehte sich wie irre hin und her und konnte den Ursprung des schrecklichen Geräusches einfach nicht finden. Konnte es denn überall zugleich sein!? *Ja, denn eigentlich dürfte es gar nicht da sein. Also kann es auch gleich überall sein,* sagte eine gehässige Stimme in ihrem Kopf. Sie klang schadenfroh. Wieso machte sie sich immer noch Vorwürfe?

»Er hat mich nicht verlassen!« Sie schrie. Dann kullerten heiße Tränen ihr Gesicht hinab, das zu einer Fratze verzerrt war, und sie beugte sich über die Krippe. Ihre Tochter war alles, was ihr von ihrem Mann geblieben war. Ein letztes schwaches Bindeglied. War er auf der Reise verunglückt oder hatte er nicht mehr zurückkommen wollen? Es war einerlei. Sie musste jetzt mit diesem Grauen allein zurechtkommen.

Sie zwang sich dazu, den Atem zu beruhigen, um lauschen zu können. Nur das hohe Pfeifen des Windes war zu hören. *Und mein Herz,* erkannte die Mutter mit Grauen. Dann hörte sie das trockene Kratzen von langen, harten Klauenfüßen, die über Holz streifen. *Sie ist wirklich hier,* dachte die Frau und sah erneut das abscheuliche Bild aus ihrer Erinnerung so deutlich wie eine Portraitzeichnung vor sich. Der feiste Leib, übersät mit den bläulichen Linien. Aus ihm sprossen lange schwarze Haare hervor. Ihr Kopf war nicht mehr gewesen als der Hort zweier langer Beißzangen und unendlich vieler Augen, die wie Geschwüre aus ihrem Haupt hervorwuchsen.

Langsam hatte sie sich von einem langen Faden zur Krippe herabgelassen. Und … hatte sie tatsächlich zwei ihrer langen Spinnenbeine aneinander gerieben, wie ein Mensch es voller Vorfreude mit den Händen zu tun pflegt, wenn er … *auf eine Speise wartet?* Wieder diese gehässige Stimme! Das Untier war voller Vorfreude weiter herabgeglitten. Die Mutter hatte nach einem Moment der Starre endlich wieder die Kontrolle über sich gewonnen und dann das Fenster weit aufgerissen, um dann mit dem Besen auszuholen und das Tier, dessen Leib gut und gerne die Größe eines reifen Apfels gehabt haben mochte, hinaus in die kalte Nacht zu schleudern. Eilig hatte sie das Fenster geschlossen.

Einen Tag später hatte sie zum ersten Mal das Geräusch hinter dem Holz gehört. Die Mutter hatte sich damals lange versucht einzureden, dass das monströse Spinnentier sie schlichtweg so in Aufruhr versetzt hatte, dass ihr Verstand ihr einen üblen Streich gespielt haben musste – zumal damals ihr Mann den ersten Tag überfällig gewesen war. Inzwischen war die Mutter jedoch anderer Meinung.

Draußen, eingehüllt ins Dunkel und durchnässt und frierend, kauerte die Spinne. Noch immer lahmte ihr hinterstes Bein auf der linken Seite. Manchmal konnte sie es etwas besser bewegen, aber dann gab es auch wieder Tage, an denen es wie ein toter Trieb leblos herabhing. Mit einer Ausnahme: Was tot ist, leidet keine Schmerzen mehr. Sie aber litt Schmerzen – und was für welche! In ihrem ersten Zorn hatte sie augenblicklich durch das enge Loch zurückkehren wollen, durch das sie sich ursprünglich in das Haus gezwängt hatte, aber diese Überlegung hatte sie schnell verworfen. Sie konnte warten. Und während sie gewartet hatte, hatte sie sich an den niederen Tieren im Wald gütlich getan. Während sie so langsam zu Kräften kam, wuchs sie. Nur ihr verletztes Bein verkümmerte mehr und mehr. War es der Grund, warum sie den Groll nicht begraben konnte oder doch nur verletzter Stolz? So oder so, es war nicht rechtens, was ihr widerfahren war.

Noch immer erinnerte sie sich an diesen Abend im Spätsommer. Sie hatte das Menschenreich betreten, beseelt von einer starken Neugier und schließlich hatte diese Neugier sie wie eine unsichtbare Kraft auch dazu getrieben, sich durch das Loch ins Innere der kleinen Hütte zu zwängen. Es war heimelig und warm dort drinnen, während es sich draußen in der

Dämmerung bereits stark abgekühlt hatte – und Kälte kannte sie aus dem Unteren Reich nicht. Umso besser, dass sie dort Zuflucht gefunden hatte. Sie hatte sich still und heimlich in eine dunkle Ecke unter der Decke zurückgezogen. Dann, in einem verhängnisvollen Moment, war ihr Blick auf das Menschenjunge gefallen.

Es lag unter ihr in diesem Holzkonstrukt. Wie seltsam es doch aussah! Das weiche rosafarbene Fleisch, so ganz nackt! Und es hatte nur so winzige und schwache Glieder! Wie konnte so etwas denn nur jemals zu diesen Menschen heranwachsen, die in den alten Legenden als nimmersatte Plage beschrieben wurden? Sie versuchte dem Drang zu widerstehen, aber er war zu stark. Nach einem Moment des Zögerns ließ sie sich an einem Faden näher herab, wollte sich dieses weiche Bündel dort unten genauer betrachten und dann hörte sie den schrillen Schrei durch das kleine Zimmer hallen. Plötzlich drehte sich die Welt, sie verlor jeden Halt und fand sich in Dunkelheit und Kälte wieder, benommen und erfüllt von brennenden Schmerzen. Dabei war sie doch nur neugierig gewesen!

Hätte sie gekonnt, hätte sie geseufzt, denn so als Krüppel war an eine Rückkehr nicht mehr zu denken. Sie konnte keine Revierkämpfe mehr austragen und würde in ihrer Heimat ein armseliges Ende finden! Sie konnte wegen der Menschen nie wieder zurück. Also blieb ihr kaum etwas anderes übrig, als mit ihrem lädierten Bein um das Haus herum zu krabbeln und nach einem Weg ins Innere zu suchen. Das Loch, das sie vor Wochen genutzt hatte, war inzwischen längst viel zu klein für sie.

Tack, Tack! Die Mutter griff nach der Axt. *Tack, Tack.* Es konnte nicht nur eine sein! Hatte sie mehrere ihrer schäbigen Art versammelt? *Tack! Tack! TACK!* Es kam von der Tür. Die Mutter fühlte sich steif. Ihr Körper wollte sie nicht herangehen lassen, aber sie wusste, dass es nötig war. Ungelenk durchschritt sie den Raum und blieb an einem unebenen Bodenbrett hängen. Ihr entwich ein erstickter Schreckenslaut, als sie beinahe das Gleichgewicht verlor. *Bitte, es darf nicht wahr sein!* Und die gehässige Stimme: *Aber es ist wahr! Sie wird kommen, sie wird kommen und dann ...*

... hinter der Mutter krachte und schepperte es. Sie wirbelte herum und aller Lebensmut wich aus ihr. Starr und stumm verharrte sie. Dort stand sie, die Bestie, direkt über der Krippe. Sie hatte die Holzwand einfach durchbrochen, war aus der Kluft zwischen den Brettern wie ein böser Dämon aus der Tiefe hervorgeschossen. Schon schlossen sich ihre Beine über der Krippe zusammen. Die langen Zangen knackten, als sie sich erregt öffneten und schnappend schlossen. Dann packte das Monster ihre Tochter, riss sie wie eine leblose Puppe hervor und ehe das Kind auch nur schreien konnte, verschwanden beide in dem Loch. Die Frau stürzte durch das Zimmer und schrie. Sie streckte den Oberkörper durch die Öffnung in der Wand. Dunkelheit, absolut und vollkommen – mehr war nicht zu sehen. Ein leises Wimmern, kaum hörbar, klang es doch wie der Wind selbst, schallte durch das Dunkel. Doch auch am nächsten Tage fand sie keine Spur mehr von ihrer Tochter.

Melpomenus endete.

»Ich habe diese Geschichte nicht umsonst ausgesucht. Sie mag vielleicht nicht die beste sein, um Schlaf zu finden, aber ich denke, Sie könnte Ihnen beim Nachdenken helfen, Herr Krüger!«

»Wieso?« Zu mehr als einem fragenden Wort fühlte ich mich nicht im Stande.

»Sie fühlen sich hier fremd und haben Angst vor uns. Das steht Ihnen deutlich ins Gesicht geschrieben – und man kann es Ihnen nicht verübeln. Aber behalten Sie im Hinterkopf: Auch wir fürchten Sie. Sie werden oft merken, dass Angehörige meines Volkes Sie deswegen ablehnen werden. Die Geschichte, die ich Ihnen erzählt habe, war frei nach einer Fabel über eine Spinnenprinzessin erfunden, die in Ihre Welt kommt und dort alles andere als warm empfangen wird. Sie ist nur eine der Geschichten, die wir in unserer Kultur weitererzählen, um zu vermeiden, dass zu viele von uns Ihre Welt betreten, Herr Krüger. Sie ist schlichtweg eine Warnung.«

Melpomenus stand auf und kramte aus einer Truhe ein weiteres Papierbündel hervor. Schnell hatte er seine Pfeife gestopft und angezündet. Ein roter Punkt glomm nun im schummrigen Licht des Zeltes. Er sprach weiter: »Auch ich beabsichtige, über Ihr Reich weitere Geschichten zu erzählen. Ich würde mich freuen, wenn ich Recherchematerial aus erster Hand von Ihnen erhalten könnte.« Er lächelte leicht.

»Aber nicht heute, schlafen Sie nun!«

12. Narusch

Ich erwachte unter einer mehrschichtigen Schutzhülle aus Fellen. Überrascht bemerkte ich, dass ich weich und bequem lag. Ich wartete, da ich dachte, die Schmerzen müssten auch jeden Moment erwachen, aber sie taten es nicht. Da waren keine Schmerzen. Ich fühlte mich gut. Es war düster im Zelt, dennoch war ich mir sicher, alleine zu sein. Als ich einen Arm unter den Fellen hervorstreckte, erschrak ich. Es war bitterkalt. Dieser plötzliche Temperatursturz konnte aber nichts mit dem Wechselspiel von Tag und Nacht zu tun haben. Immerhin kann es ohne eine Sonne keinen Tag und auch keine Nacht geben. Ich beschloss, das Rätsel des plötzlichen Kälteeinbruchs auf eine imaginäre Liste mit Fragen zu setzen, die ich später an Melpomenus richten wollte.

Ich setzte mich auf und hatte insgeheim damit gerechnet, augenblicklich erschöpft zurückzufallen, aber mir schienen die Ruhe und vielleicht auch die seltsame Medizin geholfen zu haben. Ich fühlte mich wirklich wunderbar erholt ... und voller Tatendrang. Das ließ mich allerdings stutzig werden. Von völliger Erschöpfung zu unbändigem Tatendrang – derartig schnelle Veränderungen meines Befindens waren mir bis dato fremd gewesen.

Ich stand mit einem Ruck auf und stellte jetzt erst fest, dass ich nicht mehr meine Kleidung trug. Ich hatte einen schwarzen Morgenmantel an. *Nach Kleidung fragen,* fügte ich meiner Gedankenliste hinzu. Dann ging ich in Richtung des Zeltausgangs, als ein vertrauter Duft mir in die Nase stieg. Es roch nach geröstetem Brot. Ich sah mich einen Moment im Zwielicht um und in einer Mischung aus angestrengtem Starren und Schnüffeln fand ich schnell die Quelle des angenehmen Aromas: Auf dem Tisch lagen auf einem Zinnteller mehrere kreisrunde

Brote, die scheinbar über einem Feuer geröstet worden waren, bis sie eine goldbraune Färbung angenommen hatten.

Ich untersuchte eins. Das heißt, ich beugte mich nahe heran, dann roch ich noch einmal und als ich mir ganz sicher war, bei einer Berührung des Brotes keine unliebsame Überraschung zu erleben, unterzog ich ein Exemplar einer Tastprobe. Tatsächlich, es schien Brot zu sein. Als wollte er mir mitteilen, dass er mir das doch gleich hätte sagen können, schickte mein Magen ein gewaltiges Knurren aus. Ich ergriff das erste Brot mit der Eleganz einer zuschnappenden Schlange und begann zu essen.

Dann hörte ich Schritte. Melpomenus betrat das Zelt. Er hatte jetzt – soweit ich das in diesem schwachen Licht beurteilen konnte – andere Kleidung angelegt. Sie sah weniger geeignet für lange Wanderungen aus, als es sein Mantel getan hatte. Er trug nun eine grobe Hose aus Wolle und darüber ein loses Wams. Seine Stiefel hatte er gegen halbhohe Schuhe aus Leder getauscht. Er nickte mir zu. Dabei fiel mir auf, dass er sein Haar nun offen trug und es in langen Bahnen rechts und links über seine Schultern fiel. Obwohl die zwei Lichtsteine im Zimmer nur einen schwachen Schein aussandten, reichte er sehr wohl aus, um mir das Funkeln in Melpomenus Augen und sein zufriedenes Gesicht zu offenbaren.

»Wie ich sehe, haben Sie Hunger. Ich denke, demnach dürfte es Ihnen besser gehen?«

»Ja, tut es«, sagte ich, während ich noch den letzten Bissen hinunterschluckte. Selten hatte mir etwas so Einfaches so fantastisch gemundet.

»Wenn Sie aufgegessen haben, dann bitte ich Sie, sich bereitzumachen. Wie ich gestern bereits sagte, habe ich meine Diener nach Narusch vorausgeschickt, um uns – und damit vor allem Ihnen – eine leichtere Reise zu ermöglichen. Sie kehrten just mit Reittieren und einer Kutsche zurück, die zwar mehr schlecht als recht ist, aber für unsere Zwecke ausreichen dürfte.«

»Da wir schon einmal beim Thema sind: Wo sind meine Sachen?« Ich deutete an mir herab.

Wissend lächelte Melpomenus mich an und antwortete: »Sie waren durchnässt vom Schweiß. Sie sollten weniger nach einem Menschen riechen. Es wird auf dem Schiff genügend Möglichkeiten zur Reinigung für Ihre Kleidung, aber auch für Sie selbst geben. Ich bitte Sie, achten Sie darauf. Es wird vieles leichter machen.«

Mir gefielen seine Worte gar nicht. Mir kamen meine Gedanken vom Vortag wieder in den Sinn, wie ich diese Geschöpfe mit Tieren verglichen hatte und auch Melpomenus monströser Diener im Wald spukte mir noch im Kopf herum. Was also, wenn Sie wirklich in gewisser Weise Tieren glichen, die nur von Melpomenus und anderen, die so wie er waren, in menschliche Verhaltensweisen gedrängt wurden? Was würde geschehen, wenn sie sich nicht mehr beherrschen konnten bei dem ständigen Duft eines sicherlich schmackhaften Menschen in ihren Nasen? Mein Appetit war mit einem Mal verflogen.

»Es ist nur eine Vorsichtsmaßnahme«, sagte Melpomenus und nickte langsam und bedächtig, als wollte er der Aussage Nachdruck verleihen. Obwohl ich Zweifel an seinen beruhigenden Worten hatte, konnte ich gar nicht anders, als ihm zu glauben. Es war beinahe so, als wäre das, was Melpomenus dachte oder sagte, so unweigerlich Realität wie ein Naturgesetz. Es gab daran nichts zu rütteln. Amen.

»Lassen Sie uns über schönere Dinge reden! Sie finden in der Kammer rechts von mir, da wo Sie eigentlich hätten nächtigen sollen, Kleidung in Ihrer Größe, passendes und für unsere Reise geeignetes Schuhwerk und andere nützliche Ausrüstung. Eben alles, was man auf einer langen Reise gebrauchen kann. Ich möchte, dass Sie zur Not auch auf sich selbst gestellt handeln können. Es würde ein schlechtes Licht auf Sie werfen, wenn Sie in jeder Sache, und sei sie auch noch so klein, um Hilfe bitten müssten. Außerdem bin ich der festen Meinung, dass es Ihnen auch gut tun wird, etwas eigenständiger agieren zu können.« Ich stimmte ihm zu.

»Wenn Sie sich dann eingerichtet haben, kommen Sie einfach wieder zu mir. Wir werden dann aufbrechen. Wenn wir erst einmal auf dem Schiff sind und sich die Segel in vollster Brise wallen, wird der angenehmere und auch interessantere Teil der Reise anbrechen.«

Ich presse die Lippen zu einem feinen Strich zusammen. »Bisher fand ich es schon aufregend genug, um ehrlich zu sein.«

»Ja, das Fremde, das Unbekannte, schlichtweg das Neue, finden wir doch immer aufregend – und doch auch auf eine andere Weise beängstigend. Ich selbst habe die Geschichte, die ich Ihnen gestern erzählt habe, oft als kleines Kind vorgetragen bekommen und hätte nie zu glauben gewagt, jemals in das Reich der Menschen zu reisen und sicherlich noch weniger, die Bewahrung des Friedens zu überwachen.«

Ich war bereits aufgestanden und wollte eigentlich hinüber gehen, um mich anzukleiden. Die Kälte nagte inzwischen an meinem Körper, der nur durch den dünnen Stoff leicht geschützt war. Eine Gänsehaut überzog mich von Kopf bis Fuß. Dennoch blieb ich bei Melpomenus Worten stehen und fragte: »Wie sind Sie überhaupt zu dieser Aufgabe gekommen?«

»Auf der anderen Seite des Unteren Reiches, mehrere Wochen Reise sind es von hier bis dorthin, tagt hoch oben in einem Gebirge unser Orakel. Es besteht aus neun gewählten Vertretern. Wobei nicht im engeren Sinne von gewählt gesprochen werden kann. Sie bestimmen ihre Nachfolger selbst. Nicht, dass dies sehr oft vorkommt, denn abgesehen von Krankheit und gewaltvollem Tode sterben wir nicht allzu schnell, Herr Krüger. So kommt es also, dass dieser Zirkel der Neun auch über den Tod hinaus herrscht. Es kommt selten vor, dass einer der Nachfolger eine andere Meinung vertritt. Über Äonen wurde in Streitfragen letztlich immer gleich geurteilt. Nun, ich schweife ab ... Bitte verzeihen Sie diese Unart.«

Ich winkte mit der Hand ab. »Das stört mich nicht. Ich finde es interessant zu erfahren, wie hier geherrscht wird.«

»Ja, geherrscht wird hier wahrlich. Sie müssen allerdings wissen, dass wir es nicht als Herrschen empfinden. Sie wurden von weisen Männern vor uns bestimmt und so war es bereits seit vielen Jahrhunderten. Von solchen weisen Männern wird man nicht beherrscht, sondern nur auf den rechten Pfad geleitet. Das sagt zumindest die Theorie.«

Melpomenus schwieg. Dann holte er tief Luft. »Was ich Ihnen nun sage, sagen Sie niemandem weiter. Sonst werde ich Sie umbringen.«

Die Worte trafen mich wie ein Hammerschlag! Seine Augen waren zu verengten Schlitzen voller Abscheu und Misstrauen geworden. »Dann behalten Sie es einfach für sich, ich will es nicht hören!«

Melpomenus Mundwinkel wanderten nach unten. Resignation stand ihm ins Gesicht geschrieben. »Sie scheinen kein verschlossener Mann zu sein, Herr Krüger. Und ich wohl kein weiser, denn sonst hätte ich gar nicht erst über derlei Themen gesprochen. Sie wollten doch wissen, wie ich zu meiner Aufgabe gekommen bin – oder ist sie zu mir gekommen? Mir wurde es von den Neun befohlen. Ich sei dafür am besten geeignet. Ich denke allerdings, dass sie nur die zaghafte Opposition, die sich um mich geschart hatte, im Keim ersticken und mich loswerden wollten.«

Er grinste. »Ach herrje, jetzt habe ich Ihnen ja doch jene geheimen, gefährlichen Worte mitgeteilt.«

Mir war kalt und heiß zugleich. Ich fragte mich, ob er bei

Sinnen war? So redselig und auch zornig hatte ich ihn noch nicht erlebt und hätte es auch bis zu diesem Moment nicht für möglich gehalten. Anscheinend hatte ich mit meiner Frage in ein Wespennest gestochen.

»Ich habe in Ihrer Welt viel über das gelernt, was die Menschen Politik nennen. Bei uns wird dies so schön als *Bestimmung durch die alten Weisheiten* bezeichnet. Ich denke, es ist Zeit für Reformen – oder zur Not auch für Revolution. Ein Grund mehr, warum wir zusammenarbeiten sollten, Herr Krüger. Oder wollen Sie, dass mein Reich und all diese Kreaturen von halsstarrigen Alten befehligt werden? Sicher nicht. Nun denken Sie gut über meine Worte nach. Im Stillen, möchte ich noch einmal erinnern.« Er stand mit einem Ruck auf und holte aus den Tiefen einer Truhe seinen Mantel hervor. Ich sah, er hatte das Gespräch wohl gerade beendet. Ich ging in die Nebenkammer.

Umbringen – Nur keine Furcht – Umbringen – Nur keine Furcht!

Melpomenus Worte kreisten wie in einem gewaltigen Wirbel in meinem Kopf umher. Eines stand nun für mich fest: Ohne sein Dazutun war mein Leben keinen Cent mehr wert. Ich war hier das Monster – und Fackel schwingend würden sie mich verfolgen, sobald sie einmal wüssten, dass ich kein Feuer spucken kann.

Ich rettete mich schleunigst hinter die Trennwand und begutachtete die Dinge, von denen Melpomenus gesprochen hatte. Eine lederne Hose mit einem dicken Wams sowie klobige Wanderschuhe standen schon für mich bereit. Ich stieg eilig in die Sachen. Die Schuhe erwiesen sich sehr überraschend als äußerst bequem.

Über dem Tisch in der Mitte des kleinen Raumes lag ein Mantel ausgebreitet. Er war ebenfalls aus weichem Leder. Als ich ihn anhob, stieß ich ein lautes *Oh* aus. Er musste mehrere Kilo wiegen. Trotzdem zog ich ihn an. Er passte, genauso wie es die anderen Sachen getan hatten. Seine Taschen fühlten sich seltsam an. Ich tastete behutsam hinein und zog allerlei Zeug heraus.

Als erstes brachte ich einen etwa dreißig Zentimeter langen Dolch zum Vorschein, der in einer kunstvoll verzierten Scheide steckte. Sie zeigte Bilder einer Schlacht. Als nächstes fischte ich einen Kompass heraus. Statt der vier Himmelsrichtungen war allerdings nur *Mittelpunkt* verzeichnet. Ich hatte also eine Art Superlativ einer Wünschelrute gefunden. Aber, immerhin! Dann bestand meine Ausrüstung noch aus einem Wasserschlauch, in dessen Verschluss meine Initialen geritzt waren, Steinen (wahrscheinlich zum Feuermachen) und einer Karte, die ich nicht näher betrachtete.

Ausgestattet wie ein Nachwuchswaldläufer wünschte ich mir einen Spiegel oder am besten gleich einen Fotoapparat herbei. Ich wollte mich gerne in dieser Kluft sehen. Beiläufig strich ich mir durchs Gesicht und spürte die kratzigen Stoppeln. Ja, ich musste beinahe einen verwegenen Eindruck machen. Der Anflug eines Lachens überkam mich und leichtfüßig schnappte ich mir den Dreispitz, der auf einem der Stühle lag. Ich rückte ihn zurecht und kehrte zu Herrn M. ins Nebenzimmer zurück. Auch er war bereit aufzubrechen. Gemeinsam verließen wir das gewaltige Zelt.

Draußen sah ich, dass seine Diener bereits das restliche Lager abgebaut hatten. Lediglich braune Stellen, da wo die Zelte das Gras zerstört hatten, zeugten noch von ihrer Anwesenheit. Direkt vor dem Zelteingang stand eine kleine, aber immerhin mit einer verschlossenen Fahrerkabine ausgestattete Kuschte bereit. Vor ihr war etwas angespannt, das mich an ein Nashorn erinnerte.

Die Unterschiede lagen in winzigen Details. Zum einen hatte es ein dichtes Fell, das in langen Lockenbahnen an ihm herabfiel. Zum anderen besaß es sechs kräftige Beine. Das Tier, sicherlich eine Tonne oder noch schwerer, schnaubte laut, als es uns bemerkte und drehte den Kopf plötzlich zu uns herum. Der Kutscher, der nicht zu Melpomenus Männern zu gehören schien, zog eilig an den Zügeln, die in einem mit Stacheln bewehrten Geschirr endeten und damit verstummte dann auch der kurze Protest der seltsamen Kreatur.

Doch so seltsam dieses Tier auch sein mochte, die vermummte Gestalt stand dem in keiner Weise nach. Unter den schwarzen Stoffschichten, die sie wie eine Mumie einhüllten, ragten mit dichtem Fell bewachsene Klauenhände hervor. Voller Grauen glitt mein Blick weiter an der Erscheinung empor. Eine Kapuze hing tief in ihrem Gesicht, aber dennoch entdeckte ich eine spitz zulaufende Schnauze. Dichte Atemwolken hingen vor der pechschwarzen Nase und den ebenso dunklen Lippen.

Dann sprach die Erscheinung. Ich achtete kaum auf die Laute, die sie von sich gab, sondern sah nur die gewaltigen Zähne in der weit aufklaffenden Schnauze. Mir kam mein Dolch auf einmal geradezu lächerlich vor. Sollte ich es einmal mit so einer Bestie zu tun bekommen, wäre es genauso sinnlos wie der Kampf eines Kindes mit einem Weidenzweig gegen einen schwer bewaffneten Mann.

Nur keine Furcht. Ich konnte den Kopf zwar nicht von der Gestalt dort oben auf dem Kutschbock abwenden, aber ich spürte trotzdem Melpomenus Blick auf mir ruhen. Meine Furcht verschwand. Er knurrte dem Ding da oben etwas entgegen und es legte den Kopf schief, während die sechsbeinige Kreatur die Luft einzog.

Dann gab der Kutscher ein schmatzendes Geräusch von sich und streckte den Arm aus, um die Türe zu öffnen. Dabei verrutschte der Stoff und Teile des Unterarms wurden freigelegt. Muskeln und Sehnen traten deutlich hervor. Für ein Tier wuchsen eindeutig zu wenige Haare auf dem Arm, aber für einen Menschen ...

Melpomenus hatte sich spielerisch in die Kutsche geschwungen und spornte mich zur Eile an. Der Kutscher wandte mir den mit der Kapuze verdeckten Kopf zu. Sein Gesicht lag bis auf die Schnauze immer noch in der Dunkelheit verborgen. Dann glommen dort auf einmal zwei rote Lichtpunkte. Sie verengten sich zu Schlitzen, als sie mich fixierten. Vor Schreck verlor ich das Gleichgewicht und fiel vorn über. Plötzlich war Melpomenus zur Stelle und bremste meinen Sturz. Ich starrte ihn entsetzt an, nicht fähig etwas zu sagen. Sein Blick war ernst. Dann half er mir auf, setzte mich sich selbst gegenüber auf die Bank und verschloss die Tür. Die Fahrt begann.

Es war ein ständiges Ruckeln. Durch die engen Sehschlitze konnte man nicht viel von der Landschaft sehen. Ich erkannte nur, dass es stetig hinabging. Dichte Wälder mit ihrem bunten Glanz und düstere Ebenen wechselten sich beharrlich ab. Alldieweil schwiegen wir uns an. Schließlich, nachdem die Kutsche einen besonders hohen Satz gemacht hatte und ich unsanft auf meinem Allerwertesten gelandet war, beschloss ich, diesem untragbaren Zustand ein Ende zu bereiten. Ich wusste doch genau, was ich da erblickt hatte, warum sollte ich Melpomenus also nicht darauf ansprechen?

»War das ein Werwolf?«, platzte ich unvermittelt heraus. Er schien ob meiner Frage sichtlich überrascht und im ersten Moment antwortete er nicht einmal. Ich vermutete, ihn aus irgendwelchen Überlegungen gerissen zu haben. Nach einem Moment wich der leere Ausdruck aus seinem Gesicht und er hatte sich wieder gefasst.

»Nein«, sagte er und als er meine Verwunderung sah, fügte er hinzu: »Ihr mögt sein Geschlecht so nennen, aber das ist nicht sein Name. Es ist eine alte Rasse, aus der vielleicht sogar Mensch und Wolf hervorgingen.«

Ich prustete. Das war mir eindeutig zu viel! Herr M. zog es

offensichtlich vor, nicht näher auf meine Skepsis einzugehen. »Sie bevölkern die tiefen Höhlen und Schluchten. Manche haben sich auch in den dichteren Wäldern niedergelassen. Heute sind allerdings nur noch wenige von ihnen übrig. Sie sind ähnlich halsstarrig wie die neun Alten!« Seine Lippen wurden zu einem Strich. Ein dunkler Zorn loderte in seinem Blick. »Sie paaren sich unter dem Vollmondlicht. Es ist nicht mehr als eine dumme Tradition, aber sie führte seit ewigen Zeiten zu Konfrontationen zwischen ihnen und eurem Volk. Schon bevor ihr eure Technologie hattet, bevor ihr alles aufgeschrieben und verzeichnet habt, hattet ihr schon die meisten von ihnen ausgerottet. Es war eine endlose Jagd.«

Ich sog zischend die Luft ein. »Wenn das Wirklichkeit ist, was Sie behaupten, dann dürfte diese alte Rasse sicherlich genauso viele Menschen getötet haben – wenn nicht sogar mehr.«

»Ja, unvorsichtige, irrsinnige Idioten und angehende Helden! Warum konnte der Mensch ihnen nicht einmal im Monat den nächtlichen Wald schenken? Wieso mussten immer mehr von euch trotz des Wissens um die damit verbundene Gefahr bei Vollmond durch die Nacht schleichen? Ihr kennt ja selbst heute noch die Geschichten, aber missachtet sie immer mehr! Mein Herr Krüger, würden Sie etwa aus Angst vor einer Bestie aus alten Kindermärchen und halbvergessenen Mythen bei Vollmond die Türe verschließen und Daheim in Ihrer guten Stube bleiben? Sicher nicht!«

Ich nickte. Mir schien ein dicker Kloß im Hals zu hängen. Melpomenus schien richtig in Rage zu sein. Mit wilden Gesten fuhr er fort. »Es ist eine absurde Entwicklung. Zuerst habt ihr an sie geglaubt und sie gemieden, habt sie und alle Angehörigen des Unteren Reiches neben euch in der Dunkelheit existieren lassen und dann, dann habt ihr begonnen, das Dunkel erobern zu wollen! Ihr habt uns gejagt und getötet und ihr habt uns schließlich sogar vergessen, als reines Ammenmärchen abgetan. Und nun, nach Jahrhunderten des Tötens, da fehlt euch jedweder Glaube an uns und so kommt es immer noch zu Konfrontationen, obwohl es fast keine mehr von uns gibt.

Allerdings enden diese Konfrontationen in letzter Zeit wieder für euch tödlich. Vorbei ist die Zeit der Jagd. Unbewaffnet irrt ihr naiv und unvorbereitet durch die Nacht, als gehörte sie wirklich nur euch! Ihr seid es nun, die sterben, wenn euresgleichen auf mein Volk trifft!« Er machte eine Pause. Dann fuhr er energisch fort. »Oder doch nicht? Herr Krüger, es gibt Stimmen, die einen letzten Schlag gegen die Menschen fordern! Einen gezielten Schlag, um euch erneut in endlose Furcht zu stürzen. Man glaubt, ihr hättet viel zu viel vergessen. Kann man unseren Kutscher beispielsweise wirklich mit einer silbernen Kugel töten? Sind Sie sicher?«

Ich sank immer tiefer in mich zusammen. Konnte es wirklich so sein, dass die Bestien nur auf den richtigen Moment warteten, um einer Welt, in der das Übernatürliche längst in Vergessenheit geraten war, den Krieg zu erklären? »Sie wissen aber schon, dass wir neue Waffen haben? Die Technik entwickelt sich mit aberwitziger Rasanz! Die einzige Chance für Sie liegt doch darin, im Verborgenen zu leben!«

Er nickte bedächtig. »Ich stimme mit Ihrer Sicht der Dinge überein. Die Kriegstreiber allerdings wollen in diesem Fall auf Verwirrung und Furcht setzen. Und vielleicht liegen sie damit nicht einmal so falsch. Keiner kann sagen, was passieren würde, wenn sie gezielte Nadelstiche in eure ach so rationale Gesellschaft platzierten ... Ich will aber keine weiteren Konflikte. Nicht einmal wegen euch. Ihr Menschen geht euren Weg. Nein, es geht nur um mein Volk. Sollte es zu einem offenen Krieg kommen, so würde letztendlich doch keiner von uns übrigbleiben.«

Er schnitt eine Grimasse, aus der der Schmerz sprach. Ich war überrascht von dem Anblick. »Deswegen helfen Sie mir, bitte! Schreiben Sie dieses Buch! Die Menschen sollen sich erneut so sehr fürchten, dass sie das Dunkel wieder meiden und wir unerkannt in der Nacht leben können.«

Das Gespräch verebbte mit diesen Worten genauso plötzlich, wie es begonnen hatte. Den Rest des Weges harrten wir wieder schweigsam aus und sannen unseren Gedanken nach. Bei mir waren es hauptsächlich Sorgen, die mich plagten. Was erwartete Melpomenus genau von mir? Was geschah, wenn ich seine Erwartungen nicht zu erfüllen vermochte? Aber genauso plagte mich die Frage, was geschehen mochte, wenn ich es tat? Ich argwöhnte, dass es nichts ändern würde, ganz gleich, ob ich dieser Herausforderung gewachsen sein mochte oder nicht. Als könnte ein Buch tatsächlich das Verhalten von Millionen von Menschen ändern.

Ich blickte durch einen der schmalen Sichtschlitze hinaus, die in die Kutschentür eingelassen waren. Bunte, leuchtende Wälder zogen an uns vorbei. Aus einer Quelle stoben dicke Wassertropfen nach oben davon. Für einen kurzen Moment glaubte ich, eine zaghafte Stimme zu hören, die mir beteuerte: »Ein Buch kann das alles bewirken. Es muss nur *das* Buch sein.« Ich kniff die Augen vor Schreck zusammen, so wahrhaftig war mir diese Stimme erschienen. Verstohlen warf ich einen Blick zu Melpomenus hinüber.

Er saß da, wie zur Salzsäule erstarrt, und hatte das nachdenkliche Gesicht auf seinen Händen abgestützt. Nein, er hatte tatsächlich nichts gesagt. Er schien mich in diesem Moment nicht einmal zu bemerken. An sich machte er immer einen wachen Eindruck, als erlebte er jeden Moment mit schier unglaublicher Intensität. Diese Tagträumerei machte mich stutzig. Was auch immer ihn beschäftigte, es musste von äußerster Relevanz für ihn sein.

Die Kutsche fuhr nun in engen Kurven eine Serpentinenstrecke hinab. Der Fahrer spornte das Tier zu waghalsiger Geschwindigkeit an. Ein ums andere Mal dachte ich, jetzt wäre es geschehen, eines der Räder hätte den Rand zum Abgrund überschritten und die Kutsche würde sich abrupt zur Seite neigen, bis wir mit einem jähen Ruck hinab und in den Tod fallen würden. Doch nichts dergleichen geschah. Vermutlich war es auch vollkommen sinnlos, sich um so etwas zu ängstigen. Melpomenus schien in keiner Weise beunruhigt zu sein. Ich war dennoch erleichtert, als wir endlich die Talsohle erreichten. Hier war es düster. Keine Bäume spendeten Licht und die angrenzenden Wälder waren zu weit entfernt. Ein dunkles Dämmerlicht herrschte hier. Gegen das Grau zeichnete sich in der Ferne, beinahe von dieser dichten Nebelwand verschluckt, das ab, was wir suchten: Narusch.

Erst sah ich nur vereinzelte Lichtpunkte und schwarze Schemen, die sich dicht an dicht drängten, als suchten diese in der kalten Luft etwas Wärme, doch dann wurden aus den Schemen die Umrisse windschiefer Hütten, die schlank gen Himmel wuchsen. Verwinkelte Gassen zogen sich durch das Städtchen. Nichts schien hier gerade zu sein. Chaotisch wuchsen aus den kleinen Grundrissen der Häuser weitere Anbauten wie Turmzimmer hervor. Im Zentrum dieses Durcheinanders ragte ein besonders großes Gebäude hervor. Es überraschte mich nicht, dass es mich an das Gebäude erinnerte, welches ich immer bei meinem Roman *Die Klinik* vor Augen gehabt hatte. Sogar der Gitterzaun mit seinen spitzen Pfählen zog sich um den Bau im Quadrat herum.

Als die Kutsche über das Kopfsteinpflaster ratterte und wir auf der Höhe des besagten Gebäudes waren, fragte ich Melpomenus, was für eine Funktion es habe. Er antwortete nur knapp, dass es das Rathaus sei. Narusch stehe als eine der wenigen Städte in dieser Region nicht unter der Verwaltung der Neun. Das habe allerdings zu Konflikten geführt. Deswegen seien aktuell auch keine Passanten auf den Straßen unterwegs.

»Nur zu schnell kann man im Nebel einen falschen Schritt setzen und eh man es sich versieht, ist man verschwunden. Die Neun gehen mit ihren Feinden nicht sonderlich zimperlich um, Herr Krüger.« Er grinste. »Lassen Sie die Türe also nachher besser geschlossen, bis ich Sie herausbitte.«

Ich antwortete nicht. Derlei Anspielungen war ich längst überdrüssig. Stattdessen dachte ich an diese Neun. Neun. Neun Ringgeister. Ja, ich sah die Gestalten in den langen schwarzen Mänteln und mit ihren gezückten schartigen Schwertern schon regelrecht vor mir. Wie eng nur war diese Welt mit unserer Fiktion verwoben und dennoch war alles anders, so als hätte man Fantasie und Realität genommen und einmal kräftig durchgeschüttelt, bis man etwas Anderes aus beiden Komponenten erschaffen hatte.

»Waren vor mir schon andere Menschen hier, um sich … Inspirationen zu beschaffen?«, fragte ich Melpomenus schließlich. Die Kutsche fuhr derweil durch eine aberwitzig enge Gasse. Die Häuserwände drängten sich weiter oben immer näher zueinander, sodass sie sich beinahe berührten und ein Dach formten. Es war ein schrecklich bedrückendes Gefühl. Melpomenus ließ sich mit der Antwort Zeit. Dann sagte er lediglich: »Nein. Das ist zumindest, was man sich so erzählt. Aber ich kenne viele der Werke eurer Romanciers. Nun, letztlich kann ich Ihre Vermutung nur allzu gut teilen. Viele Ideen, die in euren Geschichten Verwendung fanden, erinnern an mein Reich und seine Bewohner. Aber es ist einerlei. Wir sind da, Herr Krüger. Wir reden auf dem Schiff weiter.«

Er riss die Tür auf und machte einen Satz hinaus in den dichten Nebel, der ihn augenblicklich verschlungen hatte. Als ich keine Anstalten traf, um meinerseits auszusteigen, erschien plötzlich in der dicken Suppe Melpomenus Kopf. »Das vorhin war nur der Versuch, einen kleinen Spaß zu machen. Steigen Sie nur aus, Herr Krüger.« Ich stieß ein schreckliches Lachen

aus. Schrill war es. Ich zuckte fast zusammen, als ich es hörte.
Nur keine Furcht!
Wieder einmal half die kurze Zauberformel. So wie eine Marionette an ihren Fäden gezogen wird, so zog mich nun eine andere Macht hinaus. Gegen das Weiß konnte ich die Umrisse von Melpomenus erkennen. Er unterhielt sich mit dem Kutscher, klopfte ihm scheinbar vergnügt auf den Oberschenkel und händigte ihm dann zuletzt einen kleinen Beutel aus. Dann gab der Wolfsmensch seinem seltsamen Reittier die Sporen. Rappelnd und klappernd holperte das Gefährt davon.

»Kommen Sie!«, raunte Melpomenus mir zu und ging augenblicklich los. Ich konnte nicht erkennen, wohin er uns führte. In meinen Gedanken hatte ich mir den Hafen derweil ganz anders ausgemalt. Ich erkannte zwar eine Promenade, aber sah keine Stege und vor Anker liegende Schiffe. Lediglich die tote Fassade der geisterhaften Stadt ragte hinter uns auf. Drohend zeichneten sich hier und da einzelne Felsvorsprünge der Hochebene ab, von der aus unser Weg hierhergeführt hatte.

Plötzlich stolperte ich in meiner Unachtsamkeit über etwas, das mitten auf der Straße lag. Es fühlte sich wie ein schwerer Sack an. Ich strauchelte und wäre beinahe auf das Hindernis gestürzt. Als ich den Blick nach unten richtete, war ich froh, den Fall vermieden zu haben. Eine Leiche von seltsamer Gestalt lag da. Sie hatte etwa die Größe eines Kindes und unter den braunen Lumpen, die sie trug, ragten schuppige Gliedmaßen hervor. Das Gesicht war von einer Kapuze verhüllt.

Unter dem dicken Stoff raschelte es. Hier und da hob und senkte er sich, als läge in dem toten Fleisch vor mir noch eine bösartige Form des Lebens. Doch es waren nur die Ratten. Aufgescheucht durch mein jähes Erscheinen stoben sie von ihrer Nahrungsquelle davon. Ihre braunen Pelze waren mit roten Blutspuren überzogen, von denen einige schon verkrustet waren.

Melpomenus war ein paar Schritte vor mir stehen geblieben und besah sich den Leichnam zu meinen Füßen. »Da haben Sie sich aber schnell Respekt verschafft!« Er lachte laut. Das Geräusch wurde direkt vom dichten Nebel verschluckt. Mich überkam ein Frösteln.

»Ich sehe keinen Spaß darin, fast über Tote zu stolpern, die einfach so auf dem Pflaster liegen!« Mein Tonfall klang weit mehr eingeschnappt, als ich beabsichtigt hatte. Aber dieser Anblick hatte mich zu sehr aufgewühlt. Ich machte einen vorsichtigen, langen Schritt hinweg über den Kadaver. Dabei fixierten ihn meine Augen unablässig. Hier war doch alles möglich! Ich rechnete fest damit, dass jede Sekunde die schuppige Hand mit den langen Klauenfingern nach mir greifen und mir das Fleisch von den Beinen schälen würde. Aber nichts geschah. Melpomenus sah mich mit unverhohlener Freude an.

»Es lag nicht in meiner Absicht, Sie zu kränken. Es muss der Galgenhumor sein, den man sich einfach zu eigen macht, wenn man immerzu im Schatten des Todes lebt. Die Neun dulden keinen Widerstand gegen ihre Entscheidungen.« Er kniete sich hin und wies mit dem Zeigefinger auf die Leiche. »Er war ein Revolutionär. Sehen Sie die schwarze Rune, die so klein auf den Mantel gestickt wurde?« Ich entdeckte, was Melpomenus meinte und nickte. »Er gehörte zu einer Gruppierung, die ihre größte Popularität in einer großen freien Stadt im Landesinneren feiert. Anscheinend wollten die Neun nicht, dass sich hier eine neue Enklave des Widerstandes bildet. Nun, hoffen wir mal, dass es besagter Stadt besser ergeht als diesem armen Teufel. Wir wollen dort immerhin noch Halt machen.«

Nach seiner Erklärung erhob er sich und ging weiter. Ich folgte in seinem Schlepptau. Als wären Monster noch nicht schlimm genug, schienen sie sich auch noch gegenseitig die Köpfe einschlagen zu müssen. Ich stöhnte laut auf, als ich mir noch einmal vergegenwärtigte, in was für eine elende Lage ich mich da gebracht hatte.

Der Hafenbereich schien größer zu sein, als ich erst angenommen hatte. Inzwischen hatte die Welt alle Dimensionen verloren. Außer dem Kopfsteinpflaster sah ich nur noch Weiß. Wieder einmal rätselte ich, wie Herr M. sich überhaupt in diesem dichten Nebel zu orientieren vermochte? Oder hatte er sich doch verirrt und wir liefen vielleicht im Kreis auf einem großen Platz umher? Dann entdeckte ich die Umrisse von Schiffsmasten, auf die wir schnurstracks zuhielten. Als nächstes schälte sich der gewaltige Bug aus dem Dunst hervor. Er ragte imposant in die Höhe. Und langsam erkannte ich es: Es musste ein großer Dreimaster sein.

Zu meiner Schande muss ich sagen, dass ich mich nie für die Schifffahrt begeistern konnte. Dementsprechend kurz muss an dieser Stelle meine Beschreibung des Wasserfahrzeuges ausfallen. Die unzähligen Seile, die von den Masten herabhingen oder gespannt waren, verwirrten mich nur. Auf dem Schiff herrschte beschäftigtes Treiben. Schemen eilten hierhin und dorthin.

Über eine Rampe wurden Vorratsfässer unter lautem Fluchen nach oben gerollt. An einem Flaschenzug hing etwas, das wie eine große Balliste aussah. Das schwere Kriegsgerät wurde von gleich acht Gestalten verladen. Eine von ihnen war riesig. Sie stand an der Seilwinde und keuchte inbrünstig. Inzwischen hatte ich mir eingestehen müssen, dass ich sehr wohl wusste, was diese kolossalen Erscheinungen waren: Es waren Trolle, große humanoide Tierwesen. Sie waren für ihre Stärke und Abneigung gegen Sonnenlicht bekannt. Doch trotz seiner gewaltigen Kräfte war es für diesen Troll, der dort an der Seilwinde seinen Dienst tat, eine schreckliche Mühsal. Nur Zentimeter für Zentimeter hob sich das schwere Ungetüm in die Höhe. Der Flaschenzug ächzte besorgniserregend.

Herr M. schien meine Blicke bemerkt zu haben. »Sie haben

gesehen, dass unsere Welt keinesfalls eine friedliche Idylle ist und wir nicht nur mit euch Menschen in einem tödlichen Konflikt stehen, nein! Uns droht auch so mehr als genug Gefahr. Das Geschoss ist nur zur Sicherheit. Ohne es aufzubrechen, wäre töricht.«

Als wir uns den Weg durch die Mannschaft bahnten, fühlte ich mich mit den Resultaten schiefgegangener Experimente konfrontiert. Viele von ihnen hatten menschliche, aber insgesamt deformierte Züge. Andere sahen schon mehr nach dem aus, was man sich allgemein unter einem Ork vorstellte. Und wieder andere schienen einfach absurde Kreuzungen aus Menschen und Tieren zu sein.

Zu meinem Glück schien man sich aufgrund der geschäftigen Plackerei nicht allzu sehr auf Neuankömmlinge konzentrieren zu können. Beachtete man uns doch einmal, dann beschränkte sich die Reaktion meist auf eine Verbeugung. Sie schienen Angst vor Herrn M. zu haben. Ich blieb dicht bei ihm, als wir die knarrende Rampe hinaufstiegen. Ich warf einen Blick hinunter. Bei der schlechten Sicht schimmerte das Wasser fast schwarz. Es floss träge dahin.

Eine große Gestalt in Lederrüstung hieß uns willkommen. Es war Karek. Vom feuchten Nebel hatte sich ein Wasserfilm auf seinem kahlen Kopf gebildet. Als er eine Verbeugung andeutete, kippte das empfindliche Gleichgewicht des kleinen Gewässers und einige Tropfen rannen an seinem Narbengesicht herab und blieben in den Schuppen hängen – nur einer schaffte es zu den wulstigen Lippen. Zwischen ihnen kam mit einem Mal eine spitze Echsenzunge, fast schwarz war sie, hervor und leckte den Tropfen ab. Ich erschrak. Karek schenkte mir ein böses Lächeln. In seinen Augen lag zum ersten Mal offener Hass. Als Melpomenus einige schneidende Worte sagte, war dieser unheilvolle Glanz so schnell verschwunden, wie er gekommen war.

»Er wird Sie nun zu Ihrem Zimmer führen«, sagte Melpomenus. »Leider bedürfen einige Angelegenheiten meiner Anwesenheit. Je früher ich mich um diese Dinge gekümmerte habe, desto früher brechen wir endlich auf. Ein langer Weg liegt vor uns!« Karek machte sich nicht die Mühe, auf mich zu warten. Mit der Eleganz eines Panzers walzte er sich davon und legte dabei ein erstaunliches Tempo an den Tag.

Ich sah Melpomenus skeptisch an. Er nickte mir aufmunternd zu. Die Szene erinnerte mich auf groteske Weise an ein Kind, das sich ängstigt, zu den Gleichaltrigen auf den Spielplatz zu gehen und auf die Zustimmung seiner Eltern wartet. Mir missfiel die Assoziation väterlichen Verhaltens bei Melpomenus zutiefst. Dennoch drängte sie sich in solchen Moment mit einer Vehemenz nach vorne, dass sich in mir alles verkrampfte.

Steif stolperte ich Karek hinterher. Im hinteren Bereich des Schiffes wartete er an einer offenstehenden Tür. Als er mich erblickte, setzte er seinen Weg stumm fort. Er führte mich eine lange, schmale Treppe hinab. Die Holzbretter ächzten bei jedem meiner Schritte. Unser Abstieg endete eine Etage unter Deck. Überall waren Leuchtsteine in die hölzernen Wände eingelassen und hüllten das Deck in ein mattes Rot.

Von hieraus führte eine andere Treppe noch tiefer in den Schiffsbauch. Stimmen und Schritte hallten von dort herauf. Karek schritt, flankiert von einer Garnison Schatten, den Gang entlang und blieb jäh vor einer Tür stehen. Dann kramte er einen großen Schlüsselbund hervor, machte einen von den Schlüsseln ab und öffnete die quietschende Tür. Ich hatte inzwischen zu ihm aufgeschlossen. Dann schnellte seine Hand hervor. Ich zuckte ängstlich zusammen und verlor dabei das Gleichgewicht. Mit einem dumpfen Laut setzte ich mich unsanft auf meinen Hosenboden. Der Berg vor mir lachte. Es hallte hundertfach in dem engen Gang wider. Etwas Kaltes landete in meinem Schoß. Es war der Schlüssel, den Karek abgemacht hatte.

Ich merkte, wie mir das Blut ins Gesicht schoss. Ich richtete mich langsam auf und rieb mir den Steiß. Doch nicht der körperliche Schmerz machte mir zu schaffen. Es war das Gefühl, mit einem Mal jeder Würde beraubt worden zu sein, das mich lähmte. Ich fühlte mich wie das Kaninchen vor der Schlange. Kareks dunkle Augen musterten mich eingängig. Als sein Blick mich traf, hielt ich es keine zehn Sekunden aus, bis ich meine Augen beschämt senkte. Er bellte mir etwas in dieser groben Sprache zu und spuckte mir einen dicken gelben Klumpen unmittelbar vor die Füße. Dann grunzte er – oder sandte noch einen Fluch hinterher, ich bin mir da nicht sicher – und stapfte davon. Dabei rempelte er mich unsanft zur Seite, obwohl der Gang durchaus breit genug gewesen wäre, damit wir beide ohne körperlichen Kontakt aneinander vorbei gepasst hätten. Nachdem er endlich die Treppe hinauf war, flüchtete ich mich in mein Zimmer.

Ich warf die Tür knallend ins Schloss und blickte mich um. Rechts war ein geräumiger Schrank platziert, vor dem auf einem kleinen Beistelltisch eine Schale mit Wasser stand. Schräg daneben war neben einem der Leuchtsteine, der aus der Wand hervorragte, ein Spiegel aufgehängt. Neben der Schüssel lagen ein Rasiermesser, eine Bürste und einige Dinge bereit, deren Verwendung mir nicht direkt klar wurde. Unter dem Beistelltisch stand ein Eimer mit weiterem Wasser. Scheinbar hatte ich das Bad entdeckt. Mein Blick schweifte weiter nach links. In der Mitte, direkt an der der Tür gegenüberliegenden Wand, stand ein geräumiges Bett. Grobe Wolldecken lagen auf ihm zusammengefaltet. Das Kissen wirkte im Vergleich zu der Wulst an Decken beinahe lächerlich. An der linken Wand stand ein kleiner Tisch mit einem Stuhl davor. Papiere lagen dort stapelweise aus. Auf dem kleinen Pult stand ein Tintenfass.

Auf ihm thronte eine schwarze Schreibfeder.

»Statt auf einer Kreuzfahrt bin ich wohl auf einer Sklavengaleere gelandet«, sagte ich zu mir selbst und lachte leise. Ich versuche eigentlich keine Selbstgespräche zu führen, aber es erschien mir unter den gegebenen Umständen zum einen verzeihbar und zum anderen – und der Punkt war noch wichtiger – sogar von enormer Bedeutung, um nicht den Verstand zu verlieren. »Mal sehen, was wir hier haben«, wisperte ich in die Stille hinein und näherte mich dem Tisch. Unter dem Pult befand sich eine Schublade, die sich mit etwas Überredungskunst in Form von Krafteinsatz sogar öffnen ließ. Weitere Tintenfässchen kamen darin zum Vorschein. Ich hatte so etwas erwartet. *Oder gleich eine tote Krähe, um mir jederzeit frischen Nachschub an Schreibfedern holen zu können.*

Rechts neben dem Tisch, in Richtung Bett, stand eine kleine Kommode. Mit einem Ruck stemmte ich den massiven Holzdeckel empor. Dort drinnen lagen unzählige Flaschen. Ich zog eine heraus, entfernte den Korken und roch an ihr. Whisky. Ohne jeden Zweifel. Ein angenehmes Aroma von Erde und Gras hing mir in der Nase. Ich beschloss, ihn zu kosten – oder vielmehr tat es einfach. Das Brennen war deutlich auf der Zunge und im Rachen spürbar, aber keinesfalls zu stark, sondern genau das, was ich nun brauchte.

Mir schwirrten die Bilder des vergangenen Tages durch den Kopf. Oder waren es Tage? Ich hatte schon jedes Zeitgefühl eingebüßt. Mir schien es eine einzige lange Szene zu sein. Vielleicht ist es Ihnen auch beim Lesen meines kleinen Berichtes nicht anders ergangen – ein beständiger Strom an wirren Bildern und Fantastereien – und ich war mitten in diesem Strom gefangen!

Ich nahm einen großen Schluck.

Die Gedanken tanzten noch immer. Ich musste anfangen und eine Art Tagebuch führen. Etwas, das mir hier half, meine

Gedanken zu ordnen und bestimmte Erlebnisse einfach zu verarbeiten. Es gibt nichts Besseres, um das Erlebte in seinem wahren Kern zu erfassen, als es in die Gestalt von Worten zu pressen. Diese Aufzeichnungen wollte ich geheim halten. Sollte Melpomenus dennoch von ihnen erfahren, würde ich sie schlichtweg als Notizen und Ideen für mein Buch abstempeln.

Dieses wunderbare Gefühl! Die Wärme füllte mich von innen her aus. Ich fühlte mich wieder stark und nicht mehr elendig. Ich nahm gleich einen weiteren Schluck. Zu meinem Entsetzen sah ich, dass der Flasche bald schon ein Drittel ihres Inhaltes fehlte. Schnell senkte ich den Arm. Aus den Augen, aus dem Sinn!

Konnte Herr M. allen Ernstes erwarten, dass ich hier unten, in diesem düsteren Loch, arbeiten sollte? Ich nahm es an, aber mir war es egal. Wahrscheinlich würde er mit den Reisevorbereitungen noch einiges zu tun haben. Ich setzte mich auf das Bett, zog mühsam, so als sei ich in einer Zwangsjacke gefangen, den Mantel und die Stiefel aus und warf beides einfach durch den Raum. Dann legte ich mich nieder, nahm in der Horizontalen noch einen letzten kräftigen Schluck und drückte die Flasche dicht an meine Brust. Mit ihr im Arm, so muss ich zu meiner Schande im Nachhinein gestehen, schlief ich dann ein.

13. Die Reise

Mein Erwachen war eine elendige Tortur. Die Schmerzen in meinem Kopf waren unsagbar grauenhaft. Wie schon an die tausend Male zuvor verfluchte ich mich für die Dummheit vom Vortag und schwor mir, in Zukunft nicht mehr so viel zu trinken. Regelrecht benommen setzte ich mich auf und ließ die Beine aus dem Bett baumeln. Dann legte ich mein Gesicht in meine Hände, um es abzustützen. Dabei massierte ich meine Schläfen. Gegen das Hämmern in meinem Kopf half es jedoch in keiner Weise. Ich ließ die Arme sinken und saß einen Moment einfach nur still da.

Nachdem der Dunstschleier meiner schlaftrunkenen Augen verflogen war, entdeckte ich die schwarzen Male an meinen Fingern. Sie zogen sich weiter hinauf, über die Handflächen hoch bis zu den Unterarmen. Es war Tinte. Ich riss den Kopf herum in Richtung Pult. Die schwarze Feder ragte aus dem geöffneten Tintenfässchen hervor. Ich ging näher. Auf der Arbeitsfläche lag ein geordneter Stapel beschriebener Papiere. Die Schrift war unverkennbar meine eigene, nur kleiner und mit einer akribischen Sorgfalt produziert, die ich allenfalls in der Schule an den Tag gelegt hatte. Ich strich sanft über das Papier. Es fühlte sich echt an. Es konnte kein bloßer Traum sein.

Widerwillig setzte ich mich nieder und überflog den Inhalt. Das erwies sich als gar nicht so leicht. Zwischen den Worten waren höchstens zwei oder drei Millimeter Abstand gelassen worden. Sie zogen sich wie eine endlose Perlenkette ohne jeden Absatz über das Papier. Dennoch erkannte ich schnell, dass es ein Teil von *Die Klinik* war. Er passte nahtlos an den Part der Geschichte, den ich bereits geschrieben hatte. Jedoch erschrak mich der Verlauf, den *Die Klinik* zu nehmen schien. Es war nicht das grobe Gerüst, was ich für meinen *Nasty* entworfen hatte. Das hier, was da auf den unzähligen Seiten vor mir lag, war eine ganz neue Geschichte, die sich aus meiner entwickelt hatte. Irgendwann begann ich sorgfältiger zu lesen. Es war keine Entscheidung, die ich bewusst getroffen habe. Es war einfach so geschehen. Und schließlich ging ich dazu über, jedes einzelne Wort voller Faszination zu lesen. Das was dort stand, war geradezu meisterlich. Die Atmosphäre war dichter als zuvor, die Charaktere gewannen an Konturen und über allem schwebte eine enorme Spannung.

Dieses Hochgefühl verebbte, als ich die erste Wendung in der Handlung entdeckte. Dann kam noch eine. Ich will an dieser Stelle auf keine näheren Details eingehen, außer dass mir diese Elemente Angst machten. Kindesmord, Vergewaltigungen, Selbstmord und Folter reihten sich nun in einem endlosen Moloch aneinander. Angewidert und mit einem flauen Gefühl im Magen ließ ich die letzten Seiten ungelesen sinken. Doch trotz aller Abscheu konnte ich die Seiten nicht einfach zerreißen. Sie waren gut geworden, was Stil und Form anging. Vielleicht war es einfach Zeit eine neue Stufe an … Intensität zu erreichen. Als räumte ich ein Stück heißes Metall weg, fasste ich das Papier nur am äußersten Zipfel an und verstaute es eiligst in der Schublade unter dem Pult. Dann nahm ich ein unbeschriebenes Blatt und notierte das Datum – es beruhte auf einer Schätzung. Mit einem Kratzen hinterließ die Feder auf dem Papier sinngemäß wohl in etwa diese Worte:

24. Dezember

Ich bin aufgewacht und fand dutzende von Seiten beschriebene Papiere vor. Es schien die Fortsetzung meines neuen Romans in spe zu sein. Allerdings waren es auf keinen Fall meine eigenen Ideen. Der Stil war zwar meinem ähnlich, schien mir aber ausgereifter. Außer mir dürfte allerdings keiner im Raum gewesen sein. Tintenflecke an meinen Händen sprechen ferner dafür, dass ich des Nachts diese Seiten geschrieben habe. Ich werde Melpomenus darauf ansprechen müssen.

Dass womöglich Heiligabend war, bemerkte ich damals nicht einmal. Es war mein dritter Tag im Unteren Reich, das war viel wichtiger als irgendwelche Feiertage.

Ich legte die erste Seite meines neuen Journals zu den Papieren mit dem fremden Inhalt und verschloss dann wieder die Schublade. Danach ging ich hinüber in den Badezimmerbereich und wusch mich. Auch wenn es nur eine dürftige Katzenwäsche war, ging es mir danach besser. Vor allem nachdem ich die verräterischen Tintenflecke an meinen Händen beseitigt hatte, fühlte ich mich nicht mehr so dreckig. Ja, diese Geschichte war wahrlich ekelhaft gewesen. Sie hatte jeden einzelnen menschlichen Abgrund genau beleuchtet. Wo man als Schriftsteller hätte Gnade zeigen müssen, wo man nicht mehr auf das Leid, das Elend und den Schrecken der Protagonisten und auch der Antagonisten hätte eingehen dürfen, da schilderte dieser neue Teil von *Die Klinik* alles ganz genau. Es war abstoßend.

Ich sah in die Schale, die vor mir stand. Das Wasser war inzwischen zu einer schwarzen Fläche geworden, die alles Licht schluckte. Ich ließ es stehen und beschloss, mich später um die Entsorgung zu kümmern.

Dann wandte ich mich dem Schrank zu. In ihm fand ich weitere Hemden und Hosen, die allesamt passen müssten. Ich nahm aufs Geratewohl von beiden Kleidungsarten ein Stück heraus und kleidete mich neu an. Dann stieg ich in die Stiefel, verschnürte sie ordentlich und zog den Mantel über. Bevor ich allerdings das Zimmer verließ, vergewisserte ich mich, den Dolch mit mir zu führen. Die Klinge befand sich immer noch in der linken Manteltasche. Ich versenkte die Hand in ihr und ließ sie auf dem Griff ruhen – nur für alle Fälle. Schließlich atmete ich tief durch und machte zwei lange Schritte auf die Tür zu.

Mit einem Ruck zog ich sie auf. Der Gang in seinem matten Rot lag verlassen da. Plötzlich schwankte der Boden. Ich machte einen Ausfallschritt und riss die Arme hoch, um mich am Türrahmen abzustützen. Dann durchfuhr ein gewaltiger Ruck das Schiff. Das Holz um mich herum stöhnte in einer gewaltigen Kakophonie auf. Stimmen und Geschrei drangen an meine Ohren, Schritte polterten eilig über die Deckenplanken. Nachdem ich sicher war, dass nichts weiter geschehen würde, zog ich die Tür zu, verschloss sie und eilte den Gang entlang zur Treppe. Von oben drang gelbliches Licht herab. Eilig stieg ich die Stufen empor.

Auf Deck herrschte Chaos. Die Mannschaft eilte hierhin und dorthin. Die meisten Matrosen trugen lange, dicke Stangen, an deren Enden metallene Haken befestigt waren. Mich Landratte erinnerten die Stangen an überdimensionierte Harpunen. Dass es hierbei allerdings um eine Jagd gehen könnte, war direkt auszuschließen. Außer diesen Stangen brachten manche von den Gestalten auch dicke Taue heran. Zu meiner Erleichterung ignorierten sie mich weitestgehend.

Nur einmal geriet ich mit einer der Kreaturen aneinander. Ich hatte gerade einige Meter in Richtung Schiffsfront getan, da stieß ich mit einem affenartigen Kerl zusammen, aus dessen Gesicht unzählige Warzen hervorwucherten. Er kreischte mich an, wobei seine langen, spitzen Zähne zu sehen waren. Sie füllten den Mund fast ganz aus. Eilig wich ich einen Schritt zurück. Er schrie immer noch. Die muskulösen, behaarten Arme fuchtelten wild hin und her. Er folgte mir. Speichel flog bei jedem neuen Wutschrei. Er machte einen Satz nach vorne, den rechten Arm zum Schlag erhoben. Ich riss die Linke hervor und setzte den Dolch an seine Kehle.

Ich sah, dass meine Sehnen sich unter der Hand abzeichneten, so fest umklammerte ich den Griff. Die Spitze küsste das weiche Fleisch des Affenhalses. Die Kreatur verzog das animalische Gesicht zu einer wütenden Fratze. Dann wich sie zurück und spuckte auf den Boden. Sie hob das Tau auf, das sie zuvor hatte fallen lassen und rannte dann in die Richtung, in die auch die anderen Matrosen eilten.

Ich stieß seufzend die Luft aus. Für einen Moment glaubte ich fest daran, einfach zusammenzusacken. Stattdessen merkte ich, wie mein Magen protestierte. Doch es war keinesfalls nur Protest. Ich drehte mich eiligst um und hielt auf die Reling zu. Blindlings beugte ich mich über sie und entleerte meinen Magen. Viel kam nicht heraus. Ein brennender Schmerz ging von den Bauchmuskeln aus, nachdem ich wieder und wieder vergebens gepumpt hatte, bis auch der letzte Rest Magensäure herausgepresst worden zu sein schien. Langsam öffnete ich die Augen und erschrak.

Da unten war kein Gewässer, auf dem wir entlangfuhren. Es war Blut. Halbgeronnen sickerte es träge dahin. Hier und da hatte sich eine Kruste gebildet. Ich schloss die Augen. Mein Bauch begann wieder zu pumpen. Die Tränen stiegen mir hoch. Ich zwang mich langsam und ruhig zu atmen, dabei allerdings tiefe Züge zu nehmen. Allmählich verflog die Übelkeit. Ich stützte mich von der Reling ab, um wieder aufrecht zu stehen. Dann taumelte ich weiter nach vorne. Ich hoffte, dort Melpomenus zu finden.

Tatsächlich sah ich seine hochgewachsene Gestalt. Er stand umrahmt von einem Pulk der seltsamen, verunstalteten Kreaturen. Umgeben von den untersetzten Gestalten sah er aus wie ein Riese. Den majestätischen Eindruck komplettierte seine schwarze Robe, über die sich scharlachrote Verzierungen zogen. Auf der Brust war ein flammendes Rad zu sehen. Melpomenus deutete auf einen Bereich am westlichen Ufer und schüttelte energisch den Kopf. Ich folgte seinem Fingerzeig und entdeckte die Ursache für das Gerüttel, das mich kurz zuvor fast von den Beinen geholt hätte.

Ein Baum war umgestürzt und ragte mit seiner gewaltigen Krone auf den Fluss hinaus. Einige seiner Äste hatten sich am Bug festgekrallt und hielten das Schiff in inniger Umarmung gefangen. Mehrere der orkischen Kreaturen hatten bereits damit begonnen, Äxte heranzuschaffen. Ab und zu sendete der gefallene Baum ein schwaches, gelbes Leuchten aus. Die Frequenz nahm langsam ab, genauso wie es bei einem sterbenden Herzschlag wäre.

Melpomenus entdeckte mich. Er hob seine Hand zum Gruße. Dann drehte er sich um und gab einer besonders bulligen Gestalt – ich nehme an, es war mein guter Freund Karek – noch letzte Anweisungen. Schließlich kam er auf mich zu.

»Mein guter Herr Krüger! Wie gut Sie zu sehen! Ich hatte schon gefürchtet, Sie würden noch länger ruhen müssen. Man berichtete mir, Sie haben gestern Nacht wohl noch ein wenig Ihrem Laster gefrönt und sich dann in die Arbeit gestürzt?«

Woher konnte er das wissen? Ich sagte nichts, ich nickte nur.

»Warum so verdrießlich? Das kleine Hindernis ist doch im Handumdrehen beseitigt!« Er lachte herzhaft.

»Darum geht es mir nicht. Es sind andere Sachen, die mich belasten.«

»Was für Gründe meinen Sie?« Seine Augen blickten mich fest an. Sie waren pechschwarz. Nur immer dann, wenn der sterbende Baum einen weiteren Schimmer aussendete, leuchteten sie kurz in einem aschgrauen Farbton auf. Wenn man in diese Augen blickte, war es so, als versinke man in einem tiefen, kalten See …

»Ich …«

»Nur heraus damit!«

»Ich kann mich nicht daran erinnern, dass ich in der Nacht

geschrieben habe. Außerdem ist es zwar eine Fortsetzung der Geschichte, die ich zuletzt geschrieben habe, aber … sie scheint nicht von mir zu sein. Es mag mein Stil sein, aber er ist besser, ausgereifter und auch auf eine erschreckende Art voller Intensität. Ich kann das doch nicht geschrieben haben! Das waren nie im Leben meine Gedanken!«

Melpomenus setzte ein Lächeln auf. Es drückte Zufriedenheit aus. Langsam sprach er die folgenden Worte und verlieh jedem einzelnen von ihnen mit seiner sonoren Bassstimme Wohlklang und Gewichtung: »Ideen werden hier viel schneller zur Realität.« Diese wenigen Worte schienen eine Art Glaubensmaxime zu sein. Melpomenus nickte ernst. Dann sagte er mit einem väterlich milden Lächeln: »Sie müssen schon einige Eindrücke gesammelt haben. Sie mögen nur kleine Tropfen gewesen sein, aber bereits diese haben gereicht, um bei Ihnen einen gewaltigen kreativen Strom zu entfesseln. Keine Sorge, lassen Sie Ihren Gedanken in den folgenden Tagen einfach freien Lauf.«

»Aber ich fürchte mich vor dem, was ich gelesen habe.« Ich lachte schrill. »Wie kann es sein, dass ich, der seit Jahren sein Geld damit verdient, professionell Furcht zu verbreiten, sich nun vor einer Geschichte ängstigt, die er scheinbar aus seinem Unterbewusstsein heraus niederschreibt?«

Melpomenus lachte leise.

»Aber, Herr M., es ist so! Mir haben diese Seiten eine Heidenangst gemacht. Es waren abstoßende Beschreibungen dabei, die Grundstimmung war derartig düster und hoffnungslos. Sie war … Es fühlt sich falsch an, so etwas zu schreiben!«

Melpomenus legte den Kopf schief. Die Kommandorufe seiner Mannschaft drangen nur dumpf aus dem Hintergrund an meine Ohren. Ein plötzliches Flackern in den schwarzen Augen ließ mich zusammenzucken. Melpomenus sagte schneidend und ohne jeden fürsorglichen Tonfall: »War es nicht das, was Sie wollten? Sie wollten das Extreme, das Mächtige und Erhabene! Sie wollten endlich wieder zu Recht den Titel *Meister des Makabren* tragen! Und jetzt? Jetzt ängstigen Sie sich vor den ersten Resultaten, die anscheinend ganz vortrefflich sind!«

Er schluckte seine nächsten Worte wie einen Bissen vergammelten Essens hinunter. Mit sichtlicher Anstrengung fuhr er wieder beherrscht fort: »Ich kann Sie nicht zwingen. Sie werden es schon von selbst merken, dass Sie gar nicht anders können, als dieses Buch zu schreiben. Das Schreiben ist Ihr Leben! Und hier in meinem Reich warten so viele Anregungen auf Sie, dass Sie diese ganz einfach aufs Papier bringen müssen. Sie werden es schon noch merken.« Er sah mich schweigend an. Dann deutete er mir mit einer kreisenden Bewegung seiner Hand an, dass ich mit meinen Beschwerden fortfahren möge. Ich hatte bereits gehofft, er hätte vergessen, dass ich im Plural gesprochen hatte. Widerwillig kam ich seiner Aufforderung nach.

»Wir befinden uns auf einem Strom aus Blut.« Meine Stimme klang mechanisch.

»Na und?«

Ein schlichtes *Na und?* Ich war irritiert.

»In meiner Welt fahren Schiffe auf Meeren, Flüssen und Seen. Blut fließt durch Venen und Adern.«

»Dieser Fluss hier ist eine der Lebensadern meiner Welt.«

»Wie soll diese Welt von einem Fluss aus Blut leben können?«

»Kommen Sie ein paar Schritte mit mir!«

Er führte mich zu der Stelle, an der die Baumkrone auf dem Schiffsdeck auflag. Die orkischen Diener hatten inzwischen die feinen Äste entfernt. »Sehen Sie hin!«, sagte Melpomenus und deutete auf eine der Kreaturen, die breitbeinig mit einer über den Kopf erhobenen Axt dastand. Dann ließ sie selbige niedersausen. Ein Zischen zerschnitt die Luft. Dann gab es ein Klatschen und Saugen, als die Axt sich in den Stamm fraß. Blut spritzte aus der klaffenden Wunde. Wieder trieb die Kreatur die Axt tief in das Holz. Eine neue Fontäne sprudelte in sattem Rot hervor. Das Blut benetzte inzwischen das schuppige Gesicht. In langen Bahnen lief es hinab. Eine schwarze Zunge wand sich zwischen den schwarzen Lippen hervor und leckte es gierig auf.

Wie angewurzelt stand ich da, als die Axt ein letztes Mal angehoben wurde. Sie fuhr nieder. Der Ast brach durch. Mit einem Mal packte mich Melpomenus kräftiger Arm und wirbelte mich herum. Dort, wo ich eben noch gestanden hatte, war eine gewaltige Blutsalve niedergegangen.

»Die Pflanzen haben sich hier an das Blut gewöhnt. Es nährt sie. Wasser, so wie ihr es kennt, kennen wir nicht. Es strebt immerzu nach oben, formt sich zu Wolken und zieht dann dem Innersten entgegen. Das Blut allerdings ist zu schwer und stark, um sich diesen einfachen Naturgesetzen zu beugen. Es eilt nicht einfach so davon. Zwar strömt es auch auf das Innerste hinzu, aber es fließt dabei sehr gemächlich. Dieser Tage strömt es jedoch mit beachtlicher Geschwindigkeit. Hätte der Baum es nicht gestaut, wäre es an dieser Stelle nie und nimmer geronnen. Meine Männer werden aber sowohl den Baum als auch die geronnenen Bereiche bald beseitigt haben.«

Wenn es Hochwasser geben kann, oder vielmehr Hochblut, dann muss es auch eine Quelle geben, überlegte ich. »Woher kommen diese Mengen an Blut?« Insgeheim ahnte ich, dass mir die Antwort nicht gefallen würde.

»Es fließt von oben herab, immer wenn ihr es sinnlos im Kampf vergießt. Nur sollten wir dafür dankbar sein. Ohne euer Dazutun würde meine Welt austrocknen und vergehen.«

Mein Blick schweifte ziellos umher. Ich blieb stumm. Es war doch alles nur sehr schwer zu fassen.

»Sie sehen nicht gut aus, Herr Krüger. Bereitet Ihnen die Wunde noch Probleme?« Melpomenus deutete auf mein Knie. Ich hatte in der letzten Zeit, das heißt seit unserem Abstieg, keine Beschwerden mehr verspürt. Es gingen mir viel zu viele andere Dinge durch den Kopf.

»Nein. Es sind diese ganzen neuen Eindrücke. Es ist sehr viel auf einmal«, gestand ich.

»Kummer und Leid sind bald vergessen, gibt es nur was Gutes zu essen!« Melpomenus lächelte mich an. Er schien mein fragendes Gesicht bemerkt zu haben.

»Sagt man das nicht so bei Ihnen, Herr Krüger?«

»Ich kann mich nicht daran erinnern, diese Binsenweisheit schon einmal gehört zu haben. Wo haben Sie sie aufgeschnappt?«

»In einem Ihrer Bücher. Doch Binsenweisheit oder nicht, ein Mahl wird Ihnen guttun. Ich gedachte, heute mit den ersten Maaten zu speisen. Ich nehme allerdings an, dass es für Sie ein zu verfrühter Zeitpunkt ist, um sich mit weiteren Mitgliedern der Mannschaft bekannt zu machen. Ich werde Ihnen etwas Essen schicken lassen, sobald wir uns aus dieser kleinen Notlage befreit haben. Ruhen Sie sich solange nur aus. In Ihrer Unterkunft dürften auch noch weitere Stimulanzien für Sie bereit liegen. Womöglich beruhigen diese auch Ihren Magen. Sie sehen immer noch etwas grün um die Nase aus.«

Ich nickte langsam und versuchte, keinen allzu desolaten Eindruck zu hinterlassen. »Sie haben Recht«, sagte ich. »Ich sollte noch etwas unter Deck gehen.«

»Sollten wir noch etwas Sehenswertes entdecken, werde ich Ihnen einen Laufjungen hinunterschicken, um Sie zu holen. Ich bezweifle es allerdings. Wir befinden uns noch ziemlich tief.«

»Noch ziemlich tief?«, hakte ich nach.

»Ja, das Innerste liegt weiter im Zentrum dieser hohlen Kugel. Das bedeutet dann natürlich auch für uns, dass wir weiter hinaufmüssen. Ich vergaß, in Ihrer Welt fließen Gewässer für gewöhnlich hinab.«

»Ja, für gewöhnlich«, stimmte ich zu. Die Überraschungen in diesem absonderlichen Tollhaus nahmen scheinbar wirklich kein Ende.

Melpomenus fuhr fort: »Hier fließen sie allerdings immer nur dem Innersten entgegen. Das bedeutet, es ist ihnen egal, ob sie dafür hinauf oder hinab fließen müssen. Letztlich ist hinauf und hinab auch lediglich eine Frage der Perspektive. Genauso, wie auch die Fragen nach dem Guten und dem Bösen, nach dem Richtigen und dem Falschen, nur Fragen der Perspektive sind. Erinnern Sie sich doch einmal an die kleine Fabel, die ich Ihnen erzählt habe, als Sie vor Überanstrengung an Fieber litten.«

Er machte eine kurze Pause, als wollte er mir so die Möglichkeit geben, mir diese schauerliche Mär wieder in Erinnerung zu rufen. Natürlich gelang es mir. Die Geschichte hatte sich in meinem vom Fieber geplagten Kopf mit der gleichen Schärfe und Präsenz einer schaurigen Theateraufführung abgespielt. »Es ist alles nur eine Frage der Perspektive. Denken auch Sie daran, wenn Sie den Fortlauf Ihrer neuen Geschichte verurteilen. Ich bin mir sicher, dass sie einen guten Zweck erfüllt.«

Mein lieber Leser, Sie können sich inzwischen wohl nur zu gut denken, welche drei Worte mir wieder durch den Geist hallten, als Melpomenus fleischliche Hülle schon längst verstummt war. So groß der Unmut über meine nächtliche Niederschrift auch immer gewesen sein mag, so schnell war er wegen Melpomenus kleiner Zauberformel auch schon wieder verflogen.

Schließlich drängte er mich, wieder hinab in mein Quartier zu gehen. Ich entfernte mich und versuchte so viel Abstand wie möglich zu dem Horrorkabinett von einer Schiffsbesatzung einzuhalten. Es gelang mir ganz gut. Scheinbar war die

Mannschaft gerade kollektiv mit der Befreiung des Schiffes ausgelastet.

Ich fragte mich, während ich durch den engen Gang auf mein Zimmer zuschritt, ob diese Welt auch Blutlotsen hervorgebracht hat? Blutlotsen, das Äquivalent zu unseren Eislotsen. Diese genossen in damaliger Zeit auf Antarktis- und Nordpolexpeditionen einen besonders guten Ruf, da der Erfolg einer jeden Unternehmung an ihre Fähigkeiten geknüpft war. Konnte Blut gefrieren? Könnte es sein, dass ich hier vielleicht schon bald, sollte auf diesen Herbst hier der Winter folgen, mit diesen Kreaturen auf einem Schiff gefangen wäre? Doch nicht nur diese Frage plagte mich, es mussten tausend weitere sein, die wild in meinem Kopf umherrasten.

Ich betrat mein Quartier und beschloss, all diese bedrohlichen Überlegungen fürs Erste ruhen zu lassen. Es lag sowieso nicht mehr in meiner Hand. Ich konnte nur noch das Beste aus all dem machen. Doch was hieße das? Ich setzte mich auf das Bett und augenblicklich sackte mein ganzer Körper in sich zu einem schlaffen Sack zusammen.

Mein Blick fiel auf das Schreibpult. Alles um das Pult herum schien von meinem Verstand langsam ausgeblendet zu werden. Die Welt wurde dunkler. Nur ein kleiner Lichtpunkt, in dem das Pult stand, verblieb noch. Mir war kalt. Im Licht, dort beim Pult, würde es warm sein. Schon ertappte ich mich dabei, wie ich die Beinmuskeln anspannte. Ich musste sofort aufstehen, dorthin gehen und dann schreiben! Aber worüber? Ich wusste es nicht, aber war mir sicher, dass die Ideen einfach aus mir herausflössen, wenn ich erst einmal Platz genommen hätte.

Dann stand ich auf und eilte zum Pult hinüber. Die Feder lag in meiner Hand wie ein Schwert. Sie fuhr hernieder und schlachtete sich durch dutzende meiner geistigen Kinder. Charaktere, die in der ersten Fassung niemals hätten sterben sollen, verloren ihr Leben auf tragische Weise. Ein Tod überbot den anderen an grausamer Raffinesse.

Ich zuckte jäh zusammen, als es an der Türe pochte. Ohne eine Antwort abzuwarten, trat Melpomenus Leibdiener ein und brachte mir mehrere Teller mit Essen. Fleisch, Brot und Gemüse lagen auf ihnen. Das Essen sah gut aus. In dem Gesicht der schuppigen Kreatur lag ein Anflug von Ekel. Wahrscheinlich schien dieses eindeutig auf menschlichen Kochkünsten beruhende Mahl für dieses Wesen ein geradezu abstoßender Fraß zu sein. Ich fragte mich nur kurz, wie es sein könnte, dass ich hier ein halbwegs normales Gericht bekommen konnte. Dann bedankte ich mich, lächelte der Erscheinung zu und diese grunzte zum Abschied. Es klang alles andere als begeistert.

Ich aß von dem Brot und Fleisch. Dabei schrieb ich weiter. Nach ein paar Bissen vergaß ich das Essen. Die Feder flog über das Papier und erschuf lange Korridore voller Dunkelheit. Sie lotste Menschen ins Verderben. Sie legte eine wütende Feuersbrunst.

Als risse man mich aus tiefstem Schlaf, erschrak ich, als es erneut klopfte und der Page die Teller abholen kam. Wie viel Zeit war vergangen? Ich hatte kaum etwas angerührt. Widerwillig – und wahrscheinlich nur aus Angst vor Melpomenus – begann der Diener mich mit Gesten zu fragen, ob er die Teller mitnehmen könne. Ich wollte ihn nur wieder loswerden! Ich nickte eifrig. Er sollte einfach gehen! Er verstand nicht. Er fragte noch einmal. Mit der klobigen Hand, aus der lange Klauennägel hervorwuchsen, rieb er sich den Bauch, sah auf die fast vollen Teller und sah mich dann fragend an. Ich schüttelte erneut den Kopf. *Verschwinde, du schwachsinnige Kreatur!* Ich wollte ihn anbrüllen. Mein Leib zitterte vor Wut.

Wie von selbst wanderte die Linke in meine Manteltasche – ich hatte das Kleidungsstück in meiner Eile nicht abgelegt –

und tastete den Dolch entlang. Konnte ich mit der kleinen Klinge einen Riss in der schuppigen Haut hinterlassen? Er musste nur klein sein – zumindest am Hals, und genau da wollte ich das Geschöpf erwischen. Meine Finger umklammerten den Griff. Gerade rechtzeitig verschwand der Page. Verwunderung stand in sein hässliches Gesicht geschrieben, als er die vollen Teller mit sich nahm. Als die Tür mit einem Knall zufiel, atmete ich erleichtert auf und setzte augenblicklich das Schreiben fort.

Es war ein einziger langer Fluss von Wörtern, der aus meinem Arm hervorquoll, bis ich eine Pause brauchte, um mein schmerzendes Gelenk zu massieren. Die Finger fühlten sich leicht taub an und waren beinahe komplett schwarz gefärbt. Egal. Ich schrieb weiter. Und dann … Nun, ich weiß nicht mehr was geschah. Ich erwachte im Bett. Eingehüllt in Schlafkleidung. Ich hatte einen bitteren Geschmack auf der Zunge, die sich pelzig anfühlte. Neben meinem Bett stand eine leere Flasche. Ich setzte mich aufrecht hin. Hoch ragte der Stapel mit neu beschriebenen Seiten auf dem Pult auf. Ich beeilte mich, sie wegzupacken und schnappte mir weiteres Papier und die Feder. Dann notierte ich:

25. Dezember.

Die Tage hier kommen mir wie ein einziger Strom aufeinanderfolgender Ereignisse vor. Immer wieder fehlen ganze Abschnitte meiner Erinnerung. Ich hoffe, dieses Journal kann mir dabei helfen, etwas Ordnung in das Chaos zu bringen, dem ich hier jeden Tag ausgesetzt bin.

Außer einigen seltsamen Naturphänomenen und gebrochenen physikalischen Regeln habe ich bisher zwar nur dieses Monsterkabinett zu Gesicht bekommen, aber dennoch scheint der Aufenthalt mir hier einen kreativen Schub zu geben. Ich habe inzwischen auch die Zeit gefunden, um meine anfängliche Meinung zu überdenken. Melpomenus hat doch Recht, ich bin nur mit ihm gekommen, um genauso etwas zu schreiben, wie ich es nun gerade tue. Zeile um Zeile ist es ein Meisterwerk, was dort heranreift. Natürlich ist es radikal und beängstigend, aber die Welt funktioniert nun einmal nach den Prinzipien von höher, schneller und weiter! Mäßigung bremst uns nur aus, das Extreme bietet uns Potential!

Mich beunruhigt dabei allerdings immer noch, dass ich kaum einen bewussten Einfluss auf den Entstehungsprozess nehmen kann. Melpomenus hat mich zwar – gestern? – darauf hingewiesen, dass Ideen hier sehr schnell manifest werden, aber kann dies die einzige Erklärung sein? Schlummert in meinem Unterbewusstsein etwa eine Reihe ungeborener Einfälle, die sich in dieser Welt wie von selbst zu Papier schleichen?

Es klingt absurd. Genauso, wie der Fluss aus Blut oder fliegendes Wasser nach einer absonderlichen Gedankengeburt klingen. Dann auch noch leuchtende Bäume. Es ist alles so unlogisch! Doch wie sagte Melpomenus es so schön, Logik ist nur ein Wort! Ich befürchte – und das ängstigt mich am meisten –, dass er damit Recht hat. Wir Menschen klammern uns an unsere Logik, an unsere Gesetze, an unseren Alltag, doch wenn man all diese Fassaden, diese Sicherheiten niederreißt und nur noch die nackte Existenz blank vor uns liegt, dann erschrecken wir.

Wie sollen wir in einer Welt leben, die sich nicht berechnen lässt, die sich einen Dreck darum schert, was Newton und Einstein entdeckten? Wie soll man seine geistige Gesundheit in einer Welt behalten, in der sich jeden Moment der Boden auftun könnte, um einen gierig zu verschlucken?

Ich fürchte, gerade dieser Verlust unserer heißgeliebten Logik ist es, der mich so ängstigt, der mir aber auch als Muse dient. Die Logik war eine Falle, die mich viel zu sehr eingeengt hat. Ich fühle mich freier. Ich fühle mich, als wäre ich Teil einer beständigen Bewegung und ist Bewegung nicht das universelle Prinzip des Seins?

Ich muss gestehen, ich erinnere mich nicht allzu gut an diese Phase meiner Reise. Sie war gekennzeichnet von einem ständigen Rausch. Dennoch war es eine Zeit, in der ich viel Wunderliches sah und ich sehr intensiv mit dem Schreiben des neuen Buches zu tun hatte. Zum Glück habe ich damals allerdings weiterhin mein Journal geführt. Zwar konnte ich es nicht retten (dazu werden Sie später mehr lesen), aber ich erinnere mich noch vage, was ich niedergeschrieben habe. Das meiste, was ich im Unteren Reich zu Papier brachte, scheint eine höhere – nun ja – Beständigkeit zu haben als meine restlichen Erinnerungen. Vor allem einen Eintrag möchte ich Ihnen in diesem Zusammenhang noch wiedergeben. Die darin geschilderte Begebenheit hätte mich damals schon argwöhnisch machen sollen, doch ich war wohl einfach zu naiv.

1. Januar.

Lange habe ich diese Aufzeichnungen liegen lassen. Allerdings war ich alles andere als faul. Nein, nein! Es war eher im Gegenteil so, dass ich unermüdlich am Vorankommen meines Buches gearbeitet habe. Die Ideen sind noch nicht einmal in meinem Kopf zu konkreter Form herangereift, da fließen sie auch schon aus meiner Hand hinab aufs Papier. Ich muss gestehen, ich kann sie manchmal kaum mehr als meine eigenen Kreationen anerkennen, aber andererseits entspringen sie ja doch meiner Fantasie. Sie sind also die meinen. Es muss an diesem sonderbar fremden Reich liegen, durch welches wir noch immer beständig auf dem Blutfluss segeln.

Auch wenn ich Tag für Tag länger hier bin, werde ich mich wohl dennoch nie an diese Absonderlichkeiten gewöhnen, die ich täglich sehe. Regelmäßig muss ich meine rasenden Gedanken und die rasche Bilderabfolge dieser Unglaublichkeiten, die ich am Tag gesehen habe, mit vielen Mengen der Stimulanzien beruhigen, die Melpomenus mir mit der Pünktlichkeit eines Uhrwerkes in die Kabine bringen lässt. Ohne sie wäre an Schlaf gar nicht zu denken.

Oft sind wir gezwungen, unsere Fahrt durch diese surreale Landschaft zu unterbrechen und anzulegen und Proviant aufzufüllen oder uns einfach nach der aktuellen Lage an den Ufern des Flusses zu erkundigen. Die Neun sollen laut Melpomenus wohl an vielen anderen Flüssen bereits Dämme und Schleusen errichtet haben, um dort Zölle erheben zu können. Er sagt, die Gegenwart eines Bewohners des oberen Reiches – so nennt er die Erde – könne von ihnen niemals akzeptiert werden und deswegen sei es von besonderer Wichtigkeit, über diese Bedrohung Bescheid zu wissen. Mir kann es egal sein. Ich bin sowieso nur mit dem Schreiben beschäftigt und vertraue Melpomenus in seiner Umsicht. Er wird den richtigen Weg finden und die richtigen Entscheidungen treffen.

Mehr Sorgen mache ich mir um Karek. Wann immer ich – und ich vermeide es, wann immer es geht – mein Zimmer verlassen und mich womöglich sogar an Deck begeben muss, komme ich nicht umhin, seine feindseligen Blicke zu sehen, ja geradewegs ihr loderndes, hassendes Brennen zu spüren. Doch das wäre noch kein Grund zur Sorge, denn immerhin war mir dieser Fleischberg seit unserer ersten Begegnung nicht wohlwollend gesonnen. Schlimmer erachte ich die Tatsache, dass seine Aversion mir gegenüber auch auf andere Mannschaftsmitglieder abzufärben scheint. Aus den tiefen Höhlen ihrer groben Gesichter funkeln mich inzwischen die meisten Augen mit unverhohlenem Hass an.

Es ist ein Jammer, dass ich mich kaum mehr an Deck traue, immerhin passieren wir eine spektakuläre Landschaft nach der anderen. Häufig säumen die Ufer auch wilde, gigantische Bestien, die krallenbewehrte Tatzen und raue Schuppen oder buschiges Fell besitzen. Viele dieser Kreaturen suchen mich trotz großer Mengen an Stimulanzien in den wenigen Stunden meines Schlafes heim. Weitaus schlimmer als diese Bestien sind aber die menschenähnlichen Gestalten, die wir oft erblicken. Wie etwas, das gefangen ist zwischen menschlicher und tierischer Form, bewegen diese Wesen sich oft auf zwei und dann auch wieder auf vier Beinen, stoßen wilde Schreie aus und fressen sich auch oft gegenseitig. Es scheinen allesamt Kannibalen zu sein. Besonders dieser Umstand hat mir einige wirklich ... intensive Kapitel beschert.

Doch trotz all dieser Gründe, die dafürsprächen, dass ich zum Wohle des Buches hinausgehe und nach Inspirationsquellen Ausschau halte, traue ich mich nicht mehr. Melpomenus garantiert zwar für meine Sicherheit, aber seit einem Vorfall ist mir diese Garantie keinen Cent mehr wert.

Es war vor zwei Tagen, als ich mich über die Reling beugte und in die Ferne starrte. Inzwischen gewinnen wir täglich an Höhe. Zu unserer Linken verläuft auf einem Hochplateau ein scheinbar unendlicher Wald, der noch nicht in bunte Farben gehüllt ist. Ein grüner Schein, grell und kräftig, geht von ihm aus. Treffenderweise nennen die Bewohner des Unteren Reiches ihn ganz simpel Smaragdwald. »Es ist der größte und auch älteste Wald. Noch größer und älter als eure Wälder, mein lieber Herr Krüger«, hatte Melpomenus mir gesagt. Ich war leicht zusammengezuckt, hatte er sich doch ohne sich zu melden regelrecht von hinten an mich herangeschlichen. Er lehnte sich neben mir weit über die Reling. Die Brise, inzwischen war sie richtig eisig, spielte in einigen Haaren, die sich aus seinem Pferdeschwanz gelöst hatten. Anmutig tänzelten sie um sein Gesicht.

Er zeigte keine Emotionen. Wie zu einer Statue erstarrt hatte er sich dem grünen Wald zugewandt. Seine Augen funkelten. Einen Moment kam ich mir wieder wie ein Ertrinkender vor, der sich in den Tiefen dieser uralten Seele verliert. Mir war es, als sinke ich immer weiter hinab. Umso jäher wurde ich zurück in die Realität katapultiert, als Melpomenus so schnell herumwirbelte, dass seine Züge verschwammen. Schon hatte er sich ganz um die eigene Achse gedreht, einen kleinen Dolch gezückt und vollführte einen schnellen Schnitt durch die Luft.

Doch da, wo eben nur leerer Raum gewesen war, hatte sich ein Matrose herangeschlichen. Langsam sank sein Messer zu Boden. Ein Röcheln entwich dem schuppigen Hals. Das Leuchten der gelben Augen wurde matt. Mit einem hässlichen Geräusch quollen die Gedärme hervor. Platsch, landete das gräuliche Gewebe, mit Schleim und Blut überzogen, auf den dreckigen Holzplanken. Der Matrose stand noch immer schwankend da. Erst dann sackte er wie eine Marionette in die Knie und kippte – und dafür bin ich sehr dankbar! – nach hinten um, ein ungläu-

biger Ausdruck lag in seinen Augen. Fernab von Wut oder Angst war er, sondern einfach nur voller Erstaunen. Ich stammelte. Dann packte mich ein Griff, gleich einem Schraubstock, im Genick und drückte mich näher zu dem Gedärm. Es war Melpomenus.

»Sehen Sie es sich gut an, mein lieber Herr Krüger. Sehen Sie, wie sich das Licht auf dem feuchten Gewebe spiegelt. Sehen Sie, wie die kleinen Dampfwölkchen von dem heißen Blut emporsteigen. Riechen Sie den süßlichen Duft des Blutes. Ich denke, Sie können es als Anschauungsunterricht gelten lassen.« Ich zappelte in seinem Griff wie ein Fisch am Haken. Dann gab Melpomenus mir einen Stoß und ich stolperte nach vorne.

Ich machte einen kleinen Satz und übersprang die sich beständig ausbreitende Blutlache. Hinter mir schrie Melpomenus in seiner seltsamen Sprache. Auch, wenn ich ihrer nicht eines Wortes mächtig war, war nur zu deutlich zu hören, dass er vor Wut kochte. Nur zögernd traute ich mich einen Blick auf ihn zu werfen. Sein Gesicht, eben noch so ruhig und stoisch, war zu einer geifernden Perversion eines menschlichen Antlitzes geworden. Das da hatte nichts Menschliches mehr an sich. Es war ein wildes Tier. Mit jedem weiteren Schrei flogen Speichelfäden durch die Luft. Zwei der seltsamen Kreaturen kamen Hunden gleich auf ihren Bäuchen zu ihm gekrochen.

Melpomenus trat dem ersten mit seinem Stiefel in den Magen. Ein erstarrtes Keuchen, mehr war nicht zu hören. Dann zeigte Melpomenus auf mich und schrie erneut. Stille. Der kalte Wind pfiff über das Deck und trieb die weißen Dampfwölkchen, die immer noch beständig von der Leiche emporstiegen, vor sich her. Melpomenus sog die Luft tief ein. Sein Brustkorb hob sich bedrohlich. Doch der erwartete Zornesausbruch blieb dieses Mal aus. Stattdessen hob er nur die Hand, ballte sie zur Faust und schnitt eine Grimasse. Kopfschüttelnd und ohne jedes weitere Wort verließ er dann das Deck.

Eines der Wesen, das mir wegen der dicken schwarzen Haare, die zwischen seinen Schuppen hervorquollen, besonders hässlich erschien, trat auf mich zu und deutete an, ihm zu folgen. Es führte mich zu meiner

Kabine. Sein Widerwille stand ihm nur zu deutlich ins Gesicht geschrieben. Dennoch brachte es mir, kurz nachdem es mich unter Deck geleitet hatte, weitere Stimulanzien. Erst nachdem ich eine ganze Flasche in schnellen Zügen geleert hatte und kaum mehr aufrecht sitzen konnte, beruhigte sich mein Puls. Ich schleppte mich mit schwankenden Beinen an mein Arbeitspult. Die Manuskriptseiten lagen fein säuberlich sortiert auf der Tischplatte. Allein gestern mussten es wieder dutzende neue gewesen sein. Was war nur geschehen?

Ich senkte den Blick und bemerkte zum ersten Mal das lose Wams, das sich in weiten Kurven wallte. Ja, ich hatte an Gewicht verloren. Es überraschte mich wenig. Auch wenn ich vielleicht keine körperliche Arbeit verrichtete, so war ich dennoch schwer am Schuften. Wann hatte ich das letzte Mal richtig gegessen oder erholsamen Schlaf gehabt? Machte es überhaupt Sinn, die Frage nach einem Wann zu stellen? Dieser Ort hier kannte keine Zeit. Tage waren nicht länger der Wechsel von Tag und Nacht, sondern der hoffnungslose Versuch, etwas Struktur in mein Dasein zu bringen. Doch hier, hier hatte nichts Struktur. Hier gab es keine Sicherheit. Alles war in einem ständigen Fluss. Oben konnte unten sein. Leben und Tod. So eng beieinander.

Mir wurde übel. Wäre Melpomenus nicht zu mir gekommen, hätte die Kreatur mich wohl ausgeweidet. Es erschien mir nicht tröstlich, dass ihr stattdessen dieses Schicksal widerfahren war. Im Gegenteil, mich brachten diese Überlegungen nur auf. Mir kam es so vor, als wäre ich gefangen zwischen Wut und Angst. Tränen drängten sich langsam hervor. Die Welt verschwamm. Ich wollte das alles nicht mehr! Ich hob den Arm, um mit einem einzigen Wisch die Seiten vor mir, auf denen weitere Abschnitte dieser verdammten Geschichte standen, einfach fortzuwischen. Doch … ich konnte es nicht. Mit einem Frösteln bemerkte ich, dass ich nur schon wieder die Feder gehoben hatte. Von ihr tropfte bereits ein Tintenklecks. Dann senkte ich die Hand und Worte formten sich vor meinen Augen, die eine Geschichte erzählten, die ich nicht erdacht hatte.

14. Gift

Ich weiß nicht, wie lange dieser bedauerliche Zustand anhielt. Es war ein einziges Vegetieren in einer Art Nebel – alles glitt ohne Anfang und Ende ineinander über. Es war ein jäher Schnitt, der diesen trägen Fluss unterbrach.

Schreie, ich träumte von Schreien. Grell, voller Wut, voller Schmerz waren sie. Dann mischte sich Substanz in meine Träume. Ich bemerkte das Federbett unter mir und den Schmerz in meinem Rücken. Ich musste wieder einmal nach zu vielen Stimulanzien und einer sehr langen Arbeitsphase im Bett augenblicklich und ungeachtet der anscheinend unbequemen Position in den Schlaf gesunken sein. Dann – und damit war der Schmerz vergessen – gellten erneut Schreie zu mir heran. Das Holz um mich herum vermochte sie kaum zu ersticken, so schrill und laut waren sie.

Ich rappelte mich auf und schnappte mir die lederne Hose und mein Wams. Für die Stiefel hatte ich keine Zeit. Barfuß verließ ich meine Kabine. Der schmale Gang davor gähnte mir leer entgegen. Schreie und Stiefelgetrampel und das Klirren von Metall drangen von oberhalb des Decks herab. Ich eilte zur Treppe. In geduckter Haltung schlich ich die Stufen hoch und streckte meinen Kopf vorsichtig ins Freie.

Dichter Nebel hatte sich wie ein Leichentuch über das Schiff gelegt. Ich erkannte nur schwarze Umrisse, die eilig hin und her eilten. Einer der Umrisse, er war besonders groß und massig, stapfte schwerfällig näher. Es war Karek. Karek bellte wütende Befehle und fuchtelte in der Luft mit einem riesigen Säbel herum. Von der Klinge tropfte Blut. Dann fiel sein Blick auf mich. Ein leichtes Lächeln umspielte die wulstigen Lippen. Dann, so plötzlich wie sich der Umriss aus dem Nebel herausgeschält hatte, verschluckte die weiße Suppe ihn auch schon wieder. Ich war perplex. Wie angewurzelt blieb ich stehen, obwohl mein Verstand schrie, ich sollte sofort zurück unter Deck gehen. Neugier, denn immerhin geschah nun etwas ganz und gar Unvorhergesehenes, und der pure Selbsterhaltungstrieb kämpften in mir. Ich nehme inzwischen an, dass ich immer noch unter der Wirkung der Stimulanzien stand, als tatsächlich die Neugier siegte. Wie eine Schildkröte, die sich langsam aus ihrem Panzer heraustraut, verließ ich den Schutz der Luke und betrat das Deck.

Um mich herum gellten Kampfgeräusche. Die Schemen rangen. Ein Schrei, ganz nah war er, ließ mich herumfahren. Dann spuckte der Nebel die zwei Gestalten auch schon aus und – mir klappte der Unterkiefer vor Erstaunen herunter – einer der Kämpfenden war ein ganz gewöhnlicher Mensch, der eine noch gewöhnlichere verblichene Jeans und ein löchriges, kariertes Hemd trug.

Ungewöhnlich war allerdings die Axt, mit der er versuchte, einer der Orkkreaturen den Schädel zu spalten. Sie hatte die Waffe jedoch am Stiel packen können und drückte sie gegen die Schlagrichtung zurück. In dieser schon beinahe albern anmutenden Haltung wirbelten die zwei wie Tänzer an mir vorbei. Der Blick des Mannes blieb an mir haften. Die eben noch vor Anstrengung zu Schlitzen verengten Augen weiteten sich. Erkennen zeigte sich in ihnen. Dann mobilisierte er alle Kräfte und trieb die Axt weiter hinab. Fast schon zärtlich drang sie in den Schädel ein und rutschte vom Knochen ab. Dabei schnitt sie ein beträchtliches Stück Kopfhaut heraus. Lose hing der Lappen herab. Die Kreatur jaulte laut auf und versuchte in den Nebel zu entkommen. Keine zwei Schritte später ragte die Axt aus ihrem Rücken hervor und brachte sie zur Strecke.

Mein Blick glitt zurück auf den Mann. Er schien seinem geglückten Wurf keine Beachtung zu schenken. Er fixierte mich. Sein Ausdruck war voll Entschlossenheit. Als wäre ein Bann gebrochen, ließ die Wirkung der Stimulanzien nach. Ich machte vorsichtig einige Schritte rückwärts. Der Fremde versenkte seine Rechte in einer Hosentasche und zückte ein langes Messer. Schwarze Flüssigkeit – Blut? – tropfte zähflüssig von der Klinge.

»Halt, ich gehöre nicht einmal hierher! Ich habe nichts verbrochen«, schrie ich und fühlte mich dabei wie ein Lügner. Der Mann machte einen Schritt auf mich zu. Wie eine Katze, die eine Maus umlauert, kam er langsam näher, während ich mich entfernte. Sobald ich loslaufen würde, würde er sich auf mich stürzen.

»Krüger, rennen Sie!«, gellte Melpomenus Stimme durch das undurchdringliche Nebelfeld an mich heran. Es war, als wäre meinen Beinen damit ein unsichtbarer Impuls gegeben worden. Ich sprang nach rechts und hetzte auf gut Glück in das Weiß, das sich vor mir zu einer unendlichen Wand ausbreitete.

Gerade als das erste Adrenalin durch meinen Körper gepumpt wurde und sich ein Lächeln auf mein Gesicht stahl, war mein abenteuerlich romantischer Fluchtversuch auch schon beendet. Eine der Orkkreaturen, der beständig ein hohes Jaulen entfuhr, kreuzte unsanft meinen Weg. Ihr fehlte ein Arm. Sie hatte den Stumpf an ihre schuppige Brust gepresst. Der Zusammenstoß dauerte kaum zwei Sekunden, aber brachte mich entscheidend aus dem Tritt. Ich strauchelte kurz, fiel auf mein Krüppelknie und kam nur schwer wieder auf die Beine. Wie ein primitives Triumphgeheul schwoll hinter mir ein höhnisches Gelächter an. *Schneller, schneller!* schoss es mir durch den Kopf – und dann schoss auch schon der Schmerz in meine Schulter. Es war ein Gefühl, als wäre von einer Sekunde zur anderen mein gesamter Rücken in Flammen gehüllt worden. Ich schrie auf. Ein schwerer Stiefel presste mich auf den Boden, drückte die Luft aus meinen Lungen. Der Schrei erstarb und als der Fremde sein Messer mit einem kräftigen Ruck aus mir herauszog, da war es so, als risse er mir gleichzeitig das Leben mit hinaus. Der Nebel wurde dichter und dann fraß mich die kalte Leere.

Stunden, Tage oder vielleicht auch ein Leben später erwachte ich und bereute, nicht gestorben zu sein. Es war unmöglich zu sagen, welcher Teil meines Leibes am meisten vor Schmerzen zu schreien schien. In meinem Kopf hämmerte es, meine Brust und mein Rücken brannten und das Fieber hielt mich in seiner glühenden Umarmung. Nur langsam gewann das Grau an Farbe und Konturen. Ein Gesicht sah auf mich herab und aus den unbekannten Formen setzte sich langsam Melpomenus Antlitz zusammen.

»Ich hatte die Hoffnung schon fast aufgegeben«, sagte er. Jedes seiner Worte schien mir wie ein Schlag gegen meinen Schädel zu sein. Melpomenus veränderte seine Position, um näher an mich heranzurücken. Als sich dadurch die Lichtverhältnisse änderten, jaulte mein Kopf in einer erneuten Schmerzwelle auf. Übelkeit stieg mir mit bitterem Geschmack hoch. Ich würgte. Mein Rumpf brannte. Ich begann, fest zu husten.

»Es steht nicht gut um Sie, Herr Krüger. Es ist nicht der Schnitt, den die Klinge verursacht hat, sondern das Gift, das an ihr gehaftet haben muss. Wenn wir nicht schnell eine hier leider sehr seltene Substanz in unseren Besitz bringen, wird Sie niemand retten können.«

Mein Leib zitterte, ich schnappte nach Luft. Melpomenus saß ruhig da. Sein Gesicht zeigte offenkundig keine Emotionen. Doch inzwischen kannte ich ihn. Ich sah, dass hinter seiner Fassade Mitleid verborgen lag wie ein gut gehütetes Geheimnis. Ich holte Luft, ich wollte mit ihm sprechen. Doch anstatt auch nur ein einzelnes Wort hervorzubringen, hustete ich mir nur wieder einmal fast die Lunge heraus.

»Überanstrengen Sie sich nicht«, tadelte Herr M. mich. »Sie

liegen im Sterben und sollten besser schweigen. Ich werde Ihnen nachher etwas gegen die Schmerzen bringen lassen. Solange müssen Sie mir allerdings zuhören. Ich weiß nicht, wie viel Sie von dem Weg mitbekommen werden, den wir zu gehen haben, aber ich weiß, dass Sie sterben werden, wenn wir diesen Weg nicht wagen. Sie müssen mir also vertrauen – auch wenn Sie gerade durch Ihr Vertrauen mir gegenüber in diese Lage geraten sind.« Er seufzte. Der Lufthauch, der meine fiebrige und mit Schweiß überzogene Haut streifte, ließ mich erschaudern.

Seine Rechte griff nach dem Zipfel der Decke und zog sie noch weiter hoch. Als er mich dabei berührte, kam mir allein schon der kurze, zufällige Kontakt wie ein Nadelstich vor. Alles fühlte sich falsch, bedrohlich und gefährlich nach Tod an. Melpomenus meinte es gut mit mir, zog er die Decke doch so weit hoch, bis nur noch mein Kopf hervorschaute. Ich fror trotzdem weiter.

»Ich vermute, Sie werden sich wohl fragen, was geschehen ist.« Er machte eine Pause. Mit den Pupillen fuhr ich auf und ab; er schien es als Nicken zu verstehen und fuhr fort. »Es waren Menschen, so wie Sie einer sind. Die Neun spinnen ihre Intrigen inzwischen sehr weitreichend. Ab und zu verschlägt sich Ihresgleichen in unser Reich, Herr Krüger. Sie haben ja gesehen, dass die Grenzen mitunter sehr durchlässig sein können. Doch zurück finden diese Verirrten meist nicht mehr aus eigener Kraft. Die Neun versprechen ihnen die ersehnte Heimkehr, wenn sie ihnen dafür zu Diensten sind. Zum einen sind es leere Versprechungen und zum anderen überlebt niemand diese Dienste. Auch dieser Angriff war reiner Wahnsinn. Sie mögen zwar den Nebel geschickt genutzt haben, aber dennoch hatten sie keine Aussicht, diesen Kampf zu gewinnen.«

Melpomenus schnitt eine Fratze. Im Fieberwahn kam es mir wie das Gesicht eines Wahnsinnigen vor. »Und trotzdem haben sie es geschafft. Es geht um Sie, Herr Krüger. Die Neun müssen von Ihnen erfahren haben. Sie haben Angst. Sie wissen, an was für einem bedeutenden Werk Sie hier schreiben. Die Neun wollen jedoch keinen Frieden. Sie wollen die Kriegswirren nutzen, um ihre Herrschaft mit den Leichen der Gefallenen meines Volkes zu zementieren. Ihre Herrschaft wird ein stinkender, toter Bau sein – sollten sie denn damit Erfolg haben.« Er hielt inne. Dann beugte er sich zu mir herab. Sein Mund war dicht an meinem Ohr. Ich merkte das leichte Beben in seiner Stimme, als er mir flüsterte: »Sie müssen leben. An Ihrem Leben hängt das Schicksal einer Welt.«

Meine Gedanken jagten umher wie tollwütige Hunde. Was sollte das alles bedeuten? Menschliche Söldnerarmeen. Das Schicksal einer ganzen Welt, an mich gebunden. Ein schleichendes, tödliches Gift. Einmal mehr dachte ich, ich wäre besser gestorben. Melpomenus schien mir meine Gedanken anzusehen.

Er beleckte seine Lippen, so als fehlten ihm die richtigen Worte. Nur zögerlich sprach er weiter: »Wir müssen es wagen. Sie müssen weiterleben. Sie müssen das Buch zu Ende schreiben.« Ich fragte mich in meinem Fieberwahn, wen er da wirklich zu überzeugen versuchte? Auf mich hatten seine einst so hypnotischen Worte in diesem Moment keine Wirkung mehr. Der Tod war viel zu nahe. »Wir werden in den alten Wald gehen müssen. Von dort führen Wege zu der einzigen Substanz, die sie ret-«

Ein Lichtblitz durchzuckte meine kleine Welt der Schmerzen. Was war geschehen? Ach richtig, ich war inmitten des letzten Satzes eingeschlafen. Melpomenus lächelte mich an. »Sie haben sich genug angestrengt.« Mit diesen Worten entfernte er sich und ich verfiel in einen Zustand zwischen Schlaf und Fegefeuer.

Erst als es an der Türe klopfte, wich die Benommenheit einen kurzen Moment wieder aus meinem Geist. Ein Page, unschwer als eine dieser Orkkreaturen zu erkennen, kam herein und hielt mir ein kleines Fläschchen mit einer milchigen, trüben Flüssigkeit unter die Nase. Ich öffnete langsam meinen Mund. Ein Brennen bahnte sich daraufhin einen Weg meine Kehle hinab. Ein wärmender, wohliger Strom durchzog meinen Leib. Dann sank ich in einen tiefen Schlaf.

Das Sein um mich herum, dieses dunkeltrübe Etwas, schaukelte hin und her. Umrisse waren mal rechts von mir, beschrieben dann einen Bogen und tauchten dann weiter links wieder auf. Dann kehrte sich der Prozess in mechanischer Manier wieder um. So ging es immerzu weiter, bis sich der Nebel in meinem Geist gelichtet hatte. Langsam gewannen die abstrakten Linien an sinnhaften Mustern und aus ihnen wuchsen Formen hervor. Es waren lange schmale Gebilde, die überall um mich herum in einen dunklen Himmel übergingen. *Bäume*, erkannte ich schließlich.

»Sie sind also erwacht, Herr Krüger!« Melpomenus Stimme. Ich konnte nicht sagen, von wo sie an meine Ohren drang. Sie klang dumpf. Wo war er nur? Sprach er aus der Ferne zu mir? Noch während ich darüber nachdachte, beugte sein Kopf sich über mich. Erst jetzt erkannte ich, dass ich lag und dass die Bäume um mich herum an mir rasch vorbeizogen, obwohl ich mich nicht rührte. Ich musste auf einer Art Karren liegen. Ja, da war eine Decke. Ich spürte ein Kissen unter meinem Kopf. Die Szenerie gewann immer mehr an Substanz.

Leider gehörten dazu auch die Schmerzen, die sich wieder gierig durch mein Innerstes fraßen. »Seien Sie nur ganz ruhig. Wir sind im alten Wald. Es ist ein bitterer Ort.« *Alter Wald?* Ich musste an Tolkiens *Alter Wald* denken. Es war ein beunruhigender Gedanke und wie um mich in dieser Sorge zu bestätigen, machte Melpomenus eine Pause und sah sich verstohlen um. *Lag da eine Spur von Furcht in seinem Blick?* Sonst waren seine

Augen grau und so unnachgiebig wie der nächtliche Ozean. Mich fröstelte.

»Wo …« Weiter kam ich nicht. Ein Husten schüttelte mich. Melpomenus legte den Finger auf seine Lippen. Widerwillig wanderten meine Pupillen auf und ab. Ja, ich hatte es eingesehen und würde von nun an schweigen.

»Dieser Wald hier ist mehr als nur eine Anzahl an Pflanzen. Er lebt. Er hat eine Seele. Und er ist böse. Doch wir sind in Sicherheit.« Dann sagte Melpomenus einige fremde Worte und ein seltsames Wesen trat an seine Seite. Es schien nur aus Geschwüren zu bestehen. Zwischen den Furchen dieser Fleischansammlung schien es zu nässen. Ein schrecklicher Fäulnisgeruch schlug mir entgegen.

»Er ist der beste Fährtenleser im Umkreis von mehreren Tagesritten.«

Das Wesen verbeugte sich. Die unzähligen Furunkel, die es säumten, schwappten dabei wild umher. Kratzig sagte das Geschöpf: »Es ist mir eine Ehre dem Meister zu dienen.«

Dann leckte eine wulstige Zunge über die Lippen, bevor das Ding fortfuhr. »Es ist eine gute Sache, die wir verfolgen. Es wird Frieden bedeuten.«

Melpomenus nickte zufrieden. »Wir lassen Sie nicht sterben, Herr Krüger!«

Ja, aber auch nur deshalb, weil ich noch von Bedeutung für euch bin? Ich hätte diese Äußerung jedoch niemals laut ausgesprochen. Stattdessen deutete ich ein Lächeln an. Ich vermute, noch niemals bei dem Versuch eines Lächelns so elendig gescheitert zu sein, aber dennoch schien es dem Klumpenwesen zu genügen und es trollte sich.

Dankbar schloss ich einen Moment die Augen. Der Karren – wer oder was zog ihn wohl? – rumpelte derweil über den unebenen Untergrund. Jeder Stein und jede Wurzel ließen das Gefährt beachtlich schaukeln und jedes Schaukeln strafte mich mit Schmerzen. So könnte ich niemals wieder in einen dieser gnädigen Fieberträume sinken! Es lag mir schon auf der Zunge, aber ich wusste, dass ich es nicht schaffen würde, Melpomenus nach einem Betäubungsmittel zu fragen. Dieser schlenderte still neben mir her. Erst jetzt, da ich den Blick starr zur Seite gerichtet hatte, entdeckte ich, wie kahl dieser Wald schon war.

Der nahende Winter, oder vielmehr der Zerfall dieser Welt, musste hier bereits stärker vorangeschritten sein. Eine Stimme in meinem Kopf sagte mir aber, dass dies nicht stimmte. Dieser Wald sah immer so aus. Wie knöchrige Finger wandten sich die Äste gleich menschlicher Glieder empor. Es war ein einziges wildes Wirrwarr. Die Stämme standen im vehementen Kontrast zu den feinen Astlinien. Dickbäuchig waren sie. Löcher in den Rinden klaffen auf wie unverheilte Wunden und aus den Narben abgeschlagener Äste schälten sich garstige Augen, die mich zu fixieren schienen und mir böse hinterher blickten.

»Sie fragen sich wahrscheinlich bereits, was wir in diesem düsteren Wald zu finden erhoffen?« Wieder einmal kam es mir vor, als könnte Herr M. Gedanken lesen. Auf meine schien er sich spezialisiert zu haben. Meine Augen bejahten die Frage. »Obwohl dieser Wald – wie man sehen kann, denn sein Leuchten ist schon seit Jahrhunderten erloschen – im Sterben liegt, ja vielleicht schon verendet ist und diese bittere Wahrheit nur nicht anerkennen will, steckt noch ein Zauber in ihm, der uns von Nutzen sein wird. Sehen Sie, Herr Krüger, wir suchen etwas, das es nur in der Welt der Menschen gibt.«

Für einen kurzen Moment stahl sich in meinen vom Fieber geplagten Verstand das Bild einer Packung Aspirin. Wäre nicht der drohende Husten gewesen, so hätte ich sicherlich herzhaft losgelacht. So aber harrte ich still der weiteren Ausführungen.

»Dieser Wald hier ragt hinein bis in eure Welt. Manche der

Bäume dienen als Tor. Wer die richtigen Worte kennt, der kann durch kleine Risse in ihrer dicken Rinde direkt in das Reich der Menschen schlüpfen.«

Mein Blick fiel auf die bedrohlichen Umrisse. Riesenhaft ragten sie auf. In den Vertiefungen der zum Teil stark gewundenen Stämme schienen sich die Schatten zur absoluten Schwärze zu verdichten und in dieser Schwärze, da mochte wer weiß was lauern. Ich wandte den Blick ab, wieder dahin, wo eigentlich der Himmel hätte sein müssen. Auch dort sah ich nur Schwärze.

»Auch auf Ihrer Seite, Herr Krüger, gibt es diese Übergänge. Ihr Menschen wollt es nur nicht wahrhaben. Ich möchte Ihnen eine Geschichte erzählen. Vielleicht mag diese Sie etwas von Ihren Schmerzen ablenken.«

Ich schüttelte ganz sachte den Kopf. Ich wollte keine Geschichten. Ich wollte Ruhe, selige Ruhe.

»Herr Krüger, vertrauen Sie mir. Es gibt Dinge in diesem Wald, die Sie nicht sehen sollten. Und es gibt Dinge, die Sie vielleicht nicht sehen sollten, ohne mehr über diesen Wald zu wissen. Lassen Sie mich meine kleine Erzählung vorbringen. Ich habe eine alte Sage meines Volkes aufgegriffen und ein wenig experimentiert, um sie in einer sehr freien eigenen Version wiedergeben zu können. Ich wollte mich sozusagen als Wortschmied versuchen, ganz so, wie Sie es tun. Wir hätten beide etwas davon. Sie könnten diesem schrecklichen Wald fürs erste entkommen und ich könnte mein Talent als Geschichtenerzähler einmal mehr austesten.«

Ihre letzte Erzählung hat mir nicht gerade gefallen. Noch so eine – und ausgerechnet jetzt und hier – könnte mir endgültig den Verstand rauben.

»Nein. So gut bin ich noch nicht, Herr Krüger.«

Hatte er das wirklich gesagt? Ich weiß es bis heute nicht. Ich kann mich nur noch daran erinnern, wie er zu erzählen begann, während der Wald an Substanz verlor und bald schon nur noch ein verschwommenes, fahles Bildnis im Schatten einer anderen Wirklichkeit war und ich mich in einem kleinen, behaglich beheizten Zimmer wiederfand. Der Frieden war nicht lange von Bestand.

15. Ein Handel

Sie erkannte sich selbst kaum. Sie sah irgendwie falsch aus wie eines dieser traurigen Kinder aus dem Fernsehen. Diese Kinder, die immer weinten, weil es ein Erdbeben, eine Flut oder ein Feuer gegeben hatte. Es waren diese Kinder, die dann weinten und dann sagte ihre Mutter immer, dass diese Kinder ihr so leidtaten. Das hatte ihre Mutter zu ihr allerdings nicht gesagt – und das obwohl sie selbst auch geweint hatte.

»Dabei sehe ich jetzt doch genauso aus. Ich habe Angst«, flüsterte das kleine Mädchen und starrte immer noch zu seinem Spiegelbild. Ein rötliches Glimmen – die letzte Abendsonne schien in ihr Zimmer – umspielte ihre lockigen braunen Haare. Ihr Gesicht war so starr wie das einer Puppe. Sie war bleich. Es war kein Wunder, hatte sie doch kaum geschlafen.

Von unten drang ein Schluchzen an ihre Ohren. Dann hörte sie Schritte. Sie schlichen an ihrer Zimmertür vorbei. Seit es geschehen war, hatte die Mutter sie kaum noch beachtet. Ahnte sie es? Wusste sie es? Ihr Herz fing heftig an zu pochen. Vielleicht würde sie sich sogar freuen, wenn er sie holen kommt. Der zweite Teil stand inzwischen für sie fest. Der erste machte ihr aber noch größere Angst. Sie wollte nicht gehen müssen, wenn ihre Mutter sauer auf sie war. Sie hatte das doch alles nicht gewollt!

Kraftlos sank sie in sich zusammen und vergrub das Gesicht in den Händen. Die Arme waren auf ihre Knie gestützt. Ihre Beine hingen schlaff von ihrem Bett herab, auf dem sie wie ein Häufchen Elend hockte. Nur langsam hob sie wieder den Kopf, sah das fremde Mädchen im Spiegel des Wäscheschranks. Kurz hatte sie überlegt, eine Kette oder so etwas in der Art zu holen und die Türe zu versperren. Das war heute Mittag gewesen. Da – im Schein des Tageslichts – erschien es ihr wie eine gute Idee und sie hatte gehofft, alles noch abwenden zu können. Doch dann war die Sonne langsam gesunken. Ihr waren die Bedingungen wieder eingefallen. Sie hatte doch bekommen, was sie gewollt hatte, oder nicht? »Ich wollte das nicht, nicht so«, klagte sie. Tränen liefen ihre Kinderwangen hinab.

Warum nur hatte er immer so böse zu ihr sein müssen? Sie musste an ihn denken wie schon den ganzen Tag zuvor. Sie fühlte sich elendig, wenn sie es tat. Es tat sogar regelrecht weh. Als hätte sie richtiges Bauchweh. Immer wenn sie die Mutter hatte still und mit verweinten Augen umherirren sehen, dann war der Schmerz noch stärker angeschwollen. Sie hatte dann beschlossen, dass sie zahlen musste. Sie verstand zwar nicht diese Dinge der Erwachsenenwelt, aber sie war sich sicher, dass sie auch zahlen müsste, wenn die Abmachung nicht so ausgefallen war, wie sie es sich gewünscht hatte. Sie war schuldig. Und Schuldige müssen in der Kinderwelt genauso zahlen, wie sie es in der Erwachsenenwelt tun müssen.

Das Dunkel verdichtete sich zunehmend in ihrem Zimmer. Es erschien ihr unnatürlich groß. Aus den engen Winkeln waren undurchdringliche Nischen voller Schatten geworden. Der Schrank ragte hoch und höher vor ihr auf. Die dunkle Maserung, schon immer Quell unzähliger Fantasiegespinste gewesen, malte in ihrem Geiste schreckliche Bilder von Monstern. Monster waren es, die kleine Kinder fraßen. Ihre Muskeln spannten sich an. Sie wollte aufspringen und weglaufen zu ihrer Mutter. Würde er hinterherkommen? Gewiss. Er würde überall auftauchen. Jeder Schrank, jedes Bett und jeder Schatten. Er hatte es selbst gesagt. Und er hielt sein Wort. Auch sie musste nun Wort halten. Nachher würde er sonst noch ihre Mutter holen und nach dieser Sache mit Lukas – sie weinte als ihr der Name durch den Kopf ging – konnte sie nicht noch einmal so ein schrecklicher, schrecklicher Mensch sein.

Wie konnte es nur soweit kommen?

Das Geheul und Gebell gellte durch das ganze Haus. Dann ertönte der Schrei. »Nein!« Tränen rannen von ihren Wangen. Die kleinen Hände, zu Fäusten geballt, trommelten im Zorn auf seiner Brust herum. Sie wollte ihm wehtun, so gerne wollte sie ihm wehtun, aber er lachte nur. »Ich hasse dich, ich hasse dich und diesen dummen Hund. Ich hasse euch beide!«

Lukas machte sich nicht einmal die Mühe, um zu seiner kleinen Schwester hinabzusehen. Wie lästigen Ballast schob der Zwölfjährige das schmächtige Mädchen zur Seite. Er musste die Beweise sichern! Seine Mutter stresste ihn ohnehin schon immer mehr, da hätte es gerade noch gefehlt, wenn sie jetzt auch noch deswegen meckern würde.

»Ich wünschte, ihr wärt tot!«, schrie Marie ihrem Bruder nach, der es nur als Anlass nahm, um in ein kehliges Gelächter auszubrechen. Sie konnte es auch noch hören, als er schon längst wieder die Treppe hinabgestiegen war. Dann hörte sie die Haustür zufliegen – es war wie immer.

Wütend und beschämt, denn immerhin hatte sie ihm selbst mit all ihrer Kraft nicht wehtun können, schlurfte sie zum Fenster. Sie warf widerwillig einen Blick hinunter und sah Hektor, den Foxterrier. Er buddelte bereits. In kurzen Intervallen schaufelte er den weichen Gartenboden in hohen Bögen hinter sich. Dann tauchte Lukas auf und versuchte, ihn davon abzubringen. Er hörte nicht. Marie ging vom Fenster weg. Sie wollte das nicht sehen müssen.

Der Blick fiel auf ihr Bett, den entweihten Thronsaal, an dessen Ende das rote Samtkissen lag. Braune Pfotenabdrücke – Hektors Pfoten schienen immer schmutzig zu sein – verunstalteten den weichen Stoff. Vor dem Kissen lagen die Stofftiere. Der ganze Hofstaat war anwesend gewesen. Nun lagen sie wild durcheinander gewürfelt. Einige schienen in Trauer ihre Köpfe hängen zu lassen. Marie konnte es verstehen. Es war ein eigenartiges Gefühl, unbekannt und schrecklich. Sie war sicherlich schon oft traurig gewesen. Aber dieses Mal, da war sie so traurig wie noch nie.

Sie weinte wieder und blickte starr durch den Tränenvorhang hinüber zu dem roten Samtkissen, auf dem eben noch die Krönung von Prinzessin Mausi vonstattengegangen war. Nun war sie weg. Sie hatte die weiche Mausepuppe mit dem grauen Stoff, dem roten Kleidchen und dem fröhlichen Lächeln gemocht. Ihre Freundin Luise hatte sie ihr erst vor einer Woche zum fünften Geburtstag geschenkt. »Damit du dich nicht so allein fühlst, wenn die andern in der Schule wieder gemein zu dir sind«, hatte sie mit einem Lächeln gesagt.

Seit Marie frühzeitiger als vorgesehen – und nur auf den Wunsch ihrer Mutter – eingeschult worden war, hatte ihr Leben schlimme Züge angenommen. Die älteren Kinder neckten sie immerzu und aus dem Necken war böses Ärgern geworden. »Du spielst noch mit Puppen?«, hatten sie lachend und mit dem Finger auf sie zeigend gesagt und ihr dann Prinzessin Lillifee weggenommen, um ihr den Kopf und die Arme abzureißen. Marie hatte sich danach furchtbar gefühlt. Zum Glück gab es allerdings Luise. Sie hatte ihr geholfen und dann hatte sie ihr ja sogar noch Mausi geschenkt. Mausi hatte fortan alles mit Marie gemeinsam machen können. Sie war dabei, wenn Marie aß oder ferngesehen hatte. Immer durfte Mausi auf einem Kissen neben ihr sitzen und fröhlich lächeln.

Ihr Bruder hatte sie deswegen schließlich genauso aufgezogen wie ihre Mitschüler. Er hatte ihr schon früher oft die Puppen weggenommen und seinem Hund gegeben. Hektor hatte sie alle zerfetzt und liebte es, sie zu verbuddeln. Bei dem Gedanken, wie es Mausi gehen könnte, wurde Marie flau im Magen. Sie trat wieder ans Fenster. Weder ihr Bruder noch sein Hund waren zu sehen. Marie beschloss, sich in den Garten zu schleichen und nach Mausi zu suchen.

Zaghaft verließ sie ihr Zimmer, aber vergaß nicht, die Tür zu schließen. *Für den Fall, dass die Bestie zurückkehrt,* dachte sie und hielt nun zielstrebiger auf die Treppe zu. Sie dachte an die Puppe und hoffte, ihr wäre vielleicht nicht zu viel geschehen. Beseelt durch diese schwache Hoffnung eilte sie schließlich die Stufen hinab. Von ihrem Bruder und dem Hund fehlte jede Spur. Lediglich braune Abdrücke, die den Boden des Flures hin zum Wohnzimmer säumten, verrieten, dass sie überhaupt dagewesen waren.

Marie stand nun vor der großen Tür. Eigentlich durfte sie nicht alleine raus. Schon gar nicht so spät. Es dämmerte schon. Aber das war ihr egal. Ihre Mutter hatte Spätschicht und ihr Bruder sah fern. Das Gerät donnerte laut im Nebenzimmer vor sich hin. Marie streckte sich auf Zehenspitzen der Schlüsselleiste entgegen und ergatterte schließlich den großen silbernen Schlüssel. Mit zittrigen Händen bugsierte sie diesen dann im zweiten Anlauf endlich ins Schloss, drehte ihn zweimal und dann schnappte die Türe auf. Sie schlüpfte hinaus in die Dämmerung und umrundete das Haus.

Von dem Loch im Blumenbeet war fast nichts mehr zu sehen. Lukas musste es wieder zugeschüttet haben. Aber Marie erkannte die undeutlichen Umrisse dennoch. Mit pochendem Herzen und mit bloßen Händen begann sie, in der vom letzten Regen aufgeweichten Erde zu wühlen. Sie kam sich wie Hektor vor. Ein widerliches Gefühl.

Wo war sie? Sie grub und grub. Ihre Finger taten weh. Immer wieder stießen sie auf kleine, aber sehr spitze Steinchen. Da! Weicher Stoff lag zwischen ihren Fingern. Sie umklammerte ihn fest, ein Lächeln erschien auf ihrem Gesicht und erstarb jäh, als sie Mausi aus ihrem Grab befreite. Das Stofftier war schrecklich zerfetzt. Überall quoll die Füllung heraus. Durch den Schlamm war sie braunrötlich und schimmerte irgendwie widerlich, als wäre es mehr als nur Watte. Sie konnte es zwar nicht benennen, aber sie wusste dennoch, dass es sie an das erinnerte, was auch aus einem Menschen herausquellen würde, hätte man ihm derartig den Bauch aufgerissen und das Innere herausgezerrt.

Vor Schreck ließ sie die einstige Prinzessin wieder in den Dreck fallen. Die Mausepuppe lächelte noch immer. Doch es schien nicht mehr fröhlich zu sein. Es war ein falsches Lächeln, das Marie Angst machte. Schluchzend legte sie Mausi zurück in das Loch und schüttete es behutsam wieder zu. Dann sagte sie: »Schlaf gut, kleine Mausi.« Mit diesen Worten wandte sie sich ab und ging zurück ins Haus.

Laut knallten ihr Schüsse aus dem Fernseher entgegen, als sie die Tür öffnete. Lukas schien wohl wieder eine Sendung zu sehen, die er eigentlich nicht sehen dürfte. Ihre Mutter war da streng – streng, aber machtlos. Sie war inzwischen dazu übergegangen, die flache Hand auf den Fernseher zu legen, um durch die Wärme zu spüren, ob Lukas ihn wieder heimlich eingeschaltet hatte. Er hatte das Problem aber erkannt und hatte schon oft genug Essen aus dem Eisschrank daraufgelegt. Scheinbar schien es zu helfen – die Mutter hatte schon lang nicht mehr mit ihm geschimpft. Ihre Mutter mochte einen funktionierenden, regelmäßigen Tagesablauf.

Genau diese Gedanken gingen Marie durch den Kopf, als sie in ihrem Zimmer saß und durch das Fenster hinaus in den Garten starrte. Nur zwei Straßen weiter begann der Wald. Dort war es sicherlich schon stockdunkel. Sie fröstelte bei dem Gedanken und knipste lieber die Deckenlampe an, um das Zwielicht aus ihrem Zimmer zu verbannen. *Mausi muss jetzt ganz alleine in der kalten Dunkelheit ausharren,* dachte sie traurig und wimmerte abrupt, als die Lampe plötzlich erlosch. Die Birne musste durchgebrannt sein. Sie öffnete schon den Mund, um nach ihrem Bruder zu rufen, als sie das Flüstern hörte. Sie machte ein verdutztes Gesicht und legte den Kopf schief. Hatte sie sich das eingebildet? Wer sollte denn auch schon hier sein ... Dann war das Flüstern wieder zu hören.

»... hier ... näher ...«, hörte das Mädchen aus den leisen Wortfetzen heraus. Es klang so, als käme es aus dem Schrank. *»Hilfe«,* jammerte die fremde Stimme dann auf einmal ganz deutlich. Sie klang schrecklich ängstlich und das tat Marie leid und so ging sie näher zu ihrem Schrank. »Hallo. Wer ist da?«, fragte sie leise und ignorierte ihre innere Stimme, die ihr befahl, augenblicklich das Zimmer zu verlassen.

»Ein Freund«, drang es dumpf aus dem Schrank hervor, ganz so als käme es von weit, weit weg.

»Ich habe nur eine Freundin und die ist sicherlich nicht hier«, sagte das Mädchen trotzig und blieb etwa drei Schritte entfernt stehen.

»Sehr richtig, Marie!«

»Woher kennst du meinen Namen?«

»Ich sehe und höre vieles«, sagte die Stimmer geheimnisvoll und machte eine Pause. Nach einem langen Seufzen sagte sie dann: »Auch die schlimmen, schlimmen Dinge!«

»Was meinst du?«

»Na ja, das was eben mit der armen Mausi geschehen ist. Dein Bruder ist ein Flegel und sein Hund ... nun ... manche Dinge muss man nicht aussprechen, oder Marie?«

Die Stimme kam ihr jetzt näher vor und gar nicht mehr dumpf. Sie hatte einen angenehmen Klang: tief, melodisch und volltönend und gleichsam dynamisch und voller Leben. Sie sah einen jungen Erwachsenen vor sich, vielleicht mit krausen Haaren und kleinen Fältchen, wenn er lächelte, und eins stand fest, wer auch immer zu dieser Stimme gehörte, der lachte auch sicherlich viel.

»Es war furchtbar«, brachte Marie schließlich mechanisch hervor. »Furchtbar!«

»Oh, das kann ich nur zu gut verstehen. Die arme Mausi.«

Es war einen Moment lang still. Im Schrank knarrte, knirschte und ächzte es. Ein Tippeln war auf den Holzbrettern zu hören. Marie wich einen Schritt zurück.

»Die Dunkelheit ist unheimlich!«, drang es weinerlich aus dem Schrank hervor.

»Ja«, sagte Marie lediglich und hob den rechten Fuß an, um noch einen Schritt zurückzutreten. Doch dazu kam es nicht.
»Mir geht es da wie Mausi – ganz alleine im Dunkeln! Aber wir können uns helfen. Gegenseitig. Wie klingt das?«
Marie stellte den Fuß ab und lächelte bis über beide Ohren!
»Das klingt super!«, freute sie sich und fragte: »Wie soll das aber gehen?«
»Ganz einfach«, raunte ihr die Stimme entgegen. »Du musst deinen Schrank lediglich einen kleinen, klitzekleinen Spalt öffnen, damit ich etwas Licht sehen kann, das mir den Weg weist.«
»Den Weg weisen?«, wunderte sich Marie. »Mein Schrank ist doch gar nicht so groß?«
»Nein, aber ich bin besonders klein!«
»Ach so«, sagte Marie und überlegte einen kurzen Moment. »Und wie kannst du dann Mausi helfen?«
»Nun, ich habe da meine Tricks und Kniffe, kleine Prinzessin«, antwortete die Stimme bestimmt und Marie war sich sicher, dass der Besitzer der Stimme gerade lächelte. Sie trat etwas näher an den Schrank heran und umklammerte dann einen der Griffe. Ganz sachte zog sie die Türe auf und blickte angespannt in die andere Richtung.

»Gut so! Das reicht auch schon«, sagte die Stimme. »Das hast du hervorragend gemacht. Soll ich dir dann auch mit deinem Bruder helfen? Soll ich Mausi helfen?«

»Ja, bitte«, antwortete das Mädchen.

»Nun gut!« Die Stimme klang nun ganz nahe. »Dafür musst du mir aber noch einmal helfen.«

»Das habe ich doch schon?«

»Ja, aber das reicht eben noch nicht, kleine Marie. Eine Hand wäscht nun einmal die andere und deswegen wirst du mir noch einmal helfen müssen.«

»Wie denn?«

Der Schrank knarrte. Marie verkrampfte und stand starr im Raum. »Du musst mich kurz besuchen kommen. Nur ganz kurz, kleine Marie. Ich brauche deinen Rat in einer wichtigen Entscheidung!«

Das schmeichelte ihr. Wer brauchte sie denn schon einmal? »Und es wäre auch nur kurz?«

»Sicher!« Ein herzhaftes Lachen drang aus dem Schrank hervor. »Haben wir eine Vereinbarung?«

»Ja. Wenn du mir nun wegen Mausi hilfst!«

»Prinzessin Mausi«, verbesserte die Stimme und Marie musste mit einem Lächeln auf dem Gesicht nicken. »Dafür musst du deinen Bruder herholen!«

Das war etwas, mit dem sie nicht gerechnet hatte. »Warum?«

»Weil er die Schuld daran trägt. Ich will nur mit ihm reden. Dann werde ich Mausi helfen. Versprochen.« Marie überlegte einen Moment lang und nickte dann andächtig. Was sollte denn schon Schlimmes geschehen? Vielleicht brachte es etwas, wenn mal jemand anders als sie selbst oder die Mutter mit Lukas reden würde? Die Mutter würde sowieso nichts gegen Lukas sagen. Sie nahm es hin, dass er seine Schwester ärgerte. Oft genug hatte sie dann gesagt, sie könne sich nicht um alles kümmern und Marie solle versuchen, ihren Bruder selbst in die Schranken zu weisen. Hier war die Gelegenheit!

Sofort drehte sie sich um, um hinabzugehen und erschrak ganz furchtbar. Im Zwielicht hatte Bruno der Teddy ganz unheimliche Züge angenommen. *Aber er ist doch eigentlich ganz lieb,* sagte Marie sich und ging an dem Bären vorbei, der wie ein Wächter neben ihrer Tür hockte. Sie ließ ihn dabei nicht aus den Augen. Als Marie ihn endlich passiert hatte, rannte sie los.

Ihr Bruder kam ihr bereits auf der Treppe entgegen. Scheinbar war Lukas Sendung vorbei. Der Foxterrier trottete an seiner Seite und blickte zu ihm hoch. Geronnener Speichel klebte in vielen Teilen seines Fells.

»Was rennst du denn so?«, fauchte Lukas sie an. »Wenn du hinfliegst, dann bin ich wieder schuld!«

»Du bist noch ganz andere Sachen schuld und dieses Mal wird es Ärger geben.«

»Jetzt reg dich doch nicht wegen deiner dummen Puppe auf. Es wird Zeit, dass du damit aufhörst. Ich habe keine Lust, dumme Sprüche von Freunden gedrückt zu bekommen, weil meine dumme Schwester noch mit Puppen spielt!«

Lukas war alles andere als ein Musterschüler. Mit großem Einsatz hatte er daran gearbeitet, seinen Aufenthalt in der Grundschule in die Länge zu ziehen. Naturgemäß hatte er sich in der vierten Klasse als eine Art Anführer etabliert, denn immerhin war er zwei Jahre älter als die anderen und überragte die meisten von ihnen um mehr als einen Kopf.

Doch von Angst und Schrecken, die er unter seinen Mitschülern verbreitet hatte, war nicht mehr allzu viel übrig. Längst zogen sie ihn alle wegen seiner zurückgebliebenen Schwester auf, die früher eingeschult worden war. Er konnte sich noch erinnern, wie er es einmal nicht mehr ausgehalten und zugeschlagen hatte. Der Feigling hatte es natürlich der Lehrerin gesagt und diese hatte es dann wiederum weitererzählt und am Ende hatte Lukas wegen seiner dummen Schwester Ärger bekommen. Wie sie da jetzt vor ihm stand! Voller Trotz! Wie konnte sie nur? Die Wut kochte wieder in ihm auf.

»Na komm, Hektor!«, sagte er mit einem Lachen. »Willst du einen Nachtisch?« Er machte einen Satz an Marie vorbei, die laut aufheulte und nach seinen Füßen griff. Die Hände erwischten lediglich Luft. Sie hetzte hinterher. Lukas war bereits in ihrem Zimmer verschwunden. Hektor kläffte sein schrilles

Gebell. Dann war Marie durch die Tür hindurch.

In der Eile hatte sie gar nicht bemerkt, dass Bruno seinen Wachposten verlassen hatte. Sie hatte nur Augen für ihren Bruder und den Hund. Lukas stand vor ihrem Bett, lachte irr und feuerte Hektor, der auf dem Bett umhersprang, wild an.

»Ja, los! Zerreiß sie, los! Fein!« Der Hund hatte seine spitzen Zähne in irgendeine ihrer Puppen gegraben und schüttelte sie wie wild umher. Dann flog sie aus der Schnauze und kam – mit Sabber überzogen und zerfetzt – neben dem Bett zum Liegen. Marie rannte auf die Puppe zu. Lukas war schneller. Er packte sie am Haar. Es tat weh! »Lass mich«, flehte sie. Er schnaubte nur.

Hektor sprang vom Bett herab, hin zu der Puppe. Dann – es ging so rasend schnell! – sprang aus den Schatten, die dort unten am Boden inzwischen immer undurchdringlicher wurden, ein anderer Schatten hervor. Er packte den Hund, der nicht einmal Zeit hatte, um kurz aufzujaulen und zerrte ihn unter das Bett.

Dann begann das Quieken. Es war schrill. Lukas ließ Marie los. Sie hielt sich die Ohren zu und machte einen Schritt zurück. »Was?«, stammelte ihr Bruder nur fassungslos und blieb wie angewurzelt stehen, sein Gesicht zu grenzenloser Furcht entstellt. Langsam schälte sich aus dem Dunkel hinter dem Bett der gedrungene Umriss einer Gestalt hervor. Sie war klein, vielleicht nur etwas größer als der Terrier, aber ging auf zwei Beinen. Langsam kam sie näher und dann trat sie ins Licht. Es war Bruno. Das Bärengesicht lächelte. Es lächelte böse. Schwarze Flecken überzogen sein Fell.

Lukas entwich ein erstickter Schrei, als er sah, dass der Teddy auf ihn zukam. Er wich einige Schritte zurück und stolperte beinahe. Strauchelnd konnte er sich auf den Beinen halten. Was war das gewesen? Panisch blickte er sich um. Etwas hatte sein Bein gepackt! Wie konnte es so schnell so dunkel geworden sein? Die Schwärze am Boden war vollkommen. Nur mit viel Fantasie konnte er darin wabernde Bewegungen ausmachen. *Es sind die anderen. Sie holen dich!*

Er trat wild um sich, merkte, dass er gegen weiche Dinge trat und sie umher schleuderte und dann stürzte er zur Tür. Eine furchtbare Sekunde lang war er sich sicher gewesen, dass sie zu und abgesperrt sein würde, aber sie stand immer noch offen.

Ohne die Richtung klar erkennen zu können, raste der Junge auf die Treppe zu. Dort wurde er nur unwesentlich langsamer und hetzte sie halsbrecherisch hinab. Er fiel. Er fiel ins Nichts. Es war nur ein kleiner Sturz, die letzten zwei Stufen hinab.

Er zwang sich aufzustehen und rannte zur Wohnungstür. Sie war abgeschlossen. Panik. Aber nein, es war doch ganz klar! Sie war immer abgeschlossen. Die Mutter wollte es so, wenn er und Marie alleine waren. Er kramte in den Schüsseln. Keller, Garage, Fahrradschloss, Briefkasten – wo war der verdammte Haustürschlüssel!? In das Klimpern des Metalls mischte sich das Knarren der Treppenstufen.

Mit einem wütenden Heulen schleuderte der Junge die Schlüsselleiste zu Boden und rannte zur Küche. Dort kletterte er behänd auf eine der Ablagen, öffnete das Fenster und sprang hinaus in den Garten. Der Aufprall war alles andere als sanft. Die Rosen zerkratzten seine Haut. Ein pochendes Brennen zog sich durch seinen rechten Fußknöchel. *Aufstehen!*, rief sein Verstand.

Er rappelte sich auf und wollte gerade zum Gartentor rennen, als er im bleichen Mondlicht – wie konnte es nur so schnell Nacht geworden sein? – die Hügel entdeckte, die zwischen ihm und dem Fluchtweg aus dem Boden hervorwuchsen. Sie sahen aus wie Maulwurfshügel.

Sein Atem beschleunigte sich. Stoßweise presste er weiße

Atemwolken hervor. Die Nacht war kalt. Die Erdhaufen zitterten. Plötzlich platzte die dünne Erdschicht. Sie teilte sich bei jedem der Hügel. Zerfetzte Glieder von dutzenden von Puppen wandten sich aus ihnen langsam hervor.

Marie sah aus dem Fenster. Lukas rannte auf das andere Ende des Gartens zu, dorthin, wo das Gartentor in Richtung Wald führte. *Wieso,* wunderte sich das Mädchen und fröstelte bei der Vorstellung, wie es jetzt im Wald sein würde. Die Schranktür knarrte. Ihr entwich ein Schrei und sie rannte die Treppe hinab.

Das alles schien ihr lange her zu sein – zumindest länger, als es eigentlich der Fall war. Den ganzen Tag über waren Polizisten im Haus herumgelaufen, hatten ihrer Mutter Fragen gestellt. Diese hatte immer wieder gesagt, sie wäre nach Hause gekommen und Lukas sei fort gewesen, wie vom Erdboden verschluckt. *Oder vom Schrank,* hatte Marie da gedacht und geschaudert, als ihr die Stimme wieder eingefallen war. Und die Abmachung.

Als ihre Mutter heim gekommen war, hatte Marie in einer Ecke des hell erleuchteten Wohnzimmers gesessen und keinen Ton gesagt. Sie weigerte sich, der Mutter irgendetwas wegen Lukas zu sagen. »Ich will nicht alleine in mein Zimmer gehen«, hatte sie ihrer Mutter lediglich anvertraut und durfte aufbleiben, während die ersten Polizisten eintrafen.

Später kam auch eine nette Frau dazu, die langsam mit Marie sprach. Sie hatte eine angenehme Stimme gehabt und hatte sie nicht nur mit Fragen nach Lukas durchlöchert. Nein, die Frau war nett gewesen. Sie hatte ihrer Mutter dann davon erzählt, dass es der Schock sei und man abwarten müsse.

Die Nacht durfte Marie bei ihrer Mutter schlafen. Heute sah es anders aus und eigentlich war es auch gut so. Marie wollte ja nicht, dass auch noch ihrer Mutter etwas zustoßen könnte.

Also wartete sie alleine auf das, was nun geschehen würde. Inzwischen war nur noch eine feine rote Linie am Horizont zu sehen. In den Tiefen des hügeligen Landes war bereits die Nacht herangebrochen und die Schatten huschten emsig und geschäftig umher. Ein Klopfen. Es kam aus dem Schrank. »Ja?«, sagte Marie unsicher.

»Bist du bereit?« Die Stimme klang dünn und hohl, gar nicht mehr nach dieser warmen Stimme des Vortags.

»Ich wollte das alles nicht! Das war alles falsch!«

»Oh, nein! Natürlich wolltest du es. Die Menschen wissen oft nicht, was sie sich eigentlich wünschen und nie kann man es ihnen recht machen.« Ein tiefes Seufzen entfuhr dem Schrank.

»Du wolltest das also alles nicht? Du musst dich dann ja sicher schrecklich elendig fühlen.«

»Ja.«

»Dann lass das doch einfach alles hinter dir. Komm mit mir! Hier kannst du Gutes tun!«

Marie zögerte mit der Antwort. Langsam fragte sie sich, wieso die Gestalt nicht einfach aus dem Schrank trat. Sie konnte das flache, stoßweise Atmen inzwischen hinter der Tür ganz deutlich hören. Konnte sie es etwa nicht?

»Ich will hierbleiben!«, rief sie. Ein Knurren erklang zur Antwort, gefolgt von Stille.

»Dummes Kind! Was denkst du, was man mit dir macht, wenn sie es herausfinden? Du wirst weggesperrt. Oder noch schlimmeres …«

Hatte die Stimme damit Recht? »Nein, ich wollte das doch alles nicht!«

»Mh«, drang es nachdenklich aus dem Schrank. »Sie wissen aber, dass du deine Gründe gehabt hättest. Du wirst hier doch so oft geärgert. Vielleicht wolltest du es ihnen einfach heimzahlen. Vielleicht hast du mit deinem Bruder angefangen …«

»Nein, nein!« Marie flossen die Tränen die Wangen hinab.

»Geschrei und Gezeter nützen jetzt nichts mehr. Du hast es dir gewünscht, du hast es bekommen. Überleg dir gut, was du nun willst.« Eine Pause. »Willst du wirklich, dass sie dich alle hassen?«

Sie schüttelte den Kopf. Die Schranktür öffnete sich lautlos einige Zentimeter. Dahinter lag Schwärze.

»Dann komm her. Hier hasst dich niemand. Hier kannst du alles wiedergutmachen!«

Sie trat ein paar Schritte vor, hin zu dem Durchgang. Es war längst kein kleiner Spalt mehr, der zwischen gewöhnlichem Holz aufklaffte. Diese Öffnung führte tiefer, so tief, dass aus oben unten werden konnte und aus Recht Unrecht. Wieso sollte also nicht auch aus Unrecht Recht werden können? Waren das ihre Gedanken? Nein. So konnte sie, ein Kind, doch nicht denken! Wer war es dann?

Erschreckt merkte sie, dass sie nur noch eine Handbreite entfernt vor ihrem Schrank stand. Ein kalter Lufthauch strömte aus ihm hervor. Moosiger Duft, der Geruch nach Morast und Fäulnis lag darin. Sie hörte das Blubbern eines Baches. Dann schloss sie die Augen – sie sah den dichten, grünen Wald. Es war ein Sommertag, heiß und trocken, aber hier im Wald war es angenehm kühl. Der Bach sang sein Lied.

Mit einem Lächeln auf den Lippen verließ Marie diese Welt.

16. Die Medizin

Mir schien es keine köstliche oder magische Medizin zu sein, die mich aus dem Nichts zurück ins Leben riss. Es war vielmehr der ekelhafte Geschmack, gemischt mit einem unsäglichen Brennen, der mich regelrecht packte und wieder in die Welt der Schmerzen zurückholte. Ein japsender Schrei entfuhr mir. Dann strömte die kalte Luft zurück in meine Lungen. Die Tränen schossen mir in die Augen. Die Flüssigkeit in meinem Rachen würde jeden Whisky vor Scham rot anlaufen lassen. Es schüttelte mich und jäh verkrampfte sich mein ganzer Körper. Ich bäumte mich auf. Sie packten mich, drückten mich nieder. Ihr Griff war stark, aber mein Körper umso entschlossener. Ich zappelte in ihren Händen wie ein Aal.

»Haltet ihn!«, befahl eine Stimme. Dann erschien Melpomenus Gesicht vor meinen Augen. Er beugte sich über mich. Sorgenvoll waren seine Züge. »Behalten Sie es bei sich«, zischte er mich an und packte meine Brust, die sich gerade in einer neuen Salve rhythmisch hob und senkte. »Sie waren schon tot. Es ist ein Wunder, dass der Trank Sie noch retten konnte. Jetzt kämpfen Sie auch, Herr Krüger! Lassen Sie die Mühen nicht umsonst gewesen sein!«

Es schien so, als wehrte sich mein Leib gegen das, was auch immer sie mir eingeflößt hatten. Der Schweiß drang mir aus den Poren. Eines der Orkwesen konnte mein glitschiges Handgelenk nicht mehr halten. Der linke Arm schnellte wie eine Schlange empor und traf das Geschöpf direkt zwischen die Augen. Es gab einen knackenden Laut, Blut schoss aus der zertrümmerten Nase und dann sackte es reglos in sich zusammen. Melpomenus rief etwas. Dann packte mich ein kaltes ... nun, ein Etwas. Mir entwich ein Schrei. Es war nicht einmal deswegen, weil mein ganzer Arm mit erschreckender Gewalt nach unten gedrückt wurde und ich das Reißen von Bändern sowie das Brechen eines Fingerknochens hörte, sondern weil mich der Fährtenleser gepackt hatte, diese von Furunkeln übersäte Laune der Natur. Dieser Schreck brach meinen Widerstand. Langsam ließ der Anfall nach.

In langsamen, tiefen Zügen atmete ich. Ihre Griffe wurden etwas schwächer. Melpomenus gab einen kurzen Befehl und dann ließen sie ganz von mir ab. Den Druck ihrer klauenartigen Finger spürte ich trotzdem noch, als hätten mich Phantome gepackt. Ich schloss einen kurzen Moment die Augen und genoss es, mit mir alleine zu sein. Dann holte ich noch einmal tief Luft und öffnete meine Lider wieder, um mich umzusehen.

Es war immer noch der gleiche Wald. Wir schienen eine Art Lager auf einer großen Lichtung aufgeschlagen zu haben. In ihrer Mitte ragte ein imposanter Baum in kaum mehr fassbare Höhen empor. Aus der Entfernung sah ich nur die schwarzen Konturen, die dunkler waren als die Nacht, die alles umgab. Feine schwarze Linien wuchsen aus dem Stamm hervor, ein Netz von hunderten schlanken Ästen. Ich folgte dem Verlauf des Stammes mit den Augen weiter hinauf. Der anfänglich kerzengerade Wuchs begann sich bald schon zu krümmen wie bei einem buckligen Menschen.

»Es ist das älteste Lebewesen, das mir bekannt ist, Herr Krüger«, sprach mich dann Melpomenus an. »Ihm wohnt sehr viel Macht inne. Wir können dankbar dafür sein, dass der Überfall auf unser Schiff erfolgte, als wir uns in seiner Nähe befanden.« Der Überfall – er schien ein Relikt aus einer seit Äonen vergangenen Zeit zu sein. Wer hatte uns da eigentlich angegriffen und warum hatte er das getan? Ich setzte die Frage auf eine imaginäre Liste. Vorher waren mir andere Fragen wichtiger.

Ich ließ meine Augen weiter wandern. Die Seeleute und anderen Kreaturen aus Melpomenus Gefolge schienen eifrig damit beschäftig zu sein, weitere Zelte für das Lager zu errichten. Hier und da standen schon die ersten Holzgerüste. An einer anderen Stelle mühte sich ein besonders abstoßendes Exemplar, aus dessen gesamter schuppiger Haut dickes, borstiges Haar wucherte, mit einem Feuer ab. Es schien kein leichtes Unterfangen zu sein, das nasse Geäst auch nur zum Glimmen zu bringen. Eine zweite Kreatur gesellte sich lachend dazu und versuchte ihr Glück. Mit dem gleichen Ergebnis. Mehr als Rauchschwaden brachte sie nicht zustande. Ohne Zweifel interessierten sie sich nicht für mich und Melpomenus.

Mir wäre es zwar lieber gewesen, ich hätte auch Karek irgendwo mit einer Tätigkeit beschäftigt gesehen, aber die Neugier war zu groß und so fragte ich Melpomenus ungeachtet der Überlegung, was mein spezieller Freund gerade treiben mochte, danach, ob der große Baum mir das Leben gerettet hatte. Er zögerte einen Moment und nickte dann langsam.

»Soll das ein Ja sein?«, fragte ich leise. Mehr als ein Flüstern brachte ich nicht zustande.

»Es war sowohl ein Ja als auch ein Nein. Sagen wir es anders: Er hat geholfen, dass ich Sie retten konnte.«

»Was habe ich da für ein ekelhaftes Zeug geschluckt?«

»Dieses ekelhafte Zeug, wie Sie es nennen, hat Ihr kleines Leben gerettet, Herr Krüger!« Melpomenus schien ernstlich über meine Worte verärgert zu sein.

»Es war nicht leicht, diese Medizin verfügbar zu machen.«

»Was war das für eine Medizin?«, fragte ich und musste an diesen grässlichen Geschmack und das scharfe Brennen zurückdenken. Meine Magengegend fühlte sich unwillkürlich ganz flau an und für einen kurzen Moment dachte ich, ich müsste die Arznei doch noch erbrechen. Ich atmete tief ein und zwang mich mit Erfolg zur Ruhe.

»Herr Krüger, was macht das für einen Unterschied? Es sind alte Rezepte meines Volkes, Elixiere, die Sie niemals je selbst brauen werden. Vergeuden Sie Ihr neu geschenktes Leben nicht, indem Sie es mit Sorgen und Gram beginnen. Seien Sie lieber dankbar dafür. Sobald Sie sich wieder dazu in der Lage fühlen, wünsche ich, dass Sie mit dem Schreiben fortfahren. Diese Geschichte nähert sich ihrem Ende und ist der Schluss einer Geschichte nicht der Part, der am meisten Können verlangt? Ich bin mir sicher, dass Sie beseelt von Ihrer beinahe Begegnung mit dem Tod in der Lage sein werden, die richtigen Worte zu finden.«

Ich wollte protestieren! Er sollte mir doch einfach nur sagen, was ich da zu mir genommen hatte und nicht ausweichen! Meine Gedanken überschlugen sich. Wie konnte er es auch noch wagen, mir eine Art Ultimatum für meinen Roman zu stellen? Ich wäre beinahe gestorben und er dachte an den Roman? Mir erschien es wie hämischer Spott, als er sich mit einem breiten Lächeln abwandte.

Ich wollte ihm nachrufen, dass er stehen bleiben sollte. Mehr als ein heiseres Husten brachte ich allerdings nicht zustande. Es dauerte nicht lange und zwei der Orkwesen eilten zu meiner Trage. Eines breitete ein weiteres Fell über mir aus. Augenblicklich merkte ich, wie es mir wärmer wurde. Dann stemmten sie mich in die Höhe und trugen mich quer durch das Lager. Die dunklen Gestalten glitten an mir vorbei. Ich fühlte mich wie in einer dieser alten Geisterbahnen auf den Jahrmärkten. Im Zickzackkurs huschte ich an einer schauerlichen Fratze nach der anderen vorbei. Inzwischen brannten die ersten Feuer – es ließ ihre Augen gelb und grün und rot wie die wilder Tiere schimmern. Auch jenseits unseres Lagers, dort wo der Wald begann, sah ich leuchtende Punkte. Ich wollte gar nicht erst darüber nachdenken, zu welchen sonderbaren Wesen diese Augen gehören mochten.

Dann geschah der Zusammenprall. Einer meiner Träger war mit einer anderen Kreatur aneinandergeraten, die verzweifelt versucht hatte, ein Zelt zu errichten. Das ungeschickte

Exemplar hatte nachdenklich einige Schritte nach hinten gemacht – ohne sich umzusehen –, um sein Werk, so schief und krumm es auf den ersten Blick schon anmutete, aus der Distanz einer kritischeren Betrachtung unterziehen zu können.

Es wurden einige tiefe, kehlige Worte ausgetauscht. Oder war es nur ein Knurren im Sinne einer Drohgebärde? So oder so, meine Trage wurde niedergelegt und beide Kreaturen, die mich eben noch zu einem Zelt hatten bringen sollen, fielen nun über die dritte her. Das Duo arbeitete gut zusammen – die eine Kreatur hielt das Opfer fest, die andere schlug zu. Eine schwarze Linie floss langsam aus seinem Mund.

Die Hiebe schienen ihre Wirkung nicht zu verfehlen. Dann bäumte sich der Unterlegene mit einem Mal voller wilder Tobsucht auf und erwischte seine Angreifer damit vollkommen auf dem falschen Fuß. Er spannte einmal noch schnell den Oberkörper an und schon hatte er seine Arme frei, versetzte beiden Stöße, um weiteren Freiraum zu gewinnen und dann sah ich die Klinge im Feuerschein funkeln. Ich war dieses Wahnsinns inzwischen mehr als überdrüssig und wandte den Blick ab. Ich hätte nicht gedacht, es damit noch schlimmer machen zu können.

Denn jenseits des Feuers lenkte ein Schatten meine Aufmerksamkeit auf sich. Der Kampflärm in meiner Nähe – das Geröchel und Geschrei – interessierte mich rein gar nicht mehr. Der Schatten stand gebeugt da und vollführte immer wieder die gleiche Bewegung. Dann richtete er sich etwas auf, aber nicht ganz: Er schien sich auf etwas zu stützen. Was auch immer dort getrieben wurde, es musste wohl sehr Kräfte zehrend sein.

Als fühlte sich der Schemen beobachtet, führte er unvermittelt seine Arbeit weiter fort. Es dauerte nicht mehr lange und er stand wieder aufrecht da. Er drehte sich um. Nachdem er einige Schritte gegangen war, bückte er sich und hob etwas auf.

Aus der Entfernung sah es nach einem kleinen Bündel aus. Was war das nur und was hatte er damit vor? Er drehte sich wieder zu dem Loch um und …

Mit einem Ruck änderte sich wieder meine Perspektive. Die technische Störung in der Geisterbahn war anscheinend behoben. Meine beiden Träger hatten den Kampf gewonnen. Blutverschmiert setzten sie den Weg mit ihrer menschlichen Last fort. Einige Schritte weiter war das Ziel erreicht: ein etwas größeres Zelt, das mit vielen Decken ausgelegt war. Ohne Zweifel hatte Melpomenus es für mich so einrichten lassen. In der Ecke hatte ich einige Flaschen mit Stimulanzien entdeckt. Ich nahm mir augenblicklich vor, diese nicht anzurühren. Seine Worte gellten noch in meinen Ohren: *Sobald Sie sich wieder dazu in der Lage fühlen, wünsche ich, dass Sie mit dem Schreiben fortfahren.* Nein, heute würde es für mich keine Stimulanzien geben.

Außer den Flaschen entdeckte ich doch tatsächlich eine Art provisorischen Schreibbereich: Ein Pult stand dort auf wackligen Beinen, auf ihm lag ein Leuchtstein und zum Sitzen hatte ich einen kleinen Hocker, der fast schüchtern vor dem größeren Pult stand. Ein in Leder gewickeltes Bündel lag auf ihm bereit. Mir war bewusst, dass es mein Roman sein musste. Erschreckt nahm ich zum ersten Mal wahr, welche Ausmaße der einfache *Nasty* inzwischen angenommen hatte.

Die zwei Wesen ließen mich nieder und machten sich davon, eines von ihnen zog das linke Bein nach. Erst jetzt fiel mir wieder ein, dass mein linker Arm diese schrecklichen Geräusche gemacht hatte, als mich der Fährtenleser gepackt hatte. Ich versuchte ihn zu bewegen. Ein starker Schmerz trieb mir diese Absicht augenblicklich aus.

Ich sollte mir doch etwas von dem leckeren Zeug gönnen, dachte ich mit einem Mal und warf einen sehnsüchtigen Blick in Richtung der Stimulanzien. Mir erschien es jetzt, da ich mir sicher war, auch wieder aufstehen zu können, geradezu lächerlich, darauf zu verzichten. *Verzichten kann man, wenn man unter der Erde liegt!* Ich musste grinsen. Natürlich musste ich das, denn ich hatte damit doch vollkommen Recht!

Mit einem Mal gefror mir das Lächeln auf den Lippen. Inzwischen hatte mein Geist den kleinen Sprung zustande gebracht und die Brücke zwischen meinen letzten Gedanken und meiner seltsamen Beobachtung geschlagen: Der Schemen hatte ein Grab ausgehoben. Dann hatte er sich abgewandt und das Bündel – *die Leiche,* flüsterte mein Verstand – zu dem Erdloch gebracht, um es – *um sie!* – zu verscharren. Ich schluckte.

Die Unruhe, die ich verspürte, wuchs zur nackten Angst und panisch richtete ich mich auf, nach Luft japsend. Mir war bewusst, dass es keinesfalls eines der Orkwesen war, das dort im Boden verscharrt worden war. Für ihresgleichen nahmen diese Kreaturen keine derartigen Mühen auf sich. Schnell verwarf ich den Gedanken, Melpomenus danach zu fragen. Er verfolgte seine eigenen Interessen und ließ mich nur das wissen, was nötig war, damit ich weiter an meinem Roman schrieb.

Mit einem schiefen Lächeln betrachtete ich meinen provisorischen Arbeitsplatz. Ich zögerte kurz, aber dann trieb mich die Neugier an und ich stand mit einem langen Stöhnen auf, um auf wackligen Beinen die wenigen Schritte durch das Zelt hin zum Pult auf mich zu nehmen. Ich hob das lederne Bündel an, bemerkte sein Gewicht und verzog das Gesicht. *Es ist mehr als eine physische Last,* dachte ich, als ich das Ding hinauf auf das Pult hievte. Zitternd setzte ich mich nieder und verschnaufte einen Moment. Bunte Punkte tanzten vor meinen Augen; das Blut pulsierte rauschend in meinen Ohren; das Herz gab dumpf den Rhythmus vor. Unsicher tasteten meine Finger das Leder entlang. Es war rau, anders als das Leder, das ich bisher kannte. War es überhaupt von einem mir bekannten Tier?

Ich wollte nicht weiter darüber nachdenken und schlug es stattdessen zur Seite, um die losen, aber säuberlich geordneten

Manuskriptseiten zu entblößen. Mein Blick glitt leer über die Zeilen, über Absätze und Kapitel, verweilte nirgendwo. Ab und an nahm ich ein Wort näher zur Kenntnis. Zwei Sätze, oder vielmehr Satzfragmente, rissen mich aus dieser Trance: *Ein Grab. Ein Grab im dunklen Wald bei Nacht.* Sie waren Teil eines Kapitels, das ich erst vor kurzem im Delirium in meiner Kabine geschrieben hatte, als wir noch auf dem Blutstrom dahinfuhren.

Widerwillig erinnerte ich mich daran. Ich wusste weder, welchen Sinn dieses Kapitel im Fortlauf der Handlung einnahm, noch Details über seinen Inhalt. Ich wusste nur, dass es darum ging, dass ein Grab für ein Kind ausgehoben wurde. *Ein Grab. Ein Grab im dunklen Wald bei Nacht.* Mit einem Ruck schlug ich den Ledereinband zu, ganz so, als könnte ich damit auch meine Gedanken bedecken.

Was sollte ich nun tun? Ich fühlte mich so erschöpft! Ich wollte mich nur wieder auf die Felle legen und die Augen schließen. Doch man kann die Augen nicht gegen den Fall verschließen; der Aufprall kommt dennoch und er wird hart sein. Unschlüssig verharrte ich auf dem Hocker. So oder so, es gab nur zwei Möglichkeiten: Entweder – und dies erschien mir immer sinnloser – ich würde über all meine dunklen Vorahnung hinwegsehen, mich hinlegen und sobald ich wieder bei Kräften wäre das Schreiben fortsetzen oder – und der Gedanke schien mir ganz einfach richtig zu sein – ich würde mir nun selbst einige Antworten beschaffen. Ich sah noch einmal auf das Lederbündel sowie auf meine Stimulanzien und dann war der Entschluss gefasst.

Eilig verstaute ich das Bündel in einer der weiten Taschen der Leinenhose. Sie war so ausgebeult, dass es aussah, als hätte ich dort einen riesigen Abszess. Steif richtete ich mich dann auf und verharrte in leicht gebeugter Haltung – so schien der Schmerz in meiner Brust erträglicher. Der linke Arm hing wie der geknickte Ast eines Baumes tot an meiner Seite herab. Ich hob den Leuchtstein auf und verstaute ihn in einer meiner Taschen. Augenblicklich erstarb die einzige Lichtquelle im Zelt.

Langsam streckte ich den Kopf hinaus. Auch hier war es dunkel. Nur von der anderen Seite des Lagers, das inzwischen etwa zwei Dutzend Zelte in wirrer Anordnung umfasste, drang der Schein des Feuers zu mir hinüber. Es war nur ein schwaches Glimmen. Die Dunkelheit schien hier sehr mächtig zu sein und das Licht regelrecht zu verschlingen. Hier, bei meinem Zelt, verdichtete sich das Schwarz zu einer undurchdringlichen Masse, die mich bestens tarnen sollte. Anfangs noch unsicher, dann immer entschlossener näherte ich mich den angrenzenden Bäumen. Ich hatte beschlossen, das Lager mit möglichst großem Abstand zu umrunden, damit ich nicht doch noch gesehen würde.

Ein kalter Windhauch strömte beständig zwischen den Stämmen mit ihren kahlen Ästen auf mich ein. Einen kurzen Moment verharrte ich und starrte angestrengt in das Dunkle hinein. Die schwarzen Linien – jede ein Baum in der Finsternis – reihten sich bis in das große Nichts hinein, das sich meiner Sehkraft entzog. Dennoch war ich mir sicher, dass der Wald noch kilometerweit reichen müsste. *Aber alles hat ein Ende.*

Ich erschrak beinahe bei diesem Gedanken. Ich konnte doch nicht ernsthaft daran denken wollen, das Lager alleine zu verlassen, um mich irgendwie davonzustehlen? *Kann es noch schlimmer kommen? Wer weiß, wann sie dein Grab ausheben. Ein Grab im Wald bei Nacht.* Ich ballte die rechte Hand zur Faust. Der Gedanke, einfach in die Finsternis davonzulaufen, erschien mir mit einem Mal verlockend. Ich drehte mich um. Inzwischen hatte ich noch einige Meter zwischen mich und das Feuer gebracht. Von dem Glimmen war nunmehr nur noch ein kleiner orangeroter Punkt geblieben, umgeben von Schwärze. Ein verirrtes Licht, klein und unbedeutend. Nur noch ein paar

Schritte und ich hätte meine Entscheidung getroffen. Ich würde selbst Teil der Schwärze werden. *Und könnte fliehen ...*

Ein Grab. Ein Grab im Wald bei Nacht. Nein – ich konnte noch nicht gehen. Ich musste Gewissheit haben. Immer entlang an dieser Linie, die zwischen Wald und Lichtung, Licht und Dunkelheit lag, ging ich im Kreis und näherte mich beständig meinem Ziel. Ich fühlte mich, als wäre ich der fernste Planet unseres Sonnensystems, könnte den Fixstern im Zentrum nur noch schwach sehen und bereits ein kleiner Stoß, ein Fingerstupsen vielleicht sogar, würde ausreichen, um mich aus der Bahn zu katapultieren, hinaus ins Unendliche. Ein Fingerstupsen. Welche Wirkung hätte dann eine Leiche?

Es erschien mir unendlich lange zu dauern, bis ich endlich auf der anderen Seite des Lagers angekommen war. Ich musste nicht einmal suchen. Mein Blick fiel direkt auf die aufgewühlte Erde, die sich in Form eines Rechteckes leicht nach oben wölbte. In der Länge maß es vielleicht etwas mehr als einen Meter. In der Breite war es deutlich weniger, vielleicht gerade einmal die Hälfte. Zitternd trat ich näher. *Was nun?* Soweit hatte ich im Zelt nicht gedacht.

Ich stellte mir – und dabei sah ich zu meinen Händen hinab – gerade schon vor, wie ich mit den nackten Fingern im Boden herumwühlte, als meine Sorgen von einer weit größeren verdrängt wurden. Die oberste Erdschicht begann zu zittern. Oder nicht? Es musste Einbildung gewesen sein, denn sofort lag der Boden wieder ruhig da – so wie es sich gehörte. Dann zitterte er erneut. Es dauerte nur kurz, war aber kaum zu übersehen. Mir klappte der Mund auf, als mit einem Mal aus der Erde eine Hand hervorstieß. Braun vom Boden war sie; nur an wenigen Stellen schimmerte die bleiche Haut hindurch. Die Finger krümmten sich wie dünne Würmer.

Dann schlossen sie sich zur Faust und direkt neben mir durchbrach die zweite Hand das Erdreich. Mir entwich ein leiser Schrei. Es war, als hätte man mir die Stimme geraubt. Die Handgelenke lagen bereits frei. Während ich es noch mit Schrecken bemerkte, schoben sich die Arme immer weiter hinaus ins Freie. Ein Haaransatz, in dem Käfer und anderes Getier herumkrabbelte, bahnte sich seinen Weg nach oben.

Endlich war der Bann von mir gefallen und ich wandte mich ab, rannte so schnell mich meine schwachen Beine trugen hin zum Lager. Auch meine Stimme hatte ihren Dienst wieder aufgenommen. Meine Schreie gellten durch die Nacht. Dennoch hörte ich das wütende Knurren direkt hinter mir. Es wurde lauter. Das Licht war nahe. Plötzlich packte mich etwas und ich strauchelte. Hart war der Aufprall und presste mir die Luft aus den Lungen.

Einen Moment dachte ich, ich würde ohnmächtig werden. Nur der Schmerz, der von meinem linken Arm ausging, hielt mich bei Bewusstsein. Stöhnend wollte ich mich aufrichten, aber es war bereits zu spät. Als hätten mich Schraubstöcke gegriffen, bohrten sich kräftige Finger in meine Schulter. Ich wurde herumgewirbelt wie eine Puppe. Dann sah ich die Fratze. Einst musste es das Gesicht eines Kindes gewesen sein, nun war alles Kindliche und auch Menschliche darin verschwunden. Tierischer Wahn lag in dem Blick, die blassen Lippen waren zu einem irren Lächeln verzogen.

Die Gestalt richtete sich auf und reckte Klauen – es waren keine Hände mehr – in die Höhe. Ich hörte das Surren in der Luft, als sie hinab schnellten. Sie erreichten mich nicht. Das Wesen wurde nach hinten geschleudert und landete einige Meter entfernt von mir auf dem Rücken. Ein Pfeil, beinahe so große wie es selbst, ragte aus der schmalen Brust. Nur einen Moment fragte ich mich, wie so ein kleines Etwas solche Kräfte hatte aufbringen können? Doch der Gedanke verschwand augenblicklich, als sich das Wesen wieder erhob.

Es kniete bereits und brach den Pfeil ab, als ich mich selbst mühsam aufrichtete. Ich konnte nicht entkommen. Es setzte gerade zu einem weiteren Sprung an, als es abermals von einem Pfeil getroffen wurde – ich hatte den Lufthauch deutlich an meiner Wange gespürt. Dann stürzte Melpomenus Gefolge über es her. Ich sah nur noch, wie Äxte, Hämmer und Keulen niedersausten. Aus dem wütenden Knurren wurden hohe Klagelaute. Ich drehte mich weg, konnte das nicht mehr sehen.

Auf dem Bauch robbte ich panisch davon, immer dem Licht entgegen. Ein schwerer Stiefel sauste direkt vor mir ins Erdreich und versperrte mir den Weg. Etwas packte mich und wieder kam ich mir wie ein willenloses, lebloses Ding vor, als Melpomenus mich ohne jede größere Anstrengung aufrichtete. »Sie alter Narr!«, herrschte er mich an. Ich hörte noch einmal, wie die Luft zerriss. Dann spürte ich den Einschlag. Mein Kopf wurde herum gewirbelte. Es ging alles so schnell! Es dauerte, bis ich begriff und der Schmerz kam. Melpomenus flache Hand verharrte immer noch drohend in der Luft. Er zischte eine fremde Silbe in die Luft, sah mich voller Zorn an und rannte dann an mir vorbei auf seine Dienerschaft zu.

In seiner Eile wallte sich der Saum des langen schwarzen Mantels hinter ihm wie dunkle Sturmwolken. Er blieb jäh einige Schritte vor den fünf Kreaturen stehen. Er sagte etwas. Es war leise. Ich konnte kaum eine Silbe erahnen. Die Kreaturen deuteten auf sich mit den Fingern. Die Augen waren in Panik geweitet. Melpomenus schüttelte nur den Kopf. Ohne jedes weitere Wort, ohne jede Vorwarnung zückte er zwei lange Messer. Keinen Wimpernschlag später sackten die Kreaturen wie in Zeitlupe in sich zusammen. Dampfwölkchen stiegen von ihrem Blut auf. Melpomenus beugte sich hinab und wischte seine Klingen an einer der Leichen ab.

Er ging mit langsamen Schritten auf mich zu. Der Zorn war aus seinem Gesicht verschwunden. Einige Falten unterstrichen den Eindruck von Müdigkeit. Meine Wange brannte.

»Warum haben Sie das getan?«, fragte ich wütend und erschrak vor meinen Worten. Was hatte mich dazu getrieben, ihn, der eben ohne jeden Skrupel fünf seiner Diener getötet hatte, nun derartig anzufahren? Ich denke, es war der verletzte Stolz. Ich kann auch jetzt noch das heiße Brennen in meinem Gesicht spüren, wenn ich an diesen Moment zurückdenke. Es brannte in der kühlen Nachtluft nur umso heißer. Sollte er sich doch nur auch noch an mir vergehen!

»Sie haben es herausgefordert«, antwortete Melpomenus mit einem Gesicht, das wie in Stein gemeißelt zu sein schien. Er deutete mit seinem Kopf in Richtung der Kadaver. »Sie sollten ein tiefes Grab ausheben und haben es aus Bequemlichkeit nicht getan. Ihre Torheit hätte uns alle das Leben kosten können. Das Ding hätte nur den ersten holen müssen und schon hätte es an Kraft gewonnen.«

»Was war das überhaupt?« Ich sah noch immer diese unmenschliche Fratze vor mir.

»Was glauben Sie denn, Herr Krüger?«, fragte mich Melpomenus und fügte hinzu: »Außerdem frage ich mich vielmehr, was Sie alleine hinaus in die Nacht getrieben hat?«

Bevor ich antworten konnte, schüttelte Melpomenus den Kopf und deutete hin zum Feuerschein. »Wir sollten manche Angelegenheiten nicht in der Dunkelheit bereden. Kommen Sie!«

Am Feuer wies er zwei Kreaturen an, uns Stühle zu bringen. Dann setzten wir uns eingehüllt in Decken nieder und er befahl jenen Kreaturen, die auch die Wärme des Feuers suchten, uns alleine zu lassen. Selbst das helle Licht und die prasselnde Wärme konnten den Schrecken nicht aus meinen Gliedern vertreiben.

»Was glauben Sie, was Sie da gesehen haben?«, durchbrach Melpomenus schließlich unser Schweigen. Ich starrte noch einen Moment in die Glut.

»Ein Kind. Ein totes Kind.«

Er sagte nichts, nickte nur langsam vor sich hin.

»Tote wandeln nicht umher. Und was soll ein Menschenkind hier in meiner Welt verloren haben?«

»Ihre Geschichte! Denken Sie wirklich, ich wüsste nicht, dass Sie mir nicht alles sagen!«

Er lachte. »Welch beherzter Ausbruch an Glorie! Bravo!« Er zog die Augenbrauen hoch und legte den Kopf schief, ganz so als erwartete er, dass ich in sein Lachen einstimmte. Ich schwieg. Er griff neben sich und beförderte einen Krug hervor, aus dem er einige tiefe Schlucke nahm.

»Ich denke, Sie haben sich einige klare Worte verdient, Herr Krüger. Ob Sie ihnen gefallen, das steht freilich noch zur Diskussion.« Er wischte sich den Mund mit der flachen Hand ab und blickte mich durchdringend an. Ich nickte und hielt seinen bohrenden Augen stand.

»Also schön, wie Sie wünschen. Ja, das Kind stammte aus Ihrer Welt. Wir brauchten es.«

»Wofür?«

»Hat Sie der Mut und der Durst nach Wahrheit schon verlassen? Sie wissen es doch schon längst!« Er nahm noch einen Schluck aus dem Krug. Es war ein tiefer Zug. Feine Rinnsale des Weines liefen als tiefrote Linien an seinen Lippen hinab, bahnten sich einen Weg zu seinem Hals. Mir wurde übel, als ich an die brennende Flüssigkeit denken musste, die man mir verabreicht hatte, um das Gift in meinem Körper zu besiegen.

»Was war das für eine Medizin?«

Melpomenus leckte sich die Lippen sauber. Ein rötlicher Film blieb jedoch beharrlich an ihnen haften. »Auch das wissen Sie doch schon längst, Herr Krüger!«

Es wäre gelogen, wenn ich jetzt sagen würde, dass mich Übelkeit oder Entsetzen packten. Ich bin kein Monster, nein. Ich war nur überfordert. Stellen Sie sich vor, Sie balancieren an einem Abgrund entlang und der einzige Halt, der Sie vor einem Sturz bewahren könnte, wird Ihnen lachend vor der Nase weggerissen. Ich fühlte mich in etwa so. Dann – die Nervenbahnen hatten endlich das Chaos in meinem Geist erhört – ballte ich die Rechte zur Faust und ließ sie mit voller Wucht auf meine Beine niedersausen. Ich nahm den Schmerz gar nicht wahr.

»Aber, aber«, sagte Melpomenus in einem väterlichen Ton. »Sie können doch nichts dafür. Ich habe Sie retten wollen und über Ihren Kopf hinweg entschieden!«

»Das kann doch alles nicht wahr sein!«, schrie ich. Dann weinte ich und die Übelkeit setzte ein.

»Doch. Es ist wahr!«

»Es war nur eine verdammte Geschichte, die Sie mir erzählt haben. Nur eine Geschichte. Nicht mehr! Wieso haben Sie mir diese verdammte Geschichte überhaupt erzählt?«

Ich rief die Worte immer und immer wieder hinaus, so als könnte ich damit die Realität ändern, so als wäre es ein Gebet, an das man nur fest genug glauben musste, um – von wem auch immer – erhört zu werden. Als meine Kehle schon wund war und mir keine Tränen mehr zum Weinen blieben, berührte mich Melpomenus an der Schulter. Ich zuckte voller Abscheu zusammen.

»Tun Sie nicht so angewidert. Sie sind nicht so rein, wie Sie glauben. Geschichten sagen Sie und meinen damit, dass es keinen Gehalt hat, dass es nur leere Fantasie ist! Manchmal kommt es nur darauf an, auf welcher Seite man sich befindet, Herr Krüger. Sie selbst haben schon genug Unheil erdacht mit all Ihrem Worteweben! Nun lassen Sie das Selbstmitleid! Sie fragten, warum ich Ihnen überhaupt diese Geschichte erzählt habe? Es war das Aufbegehren des Lehrlings gegen den Meister – gegen den Meister des *Makabren*, um genau zu sein. Ich glaube, ich könnte das Buch auch ohne Ihre Hilfe inzwischen mehr als gelungen vollenden, aber nichtsdestotrotz haben Sie keine Wahl und ich werde Sie auch nicht aus Ihrer Verantwortung entlassen. Sie haben diesen Vertrag mit Bluttinte unterzeichnet und werden ihn erfüllen!«

Er klopfte mir wie zur Aufmunterung noch einmal auf die Schulter und trat dann einen Schritt zurück. Noch bevor der Plan – falls man euphorisch davon sprechen kann – in meinem Kopf gereift war, war ich bereits aufgesprungen und näher ans Feuer getreten. Die Hitze verschlug mir den Atem. Keine zwei Sekunden später hatte ich das in Leder gewickelte Manuskript hervorgekramt und hielt es den Flammenzungen entgegen. »Ich werde nichts mehr erfüllen!«, rief ich mit brüchiger Stimme, die mir selbst eine Gänsehaut bescherte – Menschliches hatte sie nicht mehr an sich.

Melpomenus verharrte in der Bewegung. Dann, nur ganz langsam, drehte er sich um. Sein Kopf war schief gelegt und ein süffisantes Grinsen lag auf seinen Lippen. Von überall rannten schwarze Schatten auf das Feuer zu. Melpomenus reckte die Hand nach oben. Die Kreaturen blieben mit einigen Metern Abstand stehen.

»Ich meine es ernst! Bring mich nach Hause!«

»Ach, Herr Krüger!« Er schüttelte den Kopf. »Was haben Sie sich nur dabei gedacht? Vermutlich gar nichts. Sie denken also, Ihre kleine Erpressung könnte mich zwingen, nun von Ihnen Befehle entgegenzunehmen? Selbst sollte ich willens sein, Sie nun wieder in Ihre Welt zu bringen, ist es ein weiter Weg dorthin. Wie wollen Sie Ihre Drohung aufrechterhalten? Möchten Sie das Feuer gerne mitnehmen?« Er lachte nicht einmal, sondern blickte sich nur mit einem genervten Gesichtsausdruck um.

»Wir setzen einen neuen Vertrag auf, der mich von den alten Verpflichtungen befreit. Außerdem kann der Weg nicht derartig weit sein. Sie haben selbst gesagt, hier gäbe es Übergänge in meine Welt!« Mir begann der ausgestreckte Arm zu zittern. Wie konnten diese dünnen Seiten Papier und das bisschen Leder nur derartig schwer wiegen?

Ich hoffte, Melpomenus könnte diese Schwäche nicht sehen, aber natürlich wusste ich, dass es Naivität sein musste, die mich überhaupt auch nur einen Moment daran zweifeln ließ. Ich bildete mir ein, den verbrannten Geruch von Haaren in der Nase zu haben, aber wagte es nicht, mich auch nur einen Schritt vom Feuer zu entfernen.

»Es ist wahr, dass es hier Übergänge gibt. Aber sie sind weitaus gefährlicher zu passieren als die Wege, die ich mit Ihnen im Hochland genutzt habe. Ich habe Sie nicht gerettet, damit Sie nun Ihr Leben für eine derartige Dummheit riskieren. Außerdem sollten Sie daran denken, welchen Preis es gekostet hat, Sie zu retten! Wollen Sie diesen nun einfach in den Dreck werfen wegen Ihres – nun weswegen müssen wir diese elendige Unterhaltung eigentlich führen?«

War er nähergekommen? Er hatte sich nicht bewegt. Oder doch? Ich konnte das Flackern des Feuers inzwischen in seinen dunklen Augen sehen.

»Zurück!«, schrie ich und senkte meinen Arm den Flammen entgegen. Melpomenus kam meinem Befehl nach und ging einige Schritte rückwärts.

»Was denken Sie denn? Denken Sie wirklich, ich wollte anderen Menschen schaden? Es fing auf dem Schiff an. Unsere Angreifer müssen aus meiner Welt gekommen sein, oder?«
Melpomenus nickte langsam.
»Warum waren Sie hier? Wieso haben Sie uns angegriffen? Sagen Sie es mir!«

Ich hörte sein Seufzen ehe er antwortete: »Herr Krüger, ich kenne auch nicht auf alle Dinge, die in dieser Welt vor sich gehen, eine Antwort. Ich weiß nicht, wie und weshalb diese Menschen hergekommen sind und es entzieht sich auch meinem Wissen, wieso sie uns angegriffen haben. Womöglich haben die Neun ihre Finger mit im Spiel.«

»Die Neun. Das klingt alles so einfach, so passend. Es klingt wie bestellt. Als ob ich das glauben könnte!«

»Tun Sie, was Sie für richtig halten und leben dann mit den Konsequenzen.« Seine Stimme hatte einen drohenden Klang angenommen. Trotz der Hitze des Feuers fröstelte es mich mit einem Mal.

»Und was ist mit dem Kind? Hätten Sie mich doch einfach krepieren lassen!«

»Wenn ich geahnt hätte, dass Ihr Dank in dem Gezeter eines alten Waschweibs bestünde, hätte ich Sie nicht nur sterben lassen, ich hätte Ihr Ableben sogar selbst in die Hand genommen!« Seine Stimme war nur noch schwer zu ertragen. Vor Zorn war sie zu einer schrillen und schreienden Parodie ihrer selbst geworden. Es fiel mir schwer, das Manuskript nicht fallen zu lassen, um mir endlich die Ohren zuhalten zu können.

»Nun entscheiden Sie sich, mein guter Herr Krüger! Geben Sie mir mein Eigentum und ich lasse Sie ziehen. Suchen Sie nur nach anderen Menschen, die sich durchaus hierher verirrt haben, oder suchen Sie doch besser gleich nach dem Weg in Ihre Heimat. Das ist mir einerlei. Ich will nur das haben, was mir rechtmäßig zusteht. Sie wissen gar nicht, was ich alles aufs Spiel gesetzt habe, um an diese Seiten zu gelangen!« Gierig sahen seine dunklen Augen auf den Ledereinband. Seine letzten Worte sagte er abgehackt, als könnte er sich kaum noch … *beherrschen.*

»Ich glaube Ihnen nicht mehr, dass dieses Buch etwas Gutes verursachen soll.«

»Das Gute liegt im Auge des Betrachters. Und nun Herr Krüger, wenn Ihnen Ihr kümmerliches Menschendasein auch nur einen Pfennig wert ist, werfen Sie das Buch zu mir!«

Er bewegte sich entschlossen auf mich zu – ich ließ das Buch in die Flammen fallen.

Ein schrecklicher Schrei entfuhr seiner Kehle. Meine Hand schnellte nach vorne und fing das Bündel noch im Flug. »Keinen verdammten Schritt näher, Melpomenus! Ich stelle hier die Bedingungen!«

Seine ganze dunkle Würde, alles, vor dem mir einst gegraut hatte, war von ihm gefallen wie ein zu großes Kleidungsstück. Er fluchte und schimpfte in fremden Worten, stampfte wütend auf dem Boden herum und dann schnellte er vor, packte einen seiner Diener und schnitt ihm im Wahn mit einer raschen Bewegung die Kehle durch. Erst jetzt – das Gesicht mit Blut besprenkelt – beruhigte sich das Monster wieder; die Orkkreaturen stoben in Panik auseinander.

»Ich bekomme, was ich will!« Er drehte mir den Rücken zu und verschwand außerhalb des Lichtkegels in der Schwärze.

Ich konnte seine Schritte hören, die schweren Stiefel, die knackend kleine Äste zertraten. Er umkreiste mich wie ein lauernder Wolf. Ab und an, so glaubte ich zumindest, erkannte ich einen undeutlichen Umriss in der Schwärze. Da! Er schoss aus dem Dunkeln auf mich zu. Ich hob den Ledereinband wieder drohend hoch. »Ich werde ihn verbrennen. Bleib stehen, Melpomenus!«

»Das werden Sie nicht«, flüsterte er mir ins Ohr. Vor Schreck taumelte ich rückwärts. Er versetzte mir einen Stoß, damit ich nicht ins Feuer fiel und hatte dabei schon längst das Lederbündel an sich genommen. *Wie kann das sein,* dachte ich noch im Fallen und erkannte dann die List, der ich zum Opfer geworden war: Nicht Melpomenus war es gewesen, der dort auf mich zugelaufen gekommen war, sondern eine seiner Kreaturen. Er selbst musste den Moment der Unaufmerksamkeit genutzt haben, um sich von der anderen Seite heranzuschleichen.

Ich wollte mich aufrappeln – schon spürte ich den Tritt! Er hatte mich direkt in die Magengrube getroffen und schleuderte mich einige Meter davon. Wieder versuchte ich aufzustehen. In meinem Rücken war ein Widerstand, der mich niederdrückte. Dann packte mich eine kräftige Hand mit langen Fingern im Nacken und drückte auch meinen Kopf hinab, bis mein Gesicht im Dreck lag.

»Ich könnte Ihnen augenblicklich die Kehle zerfetzen, die Eingeweide herausreißen und die Überreste für die Tiere liegen lassen, die sich daran laben könnten, wenn ich mit meiner Mannschaft schon längst diesen schrecklichen Wald verlassen hätte. Es gäbe nichts, was ich lieber täte.« Sein Atem war heiß und feucht. Ich spürte, wie er meinen Nacken kitzelte, als er noch näherkam und fortfuhr: »Aber ich werde Sie nicht aus Ihrer Verantwortung entlassen. Sie werden bis zum Innersten mit mir reisen. Allerdings haben sich mit dieser Torheit die Konditionen Ihrer Reise sehr zu Ihren Ungunsten verschoben.«

Es war nur ein kleiner Stich, der mich im Nacken traf, doch schon in dem Moment, in dem ich ihn überhaupt bemerkt hatte, begann alles zu verschwimmen.

17. Der Teufel

Als ich langsam wieder zu mir kam und meine Augen öffnete, wollte die Dunkelheit nicht weichen. Es dauerte etwas, bis ich mich an die Finsternis unter Deck gewöhnt hatte und die ersten Umrisse wahrnahm. Ich befand mich in einer Art Zelle, die vielleicht sechs Schritte in der Breite und die Hälfte in der Tiefe maß. Vor Kopf waren Gitterstäbe angebracht, in denen eine Zellentür eingelassen war. Langsam richtete ich mich auf und bemerkte erst jetzt, dass mein Kopf auf einem groben Kissen gelegen hatte, aus dem das Stroh hervorquoll. Ich klopfte mir die Halme von Kopf und Schultern und trat an die Gitterstäbe. Sie fühlten sich kalt auf meiner Haut an, als sich meine Finger um das Metall schlossen.

Auf der anderen Seite des Raumes erkannte ich weitere Zellen. In ihnen regten sich Schatten. Die Planken knarrten. Sollte ich sie rufen? Ich zögerte und betrachtete nachdenklich die Gitterstäbe. Selbst wenn diese Fremden mir an den Kragen wollten, müssten sie erst einmal aus ihren Zellen entkommen und dann in meine einbrechen. Das wäre absurd. Also erhob ich meine Stimme. »Hallo, wer seid ihr?«, wollte ich wissen. Von der anderen Seite drang hektisches Zischen und Flüstern zu mir hinüber. Wie es schien, herrschte unter den Fremden keinesfalls Einigkeit darüber, wie man mit mir verfahren sollte.

»Jetzt redet doch mit mir! Wieso habt ihr das Schiff angegriffen?« Ich war mir inzwischen sicher, dass es die Menschen waren, die uns attackiert hatten – oder zumindest jene, die überlebt hatten. Das Geflüster schwoll an und ich bildete mir ein, einzelne Silben herausfiltern zu können. *Was macht sie so misstrauisch?* überlegte ich und sollte es schon bald erfahren. Eine tiefe Männerstimme raunte mir zu: »Ein Freund dieser Kreaturen ist unser Feind. Auch wenn er einmal ein Mensch gewesen ist! Lass uns in Ruhe!«

Ein Mensch gewesen ist? Ich war perplex und brachte keine Antwort hervor.

»Ich bereue es, hier zu sein. Wir denken da sicher gleich!«, sprach ich in die Schwärze hinein. Getuschel kam als erste Antwort zurück. Dann sprach die erste Stimme wieder: »Wir wissen doch genau, dass du mit denen gemeinsame Sachen gemacht hast. Was auch immer dich dazu gebracht hat, es war falsch und du verdienst kein Mitleid.«

»Ich wurde betrogen.«

»Wohl eher von Macht geblendet!«, warf eine zweite Stimme ein, die ihrem Klang nach zu einer älteren Frau zu gehören schien. Sie drang aus einer Zelle weiter links zu mir herüber.

Ich seufzte theatralisch und antwortete mit überspielter Gereiztheit: »Das tut doch nichts mehr zur Sache. Jetzt sitzen wir hier zusammen im Dunkeln. Wir sollten gemeinsam überlegen, was wir unternehmen können.«

Der Mann gab einen brummenden Laut von sich. Hier und da hörte ich ersticktes Lachen.

»Es ist zu spät«, sagte ein weiterer Mann rechts von mir. »Er hat sein Ziel schon bald erreicht!«

»Welches Ziel? Wen meint ihr?«

»Wen wohl?«, giftete die Frauenstimme gehässig. »Deinen feinen Freund Melpomenus, diesen Teufel.« Dann herrschte einen Moment Stille. Ein tiefes Luftholen war zu hören. »Du bist keinesfalls der Erste, den er benutzt hat, um seinem Ziel näherzukommen.« Der Zorn in ihrer Stimme war gewichen. Stattdessen klang sie nun müde und erschöpft.

»Wovon redet ihr eigentlich ...« Weiter kam ich nicht, weil mir der Mann, der mir zuerst geantwortet hatte, mit einem »Ruhe, du Idiot!« ins Wort fiel. Als hätte man mir die Luft abgedreht, war ich mit einem Mal still und hörte, warum ich schweigen sollte: Die Planken über unseren Köpfen knarrten. Schmutz rieselte von ihnen herab. Dann wandten sich die Schritte nach rechts ab. Ich blickte an der Decke entlang, hin zu der Richtung, auf die die Schritte zuhielten. Schließlich konnte ich die schwere Tür erahnen, die unseren Zellentrakt versperrte. Im Schloss klackerte es. Ein Wimmern entfuhr der alten Frau zu meiner Linken. Dann schnappte die Tür mit einem Knarren und Ächzen auf und blendendes Licht fiel durch den Spalt hinein.

Es dauerte lange, bis meine Augen sich an diese neuen Bedingungen gewöhnt hatten. Ich erkannte einen hochgewachsenen Schemen, der würdevoll wie ein König den Raum durchschritt. Flankiert wurde er von zwei gedrungenen Gestalten, die mit einem respektvollen Abstand folgten. Als meine Augen sich schließlich nach der langen Dunkelheit wieder an das Licht gewöhnt hatten, erkannte ich Melpomenus, den zwei der Orkkreaturen begleiteten. Er holte einen Leuchtstein hervor und richtete ihn nachdenklich auf eine Zelle nach der anderen. Ein prüfender und zugleich amüsierter Ausdruck umspielte sein Gesicht.

Endlich sah ich im Schein der Lichtquelle meine Mitgefangenen. Es waren etwa zwei Dutzend Männer und Frauen. Die Jüngsten waren vielleicht gerade einmal dreißig; die Ältesten etwa Ende fünfzig. Sie waren nur noch in zerrissene Stofffetzen gekleidet, die mit getrockneten Blutflecken besprenkelt waren. Viele von ihnen hatten Verletzungen im Kampf davongetragen. Einem fehlten Teile seines Ohres. Angewidert starrte ich auf Melpomenus so makelloses Gesicht. Es zeigte keine Regung, als er seine Gefangenen weiter wie Vieh begutachtete. Wenn überhaupt eine Regung in diesem Gesicht zu erkennen war, dann war es immer noch ein zarter Ausdruck von Freude. Quälend lange blieb sein Blick an jedem Einzelnen haften.

Schließlich wandte er sich mir zu. Als mich der Strahl des

Steines traf, kniff ich die Augen zusammen. »Ein Jammer«, sagte Melpomenus lediglich und wechselte dann in seine Sprache. Seine Begleiter nickten kurz. Ich weiß immer noch nicht, wieso ich ihm keine wilden Flüche zugerufen habe, wieso ich ihn nicht wenigstens auf das Bitterste beschimpft habe!? War es aus Furcht? Nein. Ich denke nicht. Ich vermute eher, dass es die Ernüchterung war. Ich konnte nur voller Naivität auf ein Wunder hoffen. Was sollte mir dann mein Geschrei bringen? Melpomenus sah mich ein letztes Mal herausfordernd an und ich glaubte, seine Gedanken zu kennen. *Sie werden noch schreien.* Schließlich verschwand er wortlos und mit ihm das Licht.

Dann hörte ich das Klappern der Zellentüren. Schreie mischten sich hinein. Wütende Rufe komplettierten diese schreckliche Symphonie. Ich hielt mir die Ohren zu und kauerte mich in eine Ecke. Plötzlich war da wieder etwas Licht. Die Türe wurde aufgestoßen und ich erkannte, was da vor sich ging. Die Kreaturen hatten einen Mann gepackt, jede hielt ihn an einem Arm. Dann schleiften sie ihn, der wie in Trance wirkte, hinter sich her. Es sah so aus, als zögen sie ein totes Ding gleich einem Sack über den Boden nach. Ich kann nicht sagen, wie lange es dauerte, bis sie wiederkamen. Was wichtiger ist, ist die Tatsache, dass sie wiederkamen. Sie holten sich den nächsten Gefangenen. Dieses Mal war es die Frau, die links neben mir leise vor sich hin wimmerte, als ihr bewusst wurde, dass sie nun an der Reihe war.

»Ihr Missgeburten, kommt nur her!« brüllte der Mann mit der tiefen Stimme und trommelte gegen die Gitterstäbe. Ein kurzes Zischen zerschnitt jäh die Schwärze und ein langes Stöhnen folgte ihm. Danach hörte es sich an, als zerrisse man einen alten Stoffrest in zwei Hälften. Ein dumpfer, schwerer Aufprall beendete es dann. Nur für die

Frau hatte es noch gar nicht begonnen. Ihre grellen Schreie kann ich noch heute hören, wenn ich daran zurückdenke. Sie hat sich gewehrt. Als die beiden Kreaturen sie an meiner Zelle vorbeizerrten, konnte ich in der Finsternis erahnen, wie sie um sich schlug. Doch es nützte nichts. Wieder öffnete sich kurz die Tür und beinahe widerwillig blickte ich zu dem Mann hinüber. Er lag gekrümmt auf dem Boden und drückte sich mit beiden Händen gegen den Unterleib. Blut sickerte zwischen ihnen hervor. Die Tür schloss sich und ich musste es nicht länger mitansehen.

So ging es immer weiter. Die beiden Kreaturen kehrten pflichtbewusst zurück und zerrten einen nach dem anderen fort. Viele wehrten sich. Manche ließen es einfach geschehen. Wenn die Kreaturen gerade nicht da waren, war es still. Ab und an war ein Wimmern oder Wehklagen zu hören. Ich weiß noch, dass ich mir gedacht habe, dass wir schon längst tot waren. Vermutlich war an diesem Gedanken sehr viel Wahres dran. Mit kalter Faszination stellte ich fest, dass mich diese Prozedur mit jeder Wiederholung weniger schockierte.

Bald war es soweit und unter Schreien brachten sie den letzten meiner Zellennachbarn fort. Ich blieb ganz alleine in der Dunkelheit und hoffte, sie mögen bald wiederkommen. Es war nicht mehr die Angst vor dem Tod, die mich beherrschte, sondern eher die Angst vor dem Unbekannten. Ich wollte nicht mehr warten müssen. Als hätte man diesen Gedanken erhört, kehrten die Geschöpfe wie auf Kommando zurück. Ich hörte ihr Keuchen – sie schienen erschöpft von der plagenden Aufgabe.

Vielleicht kannst du dich wehren und losreißen, meldete sich der naive Teil meines Geistes zu Wort. Es war auch gleichsam der quälende Teil, denn dieser vage Hoffnungsschimmer hinderte mich daran, meinen Frieden mit der Situation schließen zu können und mich von meinem Leben zu verabschieden. Selbst wenn es mir gelingen sollte, mich zu befreien, war es ja doch vollkommen ausgeschlossen, lebend von dem Schiff zu fliehen.

Als sie mich dann endlich in der Dunkelheit mit ihren schuppigen Klauen packten, ließ ich es einfach geschehen. Ohne jede Körperspannung ließ ich mich von ihnen gleich einem Sack ziehen. Ruckzuck waren wir durch die schwere Tür des Arrestraumes getreten. Das matte Licht in den Fluren kam mir beinahe irreal vor nach dieser ganzen Düsternis. Es ging mehrere schmale Treppen hinauf. Dabei packten sie mich unter den Armen und hoben mich unter erneutem Keuchen ein Stück weit an.

Wieder kamen mir die Fluchtgedanken. Dieses Mal sollte es allerdings auch das letzte Mal gewesen sein. Nachdem sie mich ein weiteres Deck höher gebracht hatten, entdeckte ich das Blut an einer der Wände. Anscheinend hatte sich einer der anderen Gefangenen allzu heftig gewehrt. Außer einigen roten Flecken war von seinem Heroismus nichts mehr geblieben. Doch auch von mir altem Hasenfuß wird nicht mehr bleiben, gestand ich mir ein und wagte es nicht, Gegenwehr auch nur im Ansatz auszuprobieren.

Eine letzte Treppe ging es hinauf und wir befanden uns auf Deck. Dutzende von Eindrücken prasselten plötzlich auf mich ein, als ich ungläubig den Kopf hin und her schwenkte. Vor mir hatte sich wohl die gesamte Mannschaft in einem Halbkreis versammelt und umringte die Gefangenen, die mit dem Rücken zu mir in einer Linie aufgereiht standen. Ich ging auf sie zu – es war wohl einfach eine Art Reflex – und wurde dann jäh nach hinten gerissen. Ein schuppiger Arm nahm mich in den Schwitzkasten und schnürte mir die Luft ab. Ich wollte schreien, aber mehr als einen erstickten Laut brachte ich nicht hervor.

Zum Schweigen gezwungen musste ich mitansehen, wie

sich die Traube aus Kreaturen auflöste und Melpomenus sich durch sie hindurch seinen Weg hin zu den zu Gefangenen bahnte. Während er sich ihnen langsam näherte, nahm ich unsere Umgebung wahr. Wir mussten in den letzten Stunden – oder waren es Tage? – viele Meilen zurückgelegt haben. Die Landschaft hatte wieder bergige Züge angenommen, rauer Fels klaffte um uns herum in abenteuerlichen Formationen auf und türmte sich bis jenseits meines Blickfeldes in schwindelerregende Höhen. In den Felsen hingen dutzende leuchtende Steine. Andernfalls wären wir in vollkommener Dunkelheit gereist. Überall hingen dicke Wasserpfropfen träge in der Luft – wir rauschten an ihnen vorbei.

Mir gellten Melpomenus Worte, die er am Anfang unserer Reise an mich gerichtet hatte, in den Ohren. Er hatte gesagt, dass das Wasser hinauf zum Himmel und dann zum Innersten strebt. Wir mussten diesem Punkt, dem Zentrum und Ende unserer Reise, inzwischen sehr nahe sein. Doch trotz aller Neugier wagte ich es nicht, mich umzudrehen, um den Horizont nach diesem Ziel abzusuchen.

»Herr Krüger, sehen Sie her!«, befahl Melpomenus dann jäh – und ich gehorchte. Er stand nun unmittelbar vor den Gefangenen und zog eine lange Klinge aus seinem Gewand hervor. »Ich will, dass Sie zusehen, wie sie sterben!« Dann rammte er den Stahl in die alte Frau. Die Männer, die um sie herumstanden, sprangen vor, aber wurden von ihren Wächtern zurückgerissen. Einige wurden zu Boden geschleudert. Zwei andere Frauen begannen zu weinen. Eine drehte sich zu mir. Das Gesicht war voller Hass. Sie spuckte nach mir. Der zähe Speichel verharrte mitten im Flug und wurde von der unwirklichen Physik davongetragen.

Melpomenus gab der Kreatur, die mich umklammerte, ein Zeichen und diese schob mich vor sich her, näher an meinen früheren Partner heran. Feine Blutspritzer, wie ich nun erkannte, säumten sein Gesicht und das feine grauschwarze Gewand mit den roten Stickereien. Zwischen diesen Malen fiel das Blut kaum auf.

»Noch können Sie weiter an dem Werk arbeiten. Dann lasse ich die anderen frei. Sollen sie doch in der Wildnis verrecken!« Ruckartig, meine Augen vermochten der Bewegung nur schwer zu folgen, stürzte Melpomenus sich auf einen älteren, gebrechlichen Mann und riss ihm den Kopf nach hinten, um die Klinge an seine Kehle zu halten. »Andernfalls«, sprach Melpomenus und bleckte die Zähne, »werden sie hier alle ihr Leben aushauchen – in elendigem Leid.« Millimeterweise stach er mit der Klinge weiter in das faltige Fleisch. Der Mann stöhnte auf. Ich sah die Schweißperlen, die ihm aus der kahlen Stirn drangen. Um mich herum hörte ich das verzweifelte Geschrei der anderen Gefangenen. Es klang wie aus der Ferne zu mir heran.

Ich konnte mich nur auf das grausige Szenario direkt vor meinen Augen konzentrieren und brachte keinen Laut hervor. Die Klinge schien sich wie ein lebendes, garstiges Untier in das Fleisch zu fressen, Sehnen zu durchtrennen und dann – Blut! Es quoll und schoss in einem dampfenden Sturzbach hervor. Ich sackte zusammen. Ein schwerer Stiefel trat nach mir. Alles drehte sich, als mich der Tritt herumwirbelte. Melpomenus, diese Alptraumfratze, erschien wie ein Gespenst in meinem Blickfeld, als er sich über mich beugte. Sein Gesicht wirkte feist und aufgequollen.

»Schreiben Sie jetzt für mich?« Die Lippen waren aufgedunsen und die Haut spannte sich ekelhaft, als er sprach. Mein Magen drohte wieder zu rebellieren. »Nein?« Er lächelte. Ich begann zu weinen. Es durfte einfach nicht sein! Dieses Ding durfte nicht existieren. Nichts durfte existieren, das sich so an dem Leid anderer labte.

Dann sah ich die Frau. Er hatte sie an ihrem dichten

schwarzen Haar fest gepackt. Mit der anderen Hand umspielte er ihren Hals. Die langen Finger, die sich hin und her wandten wie Würmer, wanderten weiter herab. Sie fuhren ihr unter den zerrissenen Stoff ihres Hemdes. »Es gibt so viel Schlimmeres als den Tod, Herr Krüger. Wollen Sie ansehen müssen, was ich mit diesem armen Geschöpf wegen Ihres infantilen Heldenmutes anstelle? Wollen Sie Ihre arme, verkrüppelte Seele mit dieser weiteren Sünde belasten?«

Ich schüttelte den Kopf und sah angewidert die Enttäuschung in Melpomenus Gesicht, das eben noch vor Blutdurst zu einer einzigen Fratze verzerrt gewesen war.

»Wie vernünftig, Herr Krüger«, sagte er mit eisiger Stimme. Die Frau formte stumm mit den Lippen ein einzelnes Wort: Nein. Ich nickte. Mir war bewusst, dass Melpomenus log. Sobald mein Werk vollendet wäre, würde er sie alle aus einem tierischen Trieb heraus töten und vorher leiden lassen. Ich wusste, was zu tun war.

»Fick dich ins Knie!« Ich spuckte aus und traf ihn mitten in sein hochnäsig grinsendes Gesicht. Dann sah ich nur noch, wie seine Gesichtszüge mit einem Mal entgleisten. Es brauchte lediglich einen kurzen Ruck mit seiner Hand und dann brach das Genick der Frau. Schlaff sackte sie nach hinten weg. Auf ihrem Gesicht, so viel konnte ich noch erkennen, zeigte sich Erleichterung.

Melpomenus erhob sich und bellte einige Befehle. Ich wurde hochgerissen. Zwei Arme packten mich so schnell, dass ich nicht einmal sah, zu wem sie gehörten. Dann schob sich der Fleischberg vor mich. Als erstes sah ich die dicken Beine, die zu einem Elefanten gehören mussten. Dieser erste Eindruck wurde nur von den Pranken ad absurdum geführt, in denen sie endeten. Aus einer jeden wuchsen drei lange Krallen hervor. Widerwillig hob ich den Kopf, bis ich ihn in den Nacken legen musste. Das halbnackte, mit einer Art Lendenschurz bekleidete, humanoide Geschöpf, das sich dort vor mir in all seinen schrecklichen Ausmaßen erhob, schien nur aus schleimigen Fleischwulsten zu bestehen, die sich, unzählig wie sie waren, übereinander drängten. Zwischen ihnen nässte es – ich roch den fauligen Gestank – und fingerdicke Borsten sprossen von dort hervor.

Das Ding hielt einen gewaltigen Hammer, stachelbewehrt war er, in seinen Pranken. Die Muskeln der massigen Arme wölbten sich unter der Schwere des Hammers hervor. Ganz oben, über all diesem Fleisch, thronte der in der Relation zum Korpus geradezu winzige Kopf. Von einem kahlen Schädel, dessen blasse Haut mit einem schmierigen Film überzogen war, hingen braunschwarze Zotteln triefend herab. Dicht unter der gedrungenen Stirn glotzten zwei Augen zu mir hinunter – Schwärze und Leere konnte ich in ihnen sehen, mehr nicht. Die mit gelblichen Hauern bewehrte Schnauze öffnete sich dann leicht, die Lefzen wurden wie zum Lachen hochgezogen und mit einem Ächzen hob die Monstrosität den Hammer an, fixierte mein verkrüppeltes Knie und gerade dann, als ich alles voller Schrecken begriff, hörte ich Melpomenus Stimme, die sagte: »Es wird Zeit, Ihnen eine einschlägige Erfahrungen in Bezug auf Manieren zu vermitteln, mein lieber Herr Krüger.«

Ich drehte mich in die Richtung, aus der ich Melpomenus gehört hatte und sah lediglich die blutigen Leichen der Gefangenen. Er musste sie alle in den wenigen Sekunden, in denen ich nicht zu ihm geblickt hatte, in Stücke gerissen haben. Dann hörte ich das zischende Geräusch, als der monströse Hammer die Luft zerriss. Ich wollte mich nicht umdrehen, aber es geschah dennoch wie auf einen geheimen Befehl hin und so sah ich, wie kiloweise Metall im hohen Bogen auf mich niedersauste. Ich schrie grell auf, als mich der Schlag traf und ich einknickte. Es war allerdings zunächst nicht einmal der Schmerz, sondern der Anblick, der mich aufschreien ließ. Wie bei einer Puppe, deren biegsame Stoffbeinchen sich entgegen aller anatomischen Gesetze in alle nur erdenklichen Richtungen strecken lassen, krümmte sich mein ganzes Bein ekelhaft durch.

Ich registrierte, wie mein Kopf nach meinem Sturz hart auf dem Boden aufschlug und hoffte, in Ohnmacht zu fallen. Als die Wirklichkeit sich verdunkelte, da stahl sich ein kleines Lächeln auf meine nunmehr aufgeplatzte Lippe und ich dachte, wenigstens habe ich ein bisschen Glück.

18. *Das Innerste*

Der Nebel, der über meinem Geist lag, lichtete sich nur zögerlich. Nach und nach wurde ich meiner Umgebung gewahr. Ich lag achtern, flach ausgestreckt. *Flucht*, wisperte ein leiser Gedanke. So als wollte mein Verstand mich verhöhnen, dachte ich einen kurzen Moment über diesen Gedanken nach und spannte langsam die Muskeln an. Ausgehend von meinem Knie durchfuhr ein jäher, heißer Schmerz meine gesamte linke Körperhälfte. Mit einem Paukenschlag schoss mir die Erinnerung in den Kopf, die Erinnerung an das Monster, das mir das Bein zerschmettert hatte.

Vorsichtig, ohne die Beine zu beanspruchen, richtete ich meinen Oberkörper auf. Mein Nacken tat von der seltsamen Position, in der ich gelegen hatte, schrecklich weh. Ich drehte ihn langsam nach links und dann wieder nach rechts. Die Sehnen ächzten im Protest laut auf und doch hob ich – und dabei verzog ich das Gesicht vor Schmerz – den Kopf empor, denn überall um mich herum türmten sich die Felsen immer höher auf.

Das Schiff durchfuhr eine enge Klamm, deren obere Ränder sich nach vorne beugten und beinahe einen gewaltigen Tunnel, gleich einem Gewölbe, formten. Hier waren keine Leuchtsteine mehr, die den nackten Fels erhellten – im fahlen Licht zogen wir dahin. Ich musste an den Fluss Styx denken. Einen besseren Originalschauplatz als diesen hier könnte man sicher nirgendwo finden!

Das Licht schien dem Schiff von vorne entgegen zu flimmern. Gegen diese einzige Lichtquelle sah ich die schwarzen Umrisse in der Nähe des Bugs versammelt.

Es musste die gesamte Mannschaft sein, die Melpomenus zu Deck kommandiert hatte. Die schwarze Masse, die ich da erblickte, stand keinesfalls still. Sie waberte immerzu umher und wütende Schreie drangen an meine Ohren. Sie waren voller Hass. *Es sind Tiere*, dachte ich mir und wieder stahl sich eine dieser falschen Hoffnungen, genährt von unendlich romantischer Verklärung, in meinen Geist und ich hoffte auf einen Deus ex Machina in der Gestalt, dass diese Kreaturen sich im Streit einfach selbst niederstreckten. Ein gebellter Befehl, auf dessen Folge sich der wilde Knäuel inmitten der Menge löste, fegte diese zaghaft naive Hoffnung hinfort. Melpomenus musste den Aufruhr wahrgenommen haben.

Auf die Hände gestützt, wobei meine linke Schulter schrecklich schmerzte, robbte ich rücklings, die Reling in meinem Rücken hoffend und wurde für das schmerzhafte Unterfangen belohnt – da war sie! Ich lehnte mich an und sank herab in einen dämmerhaften Zustand, in dem ich wohlig darüber hinwegsehen konnte, dass meine Blase in dieser erneuten Ohnmacht versagt haben musste: Ein klebriger Feuchtigkeitsfilm führte von meiner vorherigen Position zu mir. Wie durch einen nebligen Schleier nahm ich von da an die weitere Fahrt wahr.

Abenteuerlich neigte sich das Schiff von der einen zur anderen Seite, wich spitzen Felsen, die den Fluss spickten, knapp aus und eilte doch immerzu diesem fahlen Licht entgegen. *Sterbe ich?* fragte ich mich. War das etwa das Licht am Ende des Tunnels? Ich lachte und erschrak bei diesem sonderbaren Klang. Er wirkte hier fremd und deplatziert.

Die Szenerie um mich herum änderte sich allmählich. Die vorher so eng an uns herandrängenden Felsen wichen nun zurück. Ich erkannte in der Ferne sogar schon, wie die steilen Hänge immer weiter auseinanderklafften und sah den Punkt, an dem uns diese unwirkliche Schlucht endlich wieder freigeben würde. Inzwischen lösten sich aus dem Blutstrom einzelne Partikel – ein roter Dunst hing als feiner Schimmer in der Luft.

Hier und da verdichtete sich diese nur latent existente Masse zu einzelnen Tropfen, die – nun in die Wirklichkeit geboren – dem stillen Ruf folgten und wie das Wasser unserem Ziel entgegenstrebten. So nahe!

Sollte ich mich freuen, diesen Ort noch zu sehen, diesen Ort, dem alles entgegenstrebte, an dem ich vielleicht noch eine finale Erkenntnis würde mit in den Tod nehmen können – sollte ich mich freuen? Ich blickte an mir herab. Ich hegte keinerlei Freude. Die zerschlissene Kleidung, die an vielen Stellen zerfetzt und mit Blut und anderen Köpersäften besudelt worden war, hing wie ein Zelt an meinem eingefallenen Körper. Von dem einst so üppigen Bierbauch war nicht mehr viel übrig und ich war mir sicher, höbe ich mein Wams an, so sähe ich einen nach innen gewölbten Hautlappen, unter dem sich die Rippen abzeichneten. Mein linkes Bein stand unnatürlich und tot vom restlichen Leib ab, so als gehörte es nicht mehr zu mir. Gut behandelt und gehütet hatte ich es ja wahrlich nicht – sollte ich es ihm also verübeln? Und auch meine linke Schulter schien in Flammen zu stehen.

Langsam fuhr ich mit den dreckigen Fingerkuppen der Rechten durch mein Gesicht. Dicht und lang war mein Bart inzwischen gewachsen und ich musste trotz aller Umstände bei dem Gedanken, wie ich wohl aussehen mochte, schmunzeln. Ich dachte dabei an einen Wilden: zottelig, dreckig und in Lumpen gehüllt. Das Lächeln erstarb, als ich registrierte, wie sich die Wangenknochen durch mein eingefallenes Gesicht drückten. Vielleicht sah ich auch eher wie ein ausgezehrtes Etwas aus – mehr tot als lebendig.

Mein Blick folgte einem der Bluttropfen, der in wildem Tanz freudig in der Luft umherwirbelte. Die Zeit verstrich und beinahe hätte ich den Moment verpasst, in dem das Schiff sich ein letztes Mal zur Seite neigte, leicht nach Steuerbord drehte und dann – mit dieser letzten Kurskorrektur – der Blick in die Ferne frei wurde. Dort, immer noch Kilometer voraus, lag unser Ziel: ein gewaltiger Fels, der in der Luft zu schweben schien wie der Kern eines Atoms, der frei eines jeden festen Fixpunktes im Zentrum verborgen liegt.

Ich musste meine Augen zusammenkneifen, um das Unglaubliche erkennen zu können – der Fluss, so wie auch dutzende anderer Gewässer, verließ dort seinen führenden Lauf und strömte frei durch die Luft auf diesen gewaltigen, ehernen Kern zu. Die Gischt, die die reißenden Ströme in ihrem Flug aufwirbelten, legte sich als Dunst vor das Panorama und ließ alles in einem hellen Scharlachrot erscheinen. Mir stockte der Atem und Schwindel packte mich, als ich weiter auf diese dantische Höllenszenerie blickte.

Mein Blut schien diesem Zentrum, diesem Ziel meiner Reise, welches ich nun endlich erblickte, ebenso verfallen zu sein wie all das Blut um mich herum. Konnte es sein, dass es nun rebellierte und vor Wut durch meine Adern schoss, sich gegen diesen untergehenden Leib auflehnte, der es gefangen hielt? Nacktes Entsetzen kam über mich, als sich mein Körper langsam, aber dafür umso unaufhaltsamer, in einen einzigen Fieberhort verwandelte. Der Schüttelfrost setzte ein, kurz bevor sie kamen, um mich zu holen.

Es waren vielleicht zwei Dutzend dieser widerlichen Kreaturen, die ihrem Herrn, der mir freudig lächelnd entgegenschritt, mit gebührendem Abstand folgten. Ihre Haltung war leicht gebeugt, als fürchteten sie sich, aufrecht zu gehen. Auch ich spürte, dass mit Melpomenus etwas anders war als sonst. Ein Gefühl unterschwelliger Panik, einer inneren Unruhe gleich, die ich nicht erklären konnte, kam in mir auf und brachte meinen ohnehin unstetig dahinrasenden Puls weiter auf Touren.

Melpomenus schien verändert zu sein: der Mantel, der sonst

wie angegossen gesessen hatte, spannte nun an seinem Bauch, die einst makellose weiße Haut hatte einen fettigen Glanz angenommen und sein Haar hing schmierig auf seine – ich musste wohl träumen! – feisten Wangen. Was war nur mit ihm geschehen? Ich registrierte beiläufig den ekelhaften Gestank, den er verströmte.

Melpomenus blieb einige Meter vor mir stehen. Ich war froh darüber. Seine Augen sahen mit unverhohlenem Hass auf mich herab. Sie taxierten mich und wanderten meinen Körper von unten nach oben entlang. Der Hauch eines Lächelns stahl sich auf die fleischigen Lippen. Dann wandte er sich abrupt ab und erteilte in seiner Sprache harsche Befehle. Die Kreaturen um ihn herum zuckten bei dem Klang seiner Stimme jäh zusammen und hätte ich mich nicht so geschwächt gefühlt, hätte ich es ihnen gleichgetan. Die meisten von ihnen eilten so schnell und eilig, als wäre der Leibhaftige hinter ihnen her, zu den Beibooten, die in Richtung Bug bereitstanden. Sogleich machten sie sich unter allerlei Geschrei und Gezeter daran, eines der Boote mit einem kleinen Kran zu Wasser zu lassen. Ich war erstaunt, zu welcher Eile die Angst sie antreiben konnte.

Die restlichen Kreaturen ergriffen mich und hoben mich an. Als mein Bein sich bewegte, jaulte ich vor Schmerz laut auf. Tränen schossen mir in die Augen. Ich spannte unwillkürlich die Muskeln an, aber die Kreaturen griffen dafür nur umso fester zu. Dann tauchte in meiner verschwommenen Sicht eine schuppige Fratze auf und bleckte die spitzen Zähne.

»Ruhig bleiben!«, befahl die Kreatur und dabei klang jede einzelne Silbe wie hervorgewürgt. »Ihre Zeit ist bald vorbei«, flüsterte sie mir entgegen und lächelte dabei böse. Dann drehte sie sich um – wobei das lange schwarze Haar gleich einer Peitsche in mein Gesicht schlug – und zeigte den anderen mit Gesten an, dass sie ihr folgen sollten. Ich wurde einfach mitgeschleift und konzentrierte mich darauf, mit dem gesunden Bein das zertrümmerte Geschwisterglied zu stützen.

Man brachte mich zu dem Beiboot, das just in diesem Moment in die rote Flut eintauchte. Ich sah Melpomenus, der trotz seiner seltsamen Veränderung immer noch mit katzenhafter Geschicklichkeit an einem Tau herabkletterte. Knoten dienten ihm dabei als Ersatz für die nicht vorhandenen Leitersprossen. Einige der Kreaturen – es waren etwa zehn – folgten ihm weit weniger behände. Mit einem jähen Schrei verlor die letzte von ihnen den Halt und fiel in das Rot, das sie augenblicklich verschlang.

Die verbliebene Dienerschaft schlang mir einen Strick um den kümmerlichen Bauch und um die schmalen Schultern und zog mich dann mit dem Kran einige Meter in die Höhe. Ich stöhnte auf, als ich – in der Höhe angekommen – mit einem Ruck zum Stehen kam. Die Kreatur, die eben noch zu mir gesprochen hatte, betrachtete mich einen Augenblick amüsiert und gab den anderen dann Anweisungen. Ich kam mir so vor, als wäre ich ein schlichtes Stück Transportgut, das nur in geeigneter Weise von Bord auf ein anderes Schiff gelassen werden sollte. Sie schwenkten mich über die Reling, um mich herab zum Beiboot zu lassen. Zwischendurch stockte die Prozedur und es kam, soweit ich es beurteilen kann, zu Unstimmigkeiten. Ich sah ein Achselzucken und dann wurde ein Hebel betätigt.

Im nächsten Moment sauste ich mit abenteuerlicher Geschwindigkeit hinab, zu erschreckt, um auch nur einen Schrei ausstoßen zu können. Ich stöhnte erst auf, als meine Beine den Boden berührten und sich das linke in einen einzigen grässlichen Schmerz verwandelte. Melpomenus gab ein Kommando und zwei seiner Diener halfen mir, mich an eine der Bänke anzulehnen. Der Schweiß, den mir das Fieber und diese neuerliche Tortur beschert hatten, stand mir mit dicken Tropfen auf der Stirn. Ich wischte sie schwerfällig ab.

»Warum tötest du mich nicht endlich?«, fragte ich mit kratziger Stimme, da mein Hals regelrecht ausgetrocknet war und erwartete eigentlich gar keine Antwort. Ich war mir inzwischen fast sicher, es machte ihm einfach Spaß und sein kleines Spiel wäre mit meinem Tod zu Ende, sodass er diesen keinesfalls zu früh herbeiführen wollte. Ich musste an das Orkwesen denken, das in den Strom gestürzt war und mir kam mit einem Mal ein Plan. Aus den Augenwinkeln schielte ich hinaus auf die rote Fläche, die hier schnell an unserem kleinen Boot vorbeiströmte. Die Taue, mit denen wir am Schiff festgemacht waren, spannten stramm ob der Kraft des Stroms. Wenn ich es schaffen könnte, mich irgendwie über Bord zu werfen, würde man mich nicht mehr erreichen können.

»Sie haben einen Vertrag unterzeichnet und ich werde Sie nicht aus Ihrer Pflicht entlassen. Sie werden diese Reise mit mir bis zu Ihrem Ende beschreiten und dann – sofern der Tod Ihnen inzwischen so erstrebenswert erscheint – könnte sich Ihr Wunsch durchaus erfüllen. Solange jedoch werden Sie bei mir bleiben!« Melpomenus schnippte nur mit den Fingern und gleich schnappte sich einer seiner Diener meinen rechten Arm.

»Nein!«, schrie ich und wollte mich losreißen, versuchte mich sogar aufzuraffen, aber es misslang auf ganzer Linie – ich fiel lediglich, umklammert von der Kreatur, zu Boden. Lachen drang an meine Ohren und in das Lachen mischte sich das wütende Knurren der Abscheulichkeit, die ich mitgerissen hatte. Sie holte aus, um mir mit der Klaue ins Gesicht zu schlagen, aber erstarb mitten in der Bewegung – die Augen mit der giftgrünen Iris klappten nach oben weg; der

Mund klaffte ein Stück weit auf und ich hörte das Schmatzen. Dann, als die Kreatur langsam herabglitt, erkannte ich Melpomenus, der mit seinem Messer von hinten in ihren Schädel gestochen haben musste.

Er beschaute sich die verschmierte Klinge voller Abscheu und warf sie in den Blutstrom. »Ich werde Sie nicht einfach so sterben lassen.« Er klang grimmig. Ich konnte nur verschwommen erkennen, wie er sich blitzartig zu mir herabbeugte, meinen Arm packte und das Eisen daran befestigte. Das andere Ende machte er an einer Öse fest, die an der Sitzbank angebracht war, gegen die ich lehnte. Eine Flucht war nun ausgeschlossen.

»Ich verstehe diese Farce nicht mehr! Was soll diese Reise bringen? Das ist lächerlich! Nichts, aber auch gar nichts, was in diesem Felsen ist, kann so wichtig sein, dass du mich dort unbedingt hinbringen musst!«

»Überlassen Sie derlei Entscheidungen doch bitte mir, Herr Krüger!« Er löste das Tau, gab den Befehl, die Leiche über Bord zu werfen und stellte sich dann, nachdem er einen Diener endlich angewiesen hatte, mir etwas Wasser aus einem Trinkschlauch zu geben, an die Spitze des kleinen Bootes. Dabei hielt er die Hände hinter seinem Rücken und hatte den Blick starr auf unser Ziel gerichtet.

Es dauerte nicht lange – das kleine Boot sauste nur so dahin – und schon war, wenn ich den Kopf umdrehte, unser einst so großes, stolzes Schiff nur noch ein kleines Spielzeug. Der Fels hingegen gewann an Größe und Details. Ich erkannte nun, dass er von vielen Eingängen durchzogen war. In diese flossen die Ströme. Dann – und inzwischen hatte sich auch unser Blutstrom aus seinem Bett erhoben und trug uns durch die Luft, wobei meine Haare im Wind wehten – erkannte ich, dass der Fels keinesfalls eine Kugelform besaß, wie ich zuerst angenommen hatte. Er stand nicht einmal still, wie man es von einem Felsen im Allgemeinen erwarten sollte. Das deformierte Gebilde zog sich zusammen, dehnte sich und zog sich zusammen, und je näher wir kamen, desto schneller vollzog sich dieser Prozess.

Auch das Blut schoss nun schneller mit uns dahin und mir wurde bewusst, dass dieser zentrale Punkt wahrlich das Herzstück dieses seltsamen Landes und zugleich auch Ultima Thule war. Weiter kann ein Mensch nicht reisen.

»Oh, mein Gott«, stammelte ich vor mich hin. Melpomenus drehte sich mit einem Lachen zu mir um und sagte: »Hier gibt es keinen Gott.« Mir kam dieser Satz bekannt vor, aber ich sann nicht weiter darüber nach, als der Fels vor uns nun so nahe war, dass er mein gesamtes Sichtfeld einnahm. Als wir dann endlich durch die kreisrunde Öffnung rauschten und uns Dunkelheit umfing, war es mir, als schleuderte man mich durch Zeit und Raum.

19. Der Dachboden

Von Westen her zog das Schwarz herauf. Gleich einem Trupp wütender Riesen sausten die donnernden Gewitterwolken auf das kleine Städtchen zu. Hier oben auf dem kahlen Hügel, auf dem weder Baum noch Strauch wuchs, frischte der Wind inzwischen beachtlich auf und ließ das Haar des Jungen, das inzwischen wieder geschnitten gehörte, wie ein Fähnchen im Wind flattern.

Der Knabe sah sich um und genoss trotz seines kindlichen Alters die dramatische Szenerie um sich herum. Bis vor wenigen Minuten hatte er hier noch mit Freunden aus seiner Grundschule gestanden, doch als sich das Gewitter mit seinem Gepolter angekündigt hatte, waren die anderen wie ängstliche Kaninchen auf und davon gerannt, hatten etwas von Abendessen und ähnlichen Verpflichtungen gesagt. Nun stand er hier also ganz alleine, hörte nichts mehr außer dem Rauschen des Windes und dem gelegentlichen Grollen, das immer lauter wurde. Die Tiere hatten sich schon längst in ihre Unterschlüpfe zurückgezogen. Mit jeder neuen Böe, deren kalter Hauch in der sonst noch immer schwülen Sommerluft wie ein Fremdkörper wirkte, wuchs die Gänsehaut auf seinen Kinderärmchen und die Haare im Nacken richteten sich weiter auf.

Der Knabe starrte stur auf die Wolken, die in wilden Wirbeln umhertosten und doch stetig auf diesem einen Kurs blieben, der nur zu ihm führte. Die ersten Blitze zuckten nieder und ließen die Welt für die Spanne eines Wimpernschlages aufleuchten – ein gewaltiges Krachen, tief und drohend, folgte sogleich. Er begann zu frösteln. Die unerträgliche Augusthitze war nun wie fortgezaubert und eine Frische, die nach diesem langen, heißen Tag angenehm erquickend war, hatte sich über die Anhöhe gelegt. Der Junge blickte von seinem Standpunkt aus weiter hinab in die umliegenden Täler, in denen es bereits dunkel geworden war – die ersten Ausläufer der Sturmfront hatten sich nunmehr vor die rote Abendsonne gelegt. Es war gespenstisch und doch auch auf eine Art, die der Knabe niemals hätte beschreiben können, ein wunderbares Schauspiel der Natur.

RUMS! Wieder war ein Blitz zuckend zu Erden gefahren, musste nicht weit des Hügels in den Boden gedrungen sein und hatte durch den Einschlag ein gewaltiges Donnern entfacht, das die Erde erzittern ließ. Der Knabe war gefangen zwischen Faszination und Angst. Als dann der Regen, durchzogen mit dicken Hagelkörnern, einsetze, da war es um den jugendlichen Abenteurersinn geschehen und er flüchtete den Hügelkamm hinab. Das Gelände war nur sanft abschüssig und so war es ein leichtes Unterfangen, die Schritte zu mehr und mehr Eile anzutreiben – einen Sturz riskierte man an dieser Stelle wohl kaum.

Es war so herrlich aufregend! Wie die Blitze in dieser großen Gala zuckten und leuchteten, wie der Donner die mächtige Posaune gab! Selbstredend waren dies nicht die Gedanken des Jungen, aber heute – als erwachsener Mann – hätte er genau diese Worte gewählt. Damals jedoch, da war er einer sprachlichen Ohnmacht verfallen. Wie sollte man diese Kräfte der Natur denn auch beschreiben oder ihnen gar einen passenden Namen geben?

Bald schon hatte der Knabe, der nunmehr ganz durchnässt war und dem die Haut von den eisigen Projektilen kribbelte und brannte, die Waldgrenze erreicht und das dichte Blätterdach gewährte ihm etwas Schutz. Von hier an ging es besser. Ein asphaltierter Weg – von Straße sollte man in diesem Fall besser nicht sprechen – führte entlang der natürlich vorgegebenen Serpentinenstrecke tiefer hinab, bis er die Talsohle erreichte und dort auf die Hauptstraße traf.

Keine zwei Minuten später hatte der Junge diesen Punkt erreicht und bemerkte beiläufig, denn noch immer prasselten Wasser und Eis auf ihn ein und die Blitze zuckten, dass die Straße wie ausgestorben war. Natürlich hatten die Bewohner des Städtchens Schutz gesucht – und irgendwie gefiel ihm dieses Gefühl, ganz alleine an diesem Ort zu sein, an dem sonst keiner mehr sein wollte. Er fühlte sich ganz verwegen und tapfer.

Er rannte den Bürgersteig so schnell entlang, dass er dachte: Jeden Moment erfasst mich der Wind und dann hebe ich ab! Doch nichts dergleichen geschah. Stattdessen spritzte das Wasser wild davon, wenn der Junge in eine der Pfützen trat, die sich in den Vertiefungen des unebenen Bodens rasch bildeten, überliefen und den gesamten Gehweg allmählich überschwemmten. Eine Katze, ebenfalls auf der Flucht vor dem Sturm, sprang geschickt von einer trockenen Stelle zur nächsten, bis sie eine dichte Hecke erreicht hatte und sich dort zwischen den feinen Verästelungen ins Innere zwang. Dann war sie verschwunden.

Endlich sah der Knabe das Haus, umgeben von seinen Zwillingen. Sie sahen alle gleich aus. Eine Reihenhaussiedlung. Kleine Einfamilienhäuser standen hier mit preußischer Tugend pflichtbewusst in Reih und Glied, regten sich nicht einmal, als der Knabe, der sicherlich einen sonderbaren Anblick bot, nass bis auf die Haut vorbeisauste. Die mit Klinkern verzierten Häuser ignorierten diese Unpässlichkeit höflich. Anders verhielt es sich jedoch mit den Bewohnern, die allesamt Spalier standen und durch die Fenster das Gewitter beobachteten, um mit den Mündern laute Aaaaahs und auch Ooooohs zu formen, wenn ein besonders imposanter Blitz aus den Wolken hervorschoss. Einige von ihnen, die den Jungen sahen, schüttelten den Kopf. Dieser Lausbub! – immer bereitete er seinen Eltern Ärger und Kummer ...

Tatsächlich wartete die Mutter bereits auf ihren Sohn und blickte so finster drein, dass Milch dadurch hätte sauer werden können. Sie stand in der geöffneten Haustür, die Arme vor der Brust verschränkt. Sie sagte kein Wort und der Junge tat es auch nicht, als er auf der Schwelle zum Stehen kam, noch ganz außer Atem. Still nahm er das Handtuch entgegen, um sich wenigstens etwas abtrocknen zu können. Mit immer noch tropfendem Haar, allerdings seiner schlammigen Schuhe entledigt, die der Zuflucht im Haus anscheinend nicht würdig waren, betrat er den kurzen Flur, der eigentlich nicht mehr war als ein etwas in die Länge gestreckter Raum. Augenblicklich schlug ihm die Hitze entgegen, die sich hier im Haus gespeichert hatte.

»Wir haben uns schon Sorgen gemacht«, sagte seine Mutter schließlich. Der Ton war entgegen ihres vorherigen Blickes mild. Sie rubbelte seine Haare mit der Erbarmungslosigkeit, die in solchen Angelegenheiten nur eine Mutter aufbringen kann, und sprach dabei weiter – allerdings in schärferem Tonfall: »Was fällt dir eigentlich ein, dich noch da draußen rumzutreiben? Haben dich ein paar deiner dummen Freunde dazu gebracht?« Sie vermutete hinter solchem Verhalten immer einen Anstifter. Dass – sollte man schon die Rolle eines solchen vergeben wollen – ihr eigener Sohn sich meist als der Rädelsführer des jugendlichen Unsinns entpuppte, darauf wäre sie nicht einmal im Traum gekommen.

Der Knabe entwand sich geschickt der Handtuchtortur und drehte sich zu seiner Mutter um, die gerade Luft holte, um in eine Schimpftirade zu verfallen, auf dass sich die Balken bogen! Doch bevor sie auch nur den ersten Ton hervorgebracht hatte, hatte ihr Sohn sich schon nach rechts abgewandt und hastete die schmale Treppe hoch. Er hörte gedämpft, wie sie seinen Namen rief, wie sie ihm drohte, er bekomme dieses und jenes nicht mehr und als all ihre Drohungen nicht halfen, spielte sie ihre Geheimkarte aus und erklärte ihm, sie müsse es seinem Vater sagen. Dieses Ass spielte sie für gewöhnlich nur in ganz kritischen Situationen aus, wenn sie sich auf hoffnungslosem Terrain vermutete. Als der Junge die Androhung dieser in seinen Augen ultimativen Bestrafung hörte, da verharrte er kurz auf dem Absatz und seufzte tief. Dann rannte er weiter. Es war ohnehin zu spät. Von dieser Episode würde seine Mutter ihm nun ohnehin erzählen – Reue hin oder her.

Er erreichte das obere Ende der zweiten Treppe, befand sich nun unmittelbar unter dem Dach. Direkt über diesem letzten Treppenabsatz war in das Dach die schmucklose, schon mit Kratzern und Macken übersäte Dachluke eingelassen. Zog man sie herunter, konnte man über die Leiter, die dann herab klappte, hoch auf den Speicher steigen. Was dort war, das wusste der Junge nicht und er hatte auch keine besonderen Ambitionen, dies herauszufinden. Gewitter – ja, aber dieser Dachboden? Nein! Auch jetzt überzog seine Arme wieder diese feine Gänsehaut, wenn er an da oben dachte.

Durch die schmalen Fensterschlitze musste nun das Leuchten der Blitze zu sehen sein, untermalt vom Krachen des Donners. Nicht einmal sein Vater ging gerne da hoch und hatte schon oft gemeckert, wenn er einen alten Gegenstand, meist defekt und nicht mehr zu gebrauchen, über die enge Leiter nach oben hieven musste. »Irgendwann müssen wir da mal ausmisten!«

Das sagte er allerdings immer nur in den Wintermonaten, dann wenn er darauf verweisen konnte, dass es nun nicht genug Tageslicht gab, um eine derartige – das waren dann seine grinsenden Worte – Herkulesaufgabe innerhalb eines Sonnenumlaufes zu bewältigen. Seine Mutter hielt ihm dann meist eine ihrer Tiraden, die angereichert mit Erwachsenen-

Beschimpfungen, wohl auch noch bei der Erziehung von Vätern zu helfen schienen. Das Ausmisten des Speichers blieb jedoch ein unerfülltes Projekt – Tiraden hin oder her.

Einmal – es war an einem Herbstabend gewesen, wie der Junge sich erinnerte – hatte sein Vater ihn in seinem Zimmer besucht. Wie er es immer tat, hatte er angeklopft und gewartet, bis sein Sohn ihn hereingebeten hatte. Er mochte das an seinem Vater und musste auch jetzt, wenn er daran dachte, unwillkürlich lächeln.

Sein Vater hatte ihn dann belehrt, dass er den Dachboden nicht betreten sollte. Das alte Ding sei baufällig und voller Gerümpel, das er irgendwann einmal hatte dort hochbringen müssen und – kurzum – es sei gefährlich. Er hatte seinen Vater dann gefragt, wieso er überhaupt auf die Idee komme, er könne so dumm sein und da hoch gehen wollen. Jugendlicher Leichtsinn, meinte sein Vater daraufhin lachend und zerzauste das Haar seines Sohnes, wie es die Väter in irgendwelchen Fernsehserien immer taten, wenn sie ihren Söhnen etwas von besonderer Weisheit gesagt hatten.

Der Junge betrat sein Zimmer. Der Moment der Erinnerungen und Schauerfantasien war schon wieder vergessen und allenfalls wie ein Schatten im hintersten Winkel seines Geistes verborgen. Schnell schlüpfte er in seinen bequemsten Schlafanzug und warf die nassen Sachen achtlos in die Mitte des Zimmers, um sich gleich darauf, nachdem er das Zimmer abgedunkelt hatte, in sein Bett zu kuscheln, die Decke schön weit nach oben gezogen. Vielleicht hatte er ja Glück und sein Vater käme zu spät für ernste Worte nach Hause?

Lange Zeit war nicht viel außer dem Toben des Sturmes zu hören, das aber bald schon schwächer wurde. Nur der Regen blieb und sollte sich bis in die tiefe Nacht fortsetzen.

Trommelnd fielen die Tropfen gegen die Fensterscheibe. Der Junge mochte das Geräusch, das beinahe eine hypnotische Wirkung auf ihn hatte. Wieder einmal ließ er seine Gedanken kreisen und sah sich schon am nächsten Tag mit ein paar Freunden den alten Wanderweg am Holz erkunden – eine Route, die in ihrer Verwahrlosung kaum noch zu erkennen war.

Jäh erstarb die schöne Tagträumerei, die eigentlich in friedlichen Schlaf hätte münden sollen, als sein Vater vorfuhr. War es aber nicht vielleicht ein anderer Wagen? Nein, es musste sein Vater sein. Er erkannte zwar nicht das Motorengeräusch, aber jetzt – es musste schon bald nach zwanzig Uhr sein – führe hier niemand mehr vorbei. Die Wohngegend war ruhig. Als er dann das Zuschlagen der Autotür gefolgt vom Quietschen des Gartentores hörte, wusste er, dass er leider Recht gehabt hatte.

Stimmen. Seine Mutter musste den Vater begrüßen. Noch war es ein normales Gespräch, aber der Junge wusste, dass es sich bald ändern würde. Es dauerte nur noch kurz und die Stimme seiner Mutter schwoll zur Sirene an. Sein Vater blieb entgegen dieser schrillen Schreie, die ihr jetzt entfuhren, ruhig und war kaum zu hören. Immer wieder drangen die gedämpften Schreie an die Kinderohren und jedes Mal zuckte der Junge zusammen. Dann knarrten die Treppenstufen. Die dumpfen Schritte, als sein Vater den mit Teppich ausgelegt Flur erreicht hatte, drangen an seine Ohren und schon klopfte es an der Tür.

Der Junge zögerte einen Moment, aber bat seinen Vater dann herein. Im Flur brannte Licht und so fiel als erstes ein heller Strahl in das abgedunkelte Zimmer. Gegen das Licht war sein Vater nur ein großer schwarzer Umriss, der sich näher an das Bett heranschob, um sich dort auf die Kante zu setzen, den Kopf gebeugt.

»Was machst du nur für Sachen«, sagte er mit einem Seufzen und schüttelte leicht den Kopf.

»Es war nicht gefährlich«, beteuerte der Junge, der sich bei den Worten im Bett aufrichtete.

»Das sagst du vielleicht, aber Stürme sind gefährlich. Deine Mutter hat schon Recht – zumindest auf gewisse Weise. Ich hoffe, sie hat nicht zu sehr geschimpft? Sie macht die Einladungskarten für eine Freundin und hat bei allen Exemplaren – wohl gemerkt Handarbeiten! – einen Fehler reingehauen. Seit sie das heute Mittag bemerkt hat, kann man wohl sagen: Land unter!«

Der Junge lachte leise. »Nein, es ist schon gut.«

»Dann bin ich ja beruhigt. Ich gehe nun runter und sage ihr, ich hätte dir ordentlich die Leviten gelesen. Das habe ich hiermit doch auch?«

»Ja. Ich werde niemals was anderes sagen.«

»Gut. Aber jetzt mal unter uns: Ich will auch nicht, dass du so etwas Dummes machst. Hoffen wir mal, dass du morgen nicht krank bist. Schlaf am besten und erhol dich. Wer so nass wird, muss doch müde sein?«

»Es geht eigentlich noch.«

Sein Vater lachte. Es klang fröhlich, aber auch müde. »Darauf hoffen, dass du unten noch was fernsehen kannst, würde ich allerdings nicht. Ich gehe dann mal wieder den Hausdrachen bändigen.« Ohne jedes weitere Wort stand sein Vater auf und schloss die Tür. Der Junge war wieder alleine in der Dunkelheit, die ihn friedlich umfing.

Er erwachte und war noch ganz benommen. Wie spät war es wohl? Er warf einen Blick nach rechts. Dort hing an der Wand die große Uhr, deren Zeiger schwach strahlten. Es musste schon nach Mitternacht sein. Eine genaue Uhrzeit konnte der Junge nicht erkennen. Was hatte ihn geweckt? Er hatte keinen Durst und an seiner Blase konnte es auch nicht liegen. Er beschloss, dennoch ins Bad zu gehen, um sie zu leeren. Er konnte dann leichter wieder einschlafen.

Leise schlüpfte er aus seinem Bett und schlich zu seiner Tür. Mit äußerster Vorsicht drückte er die Klinke hinab, die dazu neigte, am Ende immer leicht zu quietschen. Dieses Mal blieb sie stumm. Er durchschritt den Durchgang und wollte sich gerade nach links drehen, um in der Dunkelheit die vertrauten zehn Schritte bis zur Badezimmertür zu gehen, als er den Schmerz in seinen Zehen registrierte. Er hatte sich gestoßen. Ein Schrei entwich ihm, auf den niemand reagieren sollte, denn nachdem seine Eltern sich in der Nacht wegen seiner Erziehung gestritten hatten, hatte seine Mutter einige Beruhigungsmittel genommen und war nun in einen halbkomatösen Schlaf gefallen.

Er tastete panisch nach dem Lichtschalter. Eine kurze Krümmung mit dem Zeigefinger genügte und schon durchflutete Licht den Korridor. Er hatte sich an der Stiege zum Speicher gestoßen, die herabgelassen worden war. Obwohl er es nicht wollte und sich seine Knie vor Schreck ganz schwach anfühlten, glitt sein Blick weiter nach oben, an der Leiter entlang, bis zur Dachluke, die den Blick auf das Zwielicht des Speichers preisgab. Erfüllt von einer kalten Faszination starrte der Junge einen Moment nach oben – und dieser reichte aus, damit er den Schatten sah. Irgendetwas rannte dort hin und her. Das kann doch nur ein Tier sein, sagte der rationale Teil seines Verstandes leise und wurde von dem Kinderteil, der laut vor allerlei Spukgestalten warnte, übertönt.

»Mama, Papa, kommt bitte!« Seine Stimme klang unheimlich im stillen Haus. Nichts geschah. Er rief erneut. »Was ist denn nur«, stammelte er vor sich hin und blickte starr nach oben. Dann setzte er den Fuß auf die erste Sprosse. Lauf weg! Lauf weg! Lauf weg! Es beherrschte ihn nur dieser eine Gedanke, aber sein Körper gehorchte nicht. Quälend langsam erklomm er die Sprossen. Bei jeder nahm er das Knarren wahr, bemerkte, dass er zitterte und betete, dass da oben nichts sein würde.

Und dann – als er endlich den Kopf durch das Loch strecken konnte – erblickte er nur die zu surrealen Formen angehäuften Müllberge. Alte Kaffeemaschinen bildeten das Fundament für die Aufbahrung eines defekten Plattenspielers, bei dem er selbst die Nadel abgebrochen hatte. An anderer Stelle türmten sich Kisten mit seinen alten Spielsachen zu einer hohen Mauer auf. Dann drehte er sich um und fiel vor Schreck beinahe die Treppe herunter.

Von einem der Querbalken hing sein Vater herab, ein Strick um seinen fahlen Hals geschlungen. Der Leib pendelte noch leicht hin und her. Von ihm tropfte Urin herab. Dann hob sich schrecklich langsam der Kopf, der eben noch leblos wie bei einer Puppe an der Seite gebaumelt hatte, und die toten Lippen sagten: »Hallo Markus!«

20. Des Teufels Gesicht

Wie konnte das sein? Und wo war ich überhaupt? Um mich herum war es düster. Die krummen Bretter des Dachbodens knarrten unter mir, wenn ich das Gewicht auch nur leicht verlagerte. Wieso nur musste ich wieder diesen einen Tag sehen, ihn miterleben? Es war alles genauso, wie in dieser einen Nacht, als sich mein Vater erhängte und ich ihn gefunden habe – nur dass er natürlich nicht zu mir gesprochen hat. Mir kam es vor, als wären die Alpträume meiner Jugend schlimmer denn je zurückgekehrt.

Der Leichnam vor mir pendelte nun in immer weiteren Bahnen vor und zurück. Die Beine schienen sich dabei in die Länge zu strecken. Ein ekelhaftes Geräusch, als rissen trockene Fäden, begleitete das schauerliche Kabinettstück. »Das darf nicht wahr sein!« Mein Ruf war nicht mehr als ein Flüstern. Es schien das Etwas vor mir, das mein verstorbener Vater war und auch wieder etwas ganz anderes sein musste, zu amüsieren. Ein leichtes Lächeln lag auf der entstellten Totenmaske, als die Leiche leise zur Antwort gab: »Doch, doch, es ist wahr. Denn du hast es wahr werden lassen!«

Das sinistere Ungetüm lachte laut auf und dann – riss der Strick! Es flog etwa einen Meter durch die Luft und kam mit einem dumpfen Laut auf dem Boden zum Stehen. Als es sich aus der gebeugten Haltung leicht aufrichtete, knirschten die Sehnen und Muskelstränge. Mir entwich ein Schrei. Ich wollte die Leitersprossen hinabfliehen, aber sie waren nicht mehr da. Ich blickte mich panisch nach einem Fluchtweg um und sah nur eine unendliche Schwärze, in deren Mitte, in einem kleinen Kegel schwachen Lichts, ich und dieses Etwas standen. Die Holzdielen unter meinen Füßen waren dunklem Felsen gewichen. Wir mussten uns im Zentrum, dem Nukleus des Unteren Reiches befinden.

Das Ungetüm hatte den Kopf noch immer nach unten geneigt und stand ganz ruhig da. *Atmet es überhaupt?* fragte ich mich, als es noch immer vollkommen reglos verharrte. Dann – ich stolperte vor Schreck nach hinten – machte es plötzlich einen Schritt auf mich zu. Ein kehliges Lachen entfuhr ihm. Der Leib wackelte dabei wie Gelee und schien anzuschwellen. Ruckartig hob es den Kopf und ich sah nicht nur das fahle Gesicht meines Vaters, durch dessen Blässe sich schwarz die Äderchen abzeichneten, sondern auch die Züge eines Anderen, die wie eine zweite Haut darüber gespannt worden waren. Obwohl dieser Anblick, fremd und verstörend wie er war, mich anwiderte, überlegte ich, woher ich dieses weitere Gesicht kannte.

Das Ding legte den Kopf schief. Eine schwarze Zunge leckte über die Lippen. »So nachdenklich! Erkennst du dein erstes Kind nicht, diese glorreiche Kopfgeburt, die dir so viel Ruhm brachte? Der Preis war doch nur deine kümmerliche Seele!« Tief in meinem Inneren, in längst vergessenen dunklen Schächten meines Geistes, da wusste ich, wer – oder viel mehr was – mir da gegenüberstand. Ich hätte nie gedacht, dass mein Alptraum, den ich als Der Dachboden auf wenige DIN-A4-Seiten gebannt hatte, mich irgendwann einmal bis in die Realität verfolgen würde. Ich konnte es nicht akzeptieren …

Das Ungetüm stakste weiter auf mich zu – in einer zur Schau gestellten Unbeholfenheit, der ich nicht länger traute. Ich wich weiter zurück und spürte die Schwärze wie eine Wand in meinem Rücken.

»Irgendwann müssen wir uns unseren Ängsten stellen!« Seine Stimme war kratzig und unmelodisch; sie ließ mich erschaudern. Ein Lächeln erschien auf dem bleichen Gesicht und als die Muskeln sich ob dieser so vollkommen fehl am Platz scheinenden Gefühlsregung spannten, da platzte das faulige Fleisch über ihnen und graues Gewebe, schmierig und glänzend, drang aus den klaffenden Wunden hervor. »Willst du deinen lieben Vater nicht umarmen?«

Es streckte die Arme aus. Die Finger waren zu langen, sich ständig windenden Perversionen menschlicher Fingerglieder geworden, an deren Enden sich kleine Mäuler gierig öffneten und dann wieder zuschnappten.

Ich sackte zusammen. Die Tränen schossen mir in die Augen und als ich so nach vorn gebeugt niederkniete, berührte mich eine kalte Fischhand am Rücken – in fast schon fürsorglicher Manier! *Es – hat – mich – angefasst!* Der abstoßende Gedanke war wie ein Funkenschlag in meinem Hirn und für einen Moment zerfloss da oben das labile Haus meiner Ratio, das einst mit langer und intensiver Erziehung zurechtgezimmert worden war. Ich stieß einen tierischen Schrei aus und machte mich auf allen Vieren davon. Aufstehen? Es wäre reine Zeitverschwendung gewesen. Etwas wischte mir die Füße zur Seite und ich kam – begleitet von einem höhnischen Lachen – auf meinem Bauch zum Liegen. Der Sturz presste mir die Luft aus den Lungen und einen Moment verlor die Wirklichkeit an Substanz. Ich genoss diese Gnade.

Dann wurde ich gepackt und zurück geschleudert in den Alptraum. Es wirbelte mich herum. Das Ungetüm war feister geworden. Die vorher noch dünnen Glieder spannten nun genauso wie sein Bauch unter dem Stoff der verblichenen Jeans und des schlichten T-Shirts. An manchen Stellen hatten die Fasern schon nachgegeben und waren gerissen. »Herr Krüger, Ihre Angst schmeckt noch viel köstlicher als die der anderen Menschen, die auf dem Schiff durch meine Hand starben. So köstlich!«

Wieder hatte sich die Fratze, die mir entgegenblickte, verändert: Eine makabre Melange aus drei Gesichtern fixierte mich – die Alptraumgestalt, die ich für meine erste Kurzgeschichte ersonnen hatte, mein toter Vater und auch Melpomenus – sie alle sahen voller Hohn auf mich herab. Langsam verlor das grausige Gesicht diese zwittrigen Züge und nach einer kurzen Metamorphose erkannte ich darin nur noch Melpomenus.

Er starrte mich an und ich tat es ihm gleich. Langsam gestand ich mir die Wahrheit ein: Melpomenus war diese Kreatur aus meinen Alpträumen, die mich dazu gebracht hatte, Der Dachboden zu schreiben. Er war es schon die ganze Zeit gewesen und hatte sich nur verstellt, sich getarnt oder sonst einen bösen Zauber zu meiner Täuschung genutzt.

Er schien das Erkennen in meinen Augen zu bemerken und lachte schallend los. Aus seinem offenen Rachen strömte mir der Geruch der Fäulnis wie aus einem Grab entgegen und ich sah, dass sich dort drin etwas bewegte. Kleine Tierchen waberten als hektische Masse in seinem Inneren. Sein Lachen schwoll noch mehr an, genauso wie sein Leib. Er stolperte unbeholfen – und dieses Mal war darin keinerlei Schauspiel zu erkennen – nach hinten und rieb sich den feisten Wanst, der vor Erregung zitterte.

Der Stoff platzte und eine Wulst nach der anderen quoll hervor. Sie hingen so weit herunter, dass sie sogar Teile seiner Beine verdeckten, die nun wie verkrüppelte, nutzlose Stummel aus dem Fleischberg hervorragten. Angewidert und fasziniert sah ich zu ihm hinüber.

»Ich werde mich gütlich tun an all Ihrer Angst! Dafür sollte ich Ihnen danken, Herr Krüger. Euer finales literarisches Werk wird sicherlich der letzte Schrei!« Melpomenus brach in ein neuerliches schallendes Gelächter aus und sein Fleisch zitterte sogar noch dann, als er schon längst wieder verstummt war. »Nur Ihrem Dazutun ist es zu verdanken, dass ich dieses wunderbare Forum habe, in dem ich – nun –

sagen wir mal, eine ganz besondere Literatur präsentieren kann. Die Welt wird in einem Wehklagen dahinsiechen!«

»Was hast du getan?« Die Frage klang leise, aber schien Melpomenus aus einer seltsamen Ekstase zu reißen, so als hätte er nicht mehr damit gerechnet, dass ich mich erdreisten könnte, ihn zu unterbrechen. Dem Anblick seines Gesichtes, vor wenigen Sekunden noch von hochtrabender Selbstbeweihräucherung strotzend und nun von Erstaunen und Unwillen gezeichnet, wohnte eine gewisse Komik inne und – so absonderlich es auch war – es stahl sich ein schmales Grinsen auf meine aufgeplatzten Lippen.

»Was kümmert das noch? Sie leben nur noch, solange ich es will und Sie werden so sterben, wie ich es will. Sie sind nur noch ein Stück Fleisch, über das ich gebiete.« Ich bemerkte, wie sich die Massen an Fleisch langsam hoben, aber es lag keinerlei Bedrohung mehr in diesem Anblick. Hatte Melpomenus sich wirklich an meiner Angst satt gefressen, so war ihm dieses Festmahl nicht gut bekommen.

»Ich fürchte mich doch vor keiner Kreatur, die mich mit billigen Taschenspielertricks ängstigen muss, weil sie nicht mal mehr von selbst aufstehen kann!«

Als wäre sein eigener Zauber noch in mir, musste ich an die Worte denken, die Melpomenus zum Beginn unserer Reise immer wieder in gebetsmühlenartiger Manier wiederholt hatte:

Nur keine Furcht.

»Sie sind hier in meiner Welt. Ein Fingerschnippen genügt und Ihr Verstand zerbirst in tausende von Teilen!«

Nur keine Furcht.

»Du hast es selbst zugegeben. Du bist nicht mehr als ein Fantasiegespinst, das ich mir ausgedacht habe, weil ich viele Jahre lang immer wieder den erhängten Leichnam meines Vaters gesehen habe. Ich bin darüber hinweg. Es jagt mir keine Angst mehr ein.«

»Ich habe Eure Angst gekostet. Sie schmeckte gut. Ich weiß, dass Sie Furcht empfunden haben!«

Nur keine Furcht.

Ich wusste, dass er spürte, wie sich sein eigens Credo nun gegen ihn wandte und ich wusste auch, dass es ihn rasend machte. Ich holte zu einem weiteren verbalen Schlag aus.

»Ich war wieder das kleine Kind, genau wie damals. Es war ein Trick, mehr nicht. Nun stehe ich dir aber als Erwachsener gegenüber. Meine Schauergeschichten sollen mich selbst ängstigen? Ich glaube, du hast mich auf dieser wunderbaren Kreuzfahrt so eingehend therapiert, dass sie es nicht mehr können!« Ich lachte herzhaft und stand auf. Dabei sah ich, wie sich Melpomenus Gesicht zu einer Fratze zusammenzog. Falten bildeten sich auf den fleischigen Wangen.

»Schweigt! Schweigt! Schweigt!« Aus dem Dunkel hinter Melpomenus donnerte mit schweren Schritten die riesenhafte Kreatur heran, die mir das Bein zertrümmert hatte. Den Hammer, der an ihrer Seite herabhing, zog sie nach. Erst jetzt fiel mir auf, dass ich aufrecht stehen konnte – so als wäre meinem Bein nie etwas zugestoßen. Ungläubig blickte ich an der eben noch zertrümmerten Gliedmaße herab. Sie war vollkommen unversehrt.

»Soll das nun alles sein? Ein weiterer Handlanger, weil der König selbst nur ein Witz ist?« Ich kicherte vergnügt und es fühlte sich gut an, fühlte sich sogar wunderbar an! Alles in mir schien sich besser zu fühlen! Melpomenus bellte einen Befehl in seiner Sprache, aber sein Diener verharrte. Furcht lag in dessen Augen. Melpomenus wiederholte den Befehl, schrie ihn nun. Seine Stimme war voller Wut. Funken stoben in seinen Haaren wie Glühwürmchen umher. Als wären sie statisch aufgeladen, erhoben sie sich dann in wirren Zotteln in die Luft. Ich lachte wieder. Es war so herrlich unbeschwert! Der Hammer begann rot zu glühen und mit einem Jaulen ließ Melpomenus Diener das heiße Stück Metall fallen und hielt sich stattdessen die Ohren zu. Er wandte sich vor Schmerzen hin und her.

»Die Scharade ist vorbei!«

Als ließe man Luft aus einem Reifen, fiel Melpomenus in sich zusammen. Sein Gesicht drückte eine Mischung aus Qual und Zorn aus. Dann stürzte er – immer noch ungeschickt, weil er fast kugelrund war – auf mich zu. »Ich glaube nicht mehr an diesen Irrsinn! Ich glaube an Logik, an Atome, daran dass alles logisch ist. Ich habe Angst, oh ja! Ich habe Angst vor Krankheit, Armut und Tod! Aber ich habe ganz gewiss keine Angst mehr vor dir! Ich bin dein Meister, nicht umgekehrt!«

»Ach Herr Krüger, glauben Sie nur nicht, dass es so leicht wäre!« Er sprach diese Worte keuchend, während er die letzten Schritte machte und dann schnellte seine Hand blitzartig nach vorn, packte mich am Hals und er hob mich mit Leichtigkeit an. Seine Finger drückten mir die Kehle zu. »Sie befinden sich immer noch in meiner Welt! All Ihre Worte mögen wahr gewesen sein, aber dennoch vergessen Sie ein entscheidendes Detail. Hier, im Unteren Reich, da bin ich sehr wohl der Meister!«

Er bleckte die Zähne. In seinen Augen funkelte Hass heiß hervor. »Ihr Vater war nicht gleich tot, wissen Sie das? Natürlich! Sie haben ja nachgefragt. Sein Genick ist nicht gebrochen, oh nein! Er ist langsam erstickt, hat sich in seine Hosen gepisst und geschissen und auch Sie werden es tun, wenn Ihr Ende naht. Ich fürchte, ich muss Ihnen sagen, dass es keinen Ausweg gibt. Es sind Dinge ins Rollen gekommen, die Sie nicht stoppen können! Wenn mein Reich kommt, dann wird der Mensch sich beugen. Eure jämmerliche Logik wird vergehen.«

Ich durfte ihn nicht wieder die Oberhand gewinnen lassen! Seine Augen strahlten in dunklem Glanz, während meine Füße hilflos in der Luft strampelnd nach Halt suchten. Ich versuchte zu sprechen, aber ich brachte kein Wort hervor – je mehr ich es versuchte, umso fester drückten seine Finger zu und mit jedem Zoll, den sie sich weiter schlossen, wurde meine Sicht verschwommener und dunkler.

»Ihre Unverschämtheit hat mich unvorbereitet getroffen. Oh ja! Niemals hätte ich mit einer derartigen Hybris gerechnet, wo Ihnen doch ein zukünftiger Gott gegenüberstand. Wie konnten Sie es nur wagen und lachen!?« Er holte tief Luft und erst eine halbe Ewigkeit später blies er sie als kalten Lufthauch wieder aus.

»Aber wenn die Welt in die Finsternis stürzt, wird jedes Lachen ersterben! Auch Ihres, mein guter Herr Krüger. Lassen Sie sich gesagt sein, ich brauche Sie nicht länger. Es ist doch längst alles in die Wege geleitet. Ich bedaure sehr, dass unsere Partnerschaft dieses Ende findet, aber Sie lassen mir doch einfach keine Wahl. Anstatt Dankbarkeit zu zeigen, weil ich Sie von einem überheblichen Gernegroß zu einem literarischen Genie hätte machen können, verspotten Sie mich?« Er seufzte. »Nur eines sei Ihnen am Ende dieser traurigen Geschichte noch gesagt, irgendwann, da wird aus dem Schatten Etwas hervorkommen, das nicht einmal Ihrem kranken Geist entsprungen sein kann und Sie werden bis zu Ihrem Tod, den Sie sich inbrünstig herbeisehnen werden, wimmern und wehklagen in einer einzigen Litanei! Gehabt Euch wohl, mein guter Herr Krüger!«

Er drückte zu.

21. Danach

Im Äther des Seins nahm ich zuerst das Weiß wahr, das mich surrend umgab. In diese konturlose Äonenmasse mischten sich fahle Umrisse, die immer mehr Gestalt gewannen, so als schlichen sie sich heimlich in die Wirklichkeit. Dann hörte ich den Klang einer weiblichen Stimme. Ich war überrascht, dass ich, ohne die Worte zu verstehen, urteilen konnte, dass diese Frau maßlos erfreut war. Ich versuchte herauszufinden, aus welcher Richtung in der weißen Unendlichkeit mir ihre Stimme entgegenwehte. Als es mir gelungen war, da erkannte ich nun auch den menschlichen Schemen, der sich in einem matten Grau abzeichnete und beständig an Schärfe und Kontur gewann. Die Frage, ob ich tot bin, verwarf ich just in diesem Moment, denn dann begann der Kopfschmerz – etwas das die Toten hoffentlich nicht mehr plagt. Die Wirklichkeit machte einen Satz, ich rauschte danieder und dann war ich wieder im Leben.

Ich lag in einem Bett, eingehüllt in weiße Laken. Links neben mir summte eine Maschine. Ich wollte etwas sagen, aber es kam nur ein Krächzen heraus. Durch mein eingeengtes Blickfeld huschte eine Frau davon, deren flüchtig gesehenes Antlitz mir bekannt vorkam. Sie verließ den Raum gerade in dem Moment, als ich die Arme heben wollte, um nach ihr zu greifen. Ich konnte es nicht. Mir schien es, als wären sie mit schweren Bleigewichten behangen. Jeder Zentimeter, den ich sie mühsam anhob, wurde zu einer einzigen Qual. Ich gab es auf – wo auch immer ich war, man würde sich doch sicher um mich und alle meine Belange bemühen.

Ich nutzte die Zeit, um mit dem nebligen Blick, der meine Wahrnehmung noch immer trübte, das Terrain um mich herum zu erkunden. Es war zweifellos ein Krankenzimmer in irgendeinem Spital. Wie kam ich nur hierher? Wenn ich an die letzten

Ereignisse im Unteren Reich dachte, dann kam mir dies hier wie der letzte Ort auf Erden vor, auf den ich als Bühne für meine Wiederauferweckung gewettet hätte. Jeder weitere Gedanke an das Untere Reich brachte schrecklich pochenden Kopfschmerz hervor. Ich ließ es also bleiben. Hier gab es durchaus genug zu sehen, damit mir die Wartezeit nicht allzu lang wurde. Auf dem Tisch, der links im Raum stand, waren allerlei Dinge platziert: einige Grußkarten, dutzende von Blumen und diverse Süßigkeiten. Mich rührte der Gedanke, dass diese Opfergaben womöglich mir gewidmet waren.

Endlich öffnete sich die Tür und eine Schar Ärzte und Schwestern strömte herein, hinter ihnen folgte leicht verdeckt die Frau. Ich wollte endlich sehen, wer dort an meinem Bett gewacht hatte! Doch stattdessen sah ich einen Lichtpunkt, der mir direkt ins Hirn zu leuchten schien, so dicht war er an meiner Netzhaut! »Folgen Sie dem Licht mit den Augen«, forderte mich eine Stimme auf, deren Klang dröhnte und schepperte und mir einen neuerlichen Schub an Kopfschmerz bescherte. Ich folgte der Anweisung, obwohl mir von dem hoch und runter, dem links nach rechts und wieder retour ganz übel wurde. »Gut«, murmelte die Stimme gefolgt von einem Schwall lateinischer Fachtermini und dem – und da muss ich noch einmal die sonderbare postkomatöse Wahrnehmung betonen – lauten Kratzen des Stiftes auf dem Notizpapier.

Es schloss sich ein elendiges Delirium an, welches nur von Bettpfannenleerungen, groß organisierten Transporten ins Bad und angereichten Schlucken Wasser unterbrochen wurde. Erst a posteriori erfuhr ich, dass ich so beinahe drei Tage zugebracht habe. Die erste Nahrung konnte ich nicht bei mir behalten. Ich fragte, was mich hergebracht hatte. Ein Sturz, gab es zur kurzen Antwort. Aha? Ein Sturz! Ich wusste, dass man mir keine konkrete Antwort geben wollte, um mich keinem unnötigen Stress auszusetzen. Aber sie hatten natürlich nicht die geringste Ahnung, was sich zugetragen hatte und konnten demnach nur schwerlich meine immense Neugier nachvollziehen. Die ersten wirklichen Antworten gab es für mich erst am fünften Tag, als ich am Morgen erwachte und mich nicht alleine in meinem Zimmer vorfand.

Kaffeegeruch – oder sollte ich nicht besser Duft sagen – hing verführerisch in der Luft, als ich die Augen öffnete und mir die ersten Strahlen eines schönen Frühlingsmorgens durch die Fensterfront entgegenschienen. Neben meinem Bett, mit übereinander geschlagenen Beinen, saß Martha. Vielleicht sagt Ihnen der Name noch etwas. Wenn nicht, dann stelle ich sie gerne noch einmal vor. Martha war meine Haushälterin, die gute Seele in meinem Leben, die mir den elendigen Kampf gegen Schmutz und Dreck abgenommen hatte, die mir Knöpfe angenäht, die Wäsche gemacht und das Essen zubereitet hatte. Sie war der Treibstoff, der die Maschinerie Markus Krüger so lange am Laufen gehalten hat – und auch am Arbeiten. Ohne sie hätte ich schon lange nicht mehr die Kraft aufbringen können, um auch nur ein verdammtes Wort zu tippen.

Sie hat kastanienbraunes Haar, das ihr bis auf die Schultern fällt, und ihr Gesicht ist von harmonischen Proportionen. Sie ist äußerst hübsch und man sieht ihr kaum an, dass sie bereits jenseits der 30 ist, hat sie sich doch einen jugendlichen Charme erhalten. Sie besitzt eine verborgene Schönheit, die in ihr schlummert, die nicht vergleichbar ist mit der auffälligen Schönheit, die bei so manch anderem weiblichen Exemplar mitunter auf recht plumpe Art durch viel Schminke nach außen zur Schau getragen wird.

Lieber Leser, verzeihen Sie mir doch bitte die Schwärmerei an genau dieser Stelle. Martha war der wundervollste Anblick, der mir seit einer gefühlten Ewigkeit vergönnt war, und als sich das Lächeln auf ihr gleichmäßiges Gesicht zauberte, da fühlte ich mich geborgen und getröstet und alle Schrecken und Gräuel wegen Melpomenus und seinem Schauerkabinett waren nunmehr von keinerlei Belang.

»Sie dachten, dass Sie nie wieder aufwachen würden«, sagte Martha schließlich und über ihr Gesicht huschte ein Schatten. Ich schüttelte sachte den Kopf und gab zur Antwort: »Ich fühle mich auch so, als hätte ich verdammtes Glück gehabt.« Sie nickte stumm und wir schwiegen einige Minuten in Verlegenheit. Schließlich räusperte sie sich und stand auf, um das Fenster zu öffnen. Die Luft war noch frisch, aber dafür von ungetrübter Klarheit, sodass es eine Wonne war, sie zu riechen und ihren Geschmack auf der Zunge zu kosten. Noch besser gefielen mir aber Marthas anmutige Bewegungen, als sie das Fenster öffnete. Ihre schlanke Gestalt zeichnete sich dabei unter dem langen Rock und der weißen Bluse ab.

Ich seufzte. »Sollen wir nicht langsam zum Du übergehen?« Sie nickte und kehrte zurück, um sich mit verschränkten Beinen vor mich zu setzen.

»Was so ein Ereignis doch alles ändern kann!« Sie setzte ein warmes Lächeln auf.

»So schrecklich kann ich also gar nicht gewesen sein, wenn du hier an meinem Bett gesessen hast?«

Ich war mir da allerdings nicht sicher und erforschte ihr Gesicht intensiv, als sie antwortete: »Manchmal ja, manchmal nein. Sie hatten so Ihre Momente.« Lachend fügte sie schnell hinzu: »Ich meinte, du hattest so deine Momente.«

Ich gab ein undeutliches Brummen zur Antwort und nickte. »Warum kommst dann ausgerechnet du hierher? Ich hätte mit ein paar Freunden gerechnet oder vielleicht sogar mit meiner Exfrau – auch wenn ich dann womöglich gleich wieder ins Koma gesunken wäre.«

Sie schwieg und sah so aus, als läge ihr nichts daran, die Unterhaltung weiter in diese Richtung zu lenken. Ich beeilte mich, um das Gespräch zu drehen.

»Es hat mir jedenfalls viel bedeutet. Vielen Dank.«

»Schon gut.«

»Doch, doch. Ich sollte wohl nun über einige Dinge nachdenken. So macht man das ja sicher, nach so einem ...« Ich hielt einen Moment inne und fragte dann etwas, das mich schon lange quälte: »Was ist mir überhaupt zugestoßen? Mir will hier noch keiner etwas Genaues sagen oder aber erklärt mir ganz offen, dass es noch zu früh sei, mir das mitzuteilen.«

»Vielleicht haben die Ärzte damit Recht.« Sie sah nachdenklich aus und als mein Blick ihren traf, wich sie ihm aus und blickte durch die Fenster, irgendwo in die Ferne.

»Das ist doch Unsinn! Ich habe doch wohl ein Recht, zu erfahren, weswegen ich hier liege!«

»Beruhig dich bitte! Ich soll dich nicht aufregen. Sonst hätte ich wohl besser auch erst in den nächsten Tagen wiederkommen sollen.«

»Mich regt es nur auf, dass ich nicht weiß, was passiert ist.«

»So genau weiß das keiner und nun frag nicht weiter. Nachher regt es dich doch noch auf und ich vermute, dass du Aufregung gerade nicht vertragen kannst. Sag mir lieber, ob du sonst etwas gebrauchen kannst. Ich würde es dir herbringen oder könnte auch sonst verschiedene Angelegenheiten für dich regeln.«

»Vielen Dank für das liebe Angebot«, sagte ich kühl, »aber ich will wirklich nur wissen, was mit mir passiert ist.«

Wir schwiegen wieder. Nach einer Ewigkeit wurde die schreckliche Stille von einem Klopfen an der Tür unterbrochen. Ohne meine Antwort abzuwarten, sprang sie auf und eine korpulente Schwester schob sich schnaubend ins Zimmer. »Ich wollte nur sehen, ob Sie was brauchen«, sagte sie mit steinerner Miene und schielte in Richtung Bad. Wie ich es doch hasste, bei allem Hilfe zu brauchen! Nur es war leider nicht zu leugnen; alleine konnte ich nicht gehen. Bei meinem allerersten

Versuch, nachdem ich die Bettpfanne am Ende der Nacht aussortiert hatte, mussten mich noch zwei Pfleger stützen. Meine Beine hatten sich taub und lahm angefühlt – so als gehörten sie gar nicht zu mir! »Das ist normal«, hatte man mich beruhigen wollen, was zwar nett gemeint, aber vollkommen nutzlos gewesen war.

Ich schüttelte den Kopf. Nicht jetzt. Die Schwester verabschiedete sich brüsk und machte sich dann eilig davon. Anscheinend war auch sie alles andere als erpicht auf diese Prozedur. Ich fixierte wieder Martha und blieb weiter stumm.

»Na gut, na gut!«, sagte sie dann plötzlich und schüttelte dabei – so als wäre sie von ihren Worten allerdings wenig überzeugt – den Kopf schnell hin und her.

»Sie gehen davon aus, dass du einen epileptischen Anfall hattest.«

»Was! Ich bin doch aber gar kein Epileptiker.«

»Das muss man auch vorher gar nicht gewesen sein. Irgendwann setzt es eben ein. So ein Anfall kann jedenfalls in einer Bewusstlosigkeit enden.«

»Das ist aber immer noch etwas anderes als ein ausgewachsenes Koma.«

»Wenn ich es richtig verstanden habe, dann ist das Tückische daran die Tatsache, dass es spontan einsetzt und genauso spontan wieder aufhört – oder auch nicht. Man wird einfach bewusstlos und wacht dann mit etwas Glück bald wieder auf.«

»Das Glück hatte ich dann wohl nicht. Wie lange war ich weg? Meine letzte Erinnerung ist diese elende Gala!« Das war natürlich gelogen, aber ich konnte ihr nicht von Melpomenus erzählen. Andererseits sollte ich es auch nicht ganz unerwähnt lassen.

»Und ich hatte viele Träume, als ich im Koma lag«, fügte ich noch hinzu und bemerkte, dass meine Stimme leiser geworden war.

»Träume?« Sie grinste. »Ich hoffe, es waren nur die besten.«
Wie man es so nimmt ... Ich zuckte mit den Schultern und Martha verwarf augenscheinlich den Gedanken, mich weiter nach meinen Träumen zu fragen, sondern fuhr fort: »Kurz danach habe ich dich morgens gefunden. Du warst nicht ansprechbar. Das muss jetzt etwa drei Monate her sein!« Ich dachte an den Vertrag, den ich in diesem Wald unterschrieben hatte und musste schlucken – Marthas Zeitangabe und die Vertragsdauer konnten gut übereinstimmen.

»Dann verdanke ich dir wohl mein Leben!« Ich konnte mich gar nicht gegen das Grinsen wehren, das sich in all seiner Breite auf mein Gesicht legte. »Ich werde das wiedergutmachen«, sagte ich.

»Schon gut. Du musst dich bei dem Sturz an dem Tresen in der Küche verletzt haben. Dein Bein und deine Hand hatten Verletzungen, aber sie heilten gut. Das Koma allerdings machte den Ärzten zu schaffen. Sie hatten gar keine Ahnung, was es ausgelöst haben kann.«

»Ich dachte, es wäre wahrscheinlich ein epileptischer Schock gewesen?«

»Es kann einer gewesen sein, aber es muss keiner gewesen sein. Sie wollen dazu noch Tests machen. Zu Tests fällt mir noch etwas ein. Sie haben auch welche gemacht, als du noch im Koma gelegen hast und dich dann als Grad vier eingeordnet. Die meisten davon wachen nicht mehr auf oder aber sie haben danach bleibende Schäden. Das hier ist ein kleines Wunder.«

Wie konnte das alles nur sein? Demnach hatte ich die gesamte Zeit hier im Krankenhaus gelegen? Aber woher stammten dann die Verletzungen? Lag ihr Ursprung wirklich in dem kleinen Sturz in meiner Küche? Wieso war ich genauso lange bewusstlos, wie der Vertrag die Dauer meiner Reise festgelegt hatte? Mir tat der Kopf schrecklich weh und ich bat Martha, mich etwas ausruhen zu lassen, aber bitte bald wieder zu mir zu kommen.

Am nächsten Tag war sie wieder zu Besuch und hatte mir einige Briefe und anderen angefallenen Papierkram mitgebracht. Zusammen arbeiteten wir diesen Berg an Korrespondenz ab und unterhielten uns über alle nur erdenklichen Themen, nachdem ich ihr berichtet hatte, dass die Ärzte eine erste Besserung festgestellt hatten. »Sie meinten, dass ich ab morgen mit den ersten Rehabilitationsmaßnahmen beginnen kann«, erklärte ich ihr stolz. Danach berichtete sie mir von der anfallenden Arbeit im Haus. Ich war verwundert, was denn da zu tun ist, wenn ich doch gar nicht da war, um Schmutz zu machen. »Der kommt von ganz alleine«, belehrte sie mich grinsend.

Nach etwa drei Stunden gaben wir uns der Flut an Briefen geschlagen und Martha deponierte den Rest, der immer noch einen beachtlichen Stapel ergab, in meinem Tresor. Danach verabschiedete sie mich und erklärte, dass sie erst übermorgen wiederkomme, da ich ja morgen die Reha habe. Jetzt müsse sie noch einmal in meine Wohnung und dort das Nötigste erledigen. Ich verstand zwar ihre Argumentation, aber mir gefiel es ganz und gar nicht, auf sie am nächsten Tag verzichten zu müssen. Dennoch nickte ich zustimmend und wir verabschiedeten uns. Ihre kurze Umarmung jagte mir einen angenehmen Schauer über den Rücken und ich dachte kurz darüber nach, wie lange es her war, dass ich etwas Zuneigung erlebt hatte. Ich kam zu einem sehr deprimierenden Ergebnis und blickte noch lange Zeit, nachdem Martha gegangen war, zu ihrem leeren Stuhl.

Am Abend ließ ich mich von einem furchtbaren Fernsehformat berieseln und wagte eine erste alleinige Expedition zum Bad – oder vielmehr versuchte es. Nach den ersten drei zittrigen Schritten stand mir der Schweiß auf der Stirn und ich zog mich zurück. Am Bett angekommen kapitulierte ich dann endgültig und tätigte den Schwesternruf.

Eine tragische Wende nahm der Abend, als mich ein plötzlicher Anruf gegen 21.30 Uhr aus einem leichten Schlaf riss. Es war Martha, die mir – nachdem sie mir gesagt hatte, sie habe leider nicht viel Zeit – eilig erklärte, sie müsse morgen doch zu mir kommen, weil wir eine wichtige Sache regeln müssen. Ich fragte sie, was diese wichtige Angelegenheit denn konkret sei und sie sagte mir lediglich, es gehe um mein neues Buch – wie hieß es noch gleich? – *Die Klinik*. Mehr verstehe sie von dem Schreiben, das sie eben erst im Briefkasten entdeckt habe, auch nicht. Dann erklärte sie, sie müsse nun den Bus nehmen, sonst komme sie gar nicht mehr nach Hause. Sie legte mit einem kurzen »Tschüss« auf.

Das Tuten des Freizeichens dröhnte in meinem Ohr. Ich legte den Telefonhörer wie in Trance beiseite. Was sollte das nun wieder bedeuten? Wollte Maar mich nun verklagen, weil er mit dem Buch nicht zufrieden war? Ich schnaubte vor Wut. Ich traute ihm fast alles zu. Heute hingegen wünsche ich mir, dass es doch wirklich nur eine Klage gewesen wäre.

22. Ein zweiter Vertrag

Bereits als ich morgens die Augen öffnete, kreisten alle meine Gedanken nur noch um diese wichtige Angelegenheit, von der Martha mir am Abend noch berichtet hatte. Der Tag zog sich quälend langsam dahin. Etwa im Stundentakt standen weitere Programmpunkte auf dem Plan: Frühstück, Toilette, Mittagessen, wieder Toilette und Visite. Dann kam der Nachmittag und mit ihm der Moment, den ich so sehr herbeigesehnt hatte. Martha trat herein. Sie sah blass aus. Ohne auch nur einen Ton von sich zu geben, setzte sie sich und streckte eine Hand aus, in der sie einen großen DIN-A4-Umschlag hielt, der so voll mit Inhalt gestopft war, dass er sich wellte. Außerdem musste er nass geworden sein. Das Papier war an einigen Stellen aufgequollen.

Ich sah sie fragend an, nachdem ich ihr seltsames Mitbringsel angenommen hatte. Sie wies mich mit fordernden Handbewegungen an, den Umschlag endlich zu öffnen. Seufzend kam ich der Aufforderung nach und schob meine Hand hinein.

»Bitte entschuldige, dass er nass geworden ist. Ein privater Zustelldienst hat ihn erst gestern am Abend gebracht, als der Regen eingesetzt hatte. Der Umschlag hat oben aus dem Briefkasten herausragt. Hätte ich etwas besser aufgepasst, hätte ich den Wagen gehört und …«

»Das ist doch nicht schlimm«, unterbrach ich sie, aber sah dabei nicht einmal zu ihr auf. *So viele Seiten,* ging es mir durch den Kopf, als ich den Packen ans Licht zerrte. *Die Klinik – Fassung 2* stand dort in der Kopfzeile. Darunter: *Manuskript.* Ich japste vor Schreck nach Luft und konnte nur mit Mühe den Impuls unterdrücken, das Ding samt dem Umschlag durch den Raum zu katapultieren.

»Wie kann das sein? Du warst doch im Krankenhaus und konntest gar nicht schreiben!«

Ich spürte ihren durchdringenden Blick. Was mochte nun in ihr vorgehen? An welche rationalen Erklärungen konnte sie gedacht haben? Mir fielen auf der Stelle einige ein, von denen mir jede einzelne – sogar die, dass ich einen übereifrigen Ghostwriter beschäftige – besser erschien als die Wahrheit: *Ein Geschäftspartner aus dem Unteren Reich, einer Art Kulisse für ein Best-of aus Horrorfilmen, hat das Buch für mich wohl beendet.* Ich machte ein ratloses Gesicht und zuckte die Schultern. Ihr Blick verriet mir, dass sie mich durchschaut hatte und mir meine Ahnungslosigkeit nicht glaubte.

Nur um irgendwie ihren bohrenden Blick zu brechen, fragte ich: »Ist da noch mehr drin?« Ich hielt den Umschlag hoch – weit weg vom Körper, so als könnte er beißen.

»Ja. Ein Vertrag.«

Ein Vertrag! Mir mussten alle Gesichtszüge entgleist sein; Martha fragte mich, ob mit mir alles in Ordnung sei und war nur schwer davon abzubringen, einen Arzt zu rufen.

»Mach bitte noch einmal das Fenster auf. Ich brauche nur etwas Luft.« Dann schob ich, so als könnte ich meine Lüge damit glaubhafter erscheinen lassen, hinterher: »Es ist stickig.«

Das Wetter hatte sich jäh verschlechtert. Nachts war es wieder zu Bodenfrost gekommen und viele der jungen Blüten und Triebe hatten den Kälteeinbruch nicht überstanden. Mir tat diese eisige Luft jedoch gut. Mit einem Mal war ich wieder klar und der Schock war zwar noch nicht überwunden, aber nicht mehr so präsent. Ich zwang mich, die restlichen Papiere durchzusehen. Zuerst entdeckte ich einen Verrechnungsscheck über meinen ersten Vorschuss auf *Die Klinik*. Er belief sich auf dreihundert Prozent dessen, was ich für meinen bisher erfolgreichsten Roman insgesamt erhalten habe.

Danach entdeckte ich einen Brief handschriftlicher Fabrikation, übersät mit Maars feinen Buchstaben, die in ihrer akribisch genauen Gestalt und Anordnung denen einer Maschine fast gleichkamen. Ich warf nur einen kurzen Blick auf diese zwei Zettel und beschloss, sie später zu lesen. Jetzt fand ich ihn, den Vertrag – oder vielmehr meine Durchschrift.

Ich hatte *Die Klinik* und die Verlagsrechte verkauft. Unter den hunderten von Paragraphen entdeckte ich meine Unterschrift, von der Feuchtigkeit verwässert, sodass die Tinte verflossen war und sich zu einem rostigen Kupferrot verfärbt hatte. Zumindest im dämmrigen Abendlicht machte sie diesen Eindruck. Ich musste an die Unterschrift denken, die ich unter Melpomenus Dokument gesetzt hatte. Ich hörte das Knacken des Panzers, den Schmerzensschrei und dann packte mich eine Übelkeitswoge. Mein Magen verkrampfte sich und ich erbrach mich zur Seite. Wie ich so da hing, elendig und noch immer angewidert, kam Martha mit zwei Schwestern herbei, die sie ermahnten, es sei wohl zu viel für mich gewesen.

»Verdammt, lassen Sie die Frau gefälligst in Ruhe«, schrie ich und richtete mich ruckartig im Bett auf.

»Es ist alles gut! Bleiben Sie bitte ruhig. Sie dürfen keinen Stress haben!«, fauchte mich die linke Pflegekraft an, die ich als meine Nachtschwester erkannte. Ihre Begleitung war, wie ich bisher aus Gesprächen erfahren hatte, gerade erst mit der Ausbildung fertig geworden. Der jungen Frau stand der Schock ins Gesicht geschrieben. Ihre braunen Augen waren weit aufgerissen. Der Mund klaffte wie ein Scheunentor auf.

»Es tut mir leid«, stammelte ich leise. »Mich hat wirklich etwas aufgeregt. Allerdings musste ich davon erfahren.« Mir entging nicht der tadelnde Seitenblick, den die Nachtschwester an Martha richtete, als hätte sie ein unartiges Kind dabei ertappt, wie es in die Keksdose greift.

»Sie sollten sich jetzt trotzdem etwas Ruhe gönnen. Was auch immer los ist, lassen Sie es sacken und kümmern Sie sich da morgen drum.« Danach schaltete die erfahrene Nachtschwester, die wohl zum ältesten Inventar des Krankenhauses gehörte, in einen unfreundlicheren Modus, verscheuchte Martha mit einigen harschen Worten und schwatzte mir ein Beruhigungsmittel auf. Ich war noch viel zu erschöpft und verwirrt – und auch erschreckt ob meines Wutausbruchs –, als dass ich ihr hätte widersprechen können. Nachdem ich die kleine rosafarbene Pille geschluckt und sich mein Geist langsam in einem dunklen Nebel verloren hatte, dachte ich mit einer gehörigen Portion Zynismus darüber nach, dass ich *Die Klinik* wohl in einer stillen Vorahnung zu meinem letzten Buch gemacht hatte.

Ich erwachte einige Stunden später in der Dunkelheit und war sofort hellwach, als hätte man bei mir einen geheimen Schalter umgelegt. *Der Vertrag,* war mein erster Gedanke, als ich ohne Umschweife die Nachttischlampe einschaltete. Mir bot sich ein seltsamer Anblick. Die Seiten der Vertragskopie, die auf dem dicken Manuskript lag, bewegten sich ganz sachte, so als spielten unsichtbare Hände an ihren Rändern.

Jetzt erst bemerkte ich die Kälte im Zimmer und rieb mir unwillkürlich die brennenden Finger aneinander. Eine Atemwolke hing vor meinem Gesicht, als ich einen Blick in Richtung der Fenster warf. Sie waren allesamt weit geöffnet.

Ich klingelte und es dauerte nicht lange, bis die Nachtschwester ins Zimmer kam. Ihr entfuhr ein Schrei, als ihr die Kälte entgegenschlug. »Sie kann man auch wirklich nicht eine Minute allein lassen«, schimpfte die strikte Frau und stapfte auf die Fenster zu.

»Mich?«, sagte ich ungläubig. »Ich habe die Fenster nicht aufgemacht. Ich wollte Sie gerade fragen, was das soll!« Sie wies jede Schuld von sich, während sie mit einem Schlüssel die Sicherung der Griffe einrasten ließ und mir einen mahnenden Blick zuwarf. »Wegen Ihnen bollerte sogar die Heizung! Was für eine Verschwendung«, klagte sie kopfschüttelnd und machte sich auf den Weg, um das Zimmer zu verlassen. Bevor sie ging, sagte sie beinahe flüsternd: »Klingeln Sie, wenn Sie was brauchen.« Dann verschwand sie und ließ mich im Zwielicht zurück.

Ich betrachtete ungläubig den Vertrag und stierte danach durch die Glasscheiben hinaus in die Dunkelheit, während ich mich an die Ereignisse im Herbst des letzten Jahres erinnerte. Mit derlei Dingen hatte es angefangen: seltsamen Geräuschen, einem geöffneten Fenster, das eigentlich hätte geschlossen sein müssen, und einigen Blättern an Papier. Zögerlich, aber ohne jede Wahl, griff ich nach dem Manuskript.

Ich musste nur einige Sätze lesen, um zu erkennen, dass es die Edition war, die ich im Unteren Reich erdacht hatte. Das heißt, jene Edition, die ich dort fast erdacht hatte. Zum Ende war ich ja freilich nicht mehr gekommen. Dieses Werk hier musste allerdings ein Ende besitzen. Ich blätterte eilig vor, las einige Sätze, die mir als Anker im Verlauf der Handlung dienten und stockte, als ich merkte, dass ich mich dem großen Finale näherte.

Das Ende einer Geschichte ist doch der wichtigste Teil, hatte Melpomenus zu mir gesagt und mich eigenartig angesehen. Damals hatte ich nicht sagen können, was sein Gesichtsausdruck zu bedeuten hatte, aber jetzt ist es mir klar: Verschlagenheit hatte sich auf seinem Gesicht abgezeichnet, durchzogen mit einem Hauch böser Freude. Sollte ich das Ende wirklich lesen?

»Nicht in der Nacht«, murmelte ich und ließ die Seiten sinken. Doch meine Gedanken konnte ich nicht einfach so verdrängen. Ich überlegte kurz, ob ich mir noch ein Beruhigungsmittel geben lassen sollte, aber verwarf den Gedanken schnell. Diesen Drachen würde ich nur im absoluten Notfall anklingen. Ich blickte mit banger Miene zu den Fenstern, die als dunkle Fläche vor mir lagen und in denen ich mich als matte Reflexion betrachten konnte. Ich hoffte inständig, dass es zu keinem Notfall kommen würde.

Der Schlaf ließ lange auf sich warten und ich fand ihn erst, als ich mir vorgenommen hatte, am nächsten Tag bei *Maar & Schmidt* anzurufen. Vertrag hin oder her – sie mussten den Druck stoppen!

Es war ein böses Erwachen, tat mir doch die gesamte rechte Seite weh, da ich in einer ganz und gar unnatürlichen Haltung eingeschlafen sein musste. Auch der restliche Morgen gestaltete sich weniger schön. Es begann das übliche und inzwischen in seinen Strukturen verfestigte Prozedere aus Frühstück und Morgentoilette. Daran schloss sich eine zeitige Visite an. Die Stunden bis neun Uhr wollten nicht vergehen, aber ich wusste, dass ich vorher niemanden erreichen konnte – vom Hausmeister einmal abgesehen.

Je näher der Zeitpunkt des Anrufs rückte, umso mehr machte sich diese innere Unruhe in mir breit. Was versprach ich mir von diesem Telefonat? *Maar & Schmidt* hatten mir nicht umsonst diesen ersten großen Scheck geschickt. Sie mussten vom Erfolg des Buches absolut überzeugt sein. Wie sollte ich sie dann davon abbringen, es zu verlegen? *Ein Monster hat es in meinem Namen verfasst, Sie dürfen es nicht drucken!* Wahrscheinlich hielten sie es im besten Falle für einen verfrühten und sehr lausigen Aprilscherz! Ansonsten könnten sie noch an meiner geistigen Gesundheit zweifeln. Das zweite Szenario schien mir das realistischere zu sein.

Mit einem Mal hielt ich den Hörer in Händen und drehte ihn wie einen fremden Gegenstand, den es zu entdecken gilt, hin und her. So verharrte ich quälende Minuten, bis ich einen Fluch murmelte. Es war egal, was nun passieren sollte, ich musste es tun und so wählte ich. Der Ruf ging raus. Ich zählte das Klingeln des Freizeichens. Bereits beim dritten Signalton knackte es in der Leitung und eine mir leider nur allzu vertraute Stimme spulte eine Begrüßung ab, die sie wohl inzwischen im

Schlaf aufsagen konnte.

»Verlagshaus *Maar & Schmidt,* Sander am Apparat.«

»Hallo, hier spricht Markus Krüger.«

Vom anderen Ende der Leitung drang ein Geräusch an mein Ohr, mit dem ich nie und nimmer gerechnet hätte. Der alte Vorzimmerdrache gluckste und kicherte hysterisch.

»Was soll das?«

»Nun, ich frage mich, wieso Sie ausgerechnet heute noch einmal anrufen müssen. Sie wissen ja auch um unser angespanntes Verhältnis und nun ja, heute ist mein letzter Tag vor der wohlverdienten Pensionierung. Ausgerechnet heute …« Die letzten Worte waren nur noch ein unverständliches Murmeln.

»Schön von Ihnen zu hören«, log sie mir schließlich vor. Ihre Stimme war noch immer um einen seriösen Klang bemüht. An anderen Tagen, an denen ich dieses Fossil hatte ertragen müssen, wäre diese Unpässlichkeit für mich eine nette Abwechslung gewesen, aber heute reizte sie mich damit nur noch mehr.

»Vielleicht könnten Sie sich mal beruhigen? Ich liege immer noch im Krankenhaus und …«

»Sie liegen im Krankenhaus?«

»Das muss Ihnen doch bekannt sein?«

»Nein. Aber ich weiß inzwischen auch nicht mehr alles, was in diesem Verlag vor sich geht.« Ihre Worte klangen bitter. Inzwischen weiß ich ja, dass sie keinesfalls freiwillig in den Ruhestand gegangen ist, sondern wie fauliges Obst aussortiert wurde.

»Ich möchte mit Maar reden.« Sie wollte Luft holen, wie ich an dem Zischen in der Leitung hörte. Sehr wahrscheinlich bekäme ich nun zu hören, dass Herr Maar gerade außer Haus sei. Ich beeilte mich und schob ohne Punkt und Komma hinter: »Wenn er nicht da ist, nehme ich auch Schmidt oder den in der

Hierarchie nächsten. Ich muss aber mit *irgendjemandem* reden.«
Ich war bei den letzten Worten lauter geworden. Eine Schwester lugte kurz ins Zimmer und sah besorgt in meine Richtung. Ich schüttelte zaghaft den Kopf und wartete auf irgendeine Reaktion vom anderen Ende der Leitung, während mich die Pflegerin tadelnd anguckte und leise flüsterte: »Nur keinen Stress, Sie wissen doch, dass Sie sich erholen sollen.«

Erholen? Pah!

Sander begann zu sprechen und ich scheuchte die Schwester mit einer Geste heraus.

»Herr Krüger, ich möchte Ihnen sagen, dass Sie von Ihrer unerträglichen Art nichts, aber auch gar nichts eingebüßt haben. Verzeihen Sie mir also bitte, dass ich Sie nicht nach Ihrem werten Befinden frage. Zudem muss ich Sie leider vertrösten. Niemand, der einem wichtigen Anliegen zugeteilt werden darf – und deswegen rufen Sie doch wohl an –, ist gerade im Haus. Allerdings denke ich, dass ich wegen der personellen Umstrukturierungen bevollmächtigt bin, Ihnen Herrn Maars neue Handynummer durchzugeben. Haben Sie etwas zum Schreiben da?«

Ich seufzte. »Nein! Ich liege hier in einem beschissenen Krankenhausbett und schaffe es alleine kaum bis ins Bad. Was erwarten Sie denn?«

»Ich erwarte, dass Sie sich jetzt um einen Stift bemühen, während ich die Anrufe auf den anderen Leitungen entgegennehme. Beeilen Sie sich besser.«

Eine schreckliche Musik ertönte und ich ließ den Hörer sinken. Wer hätte gedacht, dass mein alter Erzfeind mir noch einmal so einen Gefallen täte? Ihr Eigeninteresse war mir dabei durchaus bewusst. Ich betätigte den Schwesternruf. Niemand kam. Aus dem Hörer waberte mir immer noch der akustische Brei entgegen. Ich war dankbar dafür. Ich rechnete stark damit, dass ihr Angebot aufrichtig war. Doch sollte sie wieder in der

Leitung sein und ich keine Schreibutensilien zur Verfügung haben, könnte sie es auch wieder zurückziehen. Ich klingelte noch mal. Endlich hörte ich Schritte.

Die junge Schwester kam herein. Seit meinem Wutausbruch schlich sie nur noch in meiner Gegenwart umher, als hätte sie Angst, jeder falsche Schritt könnte mich erneut aufbrausen lassen.

»Ich soll Ihnen sagen, dass wir unterbesetzt sind. Viele sind krank. Wir können heute leider nicht so schnell.« Sie flüsterte. Ihr Blick war ängstlich.

»Ich brauche nicht viel. Nur einen Stift. Mehr nicht.«

Sie sah verwirrt aus und biss sich leicht auf die Unterlippe. Dann ging sie näher an mich – dieses Monster in Menschengestalt – heran und überreichte mir mit weit ausgestrecktem Arm einen Stift, den sie zuvor aus ihrem Kittel hervorgeholt hatte. Mir kam es vor, als böte sie mir ein Opfer dar. Ich bedankte mich und sah zu, wie sie sich wieder vorsichtig entfernte. Früher war ich immer alles andere als autoritär in meinem Auftreten gewesen. Seit wann konnte ich so eine Furcht verbreiten?

»Hallo, sind Sie noch da?«

»Ja, ja! Bin ich«, raunte ich in den Hörer.

»Dass Sie sich mal freuen, mich zu hören …« Sie genoss diesen Moment. Eigentlich hätte ich sie dafür hassen müssen, aber konnte es nunmehr nicht. Die Welt war eindeutig in den letzten Monaten ganz schön aus den Fugen geraten.

»Vielen Dank, schon einmal«, schleimte ich und erschrak über meine eigenen Worte. Sander ging nicht darauf ein, sondern gab mit kommentarlos die Ziffernfolge durch. Danach legte sie ohne jedes weitere Wort auf.

Nachdenklich betrachtete ich meinen Arm, auf dem ich aus Ermangelung an Papier geschrieben hatte. Die Rechnungen und anderen Dokumente wollte ich nicht für die Nummer nutzen. Ich wollte die Zahlen gerade schon eintippen, als ich sah, dass mein Guthaben gegen Null tendierte. Vor Marthas Besuch am Nachmittag konnte ich also nichts ausrichten.

Die Stunden zogen sich dahin und der Krankenhausalltag wurde nur von einigen Untersuchungen unterbrochen. Dazu gehörten das obligatorische Abhören, Blutdruckmessen und als Höhepunkt eine Freifahrt durch die Röhre eines CT. Die Ärzte waren fest entschlossen, die Ursache des Anfalls zu finden und mir dann wohl eine ganze Palette an teuren Medikamenten zu verschreiben. Ich hegte jedoch meinen Zweifel, dass man diese Ursache so leicht beseitigen könnte und versank wieder in meinen ganz eigenen Überlegungen.

Ich war definitiv in ein Koma gefallen. Doch sollte ich Melpomenus deswegen als reines Produkt meiner Fantasie ansehen? Mir erschien dieser Gedanke nur wie der Abwehrmechanismus meiner Ratio. Mal angenommen, er war wirklich nur eine Traumgestalt, dann – aber woher kamen dann meine Verletzungen?

Die Verletzungen am Bein haben Wochen zum Ausheilen gebraucht, wie man mir gesagt hatte. Und wer hat dann das Buch überarbeitet, das Manuskript an *Maar & Schmidt* geschickt und zur Krönung auch noch den Vertrag mit meiner Unterschrift verifiziert? Ich stöhnte und versuchte den anfänglichen Gedanken wieder aufzugreifen: Mal angenommen, Melpomenus wäre wirklich nur eine Traumgestalt, dann – ich kam nicht weiter. Er musste echt sein! Ich musste mit ihm auf diesem Blutfluss gesegelt sein und ich musste dort große Teile des Buches geschrieben haben, die er dann beendet und an Maar geschickt hat. Es konnte nicht anders sein. Ich blickte auf meinen Arm. Bald würde ich neue Antworten erhalten.

Nach all der Wartezeit kam der Moment, in dem Martha zur Tür hereintrat, dann doch noch ganz unvermutet. Wie seltsam Zeit und Wahrnehmung doch mitunter sein können! Sie führte die klassischen Geschenke für einen Krankenhausbesuch mit sich: Blumen, Zeitschriften, einen dicken Wälzer und allerlei Knabbereien, die ich mit besonderem Wohlwollen bemerkte, da ich inzwischen wieder einen ordentlichen Appetit entwickelt hatte. Nach den Entbehrungen der letzten Monate waren ich und mein Körper genauso froh wie die Ärzte, dass ich schon recht schnell wieder in der Lage war, normal zu essen.

»Wie geht es dir?«

»Gut«, entgegnete ich Martha, die gerade ihre Jacke weghängte. Meine Augen folgten dabei den anmutigen Bewegungen, die ausreichten, um mich in Verzückung zu versetzen. Wir redeten eine Weile, bevor ich sie bat, mein Telefonguthaben aufzuladen. Sie kam der Bitte bereitwillig nach – und ich war sehr dankbar für diesen guten Geist. Manchmal hat man die besten Freunde direkt um sich und sieht sie nicht. Sie war nicht einmal erbost, als ich sie bat, heute früher zu gehen, da ich mit Maar reden wollte. Sie hatte dafür Verständnis.

Nachdem sie gegangen war, hatte ich noch immer ein leichtes Lächeln auf den Lippen, das auch nicht erstarb, während ich die Nummer eintippte. Das änderte sich jedoch abrupt, als ich das Freizeichen hörte. Mir wurde flau im Magen.

»Maar«, sagte eine knurrende Stimme.

»Hallo, Benedikt. Hier spricht Markus.«

»Markus! Das ist ja eine Überraschung!« Der Anflug schlechter Laune war verflogen und er fuhr erfreut fort: »Wie komme ich zu dieser Ehre? Und woher hast du überhaupt diese Nummer?« Seine anfängliche Freude normalisierte sich.

»Es ist egal, woher ich die Nummer habe. Es geht mir um *Die Klinik*.«

»Du willst doch hoffentlich nicht noch mehr Geld? Es ist zwar sicherlich deine beste Arbeit, aber du hast sowieso schon einen riesigen Vorschuss bekommen und denk nur an die Wirtschaftslage. Wir müssen auch zusehen, wo wir bleiben und ...«

»Nein, es geht mir nicht ums Geld.« Ich machte eine Pause. Wie sollte ich es nur sagen?

»Sondern?« Seine Stimme hätte nun zu einem lauernden Tier gehören können.

»Ich liege im Krankenhaus und möchte nicht am Telefon darüber reden.«

»Wieso liegst du im Krankenhaus? Ist mit dir alles in Ordnung?«

»Ja, es geht mir wieder ganz gut«, log ich. »Ich möchte dich treffen. Am besten nächste Woche Donnerstag. Ich komme am Mittwoch davor wieder raus.«

Es war einen Moment still in der Leitung.

»Donnerstag passt mir ganz und gar nicht. Ich habe viel Stress. Du weißt ja, wie das kurz vor so einer großen Veröffentlichung aussieht.«

Ich konnte mir gut vorstellen, was er nun alles zu regeln hatte. Laut Vertrag sollte eine erste Auflage mit einem Gesamtvolumen im sechsstelligen Bereich gedruckt werden. Es war eine enorme Größenordnung, bei der die Werbetrommel gerührt werden musste und jeder noch so kleine Handgriff nicht dem Zufall überlassen werden durfte.

War es vielleicht eine schlechte Idee, noch ein paar Tage zu warten und es Maar persönlich sagen zu wollen? Er sagte etwas, aber ich war zu sehr in diesem Dilemma gefangen. Mit jedem Tag, den ich verstreichen ließ, wurde es absurder zu hoffen, er würde den Druck einfach absagen. Andererseits war es genau so absurd, dass ich ihn am Telefon von seinen vertraglich gesicherten Plänen abbringen könnte. Sollte ich ihn hierhin einladen? Ich versuchte mir Maar mit einem Blumenstrauß und Pralinen beim Krankenbesuch vorzustellen – absurd!

»Hörst du mir überhaupt zu?« Die Schärfe in seiner Stimme riss mich aus meinen Gedanken

»Ich bin noch immer etwas mitgenommen. Im Krankenhaus ist alles etwas ruhiger. Manchmal schlafe ich beinahe ein, während man mit mir spricht.«

»Ah«, gab er zur Antwort und war eindeutig desinteressiert an diesen Anekdoten aus einer ihm fremden Welt.

»Es muss am Donnerstag sein. Es ist mir verdammt wichtig. Mir tut es auch immer noch leid, was letztes Jahr nach der Gala geschehen ist.« Ich hoffte, die Worte klangen in seinen Ohren weitaus aufrichtiger als in meinen.

»Ach, das ist doch schon längst vergessen!« *Weil ich dank Melpomenus doch noch der alte Goldesel bin,* dachte ich.

»Na gut, Markus, da wir ja Freunde sind, werde ich dir den Gefallen tun. Ach, was rede ich da! Eigentlich ist es doch eine herrliche Idee, dass wir vorher noch mal bei einem guten Essen deinen Geniestreich feiern. Ich schicke dir einen Fahrer, der dich Donnerstag um neunzehn Uhr bei dir abholt. In Ordnung?«

Mir behagte die Vorstellung eines Fahrers ganz und gar nicht. Andererseits konnte ich sicherlich noch nicht wieder selbst fahren und ein Taxi wäre definitiv das letzte Transportmittel, das ich wählen würde.

»Ja, das ist in Ordnung.« Wir verabschiedeten uns.

Draußen verschwand die Sonne hinter den Ausläufern eines bewaldeten Hanges.

23. Das Dinner

Es war sicherlich die längste Woche meines Lebens. Der Krankenhausalltag brachte nur wenig Zerstreuung mit sich. Während die Ärzte zwar emsig und – wie es mir schien – mit wachsendem Ehrgeiz versuchten, die Ursache meines Komas herauszufinden, hegte ich kein besonderes Interesse an den Untersuchungsergebnissen. Ich hatte meine ganz eigene Theorie, die vor allem abends, wenn es ruhig in dem alten Bau wurde, in meinem Kopf herumspukte. Es waren sehr lange Nächte, in denen ich in die dunkelsten Winkel des Zimmers starrte und blasse Phantombilder von den Schrecken des Unteren Reiches vor meinen Augen sah.

Am Tage bot allenfalls die Krankengymnastik mir neben kurzen Nickerchen etwas Abwechslung gegen die Langeweile. Mir sagte man immer wieder, dass ich ein Vorzeigepatient sei – so schnell habe sich noch keiner von einem derartig langen Koma erholt. Es grenze an ein Wunder. Wunder – da war es wieder, dieses bedeutungsschwere Wort. Mein persönliches Wunder war hingegen Martha, die mich immer noch treu besuchte und deren Gesellschaft mir täglich wichtiger wurde. Manchmal, in besonders schwachen Momenten naiver Träumerei, da fragte ich mich, ob sie vielleicht auch so empfinden könnte. Dann entsann ich mich jedoch schnell meiner lichten Haare und meines ausgezehrten, faltigen Gesichts. Doch trotz seiner naiven Natur mochte ich diesen Tagtraum, in dem auch sie Gefühle für mich hegte. Es tat mir gut, so zu denken.

Es war ein nebliger Frühlingsmorgen, der erst später Sonne brachte, als ich entlassen wurde. Unspektakulär, mit einigen Dokumenten für meinen Hausarzt ausgestattet und mit den besten Wünschen für meine Zukunft, wurde ich hinaus an die Schwelle begleitet, an der Martha schon auf mich wartete.

Keuchend kam ich mit ihr am Parkdeck an und sie fuhr mich mit ihrem kleinen Wagen, den sie sich erst kürzlich gekauft hatte, heim. Es herrschte eine angespannte Stimmung zwischen uns. Mir war bewusst, dass es nun keinen Grund mehr für ihre Besuche gab. Sie war wieder lediglich eine Angestellte, die ihrem Geldgeber einen kleinen Gefallen tat, indem sie ihn vom Krankenhaus abholte. Sollte ich sie etwa zum Essen einladen?

»Da wären wir«, sagte sie, als sie den Wagen um die letzte Kurve lenkte und auf mein Haus zusteuerte – der Anblick ließ mich lächeln. Mir kam es vor, als wäre ich nie fort gewesen und gleichsam so, als hätte sich alles verändert.

»Vielen Dank. Es hat mir sehr viel bedeutet, dass du mir so geholfen hast.« Ich nahm sie in den Arm. Ein dezenter Parfumduft stieg mir in die Nase, der meine Nackenhärchen augenblicklich veranlasste, sich aufzustellen. Binnen Sekunden kroch mir eine Gänsehaut den Rücken hinunter.

»Ach, das war doch selbstverständlich«, sagte sie, nachdem ich sie endlich freigegeben hatte. Auf ihrem Gesicht lag ein höfliches Lächeln – mehr nicht. Ich seufzte innerlich und schluckte den Kloß in meinem Hals hinunter. Dann stieg ich aus. Martha war bereits am Kofferraum und schleppte sogleich meine wenigen Habseligkeiten, die sie mir ins Krankenhaus gebracht hatte, in Richtung Haus.

Mir fiel wieder einmal auf, wie schrecklich langsam noch alles von der Hand ging. Ich folgte ihr mit unsicheren Schritten. Dabei kamen mir die paar Stufen zur Tür hinauf wie meterhohe Hindernisse vor.

Sie hatte bereits aufgeschlossen und nestelte an ihrem Schlüsselbund herum, um mir mein Exemplar wieder auszuhändigen.

»Wenn du etwas brauchst, melde dich. Es ist sicher immer noch alles sehr schwer«, sagte Martha mit einem milden Gesichtsausdruck und umarmte mich noch einmal rasch. Dann hauchte sie mir ein »Mach's gut!« zu und ging zurück zu ihrem Auto.

Ich winkte ihr zum Abschied, ehe ich hineinging und mich das leere Haus mit stiller Sittsamkeit willkommen hieß. Ich ließ die Reisetasche samt Inhalt einfach neben der Eingangstür liegen und machte mich auf den Weg in mein Arbeitszimmer.

War der Flur immer schon so lang? dachte ich, als ich durch den dunklen Korridor ging, der mich mit seinem Zwielicht und der Enge an die Gänge unter Deck des Schiffes erinnerte. Ich versuchte, den Gedanken wieder tief in meinen Erinnerungen zu versenken.

Lautlos schwang die Tür zu meinem Arbeitszimmer auf. Ich war dankbar, dass sie nicht quietschte – dieses Geräusch hätte mir in meiner jetzigen Verfassung einen Nervenzusammenbruch bescheren können. Ich sah mich um. Noch immer herrschte hier das vertraute Chaos aus Antiquitäten, Büchern, Zeitungsartikeln und Ramsch. Ich ging zu meinem PC und legte die Hand auf den Turm. Er war kalt.

Ich atmete erleichtert durch und schimpfte mich einen Narren. Was hatte ich erwartet? Dass Melpomenus dort gerade noch gesessen und ein weiteres Buch in meinem Namen verfasst hatte? Ich schüttelte den Kopf wegen dieses absurden Gedankens und durchmaß den Raum zu den Zeitungsartikeln. Hier war etwas anders. Mir fiel es sofort ins Auge. Allerdings konnte ich noch nicht erkennen, was genau sich verändert hatte. Es war wie die berühmte Suche nach der Nadel im Heuhaufen. Plötzlich fixierten meine Augen den Fremdkörper.

Horror-Autor Markus Krüger nach Streit mit Verlag im Krankenhaus

Wuppertal. *Im Saal ahnte wohl niemand, was sich gerade in einer dunklen Seitenstraße abspielte. Nach einer Lesung am Samstagabend kam es zu einem tätlichen Übergriff des erfolgreichen Horror-Autors Markus Krüger auf den Geschäftsführer des Verlages* Maar & Schmidt. *Dort stand Krüger bis dato unter Vertrag.*

Bei dem Angriff verletzte Krüger den Verleger schwer im Gesicht. Die Diagnose lautete zweifacher Nasenbeinbruch. Der Autor ergriff sofort nach der Attacke die Flucht. Noch bevor es seitens des Verlages zu einer Anzeige kommen konnte, wurde Krüger zwei Tage später ohnmächtig in seiner Wohnung vorgefunden. Aktuell liegt der Autor immer noch im Koma.

»Ich werde keine Anzeige erstatten«, erklärte Maar einige Tage später und verwies darauf, dass der Grund für den gewalttätigen Streit ohnehin passé sei. Die Aufkündigung des Vertrags zwischen Krüger und dem Verlag sei inzwischen annulliert worden, nachdem Maar & Schmidt *das neueste Manuskript von Krüger geprüft haben.*

Dieses neue Werk soll unter dem Titel Die Klinik *in einigen Wochen erhältlich sein. Maar schwärmt in den höchsten Tönen über diesen neuen Roman. »Er stellt mit Abstand das Beste dar, was Krüger bisher geschrieben hat«, erklärt der Verleger. Gruselfreunde dürfen sich demnach wohl freuen. Der Meister des Makabren ist zurück – wenn auch vorerst nur auf dem Papier.*

Ich trat einige Schritte zurück und ließ das Gelesene sacken. Maar wusste also doch, dass ich im Krankenhaus gelegen habe und musste deswegen auch wissen, dass ich ihm das Manuskript nicht hatte zukommen lassen können! Die Frage, wie der Artikel dort an meine Wand gekommen war, wog für mich gar nicht mal so schwer. Nach allem, was bereits geschehen war, bescherte mir dieser kleine Fetzen Papier zwar immer noch eine Gänsehaut und Unbehagen, aber ich hatte inzwischen gelernt, dass derlei sonderbare Dinge wohl nun Teil meines Lebens waren.

Ich verließ das Arbeitszimmer und versuchte auf andere Gedanken zu kommen, indem ich Musik hörte und einige Bücher zu lesen begann. Allerdings fehlte mir dazu die rechte Konzentration. Immer wieder kehrte ich im Geiste zurück zu Melpomenus und Maar.

Ich verfluchte diese Warterei! Mit einem Ruck raffte ich mich von der Couch auf und schnappte mir einen Mantel, um einen meiner Kreativspaziergänge zu unternehmen. Vielleicht könnte mir die frische Luft helfen. Allerdings brachte auch diese Taktik wenig Ablenkung mit sich. Nicht einmal die ersten Frühlingsknospen oder die milde Brise, die durch mein Haar fuhr, konnten mich irgendwie aufmuntern.

Es kam mir alles so leer und falsch vor wie eine bereits verblichene Fotografie, die in einem alten Album klebt und längst vergangene Zeiten zeigt. Dachte ich hingegen an das Untere Reich wie etwa den blutigen Strom, dann schillerte alles in kräftigen, satten Farben.

Es war Zeit für die Heimkehr. So drehte ich also um und ging, die bereits tiefstehende Sonne in meinem Rücken, zurück. Meine Schritte wurden mit jedem Meter zögerlicher. Ich verwünschte die Vorstellung, heute Nacht alleine zu sein. Doch unaufhaltsam nahm das Schicksal seinen Lauf. Bald schon sah ich mein Haus, das in der Dämmerung von seiner erhöhten Position aus auf mich herabzublicken schien. Als ich vor der Tür stand, dachte ich daran, zu Martha zu fahren. Sie hatte mir Hilfe angeboten. Einen Moment wog ich Pro und Contra in meinem Kopf ab, bis ich mir eingestand, dass sie es nur aus reiner Höflichkeit gesagt hatte. Langsam drehte ich den Schlüssel um und trat in den schummrigen Flur.

In der Nacht saß ich eingewickelt in eine Decke auf der Wohnzimmercouch und starrte zur Tür, die in den Essbereich führte. Einmal mehr kam ich mir wie eine meiner Figuren vor. Wie würde ich wohl reagieren, wenn ich einen langen Schatten an einer der Wände sähe und kurz darauf Melpomenus um die Ecke geschlichen käme? Ich war mir inzwischen sicher, dass er real war – wenn auch auf eine spezielle Weise. Und ich war mir sicher, dass seine Handlungen hier weitaus folgenschwerere Konsequenzen bedeuteten. So, gefangen mit diesen plagenden Überlegungen, verharrte ich die gesamte Nacht, bis ich im Licht der Morgensonne in einen leichten Schlaf sank.

Gegen Mittag schreckte ich hoch. Mir tat der Nacken weh und meine Zunge fühlte sich pelzig an. Stöhnend stakste ich unbeholfen in die Küche und goss mir ein Glas Wasser ein. Während ich trank, bereitete ich alles für einen Kaffee vor und setzte erst ein zufriedeneres Gesicht auf, als die Pumpe der Maschine das schwarze Elixier in die Tasse presste.

Kurze Zeit später saß ich in gebeugter Haltung am Küchentisch und trank in regelmäßigen, aber kurzen Zügen. Wie ich Kaffee doch vermisst hatte! Zwar hatte ich auch im Krankenhaus nicht auf mein Laster verzichten müssen, allerdings war ich von der Qualität alles andere als angetan gewesen. Erst als ich die große Tasse geleert hatte und sich ein wärmendes Gefühl in meinem Magen auszubreiten begann, fühlte ich mich in der Lage, den restlichen Tag im Geiste durchzugehen. Die Uhr zeigte inzwischen fast zwei Uhr am Mittag an. In fünf Stunden käme Maars Fahrer, um mich zu dem Treffen zu chauffieren. Ich sog zischend die Luft ein. Es war noch eine kleine Ewigkeit.

Ich trottete zu meiner Reisetasche und begann sie auszupacken, um alles an Ort und Stelle zu bringen. Dabei bemerkte ich, dass Martha ganze Arbeit geleistet hatte, denn mein Haus kam mir fast schon steril vor. *Und spätestens in zwei Tagen liegt doch wieder überall Staub.* Ich schüttelte unwillkürlich den Kopf, während ich einige T-Shirts in meinen Schrank legte. Zuletzt holte ich das Manuskript aus der Tasche hervor.

Ich ließ das Papier in meinen Händen wie ein Daumenkino surren. Die Seiten, hunderte waren es, wirbelten mir einen angenehm kühlen Lufthauch zu. Einen Moment überlegte ich, ob ich das Ende lesen sollte. Vielleicht könnte ich auf diese Weise etwas über Melpomenus erfahren? *Oder den Verstand verlieren.* Nein, es durfte nicht sein!

Entschlossen ging ich in die Küche und kramte aus einer Schublade ein Feuerzeug hervor, das ich sofort anknipste. Die Flamme stach grellrot aus der Öffnung hervor. Einen Moment zögerte ich noch. War das wirklich die Lösung? Mir gingen einige Dinge durch den Kopf, die Melpomenus über den Menschen und seinen Wissensdurst gesagt hatte. Ich wollte meine Büchse der Pandora nicht öffnen.

Als die Flamme gierig über das Papier leckte, färbte es sich erst gelbgräulich und warf Falten, bevor es mit einem Mal Funken schlug und aus seiner Oberfläche weitere Flammenzungen hervorstachen. Schnell breitete sich der Feuergürtel aus und fraß gierig all die bösen Worte und Gedanken, die dort auf hunderten von Seiten lauerten. Ich hielt das Manuskript solange über der Spüle fest, bis die Flammen beinahe schon mein Handgelenk erreicht hatten; erst dann ließ ich es fallen. Die Asche spülte ich den Ausguss hinunter.

Erleichtert, aber auch von einer inneren Leere erfüllt, ging ich zurück zur Couch und blickte mich immer noch stumm im Raum um. Es musste beinahe wie in einer Trance gewesen sein. Plötzlich hörte ich den Wecker meines Handys. Ich hatte ihn auf 17 Uhr gestellt, damit ich nicht am Nachmittag einschlafen und das Treffen verpassen konnte. Ich rätselte einen Moment, wo nur diese ganzen Stunden geblieben sein könnten. Dann machte ich mich auf in mein Badezimmer. Dort genoss ich den satten Duschstrahl. Das heiße Wasser brannte zwar, aber sorgte auch dafür, dass ich mich besser fühlte. Konnte es wirklich ein unterbewusster Versuch gewesen sein, mich reinzuwaschen? Ich fürchte, der Mensch macht viele Unerklärbarkeiten wegen seiner tieferen Wesenszüge, wegen all dieser Triebe, die unter der Oberfläche lauern.

Nachdem ich mich angezogen hatte, betrachtete ich mich im Spiegel. Da ich mindestens zwanzig Kilo abgenommen hatte, musste ich auf einen alten Anzug zurückgreifen, den ich bei meiner Hochzeit das letzte Mal getragen hatte. Es war ein surrealer Anblick, der sich mir darbot. Der Anzug ließ mich zurückblicken auf eine frühere, bessere Zeit, aber mein ausgezehrtes, müdes Gesicht gewährte eher einen grässlichen Ausblick auf das Ende meiner Reise. *Ich sollte vielleicht verfügen, dass man mich irgendwann in genau diesem Anzug bestatten soll,* dachte ich, während ich an den Ärmeln herumzupfte, bis diese akkurat und ohne jegliche Falten saßen.

Es war an der Zeit, der Wagen müsste jeden Moment vorfahren. Aufgeregt tigerte ich in konzentrischen Kreisen im Wohnzimmer umher. Bei jedem Motorgeräusch blieb ich kurz stehen, um dann enttäuscht zu seufzen, wenn sich das Auto wieder entfernte. Elendige Warterei! Als es dann endlich klingelte, schreckte ich regelrecht hoch. Ich hastete auf die Tür zu. Dabei schob ich meine verbliebene Haarpracht mit ritualisierten Handbewegungen noch ein allerletztes Mal an Ort und Stelle. Martha! Als ich die Tür geöffnet hatte, stand sie ganz unerwartet wie eine Traumgestalt vor mir. Sie lächelte mich an und Erstaunen lag auf ihrem Gesicht.

»Hallo! Wenn ich sehe, wie schick du dich schon wieder machen kannst, dann waren meine Sorgen, dass du nicht zurechtkommst, wohl ganz unbegründet.« Sie lächelte weiter, während sie mich genau musterte. Ich blickte wie von selbst ebenfalls an mir herab und musste dann plötzlich lachen.

»Was ist denn?«, fragte sie mich.

»Ach nichts. Ich habe nur einen geschäftlichen Termin und dafür musste ich mich leider in Schale werfen.«

»Leider? Der Anzug sieht doch gut aus. Er sitzt besser als alle anderen zuvor.«

Damit hatte sie Recht. Durch meinen üppigen Bierbauch saßen die meisten Anzüge an anderen Körperstellen viel zu locker, oder aber ich musste auf kleinere Ausfertigungen zurückgreifen, die dann wiederum an Bauch und Hüfte spannten. Der alte Anzug saß hingegen wie eine zweite Haut.

»Danke«, gab ich nur zur Antwort und betrachtete sie das erste Mal etwas genauer. Sie sah nicht so einfach und schlicht aus wie sonst. Ich bemerkte das dezente Make-up in ihrem Gesicht, bemerkte die Bluse und den Rock, den ich sonst noch nie an ihr gesehen hatte, und roch das auffälligere Parfum.

»Wolltest du auch ausgehen und vorher noch einen Blick auf mich werfen?«

Sie rollte mit den Augen. »Ich wollte dich eigentlich fragen, ob du mit mir essen willst.« Sie holte Luft.

»Ach verdammt, versteh' es bitte nicht falsch. Ich weiß auch, dass es eine blöde Situation ist. Ich …«

»Wieso sollte die Situation blöd sein? Nur wegen deiner Arbeit für mich?« Ich lächelte und fuhr mir mit der Hand über die Stirn. »Ich freue mich sehr, aber …«

»Du bist schon verabredet«, fiel sie mir ins Wort und ging unwillkürlich einen kleinen Schritt zurück.

»Ja. Ich muss etwas mit Maar besprechen.« Ich verwünschte das Schicksal! Wieso nur hatte sie nicht gestern zu mir kommen können?

»Das kann man nicht ändern. Ich war sowieso naiv, dass ich einfach hergekommen bin und dachte, du hättest Zeit. Ich habe einfach nur gedacht, dass es besser wäre, dich direkt zu fragen und nicht am Telefon.« Sie machte eine Pause und sah zum Boden. »Es war ohnehin falsch.«

Ich schüttelte den Kopf und sah dabei aus den Augenwinkeln, wie ein schwarzer BMW vorfuhr. Ich hatte solange auf ihn gewartet – jetzt verwünschte ich ihn und ballte die rechte Hand zur Faust. »Ich muss gehen.« Bei meinen Worten kam mir Martha wie ein geprügelter Hund vor. »Wir holen unser Essen nach«, sagte ich und sah ihr Nicken, das voller Zweifel war.

Der Fahrer war inzwischen aus dem Wagen gestiegen und winkte mir zu. »Kommen Sie bitte. Es herrscht viel Verkehr in der Stadt«, erklärte er ruhig und öffnete daraufhin eine Tür für den Rückraum. Ich schloss die Haustür hinter mir und nickte Martha zu.

»Also dann«, waren meine letzten Worte, bevor ich sie stehen ließ und in den Wagen stieg. Mit einem Knall fiel die Tür zu, der Fahrer umrundete den Wagen und setzte sich. Schon rauschten wir davon. Aus der Ferne konnte ich sehen, wie Martha ihr Auto startete, als zwei kleine Lichtpunkte in der Finsternis aufflackerten.

Es war still im Wagen. Der Fahrer sprach kein Wort. Nur das monotone Brummen des Motors war zu hören. Mir war es so ganz recht; ich dachte an das schwere Gespräch, das mir bevorstand und legte mir einige Taktiken zurecht, je nachdem, welchen Verlauf unsere Verhandlungen nehmen sollten. Unvermittelt bog der Wagen ab.

Ich schaute nach draußen. Wir waren irgendwo auf einer Landstraße, eingehüllt in Dunkelheit. Der Himmel hatte sich zugezogen und leichter Nieselregen fiel zu Boden. Die Tropfen sammelten sich auf der Scheibe und durch diesen nassen Film entdeckte ich in der Ferne einige Lichtpunkte, auf die wir zufuhren. Nur langsam konnte ich die schwarzen Umrisse, an denen wir vorbeisausten, zuordnen.

Ich ahnte inzwischen, welches Restaurant unser Ziel sein

sollte und fühlte mich bestätigt, als ich das Schild des *Roma* in der Schwärze ausmachen konnte. Hinter dem schlichten Namen verbarg sich einer der besten Italiener in der Umgebung. Ich kannte das Restaurant und wusste, dass Maar es sicherlich nicht nur wegen der hervorragenden Küche ausgesucht hatte. Im Inneren boten dutzende von abgetrennten Sitznischen ruhige Abgeschiedenheit von den anderen Gästen. Maar musste also auch der Meinung sein, dass unser Gespräch keinesfalls für die Öffentlichkeit bestimmt war.

Als der Wagen auf den Parkplatz bog, kam ein Gefühl über mich, als steuerte ich geradewegs auf eine Katastrophe zu, die ich zwar sehen, aber nicht aufhalten konnte. Mit einem Ruck kam das Auto zum Stehen und der Fahrer eilte pflichtbewusst auf meine Seite, um mir die Tür zu öffnen. Er nickte noch einmal kurz und entließ mich dann in meine eigene Obhut. Das Gefühl, den falschen Weg einzuschlagen, verstärkte sich noch mehr. Sehnsüchtig dachte ich an Martha und in mir wuchs das Verlangen, einfach umzudrehen und Maar den ignoranten Trottel sein zu lassen, der er nun einmal war.

Lieber Leser, ich habe Ihnen ja bereits am Anfang grob geschildert, was sich im Restaurant für ein schreckliches Unheil ereignet hat. Warum habe ich das getan? Ich wollte, dass auch Sie dieses Gefühl kennen, dass der weitere Verlauf des Schicksals nur im Schlechten enden kann. Sie wissen, was sich nun zutragen wird und dennoch werden Sie weiterlesen, denn Ihnen fehlen noch ein paar Antworten.

Auch mir fehlten damals diese Antworten und der Trieb – diese schreckliche, brennende Neugier! – zwang mich, näher an das Restaurant heranzutreten. Ich konnte all diese Ereignisse nicht einfach nur hinnehmen. Der Einzige, der in der Lage war, mir einige meiner Fragen zu beantworten, der dieses Chaos erklären konnte, war nun einmal Maar.

Ich blieb vor der Tür stehen. Die vereinzelten Tropfen prickelten auf meiner Haut. Stimmengewirr und Gelächter, gute Düfte und Wärme strömten mir durch die breiten Ritzen des alten Gebälks entgegen. Ich erinnere mich noch, dass ich *Volldampf voraus!* gedacht habe, als ich die schwere Türe mit viel Schwung aufstieß und eintrat. Von außen mochte das *Roma* mit seiner Mischung aus Fachwerk und Schiefern ganz und gar mustergültig für das Bergische Land sein, aber im Inneren, da entfaltete sich direkt eine ganz eigene Atmosphäre.

Grobes Mauerwerk war dort labyrinthisch in die Höhe gezogen worden; hier und da lugten die Holzbalken hervor und überall spendeten kleine Lampen heimeliges Licht. Diese vielen Lichter erzeugten unzählige Schatten, die an den Wänden eine fantasievolle Revue aufführten. Direkt am Eingangsbereich befand sich ein kleiner Wasserlauf, der gleich einem winzigen Aquädukt durch das halbe Restaurant verlief und in einem Brunnen mündete, aus dem sich Farne und andere Gewächse herausstreckten. An zahlreichen Wänden hingen Spiegel und erzeugten eine beeindruckende Illusion von Größe und Weite. Schnell fühlte sich der Gast wie in frühere Zeiten versetzt, ganz so als wäre er Teil einer Feierlichkeit auf einem ehrwürdigen Landgut.

Ein Kellner kam aus einem Teil des verwinkelten Lokals auf mich zu und begrüßte mich höflich. »Sie müssen Herr Krüger sein?«, fragte er und lächelte mir immer noch mit der gleichen professionellen Höflichkeit zu. Ich nickte. »Herr Maar erwartet Sie bereits«, sagte er und wies mich an, ihm zu folgen. Im Zickzackkurs bahnten wir uns den Weg durch das halbe Restaurant, bis ich meinen Verleger in einem der hintersten Winkel entdeckte.

In schummriges Licht gehüllt saß er da und führte sich gerade ein Rotweinglas an die Lippen. »Markus! Es ist schön, dich zu sehen!«, begrüßte er mich, nachdem er einen kleinen Schluck genommen hatte, mit seinem typischen Haifischgrinsen. Ich setzte mich, nachdem ich ihm eine ähnliche Floskel dargeboten hatte.

»Ich liebe es!«, posaunte Maar und machte eine allumfassende Geste, auf die ich nur zur Antwort nickte. Er hatte gleich eine ganze Flasche des Rotweins bestellt, die auf seiner Seite des Tisches stand, und schenkte mir mit jovialem Lächeln daraus ein.

»Vielleicht brauchst du eine kleine Stärkung. Du hast mich ja sicherlich nicht umsonst in dieser *dringenden* Angelegenheit sprechen wollen.« Seine Worte wurden von einem weiteren süffisanten Grinsen untermalt, das meinen Puls in Wallungen brachte. Wir waren wirklich nicht füreinander gemacht.

Ich zog das Glas zu mir heran und starrte auf die rötliche Flüssigkeit in seinem Inneren. Meine Finger umspielten die Oberfläche. Dann erst nahm ich einen kleinen Schluck. Wenn ich ehrlich bin, dann war ich so angespannt, dass ich den Geschmack nicht einmal wahrnahm.

»Es geht um *Die Klinik*«, begann ich und blickte Maar aufmerksam ins Gesicht. Eine Augenbraue zog sich nach oben. Seine Züge verhärteten sich. Er musste mir schon ansehen, dass ich ihm keinesfalls etwas Gutes zu sagen hatte.

»Ich will von dem Vertrag zurücktreten. Es darf nicht veröffentlicht werden.« Fassungslos starrte mir sein breites Gesicht entgegen und noch ehe er Luft holen konnte, um etwas zu erwidern, erhob ich beschwichtigend die Hände und fuhrt fort: »Ich bin mit allen Abläufen vertraut. Ich weiß, welche Kosten bisher entstanden sind und mir ist bewusst, dass ich sie tragen muss. Mir ist darüber hinaus auch bewusst, dass ich wohl eine Strafzahlung leisten muss und ...«

Maar, von dem aufkommenden Zorn bereits purpurrot angelaufen, fiel mir unvermittelt ins Wort. Seine Stimme war dabei scharf wie ein Messer. »Wir werden den Druck ganz gewiss nicht abbrechen. Ein großer Teil der Exemplare liegt bereits in den Lagern.«

Er machte eine Pause. Sein Adamsapfel hüpfte wild umher. Seine Lippen zitterten. Sichtlich um Fassung bemüht sprach er weiter.

»Ich weiß nicht, was ich sagen soll. Wenn man mir nicht schon so etwas angedeutet hätte, würde ich vermutlich denken, dass ich mich verhört haben muss. Wie kannst du ankommen und erwarten, dass wir ein derartiges Großprojekt abbrechen? Daran hängen gewaltige Summen. Summen, die du nicht einmal in hundert Jahren bezahlen könntest! Und dann noch der Prestigeverlust! Wir haben verdammt noch mal in jeder beschissenen Talk-Show über das Buch gesprochen! Wir haben Ka – pi – tal darein investiert!«

Ich blickte hinab auf mein Glas und war froh, dass der Kellner auf unseren Tisch zusteuerte. »Ist etwas nicht nach Ihren Wünschen?«, fragte er mit besorgter Miene. Maar schüttelte den Kopf und bestellte sich Kalbsrücken. Essen, wie sollte ich jetzt nur essen? Um nicht aus der Rolle zu fallen, orderte ich dennoch eine leichte Pasta mit Garnelen und blickte dem Kellner mit stiller Resignation nach.

»Warum willst du das überhaupt?« Maar schaute lauernd drein. »Er hat mich schon davor gewarnt.«

»Er?«, fragte ich und hatte das Gefühl, mir gefröre das Blut in den Adern.

»Ach, Markus«, sagte Maar mit gespieltem Kummer. »Es ist schade, dass du mir nicht die Wahrheit gesagt hast. Es hätte mich doch sowieso gewundert, wie du auf einmal wieder ein derartiges Werk hättest produzieren können, während die Tendenz doch aktuell eher steil nach unten gezeigt hat.« Er machte eine auffordernde Geste.

»Was erwartest du jetzt von mir?«

»Dass du mir die Wahrheit sagst.«

»Ich bezweifle, dass du diese Wahrheit hören willst.«

»Doch. Ich kenne sie ohnehin, aber ich möchte diese Genugtuung erfahren, sie auch aus deinem Mund zu hören.«

Was konnte er wissen? Immer noch fixierten mich seine Augen und auf seinen Lippen lag dieses bedrohliche Grinsen. Fieberhaft legte ich mir die richtigen Worte zurecht. Ich durfte ihm auf keinen Fall etwas preisgeben, das er noch nicht wusste.

»Es geht hier doch um etwas ganz anderes. Ihr müsst irgendein krummes Ding gedeichselt haben. Ich lag im Krankenhaus, als der Vertrag unterzeichnet wurde. Es gibt Zeugen dafür, dass ich kein derartiges Dokument zur Gegenzeichnung zugeschickt bekommen habe.«

Maar seufzte theatralisch und hob die Arme, mit denen er eine abfällige Bewegung machte. Sein weißes Hemd spannte sich über seinem dicken Bauch, als er sich streckte. »Es ist doch wirklich nicht zu glauben! Wen willst du hier für dumm verkaufen? Ich weiß von deinem heimlichen Partner. Er war bei mir. Er hat mir sowohl das Manuskript gebracht als auch später den unterzeichneten Vertrag.«

Die Worte trafen mich mit der Wucht eines Vorschlaghammers. Die Gespräche im Hintergrund, die Musik, das Gurgeln des Bachlaufes – alles verstummte augenblicklich.

Die Welt schrumpfte für mich auf eine kleine Blase zusammen, in der ich zusammen mit Maar gefangen war. Melpomenus hatte die Grenze überschritten. Er war wirklich in unsere Welt gekommen! Er hatte sich mit Maar getroffen! Unwillkürlich rutschte ich auf dem Stuhl weiter nach hinten, bis ich die Lehne im Kreuz spürte.

»Ich weiß nicht, was für einen Streit ihr bekommen habt und inwiefern dein absurder Wunsch damit zusammenhängt, aber er hat mir schon gesagt, dass so etwas passieren wird.«

Maar hob in belehrender Manier den rechten Zeigefinger und schwang ihn mit jedem einzelnen Wort wie einen Degen in meine Richtung. »*Die Klinik* wird veröffentlicht!« Ich konnte ihm ansehen, dass er am liebsten auch noch mit seiner wuchtigen Faust auf den Tisch gehämmert hätte. Stattdessen begnügte er sich damit, einen Schluck vom Wein zu nehmen. Seine Augen funkelten mich dabei zornig über den Rand des Glases an.

»Ich bin mir sicher, dass dieser Vertrag sittenwidrig ist.« Er lachte. »Du kannst mich natürlich verklagen, aber bis dahin haben wir schon Geld ohne Ende mit dem Buch gescheffelt. Die Strafzahlungen, die dann vielleicht anfallen, nehmen wir doch nur allzu gerne in Kauf. Gib es auf, Markus. Durch die Unterschrift haben wir dich an den Eiern. Ich muss deinem Partner wirklich danken.«

»Ist dir nie in den Sinn gekommen, dass er …« Ich wusste nicht, wie ich es am besten sagen sollte. Maar machte ungeduldige, kreisende Bewegungen mit der rechten Hand.

»Dass er besser schreibt als du?« Er lachte höhnisch und rieb sich nach dem kurzen Anfall den Bauch, als hätte er besonders gut gegessen.

»Dass er falsch ist!«, sagte ich und versuchte, ihn möglichst eindringlich anzusehen. Für einen Moment lag die Furcht wie ein dünner Samtvorhang auf Maars Gesicht. Doch der Augenblick war so plötzlich verflogen, wie er gekommen war. Nun konnte man schon beinahe wieder die Dollarzeichen in Maars Augen leuchten sehen, als er mir erwiderte: »Er liefert uns das Material und wir bringen es unters Volk. Alles andere – wie etwa sein Lebenswandel oder auch auf welch böse Weise er dich vielleicht hintergangen hat – ist mir ziemlich egal, Markus.«

Wir schwiegen uns an und vermieden es, den direkten Blickkontakt herzustellen. Erst als der Kellner unsere Gerichte servierte, wurde die Stille durchbrochen. Maar blickte mich wütend an, als er begann, das große Stück Fleisch zu sezieren, um sich dann die mundgerechten Stückchen einzuverleiben.

Ich stocherte lustlos in meinen Bandnudeln, die mit der Soße und den Garnelen eigentlich einen sehr appetitlichen Eindruck machten.

Als ich verstohlen zu Maar blickte, wäre mir beinahe ein Schrei entwichen. Anstatt der Thymiankartoffeln lagen auf seinem Teller schwarze Kugeln, auf deren schimmernden Chitinpanzern sich das Licht brach. Mit angewiderter Faszination beobachtete ich, wie Maar einen der Käfer begleitet von einem Schrei in der Mitte zerschnitt und sich zum Mund führte. Die anderen Exemplare erwachten aus ihrem Schlaf und ihre runzeligen, beinahe menschlichen Gesichter wimmerten und wehklagten. Ich musste an den Vertrag denken, den ich im Unteren Reich unterzeichnet hatte.

Verträge! Ich würde nie wieder etwas unterzeichnen, nahm ich mir im Geiste vor, während mein Magen sich vor Ekel verkrampfte, als ich das knackende Geräusch vernahm, das Maars Gebiss beim Zermalmen des Panzers von sich gab.

Auf seinem feisten Gesicht entspannten sich die zornigen Züge und mit einem fast schon fröhlichen Lächeln sagte er – und dabei sah ich die halb zerkauten Reste des Käfers zwischen den Zähnen hervorblitzen: »Ich werde dafür sorgen, dass du nirgendwo jemals wieder ein Buch veröffentlichen lassen kannst.«

Er nickte zufrieden und machte sich daran, den Kalbsrücken weiter zu zerteilen. Soße und Bratensaft vereinten sich zu einer hellrosafarbenen Melange. Er nahm einen Bissen. Seine Lippen wurden in dieses blasse Rot getaucht, bevor er sie nachdenklich schürzte.

»Vielleicht sollte ich dich auch verklagen.«

Sprachlos schüttelte ich den Kopf.

»Du hast mich angegriffen. Jetzt, da ich weiß, dass er – und nicht du! – dieses hervorragende Buch geschrieben hat, bist du nutzlos! Du gehörst eh hinter Schloss und Riegel. Du bist eine

Bestie!«

»Ruhe«, sagte ich schneidend und spürte, wie mir eine Gänsehaut den Rücken emporkroch. Was war da über mich gekommen? Ich hörte, wie jemand Fremdes – denn das konnte unmöglich ich selbst sein – mit meiner Stimme weitersprach: »Es wird großes Unheil über uns alle bringen.«

Maar schien wie aus allen Wolken gefallen. Ein zufriedenes Gefühl machte sich in mir breit. »Und hör auf, dieses Zeug zu essen!«

Er blickte ungläubig auf seinen Teller und nach einem Moment, in dem er wieder die Fassung gewonnen hatte, warf er mir ein böses Lächeln zu und zerschnitt weiter den Kalbsrücken, der in der Soße und seinem eigenen Saft schwamm. Schmatzend blickte er zu mir hoch.

»Was auch immer du dir einbildest«, sagte er mit vollem Mund, »ich denke, du bist einfach komplett durchgedreht. Kein Wunder, dass sich dein Vater erhängt hat. Er war von grenzdebilen Spinnern umgeben, die er seine Familie nannte.«

Ich zitterte vor Wut und hätte am liebsten seinen Kopf gepackt und immer wieder gegen die Tischplatte geschlagen. »Lass das«, sagte ich stattdessen ruhig. Mein eigener Tonfall ließ mich erschaudern. Auch Maar sah nun erneut besorgt drein. Dann legte er den Kopf schief, ganz so, als flüsterte ihm jemand etwas zu, und mit einem Mal gewann sein Gesichtsausdruck die gewohnte, überhebliche Sicherheit zurück.

Er steckte sich einen der Käfer komplett in den Mund und mit Schrecken sah ich, dass dieser sich nach hinten bewegte. Der Umriss zeichnete sich deutlich durch die fleischigen Wangen ab. Wie konnte das nur sein!? Maar musste es doch merken ... oder bildete ich es mir nur ein?

»Was glotzt du mir eigentlich so auf den Mund!«, giftete er mich an. Eine Ader seines Halses pulsierte rhythmisch in seiner Wut. Die Augen traten vor. Es sah grotesk aus. Plötzlich sprang das Rechte wie ein Kastenteufel hervor und baumelte am Augennerv wie das Pendel einer Standuhr hin und her. Eine dicke Flüssigkeit tropfte zäh davon herab.

»Hat dich jetzt der Schlag getroffen?«, fragte Maar und aß mit dem gleichen Appetit weiter. Gabel um Gabel führte er in seinen Schlund. »Ich denke, ich werde mit diesem Melpomenus zusammenarbeiten. Er scheint vielversprechend zu sein. Verschroben, aber vielversprechend.« Er grinste mich mit blutigen Zähnen an.

»Benedikt, sei bitte ruhig«, flehte ich.

Er blickte sich so verwundert um, als wollte er die anderen Gäste fragen, ob sie meinen Irrsinn gehört haben. Derweil kroch der Käfer in die leere Augenhöhle und stieß einen hohen, wimmernden Klagelaut aus. Er klang genauso wie der Schrei des Käfers, den ich mit dem Federkiel durchbohrt hatte. Ich wischte mir den Schweiß von der Stirn und sprang auf. Ich musste hier heraus!

Eine kalte, glitschige Hand packte mich. »Wo willst du hin?«, fragte Maar.

Der Käfer in seiner leeren Augenhöhle zitterte und machte sich daran, das Nervengeflecht, an dem der Augapfel hing, durchzubeißen. Ehe ich mich versah, hatte ich mit der Linken nach dem erstbesten Besteck gegriffen und rammte es in das Insekt.

Maar stieß einen entsetzlichen Schrei aus und dann geschah alles scheinbar gleichzeitig. Er erwischte mich mit seiner Rechten und fegte mich einfach beiseite. Ich fiel hart und konnte noch im Liegen sehen, wie die Gestalt, die da über mir stand, sich vor Schmerzen krümmte und jammerte und die Hände vor das Gesicht presste. Zwischen den Fingern quollen die ersten Blutstropfen hervor und fielen als warmer Regen auf mein Gesicht.

Dann schrie Maar noch einmal und ließ die Hände sinken.

Ein blutiges, glibberiges Gebilde war nur noch von seinem Auge geblieben. Der Käfer war verschwunden. *Wie kann das sein?* wunderte ich mich, als Maar ein wütendes Geheul ausstieß und auf mich zu wankte.

»Ich bring dich um, du beschissener Hundesohn!«, keifte er mich schrill an und spie dabei Speichel aus. Ein Gast versuchte Maar zu bändigen, aber wurde von ihm mit einem Stoß zu Boden gebracht.

Schon beugte sich die massige Gestalt mit nach vorne gestreckten Armen über mich. Sein gesundes Auge war zu einem roten Feuerring angeschwollen. Der massige Körper nahm beinahe mein gesamtes Gesichtsfeld ein. Instinktiv riss ich die Linke empor und stach zu. Er erstarrte in seiner Bewegung und blickte ungläubig auf das Brotmesser, das aus ihm herausragte. Dann fiel er wie ein nasser Sack zur Seite.

Ich hörte Schritte. Schnell stemmte ich mich hoch und rannte durch die Gänge. Wo entlang musste ich? Ich bog um eine Ecke. Versperrt! Ich drehte um, versuchte es auf der anderen Seite und erschrak vor meinem eigenen Spiegelbild. Blutflecken überzogen meinen ganzen Leib mit einem grotesken Muster. Ich rannte weiter. Da war die Tür! Ich schmiss mich gegen sie, drückte die Klinke und fiel hinaus in die Dunkelheit.

Ich war vielleicht einen Kilometer gelaufen und litt bereits unter Atemnot und Schwindel, als ich die Lichtpunkte in der Ferne sah und die Sirenen wütend in meinen Ohren kreischten. Ich drehte ab, in eine kleine Seitenstraße. Zwischen den windschiefen Häuschen führte unebenes Kopfsteinpflaster hindurch. Ich hörte, wie Reifen quietschten. Eine Stimme befahl mir via Lautsprecher, stehen zu bleiben. Ich ignorierte die Anweisung und schlug einen Haken nach links, hinein in die Dunkelheit einer schmalen Gasse. Ich wagte nicht, mich umzudrehen und hetzte weiter. Meine Beine fühlten sich taub an.

Vor mir erkannte ich einen Bretterverschlag von knapp zwei

Metern Höhe. Ich sprang ab und fand irgendwie Halt. Doch gerade, als ich mich nach oben ziehen wollte, packten sie mich, zerrten mich herab. Ich kam bäuchlings zum Liegen und meine Arme wurden von gewaltigen Kräften nach hinten gebogen.

Das grelle Licht von Taschenlampen stach in meinen Augen. Die Welt wurde umhergewirbelt, als sie mich auf die wackligen Beine zogen. Stimmen sprachen zu mir, aber es war alles so hektisch, dass ich gar nicht wahrnahm, was sie sagten.

Dann setzte sich der Trupp in Bewegung und brachte mich, der nur mühsam Schritt halten konnte, zu einem der Polizeiwagen. Einen unsanften Stoß später fand ich mich im Inneren wieder. Durch das Funkgerät knatterten Stimmen und gaben diverse Codes durch. Ein Polizist stieg ein und rief: »Gesicht ans Fenster!«

Durch die Scheibe sah ich zwischen zwei Häuserzeilen eine hochgewachsene, schlanke Gestalt.

»Fahrt doch endlich, fahrt doch endlich«, wimmerte ich. Man gab mir keine Antwort, sondern nur einen weiteren Stoß in die Seite, der mir die Luft raubte.

Dann verschwamm alles und die Gestalt wurde kleiner und verblasste, als der Wagen rumpelnd davonfuhr.

24. Letzte Worte

Ich fürchte, es ist an der Zeit, diese Geschichte zu beenden. Leider kann ich nicht alle gesponnenen Fäden zusammenführen. Es tut mir leid, werter Leser, Sie mit diesem unbefriedigenden Ausgang in den kargen Alltag entlassen zu müssen. Dennoch werde ich Ihnen alles sagen, das auch mir kenntlich ist.

Nach allerlei Untersuchungen, deren mühselige Natur ich Ihnen erspart habe, landete ich schließlich hier, in dieser wunderbaren klinischen Einrichtung. Natürlich hat niemand meiner Erzählung Glauben geschenkt. Sie hat allerdings eine Inhaftierung verhindert. Ob mein jetziger Aufenthaltsort allerdings so viel besser ist, wage ich zu bezweifeln. Martha hat mich zu Beginn mehrmals besucht, als aber immer mehr Details herauskamen, hat sie jeden Kontakt abgebrochen.

Ich werde inzwischen verdächtigt, viele Gräuel begangen zu haben. Eine Mädchenleiche ist im Wald, nicht weit meines Hauses, gefunden worden. Vielleicht ist dies Melpomenus finaler Teufelsakt – mich hier als Sündenbock versauern zu lassen oder aber mich einfach in den Irrsinn treiben zu wollen. Immerhin war der Leichenfund tatsächlich zunächst ein Schock für mich.

Ich zweifelte lange, ob ich womöglich einfach nur verrückt bin und in einer blutrünstigen Trance die Tat selbst begangen habe. Aber warum sollte ich dies getan haben? Und wieso konnte mir diese Abscheulichkeit bisher nicht zugewiesen werden? Die einzige Querverbindung, die zu mir führte, war meine Aussage, bei der ich von Melpomenus Erzählung und meiner Medizin berichtet habe.

Offiziell habe ich mir dies alles nur ausgedacht, weil ich meine eigene Grausamkeit nicht ertragen konnte. Die Ermittler und Ärzte glauben, dass ich nach dem Angriff auf Maar mit einem gewöhnlichen Taxi heimgefahren bin und ich von da an unter Wahnvorstellungen litt.

Eine passende Erklärung. Wunderbar passend sogar – finden Sie nicht auch? Es wäre wohl doch arg bequem und zu einfach, wenn es sich so zugetragen hätte. Das sind die Antworten, die immer gegeben werden, wenn etwas geschehen ist, das mit dem Unteren Reich zusammenhängt. Es ist das menschliche Streben nach Ordnung und Logik, das Streben danach, das Unerklärliche zu leugnen. Ignorante Bequemlichkeit! – diesen Luxus können wir uns nicht mehr erlauben. Sie werden in unsere Welt eindringen. Wir dürfen unsere Augen nicht davor verschließen.

Apropos Auge – in Bezug auf Maar muss ich sagen, dass er viel abbekommen hat und Gift und Galle spie, als er erfuhr, dass ich nicht inhaftiert wurde, sondern in psychiatrische Betreuung gekommen bin. Inzwischen führen wir einen Rechtsstreit bezüglich *Die Klinik*. Die neue Fassung wurde natürlich bereits veröffentlicht. Ich möchte zukünftige Drucke allerdings verbieten, um den Schaden einzugrenzen. Melpomenus labt sich an unserer Furcht und hat eine Teufelei mit meinem Buch betrieben, die ihn nährt und stärkt. Niemals hätte es gedruckt werden dürfen. Bis heute bestreitet Maar übrigens offiziell, dass es Melpomenus gibt. Er wird seine Lüge aber sicherlich schon bald bereuen.

Mir erscheinen die Schatten hier in der Klinik auch seit einigen Tagen eine Nuance dunkler zu sein als vor der Veröffentlichung des Romans. Mir schwirren noch immer Melpomenus drohende Worte im Kopf herum. Ich rechne immerzu damit, dass mich etwas in die Dunkelheit zerrt. Das ist auch der Grund, warum ich diesen Bericht abgefasst habe – er soll Ihnen als Warnung dienen.

Mein neuer Verlag, der es mir gestattet hat, diese halbbiographischen Memoiren auch in meiner jetzigen Situation zu veröffentlichen, sieht natürlich nur den potentiellen Gewinn. Es ist die Niederschrift eines scheinbar durchgedrehten Schriftstellers – jeder kann für kleines Geld nicht nur in den Abgrund der menschlichen Psyche blicken, sondern tief darin eintauchen.

Doch warum sollte ich mich an diesem Schmierentheater beteiligen? Mir nützten weder Reichtum noch Ruhm etwas. Ich will Sie warnen, mehr nicht – und ich weiß nicht einmal, welchen Nutzen diese Warnung für mich oder Sie, lieber Leser, haben kann. Öffentliche Rehabilitation in Bezug auf die Verbrechen, die mir vorgeworfen wurden? Nein, denn über die Schuldfrage bin ich längst hinaus. Soll Sie meine Warnung retten? Im besten Fall kann sie dies vielleicht. Seien Sie bitte nicht mehr so ignorant und verbannen Sie die Stimmen und Umrisse in der Dunkelheit nicht länger in das Reich Ihrer Fantasie. Grenzen sind zum Überschreiten da.

Enden möchte ich mit drei Worten, die mich aus dem Unteren Reich zurückgebracht haben, und die Ihnen nun helfen mögen, ganz gleich, was die Zukunft für Sie bereithält:

Nur keine Furcht.

Printed in Poland
by Amazon Fulfillment
Poland Sp. z o.o., Wrocław